장미꽃을 든
고양이

장미꽃을 든 고양이

초판 1쇄 찍은 날 | 2010년 12월 14일
초판 1쇄 펴낸 날 | 2010년 12월 21일

지은이 | 정선영
펴낸이 | 서경석

편집책임 | 유경화
편집 | 이수민

펴낸곳 | 도서출판 청어람
등록번호 | 제1081-1-89호
등록일자 | 1999. 5. 31
어람번호 | 제5-0277호

주소 | 경기도 부천시 원미구 심곡2동 163-2 서경B/D 3F (우) 420-822
전화 | 032-656-4452 **팩스** | 032-656-4453
http://www.chungeoram.com
E-mail | chungeoram@chungeoram.com

ⓒ 정선영, 2010

ISBN 978-89-251-2388-2 03810

장미꽃을 든 고양이

★ 정선영 장편 소설

도서출판
청어람

프롤로그 ········· 7

1. 향단이 옆집에는 완자님이 산다 ··· 10

2. 병 주고 약 던지는 완자님 ······ 49

3. 향단이, 삽질하다 ········· 90

4. 호박마차와 완자님의 폭탄세례 ··········· 133

5. 투덕투덕, 두근두근, 술렁술렁 ······ 171

6. 야수 완자님과 둔녀 향단이 ··············· 210

7. 너 땜에 내가 못살아 ······ 249

8. 향단이는 슈퍼맨이 지킨다 ··········· 292

9. 우리의 밤은 당신의 낮보다 처절하다 ··· 336

10. 장미꽃을 든 왕자님 ········· 378

에필로그 ··············· 399

작가 후기 ······ 406

어렸을 때 읽었던 동화책들 속에 나오는 공주들은 모두가 엄청 예뻤다. 신데렐라는 부엌데기로 고생하지만 예쁘고 착한 여자였고, 백설공주도 눈처럼 흰 피부와 밤과 같은 검은 머리, 핏빛 입술을 가진 예쁜 여자였다. 잠자는 숲 속의 공주도 생판 보지도 못한 왕자가 목숨 걸고 덤빌 만큼 아름다웠으며, 바다 거품이 되어버린 인어공주 역시 노래면 노래, 미모면 미모, 어느 것 하나 빠질 것 없는 아리따운 소녀였다. 다만 여기서 인어공주와 다른 예쁜 공주들과의 차이점이 있다면, 그건 그녀가 '나는 예쁘고 착하니까 주변에서 모두 도와줘서 왕자님과 행복하게 살게 되었어요' 가 아닌, 자신이 원하는 것을 위해 희생할 줄도, 달려갈 줄도 알았다는 점이다.

하지만 이상하게도 그런 인어공주만이 자신의 왕자와 사랑을 이루지 못한 채 거품이 되고 말았다. 집 청소와 허드렛일 말고는 별 재주 없던 신데렐라는 보란 듯이 공주가 되었는데, 그나마 허드렛일 재주도 없던 백설공주는 자기를 돌봐주던 일곱 난쟁이들을 버리고 잘생기고 돈 많은 왕자를 따라가서 배은망덕이 무엇인지 보여주는 길을 택했는데, 세월아 네월아, 잠만 퍼자던 숲 속의 공주도 키스 한 방에 왕자를 낚았는데 말이다.

어린 나이에도 불구하고 나는 그게 이상했다. 노력하면 뭐든지 다 이룰 수 있다고 사람들이 말하는데, 인어공주처럼 예쁘고 노력까지 열심히 한 여자가 왜 사랑을 이루지 못했는지, 그게 몹시 안타깝고 슬펐다.

그때 내 옆에 있던 그 녀석이 말했다.

"그건 인어공주가 남자 볼 줄 몰라서 그런 거야."

아하, 그렇구나. 예쁘고 착한 것도 중요하지만 남자 볼 줄 아는 눈이 있어야 하는 거구나.

내가 고개를 주억거리자 녀석이 퉁명스런 목소리로 덧붙였다.

"그러니까 너도 쓸데없이 한눈팔지 말란 말이야. 알아?"

녀석이 무슨 소릴 하는지 이해하지 못한 채 무턱대고 다시 고개를 끄덕였다. 무조건 동의하지 않으면 나중에 닥쳐올 후환이 두려웠기 때문이다.

동갑내기면서도 나보다 훨씬 똑똑하고 사악했던 그 녀석은 자라면서 점점 더 왕자님의 모습으로 변해갔지만, 일찍 돌아가신 아버지로부터 "아이고, 예쁜 우리 공주님." 소리를 하루에 수십 번도 더 들었다고 하는 나는 공주는커녕 시다바리 신세를 면치 못하고 있었다. 그리고 여기엔 그 대마왕 녀석의 구박이 큰 공헌을 하고 있다는 것은 말할 필요도 없는 사실이었다.

아무튼 개구리 왕자는 공주의 키스를 받고 멋진 왕자님으로 재탄생했는데, 나는 왕자의 키스를 받지 못한 탓인지 스물을 훌쩍 넘긴 지금도 여전히 개구리 신세다. 이대로 가다가는 영영 개구리에서 탈피하지 못한 채 썩을지도 모를 일이다.

……하지만 그래도 꿈을 꾼다. 아름답지 못해도, 누구나가 반할 정도로 예쁘지 못해도, 그래도 나만의 예쁜 점을 제대로 봐줄 왕자님이 어딘가에 있어 나도 공주님이 될 수 있을 거라고 믿고 싶어진다.

세상 모든 여자아이들은 모두 공주님이란 달콤한 거짓말은 깨어지지 않는 마법의 주문이다. 때문에 꿈꾸는 것도 멈출 수 없다.

나만의 왕자님을 만나고 싶다.

나만의 왕자님과 사랑하고 싶다.

그러니까 나는 저 사악한 대마왕의 마수에서 기필코 벗어나야만 한다.

쿵쿵쿵쿵.

묵직한 소리가 나를 잠으로부터 끌어낸다. 하지만 나는 버틴다. 한창 멋진 꿈을 꾸고 있는 중이었다. 귀가 저 소리를 듣기는 했지만 아직도 정신은 꿈나라 삼매경, 지금이라면 그 꿈으로 돌아갈 수 있다. 저 소리는 그냥 무시하면 되는 거다.

쿵쿵쿵쿵.

하지만 소리는 그치지 않았다. 관문을 지키는 보스 괴물과 피터지게 싸우면서 이제 겨우 이길 수 있을 것 같은데, 제발 1분만, 아니, 30초면 된다. 보스 괴물의 체력은 붉은색, 조금만 더 하면 다음 레벨로 넘어갈 수 있다. 그러니까 조금만 참아달라고, 제발.

쿵쿵쿵쿵.

이런 싸가지없는 것! 대체 누가 이 새벽에 남의 집 문을 신문고 두드리듯 두들기는 것이더란 말이냐!

기어코 잠에서 깨어난 나는 아직도 엄지 끝이 얼얼한 느낌이 나는 손을 얼굴 위로 들어 멍하니 바라보았다. 젠장, 드디어 이기는 줄 알았는데.

요즘 한창 재미 들려서 하는 게임의 보스를 정복하지 못해 괴로워하던 중, 꿈에서나마 이겨보나 했더니 이 모양이다.

쿵쿵쿵쿵.

에이, 정말!

벌떡 일어난 나는 엉덩이로 흘러내리는 파자마를 한 손으로 움켜쥐고 현관으로 나가 인터폰을 들여다보았다. 사람 얼굴은 안 보이고 머리통만 보인다. 그래도 누군지 한눈에 알 수 있었다.

"야, 너네 집은 옆 호실이거든?"

"향단아아, 문 좀 열어라아."

말꼬리가 땡볕에 수양버들 가지 늘어지듯 축축 늘어지고 있다. 이 자식, 술 처먹었구나. 취했으면 곱게 집에 가서 자빠져야지, 왜 날 찾아오냐고.

"지금 몇 신 줄 알아?"

"문 안 열어주냐아? 안 열어주우면 계속 두들긴다아?"

개늠시키.

욕을 중얼대며 문을 열자 앞으로 구부정하게 넘어와 있던 몸이 내 쪽으로 밀려왔다. 얼른 놀란 내가 옆으로 비키자, 녀석은 현관 바닥으로 볼썽사납게 나동그라졌다. 쯧쯧, 자알 논다.

"어디서 퍼마시고 이 난리야? 문 닫게 다리 좀 제대로 못 끌어들여?"

녀석이 말 잘 듣는 아이처럼 다리를 구부리고, 나는 문을 닫고 잠금쇠를 걸었다. 구겨진 몰골로 바닥에 누워 있는 꼴이 혼자 보기엔 아까울 정도다. 이걸 사진으로 찍어서 인터넷에 한번 올려봐? 생각은 잠시, 결국 포기했다. 후환이 두려워서 차마 그렇게까지 하지는 못하겠다.

"야, 김지완, 길 수 있냐? 길 수 있으면 좀 기어서 안으로 들어오지 그러냐?"

내 말에 녀석은 송충이처럼 몸을 줄였다 폈다 꾸물대며 침실 겸 거실까지 기었다. 도대체 얼마나 퍼마신 건지 모르겠다. 집까지 찾아온 게 용하다.

"향단아아, 물, 무울 좀 줘어……."

내버려 두고 다시 침대로 가려는데 이 자식이 발목을 잡고 애걸했다. 나는 돌아서서 망가진 몰골로 나를 올려다보고 있는 녀석을 물끄러미 내려다보았다. 엄청난 키 차이 때문에 늘 올려다보던 처진데, 이렇게 아래로 내려다보고 있으려니 좀 우쭐한 기분이 들기도 한다. 쯧, 풀린 눈 좀 봐라. 몇 초 후면 뻗겠군.

"내 이름은 이진향이라고 몇 번을 말해야 알아들을 거냐, 엉?

내가 향단이라고 부르지 말랬지?"

"삐졌냐아?"

"시끄러. 어디서 주정이야, 주정이? 너, 내가 새벽 2시 반에
일어나는 거 알지? 그런데 술 처먹고 오밤중에 찾아와서 이러고
싶냐, 응?"

내친김에 발끝으로 녀석의 머리통도 툭 차본다. 평소엔 꿈도
못 꿀 일이지만, 이 녀석은 술이 이렇게 많이 취하면 다음날 아
침은 아무것도 기억하지 못한다. 그러니 안심해도 된다. 에라,
이왕 한 거, 한 번만 더 밀쳐 보자.

나는 발끝으로 다시 녀석의 머리통을 툭, 밀었다. 제정신이었
다면 멱살이 잡혔겠지만 지금 녀석은 그저 물 좀 달라고 애원하
는 것 외엔 아무것도 생각나지 않는 모양이다.

냉장고에 가서 물을 가져와 주었더니 사하라 사막을 건너던
조난자처럼 벌컥벌컥 들이켠다. 그리고는 뭐라고 중얼중얼하더
니 이내 조용해졌다. 기절 반, 잠 반으로 뻗은 거다.

나는 옷장에서 담요 하나를 꺼내 널브러진 녀석의 몸에 덮어
주고 시계를 보았다. 새벽 한 시, 조금 더 잘 수 있으려나 모르
겠다.

다시 한 번 녀석을 쫙 째려보고 나서 꾸물꾸물, 이불 속으로
기어들어 갔다. 잠들기 전에 자명종이 맞춰진 것도 확인했다.
아, 꿈은 연장전 못 들어가나? 보스 이기고 싶었는데.

베개에 머리를 묻으며 나는 중얼거렸다. 번개 한 번만 내리쳤

으면 이기는 건데, 아깝다.

빼빼거리는 자명종 소리에 잠이 깼다. 멍한 머리로 일어나 화장실로 가려던 중, 뭔가에 걸려 자빠질 뻔했다. 누에고치처럼 담요를 둘둘 말고 누워 있는 녀석을 보고 흠칫 놀랐지만 곧 기억이 되살아났다. 요놈 때문에 보스 정복을 하지 못한 꿈이 아직도 아깝다.

담요 너머로 비죽 튀어나온 머리통을 발끝으로 살짝 건드렸다가 녀석이 뒤척이는 바람에 깜짝 놀라 욕실로 냉큼 들어갔다.

후다닥 씻고 밖으로 나와 옷을 갈아입은 후, 식탁에 메모를 남겼다. 열쇠는 우편함에 남길 것, 냉장고 안에 어제 만든 콩나물국이 있으니 먹고 싶으면 알아서 챙겨 먹을 것. 그리고 제일 중요한 것. 제발 술 처먹으면 너네 집에 가서 자빠져라.

목도리를 둘둘 감고 코트 단추까지 모두 잠근 후 장갑을 끼고, 어젯밤에 만들어둔 도시락을 냉장고에서 꺼내 들고 집을 나섰다. 가게까지는 걸어서 5분 정도, 하지만 추운 새벽엔 그 5분이 50분쯤으로 늘어난다. 2월 하고도 말, 즉 조금만 있으면 춘삼월인데, 어째서 날씨는 아직도 이렇게 춥기만 한 건지 이해가 안 된다. 지구온난화는 대체 어디로 간 거냐고.

가게에 도착해 문을 열고 안으로 들어가서 목도리를 풀었다. 뒤쪽 조리장 불을 켜고, 도시락을 구석에 내려놓았다. 그리고 코트를 벗은 후 앞치마를 둘렀다.

기름통과 환풍기에 스위치를 올리고, 글레이즈 통과 초콜릿 아이싱 통을 점검한다. 초콜릿이 좀 굳은 것 같아서 위에 분무기로 물을 뿌리고 네모난 주걱으로 긁어내리듯 섞는다. 어제 정리하고 갔던 글레이즈는 깔끔해서 손을 댈 필요는 없을 것 같다.

자그마한 반죽통에 재료를 넣고 케이크 베이스의 도넛 반죽을 먼저 만든다. 쇼트닝을 넣은 달아오른 기름에 종류별로 케이크 도넛을 떨어뜨려 구워낸다.

버터밀크 케이크, 블루베리 케이크, 플레인 케이크, 초콜릿, 스프링클, 시나몬……

따끈따끈한 케이크를 만들어내는 일은 꽤나 즐겁다. 케이크 베이스 도넛을 다 만들고 나면 기름의 불을 끄고 이스트 베이스 도넛을 만들어낼 차례다. 사과 조각과 시나몬이 듬뿍 들어간 애플 프리터는 가게에서 인기가 많다. 글레이즈와 초콜릿 다음으로 많이 팔려 나간다. 시나몬을 듬뿍 넣은 시나몬 롤도 인기가 좋다.

18킬로그램짜리 믹서에서 도넛 반죽들이 완성되는 동안 나는 치즈가 들어간 소시지를 크루아상 빵에 말아 오븐에서 구워내는 피기즈 인 블랭킷을 만든다. 영어로 하면 담요에 싸인 돼지들. 그럴싸한 이름이다. 여기서는 그냥 소시지 크루아상으로 통한다.

소시지 크루아상을 서너 판 만들어내어 부풀린 후, 오븐에 넣고 타이머를 맞춘다. 12분이 지나고 고소한 냄새를 풍기면 완성. 따뜻하게 유지하기 위해 보온처리가 되어 있는 진열장에 넣고, 그사이 반죽이 완성된 믹서를 밀고 와서 조리대 위에 반죽을 붓는다. 자체무게 18킬로그램에 안의 반죽까지 합치면 만만찮은 무게다. 이런 걸 번쩍번쩍 들다 보니 느는 거라곤 무식한 팔뚝 힘밖에 없다. 장담컨대 내 팔 힘이면 소도 때려잡을 수 있을 거다.

보들보들 부드러운 반죽을 밀어 편평하게 만들고, 도넛틀로 찍어낸다. 네모난 것들은 이클레어, 안에 크림이나 잼을 넣는다. 중간에 칼집을 넣어 꼬아 만든 것은 꽈배기. 일반 도넛들은 동그란 형태. 그중, 가운데 구멍에서 빠진 것들은 따로 모아서 도넛 홀(혹은 먼치킨으로 불리는)을 만든다.

모양이 완성된 반죽들을 부풀리기 위해 기계 안에 집어넣은 후 타이머를 맞춘다. 그리고 계산대 옆에 있는 커피 메이커에 스위치를 올려 커피를 뽑아낸다. 어제 청소를 했지만 다시 한번 가게 안을 대충 둘러보고, 음료수를 넣어놓은 냉장고에 빠진 음료수가 없는지도 확인한다. 늘 하는 익숙한 일의 반복.

미국에서 도넛 가게를 여러 개 가지고 있었던 이 가게의 주인 아저씨는 나의 외삼촌이기도 하다. 냉동으로 파는 커다란 체인의 도넛보다 직접 만들어서 파는 도넛이 훨씬 맛있다고 열변을 토하더니, 멋대로 한국으로 들어와 가게를 열었다. 작은 가게지만 근처에 큰 빵 가게가 없는 탓에 잘 팔리는 편이었다.

이 가게를 연 지도 벌써 4년째, 내가 들어와서 일을 도운 지는 2년이 좀 넘었다. 처음엔 장난 반, 호기심 반으로 시작했는데 하다 보니 마음에 들어서 본격적으로 하게 되었다. 그리고 외삼촌은 미국이 그립다느니 어쩌니 하며 이 가게를 내게 맡기고 5개월 전에 미국으로 들어가 버렸다. 말아먹지만 말라고, 한 달 가겟세만 자기 통장으로 넣어주면 나머진 전부 네가 알아서 하라는 말만 남기고 말이다.

뜨거운 커피를 다 마시고 행주로 카운터를 닦았다. 그리고 도넛들을 튀길 준비를 했다. 새벽 5시 30분이 되면 가게는 문을 연다.

오전에 아르바이트를 하는 윤희가 지각을 했다. 예비 삼수생인 윤희는 아침 6시부터 10시까지 일을 하는데, 오다가 앞쪽에서 차 사고가 나는 바람에 늦어졌다고 한다.

"언니, 화이트 스프링클 도넛이 좀 모자라는데요."

윤희의 말에 글레이즈 도넛을 서너 개 집어 그 위에 화이트 아이싱을 바르고 다시 알록달록 색깔이 예쁜 스프링클에 찍었다. 아이들이 자주 찾는 스프링클 도넛은 내 입에는 상당히 달게 느껴진다.

금요일 아침이라 좀 바빴다. 10시가 되어 윤희가 갈 때 즈음, 2차 도넛들을 다 튀겨냈다. 가게 문은 오후 3시가 되면 닫지만, 실제 내가 정리를 하고 집으로 가는 시간은 4시가 훌쩍 넘어서였다. 오픈 사인을 꺼도 가끔 들어오는 손님들이 있는데, 막판이라 서비스로 도넛들을 더 넣어주기 때문에 그걸 노리고 오는 사람들도 제법 있었다.

점심시간이 되자 가게는 한가해졌다. 나도 한숨 돌리고 도시락을 열었다. 언제나처럼 간단히 먹기 좋은 김밥이 주메뉴다. 냉장고에 넣어놨더니 김밥이 아니라 거의 돌덩이 수준이다. 전자레인지에 넣고 살짝 돌리니 조금 먹기가 수월하다.

뜨거운 물과 함께 김밥을 반쯤 먹어치웠을 때 방울이 울렸다. 손님이 들어왔다는 신호다. 얼른 젓가락을 내려놓고 물로 입안을 헹군 후 앞으로 나갔다. 하지만 들어온 사람은 손님이 아니라 지완이었다. 부스스한 몰골을 가리려고 야구 모자를 푹 눌러쓰고 있었다. 보아하니 일어나서 제 집에 들러 모자만 뒤집어쓰고 곧장 가게로 온 모양이다. 저런 몰골인데도 눈에 확 뜨일 정도로 멋지다니, 인생 참 불공평하다.

"뭐야, 너냐?"

"넌 손님을 그따위 인사로 반기냐?"

"네까짓 게 무슨 손님이라고, 쳇."

"죽고 싶냐?"

녀석의 눈동자가 차갑게 번득였다. 이쯤에서 찌그러지자. 어릴 때부터 저 자식하고 붙어서 이겨본 적이 없다.

"김밥 먹고 있었냐?"

지완이 코를 킁킁거리며 물었다. 참기름 냄새 때문에 금세 알아챈 것 같다.

"응."

"남았냐?"

"반 정도."

"그래? 됐다."

말이 끝나기가 무섭게 카운터 뒤로 돌아온 지완이 멋대로 뒤쪽 조리장 쪽으로 척척 걸어갔다. 어딜 가는 거냐는 내 말은 귓등으로도 듣고 있지 않았다.

"뭐야, 왜 이렇게 차가워?"

김밥 하나를 입에 넣고 우물대며 녀석이 얼굴을 찡그렸다. 멋대로 남의 도시락 뺏어먹는 주제에 뻔뻔하기도 하지.

"냉장고에 넣어놨던 거니까 그렇지. 그나마도 전자레인지에서 살짝 돌린 거야. 트집 잡을 거면 먹지 마. 나 먹기도 모자라."

도시락을 통째로 낚아채며 째려보자 지완이 눈을 아래로 내리깔았다. 눈매가 길면서 끝이 좀 올라가 있는 탓에, 저렇게 시선을 아래로 내리면 중압감과 함께 서늘한 한기가 느껴진다. 왠지 시키면 시키는 대로 해야 할 것 같은 분위기다. 물론 이런 비굴한 느낌에는 평생을 버둥거리면서도 녀석과 맞붙어 이긴 적이 없는 내 과거의 전적도 크게 한몫하고 있다.

"중국집 전화번호가 어찌 되냐? 짬뽕 하나 시키자."

"여기서? 안 돼. 냄새나."

"김밥 냄새도 나거든?"

"얼른 먹고 뒷문 열면 금방 빠져. 짬뽕은 집에서 시켜 먹으면 되잖아. 왜 남의 가게에 와서 귀찮게 이래?"

"어쭈? 귀찮아? 우와, 향단이 간이 많이 컸네?"

이 자식이 또 향단이 타령이다. 정말이지 성질 같아서는 불꽃 귀싸대기를 연타로 날려주고 싶지만 역시 참는다. 언제고 내가 신선이 되어 등천한다면 그건 모두 김지완이란 이름의 고뇌 탓일 거다.

"향단이라고 하지 말랬지? 왜 내가 향단이야? 진향이라고 똑바로 이름 부르지 못해?"

"넌 내 시다바리니까 향단이지. 왜, 방자라고 불러주랴?"

손이 부들부들 떨린다. 들고 있는 도시락으로 녀석의 머리통을 후려쳐 주고 싶다. 하지만 그러지 못한다. 이미 이 자식에게 이길 수 없음을 잘 알고 있는 내 몸은 주인의 생각을 행동으로 옮기지 않는다.

"아무튼 여기서 짬뽕은 안 돼. 내가 냉장고에 콩나물국 있다고 했잖아. 근데 왜 여기 와서 짬뽕 타령이야?"

"차가워서 안 먹었거든. 속 쓰려."

"집에 있는 전자레인지에 데워 먹으면 되잖아. 그것도 못해?"

"엉, 못해. 귀찮아."

아아, 이 뻔뻔한 자식을 대체 어쩌란 말이냐. 도대체가 그게 귀찮으면 어떻게 밥 먹고 사나? 차라리 굶어 죽어라, 자식아.

어쩜 그렇게 뺀질거리는 거냐고 뭐라 하려는 찰나, 방울 소리가 내 귀로 들어왔다. 손님이다. 잠시 이 싸가지없는 놈은 보류다.

도시락을 놓고 종종걸음으로 카운터로 나가니 익숙한 얼굴하나가 보였다. 내가 도넛 가게를 맡은 이후 종종 찾아오는 단골손님이었다. 언젠가 "근처 사시나 봐요?" 하고 말을 했더니 아파트 이름을 댔다. 내 오피스텔 뒤에 붙은 아파트, 그러니까 훈훈한 뒷집 총각인 셈이다. 말수가 적고 어딘지 우수에 젖어 보이는 눈빛이 좋아서, 종종 도넛 홀을 서비스로 넣어주곤 했다. 물론 이건 어디까지나 손님 관리 차원이지 사심이 있어서 그런 것은 절대 아니다.

"어서 오세요. 오늘은 뭘 드릴까요?"

생글생글 웃는 얼굴로 인사를 하자 진열장 안의 도넛을 보고 있던 그가 고개를 들었다. 미소 짓는 입가를 따라 생기는 보조개가 예쁘다. 뒤에 있는 지완이 자식도 꽃미남이지만, 저쪽이 눈 돌아갈 정도로 화려한 장미라면 이쪽은 안개꽃 같다. 수수한 듯하면서도 질리지 않고 사랑스럽다. 보고 있으면 절로 미소가 지어지는 남자.

"소시지 크루아상 3개, 그리고 글레이즈 도넛 3개 주세요."

목소리도 낮고 부드럽다. 이런 남자가 노래를 불러주거나 시를 읽어준다면 그야말로 환상이겠지.

집게로 주문한 것들을 봉지에 담으며 나는 그를 흘끔거렸다. 이렇게 안면 트고 지낸 지도 1년이 넘어가는데, 그의 이름조차 모르고 있다니, 좀 아쉽다. 물론 그도 나의 이름은 모…….

"향단아, 커피 좀 가져와라."

뒤쪽에서 들려오는 커다란 목소리에 움찔하고 말았다. 김지완, 저노무 자슥이 기어코 도움 안 되는 짓을!

어금니를 물고 조리장 쪽을 짝 째려봤지만 지완이가 나를 볼 수 있는 위치는 아니었다. 속으로 지완에게 욕을 퍼부으며 돌아섰더니, 아니나 다를까, 안개꽃남자의 입가가 미세하게 흔들리고 있었다. 태연한 척하지만 억지로 웃음을 참고 있는 것이 분명했다.

"향단이 아니거든요."

저도 모르게 불쑥 말이 나왔다. 말한 나도 놀라고, 안개꽃남자도 놀랐다. 조금 커진 그의 눈동자를 보는 순간, 얼굴이 화끈 달아올랐다.

"그러니까, 제 이름, 향단이 아니라고요."

"아, 네에."

안개꽃남자를 제대로 볼 수가 없었다. 오늘 하루 운세가 사납구나. 새벽에 지완이 놈이 술 처먹고 쳐들어왔을 때부터 알아봤어야 했다.

고개를 숙이고 빠른 속도로 계산기를 두드리는데, 내 귀를 의심하게 만드는 질문 하나가 날아왔다.

"그럼, 이름이 뭔데요?"

고개를 조금 들었다. 약간 붉어진 얼굴과 함께 안개꽃남자의 고운 눈매가 휘어져 있었다. 아우, 살인 눈웃음이구나. 여러 여자 잡겠다. 아니, 지금 그게 문제가 아니지. 방금 뭐라고 했지, 이 남자가?

멀뚱히 그를 바라보자 안개꽃이 다시 조심스런 목소리로 물어왔다.

"성함이 어떻게 되시는지…….."

"아, 저…… 이진향인데요."

"이진향, 예쁜 이름이네요. 난 김송우라고 해요."

어머, 어머, 이게 웬일이니? 1년이 넘도록 간단한 인사말 이외에는 해본 적이 없었는데 갑자기 통성명?

놀라서 멍한 얼굴로 안개꽃, 아니, 김송우를 빤히 바라보았다. 수줍은 듯 살며시 웃는 모습이 어찌나 눈부신지, 나는 그의 웃는 얼굴을 보려면 선글라스가 필요할지도 모른다는 유치한 생각까지 했다.

"얼마예요, 진향 씨?"

으아아, 간 떨린다. 진향 씨라니, 진향 씨라니…….

어물어물 총액을 말하고 돈을 받은 후 잔돈을 건넸다. 김송우란 남자가 참으로 기다란 손가락을 가지고 있다는 사실을 새삼 확인하며, 나는 꿈꾸는 기분으로 동전들을 그의 손바닥에 내려놓았다.

"그럼, 수고하세요. 진향 씨."

"네, 네에. 감사합니다."

딸랑, 방울 소리와 함께 그가 사라졌다. 하지만 나는 방금 일어난 일을 믿을 수가 없어서 멍하니 그가 사라진 문만 바라보고 있었다. 가슴이 멋대로 쿵쾅대며 얼굴이 뜨거웠다. 방금 있었던 일이 꿈은 아니겠지?

"뭘 그렇게 넋을 놓고 있어?"

지완의 목소리에 퍼뜩 정신이 들었다. 어느새 놈이 내 옆에 서 있었다. 나는 얼른 커피를 종이컵에 따라 지완에게 건네주었다. 언제부터 보고 있었던 걸까? 괜히 내 얼굴이 빨개진 걸 보고 놀릴 것 같아서 지완이 얼굴은 보지 않았다. 대신 도시락을 정리하려고 뒤쪽으로 부리나케 걸음을 옮겼다.

"너, 내일 아침에 덕지덕지 처바르고 나올 생각이지?"

엥? 이건 또 무슨 삽질하는 소리?

뜬금없는 소리에 걸음을 멈추고 고개를 돌리니, 지완이 나를 은근히 노려보고 있는 게 눈에 들어왔다. 뱀 앞의 개구리처럼, 나는 언제나 저런 지완의 시선 앞에서 딱딱하게 굳고 만다. 물론 오늘도 예외는 아니었다. 아 씨, 시선 한번 살벌하네. 망할 자식.

"무, 무슨 소리야?"

"새벽부터 얼굴에 처덕처덕 바르고서 혼자 예쁜 척, 헤실대면서 출근할 생각이잖아. 아니야?"

아니, 이 자식은 내 뱃속에 들어갔다 나왔나, 어떻게 저런 걸 다 아는 거야?

아닌 게 아니라 방금 내일은 좀 신경 써서 예쁘게 하고 나와 볼까, 생각했었다. 그런데 그걸 정곡으로 찔리고 보니 굉장히 머쓱해졌다.

"네가 그걸 어떻게 알아? 왜 넘겨짚고 그래?"

"넘겨짚어? 너, 내 모델 동기 이현이 한번 실물로 보고 싶다고 해서 점심이나 함께하자고 불러냈더니, 무슨 귀신 몰골을 하고 와서 날 식겁하게 만들었잖아. 기억 안 나?"

어머나, 치사한 자식. 그 참담한 기억은 왜 끄집어내고 지랄이실까?

얼굴이 화끈 달아오른다. 그때 일은 정말 내 기억에서 싹싹 지워 버리고 싶다.

모델 이현.

그를 처음 보고 반한 것은 화장품 향수 광고였다. 무슨 남자 피부가 저렇게 고울 수가 있나, 거기다 소년 같으면서도 묘하게 섹시한 매력을 풍기는 그의 모습에 반해, 화장품 가게에 부탁해 포스터까지 얻어 벽에 붙일 정도로 열을 올렸다. 그런데 그 이현이 미친 외모 말고는 볼 것도 없는, 아니지, 지완이 자식은 머리도 우라지게 좋은 놈이다. 미국에서 열여섯 살 때 고등학교를 졸업한 놈이다. 아무튼, 머리 좋고 외모 좋은 것 빼고는 볼 것도 없는, 아니, 아니다. 이번에도 틀렸다. 지완의 부모님 역시 유명인사다. 그러니까, 일단 외적인 것은 빼어난, 그러나 싸가지없고 성질 더러운 지완이 녀석과 같은 모델 에이전시 소속이란 걸 알게 되면서 나의 비굴함은 극에 달하고 말았다.

한 번, 딱 한 번만 실물을 보게 해달라고 지완을 조르며 온갖 굴욕을 당했는데, 어느 날 무슨 바람이 불었는지, 지완이 길게는 시간 못 내고 점심이나 같이 먹자, 고 말을 꺼냈던 것이다.

점심이나, 라니, 난 그저 운 좋으면 지완이 뒤에 서서 인사나 한 번 할 거라고 생각했었는데.

약속 당일을 위해 나는 매일매일 찜질방을 드나들며 내 주머니 사정이 허락하는 최대한의 피부 관리에 들어갔고, 온갖 잡지들을 섭렵하며 이현의 이상형에 대해 연구했다.

'화려한 듯하면서도 소박한 여자가 좋아요.'

어느 잡지의 인터뷰에서 이현이 말한 이상형이었다. 지금 생각하면 이 무슨 말도 안 되는 소리냐고 할 만한데(도대체 화려하면서 소박하다는 게 말이 되냔 말이다), 그때는 눈이 돌아가서 과연 멋진 이현 씨, 하고 혼자 감동까지 했었다.

아무튼 나는 화려하면서도 소박한 여자란, 화장은 잘하지만 옷차림은 수수한 여자, 뭐 그런 의미로 받아들였다. 그래서 잡지책을 옆에 놓고 열심히 그것 따라 얼굴에 그림을 그렸고, 희고 팔랑팔랑한 긴 플레어스커트와 연분홍의 여성스러운 블라우스로 그 이미지를 완성시켰다. 그리고 그것도 모자라서 새로 산 흰 구두를 신고, 연분홍 꽃이 달린 머리띠까지 했다. 길 가던 사람들이 나를 흘끔거리는 것조차 내가 예뻐서 그런 것이라고 망상에 빠졌으니, 그때 정말 내가 무슨 마음으로 그런 꼴을 했는지 지금 생각해도 창피하다.

내가 약속 장소인 레스토랑에 도착했을 때 나를 보던 이현의 표정은 지금도 잊지 못한다.

그는 웃지도 울지도 못하는 얼굴로 나를 보았고, 지완은 입을 벌리고 날 보더니 대뜸 한 첫마디가 이랬다.

'너 미쳤냐? 웬 광년이 모드?'

그 한마디에 이현의 참았던 웃음이 빵 터지고 말았다. 미안하다고 사과하면서 연신 웃는 이현의 모습은 내 가슴에 대못이 되어 박혔고, 지완은 테이블에 있던 냅킨을 들어 내 볼을 벅벅 문질렀다. 볼따구니에 대체 뭘 바른 거냐고 연신 창피를 주면서 말이다.

멍하니 있던 내가 할 수 있었던 일은 울음을 참고, 지완의 손에 있던 냅킨을 빼앗아 얼굴을 가린 채 그곳을 뛰쳐나가는 것밖에 없었다. 마치 무도회에서 달려나가는 신데렐라가 유리 구두 한 짝을 남겨두는 것처럼, 그러나 나는 완벽한 쪽팔림을 남겨둔 채로.

아무리 호박에 줄을 그어도 수박이 될 수 없다는 잔혹한 현실을 나는 그때 깨달았다. 그것도 숙련된 솜씨의 줄이 아닌, 초보의 빈약한 줄로는 절대 불가능하다는 것을.

나중에 이현이 그렇게 웃어서 정말 미안하다고 전화까지 해주는 수고스러움을 표했지만 비참함은 덜해지지 않았다. 어쨌거나 참담했던 그날 이후, 나는 신데렐라의 꿈을 버리고 분수에 맞게 살자고 현실에 눈을 뜨게 되었으니 아주 수확이 없었던 것도 아니었다······ 하는 건 서글픈 자기 위로. 하늘에 맹세코 그날 있었던 일은 두 번 다시 생각하고 싶지도 않은 끔찍한 기억이다.

나는 과거의 쪽팔림을 생각하고 있는 머리를 좌우로 획획 돌려 그 영상들을 떨쳐 냈다. 그리고 두 손으로 지완의 셔츠를 덥석 움켜쥐었다.

"잊어라. 응?"

"못 잊겠다면?"

능글거리는 녀석의 얼굴이 나를 내려다보고 있었다. 나는 주눅이 드는 자신을 다독거리며 눈에 한껏 힘을 주었다.

"너, 어렸을 때 몽정하고 그 팬티를 변기에 넣고 물 내렸다가 변기가 꽉 막혔던 일을 인터넷에 올릴 거다."

지완의 표정이 변했다. 붉어졌다가 순식간에 싸하게 변하는 모습에 나는 얼른 잡고 있던 셔츠를 놓으며 주름진 곳까지 토닥토닥 다독여 주었다.

"음, 짬뽕 시켜줄 테니까 잊어. 알았지?"

이쯤에서 후퇴하자. 어물쩍 웃음을 지었지만 지완의 살기는 누그러지지 않았다.

"야야, 너 완자님, 아니, 왕자님 포스 무너져. 눈에 힘 풀어, 왜 그래?"

런웨이 모델로 한창 주가를 날리고 있는 지완의 별명은 왕자님, 하지만 아니꼬운 나는 완자님, 이라고 그를 불렀다. 이건 녀석이 고기 완자를 무척 좋아하는 것과도 연관이 있다.

아무튼 급해서 급소를 찌르긴 찔렀는데 뒷감당이 안 된다. 저런 표정의 녀석은 무조건 달래고 피해야 한다. 한때 저 이야기를 협박이랍시고 꺼냈다가 나무에 거꾸로 매달리기까지 한 걸 왜 잊고 있었을까? 외모가 달리면 머리라도 좋아야지, 내 인생의 가장 큰 걸림돌은 바로 나 자신이란 걸 새삼스레 깨닫는다.

"야, 이진향."

옴마나, 살기 충만하네. 낮게 내 이름을 부르는 게 아무래도 위험하다. 나는 머릿속에서 울리는 경보음에 보다 확실한 백기를 들었다.

"깻잎으로 싼 고기 완자 해줄게!"

다가오던 지완이 주춤했다. 여기서 나는 다시 백기 하나를 더 들었다.

"참치 김밥도 싸줄게."

눈치를 슬슬 본다. 지완이 미간의 주름이 사라지고 있다. 역시, 먹히는구나.

"……거기다 시금치 된장국 추가. 풋고추 넣어서."

지완이 조건을 덧붙였다.

"알았어. 해줄게. 약속."

찔끔해서 고개를 끄덕이자 그제야 지완이 표정이 완전히 풀렸다. 나는 오른손으로 가슴을 쓸었다. 평소에 유들거리는 모습에 속아서는 안 된다. 지완이가 진짜로 열받으면 인생이 고달파진다. 가뜩이나 고달픈 향단이 인생, 더는 힘들고 싶지 않다.

나는 중국집 전화번호를 찾는 지완을 보며 한숨을 쉬었다.

어머니, 왜 하필이면 저 자식 집 도우미셨나요?

완자, 김지완과 향단이, 이진향의 인연은 꽤 일찍부터 시작되었다.

내 나이 세 살 때 아버지가 교통사고로 돌아가신 후, 가진 재주라고는 살림 사는 재주밖에 없었던 어머니는 도우미로 나섰다. 깔끔한 성격과 음식 솜씨로 도우미로서 꽤 인기가 있었던 어머니는, 내가 다섯 살이 되었을 때 입주 도우미로 들어가게 되었다. 해외로 자주 돌아다니는 부잣집 부부가 믿을 만한 입주 도우미를 원했던 것이다. 바로 내 인생이 꼬이기 시작한 시점이었다.

나와 동갑내기였던 지완은 어린 나이에 벌써부터 떡잎이 누런 싹수를 무럭무럭 보이며, 훗날 성깔 대마왕이 될 것임을 만천하에 알렸다. 그리고 그 마수의 희생양은 늘 가까이에 있던 나였다.

윌리엄 텔 지완을 위해 정원수 아래에서 사과를 머리에 이고 장난감 화살이 두려워 발발 떨어야 했던 것도 나였고, 정말로 냉장고 문이 안에서는 열리지 않는다는 것을 증명하기 위해 빈 냉장고 속에 밀어 넣어져 5초 동안 패닉 상태에 빠져 통곡했던 것도 나였다. 물론 나중에 그 사실을 안 우리 엄마와 지완의 어머니가 그 자식을 엄하게 나무라긴 했지만, 지완의 고문은 거기서 그치지 않았다. 단지 어른들 눈에 들키지 않도록 영악해졌을 뿐이다.

지완은 늘 나더러 맹하다고 놀렸는데, 분하지만 그건 사실이었다.

나보다 먼저 한글을 깨치고 영어를 배웠던 지완이 내게도 가르쳐 준다는 미명 아래 숙제를 모두 떠맡긴 것도 한참이 지난 후에야 알았고, 산타클로스가 특별히 오늘 밤만 나를 보러 온다는 말에 속아서 이브날 밤 옥상에 올라가 밤을 꼴딱 새고, 다음 날 응급실에 실려간 적도 있었다.

지완의 어머니가 우리 어머니와 나를 좋게 봐서 가난뱅이 이진향을 왕자님 김지완과 같은 사립 초등학교에 넣어준 것은 분명히 호의였지만, 솔직히 말해 그것은 불행의 서막이었다. 나는 지완의 시중꾼이나 마찬가지였으니까. 지완이 나를 향단이라고 부르기 시작한 것도 그때부터였다. 나는 내 인생에 더는 빛이 없다고 포기하게 되었다.

하지만 세상에 신은 존재하고 있었다. 나의 불행한 인생을 긍휼히 여기신 신께서, 지완이 녀석을 먼 이국땅으로 내쫓아주신 것이다.

초등학교 5학년 때 지완이 부모님과 함께 미국으로 이민을 가게 되자, 나는 정말로 만세삼창을 할 정도로 기뻐했다. 더는 지완이에게 들볶일 일이 없게 된다고 생각하니 세상이 온통 무지갯빛으로 찬란해 보였다.

하지만 막상 지완이네 집에서 나올 때는 조금 슬퍼서 눈물이 났었다. 앞으로 다시는 못 본다고 생각하자 토끼 똥만큼 서운했던 것이다.

지완인 나를 줄기차게 괴롭혔지만, 다른 아이들이 나를 괴롭히는 것은 그냥 두지 않았다. 초등학교 1학년 가을이었다. 내가 가난하다고, 지완이 곁에서 얼쩡거린다고 덮어놓고 날 미워하며 놀리던 아이들에게, 어느 날 녀석이 엄포를 놓았다.

'향단인 내 거니까 아무도 건드리지 마. 건드리면 너네들 다 내 손에 죽을 줄 알아.'

흠뻑 젖은 책가방을 들고 흙 묻은 몰골로 서서 억지로 울음을 참고 있는 내 손을 잡고, 지완은 그렇게 선언했다. 그래서 아이들은 나를 더는 괴롭히지 못하게 되었다. 그때 지완이 왕자님처럼 멋져 보였다는 사실은, 그리고 그것이 나의 짝사랑이자 첫사랑이었다는 것은…… 나만의 비밀이다.

그날 이후, 나는 고양이 앞의 쥐처럼 그 녀석에게 잡혀 사는 향단이 역할에 보다 충실하게 되었고, 마치 최면이라도 걸린 사람처럼 녀석에게 질질 끌려다니게 되었다. 어린 마음에 괴롭히긴 해도 날 지켜줄 사람이 지완이뿐이라고 생각했고, 또 지완을 남몰래 좋아하는 마음이 싹텄기 때문이다. 지금 생각해 보면 뭣에 단단히 홀렸지, 싶지만.

아무튼 이런저런 이유로 지완과 마지막으로 헤어질 때, 나는 바보처럼 울고 말았다. 정말로 서러웠다. 그리고 눈물콧물 범벅으로 우는 나에게 지완은 퉁명스레 말했다.

'넌 울면 되게 못생겼어. 가뜩이나 못생긴 게 질질 짜지 마.'

끝까지 남의 속 뒤집는데 일가견이 있던 놈이었다. 하지만 그렇게 말하던 지완의 눈에도 눈물이 고여 있었던 것을 나는 기억한다.

모진 악연이랄까, 인연의 장난으로 내가 다시 지완을 만나게 된 것은 외삼촌 탓이었다.

한국에서 가정부 노릇 하는 누나 꼴을 못 보겠다고, 자신이 어느 정도 기반을 잡은 캘리포니아로 오라고 초청한 것이 내가 중1 때였다. 가끔 지완을 생각하기는 했어도 이미 옛날 짝사랑 단계는 지나, 혼자 미래의 사랑이나 연애에 대한 공상을 자주 하며 보내던 시기였다. 미국으로 간다고 결정이 나고서도 솔직히 지완을 떠올리기보다는 금발에 파란 눈의 상냥한 왕자님을 멋대로 기대하고 있었다. 그런데 낯선 미국 땅에 도착하고 5개월이 지나 해가 바뀔 때 즈음, 나는 동화 속 왕자님이 아닌, 내 인생의 트라우마와 조우하고 말았다.

아직 서툰 영어 때문에 학교에 적응을 하지 못하던 내게 유일한 친구는 음악이었다. 어느 날 외삼촌이 하는 도넛 가게가 있는 작은 쇼핑몰의 가게에서 CD를 고르고 있었는데, 갑자기 익숙한 한국어가 들려왔다. 고개를 돌리니 거짓말처럼 거기에 지

완이 서 있었다. 불과 몇 년이란 시간 사이, 지완은 엄청난 키로
자라 있었고, 목소리도 남자처럼 바뀌어 있었다. 나는 너무 놀
라서 입을 반쯤 벌린 채 말을 하지 못했고, 지완도 어지간히 놀
랐는지 눈만 깜박이고 있었다. 이윽고 몇 초의 시간이 흐른 후,
지완이 씩 웃으며 한 첫마디는 이랬다.

"어라, 향단이 아냐?"

나는 신이 인간의 땅을 떠나셨음을 깨달았다.

녀석이 사는 동네는 골프장을 끼고 있는 부자 동네에, 다니는
학교도 영재들이 다니는 좋은 학교였다. 문제는 그런 동네가 내
가 살고 있는 곳과 불과 15분 거리밖에 되지 않는다는 사실이었
다.

지완은 멋대로 우리 집으로 찾아왔고, 일요일에 삼촌네 가게
에서 일을 도와주는 나를 보러 오는 수고도 마다하지 않았다.
겉으로 보기에는 참으로 똑똑하고 침착한 소년이었지만, 나는
알고 있었다. 여기서도 나는 이 자식의 쫄다구 노릇을 하게 될
거라는 걸. 그리고 그건 내 예상대로 되었다.

우리가 미국으로 이민을, 그것도 옆 동네로 오게 된 것을 기
뻐한 지완의 어머니는 우리 어머니와 나를 보기에도 황공하신
집으로 초대를 했고, 삼촌네 집에서 얹혀사는 우리에게 친절하
게도 자기네 뒤뜰에 있는 손님용의 작은 독채에서 살라고 말해
주었다. 그것도 엄청나게 싼값으로, 가끔 자신이 집을 비울 때
집 관리를 해주는 조건으로 말이다.

처음에 어머니는 망설였다. 하지만 삼촌네 집은 아들만 셋이라 사춘기에 접어드는 내가 있기에는 부적합하다고 생각하던 중이었다. 삼촌이 무리하게 도넛 가게를 두 군데 더 열어서 자금에 압박을 받고 있는 상황이기도 했다.

지완의 어머니는 고용주라고 해서 거들먹거리거나 업신여기는 사람이 아니었고, 늘 나 같은 딸이 있으면 좋겠다고 어머니를 부러워하며 내게도 무척 잘 대해주었다. 그런저런 이유로 어머니는 그 호의를 받아들이기로 결심을 했다.

'그래, 이것도 인연인 게지.'

그 말을 끝으로 어머니는 다시 반 입주 도우미가 되었다. 그게 보기 싫다고 미국까지 누나를 데리고 왔던 외삼촌도, 어머니의 이야기를 차분히 다 듣고는 찍소리하지 않았다. 내 의견 따윈 아무 소용도 없었다. 결국 나는 다시 대마왕의 소굴로 들어가야만 했다.

그때부터 시작되었던 나의 고된 나날에 대해서는 언급하지말자. 자꾸 생각하면 정말로 가솔린 들고 쳐들어가서 저 대마왕자식을 불태워야 할지도 모른다.

어쨌거나 지완은 그때부터 이미 휘황찬란한 외모로 사람들의 시선을 끌었는데, 꽤 이름난 사진작가인 어머니의 모델 노릇을 간간이 해주던 것이 어느새 본격적인 모델 생활로 이어지게 되었고, 그가 17세가 되던 해에는 밀라노의 패션쇼에도 섰다. 동양인으로서는 파격적인 일이었다. 녀석의 앞길은 그야말로 장

밋빛 인생이었던 것이다. 그러나 18세가 되던 해, 지완은 느닷 없이 군대를 가겠다며 한국으로 들어가더니 정말로 입대를 해 버렸다.

나는 그때 어설픈 사랑의 열병을 앓느라 지완이 왜 한국에 들 어가는지도 몰랐다. 어느 날 "너, 한동안 자유다."라는 말을 남 기고 사라진 지완이 한국으로 갔다는 것도 며칠이 지나고 나서 야 알았으니까. 그리고 그때 녀석이 시민권을 따지 않았다는 사 실을 알고 좀 놀랐다. 물론 나도 시민권을 따지는 않았지만, 난 언제고 한국으로 돌아가 살 생각이었다. 단지 지완도 그런 생각 을 하고 있었다는 것이 의외였다.

미국에서 고등학교를 졸업하고 대학에 진학했던 나는 캠퍼스 에서 본 금발의 매력적인 멕케야에게 홀딱 반했다가, 그가 눈부 신 미녀 아비게일과 바람피우는 것을 알고 좌절했다. 한껏 용기 를 내어 고백한 내게 고마워, 라고 대답하며 사귀었던 멕케야 는, 팔등신의 금발미녀 아비게일이 그에게 접근하자 냉큼 나를 버렸다. 이유는 간단했다. 그는 아름답고 화끈한 아비게일이 더 좋았다고 했다. 너무도 당연하다는 듯이 말하는 멕케야에게 나 는 더 따지지도 못하고 물러섰다. 역시나 여자는 예쁘고 봐야 했던 것이다.

그 사랑의 좌절로 비틀거리던 나는 별 의미도 없이 갔던 대학 을 그만두고 외삼촌을 따라 한국으로 들어왔다. 미우나 고우나 그래도 질기게 알아온 지완이 녀석 면회도 갔다. 사실 지완의 어머니가 면회 한번 가보라고 부탁한 탓도 있었다. 내가 면회를 가자 깜짝 놀라던 지완의 얼굴이 지금도 생생하다.

눈물콧물 범벅으로 멕케야에 관한 이야기를 쏟아내는 나에게 지완은 아무 말도 하지 않고 머리만 쓰다듬어 주었다. 그리고 그게 위로가 되었다. 또한 내 발등을 내가 찍은 꼴이 되기도 했다.

군대에서 제대한 지완은 모델 에이전시로 들어가더니 곧바로 다시 모델로 활동을 시작했다. 할 일 없이 한국에서 방황하던 내가 본격적으로 도넛 가게 일을 거들 때와 비슷한 시기였다. 녀석은 반 우격다짐으로 나를 자신의 아버지가 소유하고 있는 오피스텔에 밀어 넣더니, 보란 듯이 옆집을 자기 집으로 삼은 후 본격적으로 날 부려먹으며 살고 있다.

바로, 이렇게!

깻잎으로 싼 고기 완자를 뒤집으며 나는 이를 부드득 갈았다. 이진향의 24년 인생의 대부분이 저 완자님 김지완의 시다바리 인생으로 점철되어 있다는 게 한심하다. 그중에서도 제일 한심한 건 뻔히 알면서도 어쩔 수 없이 그에게 휘둘리고 있는 나 자신이다.

그래, 솔직히 인정한다. 미운 녀석이지만 미운 정도 정이라고, 나름 정이 없는 것도 아니다. 하지만 저 자식 땜에 앞으로의 내 인생이 자꾸 꼬일지도 모른다고 생각하면 자다가도 벌떡 일어날 정도로 열받는다. 저 자식 뒤치다꺼리하느라 변변한 친구

하나 제대로 없는 것만 봐도 알 수 있다. 친구만 없냐? 애인도 없다. 미국에서 학교 다닐 때도 남들 다 사귀는 남자친구를 나는 저놈 때문에 사귀어본 적이 없다. 좀 마음에 드는 애가 있어서 데이트라도 할라 치면 귀신같이 나타나서 훼방을 놓았기 때문이다.

한때 잠깐 정신이 나가서, 나는 저 녀석의 그런 면이 혹시라도 나를 좋아해서 그런 게 아닐까, 하고 착각한 적이 있었다. 하지만 아니었다. 녀석에게 나는 장난감과 같은 소유물에 속해 있는지라, 그저 남이 손대는 게 싫었을 뿐이다. 저는 쭉쭉빵빵 예쁜이들과 잘만 연애질하고 다닌 주제에!

생각하니 또 열이 뻗친다. 완자에 침이라도 뱉어볼까? 잘 구워진 완자를 보며 나는 악마의 속삭임에 흔들렸다. 침만 뱉을 게 아니라 머리카락도 돌돌 말아 넣으면…….

입안에 침이 정말로 고여들기 시작할 무렵, 현관에서 울리는 초인종 소리가 나를 제정신으로 되돌렸다. 얼른 불을 낮추고 모니터를 확인한 후에 문을 열었다. 하얀 스웨터에 푸른 파자마 바지를 입은 지완이 털실 슬리퍼를 끌며 안으로 들어왔다.

"어, 냄새 좋다. 향단아, 저녁 차려라."

아, 저놈의 주둥이를 들고 있는 뒤집개로 때려주고 싶다.

하지만 나는 뒤집개를 들고 있는 손을 얼른 뒤로 감추며 억지 웃음을 지었다. 때리는 것까지는 할 수 있어도 역시나 그 뒷감당은 자신이 없었으므로.

식탁에 앉는 지완을 무시하고 고기 완자를 마저 구워냈다. 그리고 시금치 된장국이 다 된 것을 확인하고 불을 껐다. 고슬고슬하게 지어진 밥을 퍼서 그릇에 담고, 몇 가지 밑반찬을 담아낸 후, 완자며 국, 양념장을 내놓았다. 그사이 지완은 손가락 하나 까딱하지 않고 내가 움직이는 것만 바라보고 있었다. 빈말이라도 도와줄까, 하고 묻지 않는다. 게으른 자식, 못된 자식, 매너라고는 쥐똥만큼도 없는 자식.

꿍얼꿍얼, 투덜투덜, 혼자 속으로 욕을 해가며 수저를 놓고 맞은편에 앉았다. 된장국을 한입 떠먹은 녀석이 흘끔 나를 보았다. 뭐야, 또 트집 잡고 싶은 거냐? 땡초 넣고 싶은 걸 참고 그다지 안 매운 고추 넣었는데, 설마 그게 못마땅한 건 아니겠지?

"왜, 매워? 간이 안 맞아?"

내가 묻자 지완이 국을 한입 더 떠먹고는 고개를 저었다.

"아니. 됐어. 못 먹을 정도 아니야."

맛있다고 하면 혓바늘이라도 돋는 줄 아는 모양이다. 맛없으면 대번에 성질부렸을 거면서.

나도 국을 한입 떠먹고 양념 김을 집어 밥 위에 얹었다. 내일은 토요일이라 평소보다 많은 도넛을 만들어야 했다. 즉, 좀 더 일찍 일어나서 힘을 써야 한다는 이야기다. 거하게 먹고 잘 자둬야지.

반찬을 골고루 집어가며 맛있게 밥을 먹고 있는데 갑자기 지완의 젓가락이 완자를 집는 내 젓가락을 가로막았다. 눈을 부릅 뜨고 쳐다보니 지완의 눈매가 가늘게 좁혀지는 것이 보였다.

"왜 이래?"

밥을 꿀꺽 삼키고 물었더니 하는 대답이 가관이다.

"네 개밖에 안 남았잖아. 넌 먹지 마."

"야, 내가 만든 거거든? 그리고 네 개씩이나 남은 거야."

"네가 만들었어도 완자는 내 꺼야. 잊었냐? 더 먹고 싶으면 마저 굽든지."

만들어둔 완자는 제법 많았지만 절반만 굽고, 나머지는 냉동 실에 넣어두었다. 겨우 하나 먹자고 나더러 지금 그 짓을 하란 말이니?

"치사하고 더러워서 안 먹고 만다."

순순히 포기했다. 저거 아니더라도 먹을 반찬은 많다. 완자 대신 감자조림으로 젓가락을 옮기고 남은 밥을 마저 먹었다. 평 소 먹는 양이 적은 지완은 나보다도 밥을 적게 먹는 주제에 또 먹는 속도는 엄청 느리다. 정말 타고난 왕자님, 아니, 완자님이 다.

밥 한 그릇을 게 눈 감추는 속도로 먹어치우고 나니 포만감이 밀려왔다. 젓가락을 내려놓고 행복한 기분이 되어 의자에 등을 기댄 채 작게 트림을 했다. 사실 하지 않아도 되지만 지완이 녀 석이 치를 떨며 싫어하는 짓이라 일부러 했다.

아니나 다를까, 완자를 먹던 녀석의 동작이 딱 멈췄다. 그리고 그 사나운 시선이 가차없이 내 얼굴로 날아와 꽂혔다.

"넌 정말 무슨 계집애가 남자 앞에서 트림을 하고 그래? 아, 진짜 밥맛 떨어지게, 재수없게……."

"미안. 생리작용이라 어쩔 수가 없다. 성질 더러운 네가 참아 야지, 어쩌겠니?"

완자를 내려놓는 지완의 얼굴에 짜증이 덕지덕지 붙어 있었 다. 저런, 사수하던 완자를 안 드시려고? 그럼 이 몸이 먹어드릴 수 있지.

"왜, 더 안 먹어?"

밥도 절반 가까이 남았다. 내가 슬쩍 밥그릇을 보며 묻자 지 완이 신경질을 부렸다.

"너 같으면 먹겠냐? 치워, 안 먹는다."

"그래? 할 수 없지 뭐."

발딱 일어난 내가 남은 완자 중 하나를 손가락으로 집어 입에 넣었다. 내가 만들었지만 고소하고 쫄깃한 맛이 일품이다. 깻잎 향도 죽인다. 하나 더 집는데 지완의 손이 내 손목을 덥석 잡았 다.

"왜, 또?"

"너 일부러 트림했지?"

"일부러 트림을 어떻게 하니?"

태연하게 말했지만 물론 거짓말이다. 나는 마음만 먹으면 트 림을 얼마든지 할 수 있다. 피나는 노력까지는 아니지만, 외삼촌 막내아들에게서 비법을 전수받아 연습한 덕분이다. 물론 지완이에게 써먹으려고 한 건 아니었지만, 결과적으로 꽤나 유용한 복수의 도구가 되었다.

"왜 못해? 내가 완자 안 주니까 일부러 한 거 맞지?"

"왜 또 시비야? 내 손목 잡아보고 싶어서 시비 거는 거야? 에이, 그냥 곱게 말해도 잡아볼 영광을 줄 수 있는데."

유들거리는 내 말이 끝나기 무섭게 지완의 눈빛이 변했다. 아차, 저 눈빛은 바로…….

도망가려고 했지만 늦었다. 벌떡 일어난 지완이 내 옆구리를 간질이기 시작했다. 나의 치명적인 약점이다. 다른 곳도 그렇지만, 옆구리 간지럼은 특히나 견디지 못하는 부분이었다.

비명을 지르며 몸을 틀었지만 지완의 손에서 벗어나지 못했다. 허덕대며 몸부림치던 내가 발길질을 시도했다. 그러나 역시 소용없었다. 188센티의 지완은 160센티가 겨우 되는 나를 가볍게 압도하고 있었다.

"꺄하하하, 그, 그만, 아하하하학, 하, 항복, 항복!"

온갖 기묘한 웃음과 비명이 뒤섞인 내 말에도 지완은 멈추지 않았다. 이러다 숨넘어가서 죽을 것 같다. 몸을 꼬아가며 벗어나려고 버둥대던 찰나, 뼉, 하는 이상한 소리와 함께 뒤통수에 불이 붙었다. 동시에 지완의 간지럼 태우기가 멈췄다. 하지만 뒤통수에 작렬한 통증 때문에 그걸 기뻐할 틈도 없었다. 핑 도는 눈물이 금세 볼을 타고 뚝 떨어져 내렸다.

"어, 어, 야, 향단아, 우냐?"

쌍놈아, 그럼 이게 웃는 걸로 보이냐?

버둥거리다가 개수대 모서리에 뒤통수를 박은 것이다. 나는 두 손으로 머리를 감싸 쥐고 바닥에 주저앉았다. 당황한 지완이 같이 앉으며 내 뒤통수에 손을 대려고 했다.

"건드리지 마, 아프단 말이야!"

"어, 미안."

사과도 반갑지 않았다. 그저 뻐근한 이 통증이 얼른 가셔줬으면 했지만, 물론 쉽게 가실 리가 없었다. 고개를 푹 숙인 채 오른손으로 눈물을 닦는데 지완이 한껏 몸을 숙여 자신의 얼굴을 내 얼굴 바로 밑에 들이밀었다. 미안해하는 그의 눈빛이 내 눈과 딱 마주쳤다.

"많이 아프냐?"

"너도 한번 박아볼래?"

"야, 미안하다. 설마하니 그렇게 될 줄 누가 알았냐?"

"그래서 하지 말라고 했잖아!"

"미안하다고 했는데 왜 소리 지르고 그래? 네가 먼저 일부러 건드리니까 그렇잖아. 못 이기면서 왜 악착같이 덤벼, 덤비길."

얼레, 이제 오히려 자기가 성질을 부린다. 진짜 적반하장이 따로 없다. 그래, 이 자식은 원래 이런 놈이었다. 미안하다는 한 마디면 모든 게 해결되는 줄 안다. 아메바 같은 놈.

"됐어, 냅두고 너네 집이나 가. 너하고만 있으면 모든 게 꼬여. 남은 완자 가지고 가란 말이야!"

버럭 소리를 지르자 지완이 벌떡 일어났다. 그리고는 휑하니 밖으로 나가 버렸다. 아, 나쁜 새끼. 성질 더러운 자식.

바닥에 주저앉아 욱신거리는 뒤통수를 부여잡고 한참을 있었다. 그리고 일어나서 식탁을 치웠다. 완자 두 개 반이 접시 위에서 나를 올려다보고 있었다. 젓가락으로 쿡 찍어서 다 먹어치웠다. 그리고 분노의 설거지를 시작했다. 물을 사방으로 튕기는 것도 아랑곳하지 않고 설거지를 마치고 나니 뒤통수가 욱신욱신 쑤셔왔다. 아무래도 두통약을 하나 먹어야 할 것 같다.

선반 캐비닛 문을 열고 약통을 뒤적거렸지만 두통약은 없었다. 며칠 전에 먹으면서 사야지, 하고 생각했던 게 떠올랐다. 약국까지 사러 가기도 귀찮고, 딱히 두통이 일어나서 죽을 것 같지도 않으니 그냥 참기로 했다. 내일 가게 나가서 시간날 때 사면 되겠지.

그냥 잘까, 하다가 잠이 안 와서 따뜻한 코코아를 한 잔 탔다. 커피를 마시고 싶은데 마시고 나면 잠을 못 잘 것 같아 그것도 아침까지 참기로 했다. 뜨거운 코코아를 후, 불어서 한 모금 마시려는 찰나, 현관문 열리는 소리가 들렸다. 깜짝 놀라 돌아보는데 지완이가 보였다. 두꺼운 점퍼를 입은 녀석이 식탁에 앉아 있는 나를 보고 성큼성큼 다가왔다.

"겁도 없이 너는 문도 안 잠그고 있나?"

"난 얼굴이 무기라서 아무도 날 덮칠 일이 없을 거라며?"

속으로 뜨끔했지만 저 얼굴을 보고 있자니 다시 신경질이 나서 나도 쏘아붙였다. 같은 말이라도 좀 곱게 하면 귀신이 잡아가느냔 말이다.

"세상에 하도 이상한 놈이 많으니까 하는 소리지. 못생긴 여자만 좋다고 하는 놈도 있을 거잖아, 뚱뚱한 여자가 섹시하다고 생각하는 놈들도 있으니."

저게 칭찬이나 위로는 아니겠고, 지금 나랑 죽어보자는 걸까?

심각하게 고민이 되는데 지완이 주머니에서 뭔가를 꺼내 식탁 위에 내려놓았다. 약국 마크가 찍힌 봉지다. 슬쩍 들여다보니 두통약이 들어 있다. 갑자기 코끝이 찡해졌다. 어우야, 싸가지, 너도 양심이라는 게 있긴 있었구나.

"진통제니까 먹어둬. 내일 아침쯤 되면 많이 아플 거라고 하더라."

뚱한 표정으로 말한 지완이 맞은편 의자에 앉았다. 조금 감동이 되어 화났던 것도 잊고 약과 지완을 번갈아 보았다.

"코코아 마시냐?"

내 시선을 슬쩍 피하던 지완이 컵을 보며 물었다.

"응."

"한잔 타와라, 향단아."

한쪽 팔을 의자 뒤로 척 걸치며 녀석이 여유만만하게 주문했다. 그래, 네 싸가지가 어디로 가겠니.

　말없이 일어나 물을 올리고 가스레인지에 불을 켰다.

　여기는 에이스 오피스텔 502호, 향단이 옆집에는 완자님이
살고 있다.

*

🦉 내 이름은 김지완. 그리고 옆집에 사는 이진향, 일명 향단이는
어릴 때부터 내 밥이었다. 어딘지 좀 맹하고 덜떨어진. 그러나 뭐든지
열심히 하고 사는 낙천적인 애라서 보고 있으면 질리지가 않았다. 아
니, 질리는 건 둘째 치고, 언제 어디서 무슨 사고를 칠지 몰라서 늘 곁
에서 돌봐줘야 했다.

　솔직히 맨 처음에는 그냥 새로 강아지 한 마리를 집에 들여놓은 것
같아 호기심에서 자꾸 건드려 봤다. 금세 기가 죽을 거면서도 발끈해
서 덤비는 계집애가 밉지 않았다. 나랑 동갑이라고 하는데, 어째 하는
짓을 보면 나보다 어려도 한참은 어렸다. 툴툴거리면서도 시키면 시
키는 대로 곧잘 하는 것도 재미있었다. 재미있는 장난감이 하나 생겼
다, 그때는 정말 딱 그런 기분이었다.

　우리 집이 미국으로 이민을 갈 때, 난 향단이가 올 줄 몰랐다. 향단
이 반응이 재미있어서 늘 놀려대고 못살게 굴었으니 내가 없어지면
좋아할 거라고 생각했다. 그런데 향단인 울었다. 입으로는 너 같은 거
가버려서 속이 다 시원하다고 한 주제에, 내 앞에서 구슬 같은 눈물을

뚝뚝 흘리며 울었다. 향단이가 우는 게 속상했다. 화나게 만드는 한이 있어도 울게 만들긴 싫었다. 향단이가 울면 나도 같이 울고 싶어지니까, 뭘 어째야 좋을지 모르게 되니까.

그래서 심술궂은 말이 나가고 말았다. 사실은 울지 말라고 달래주고 싶었는데, 나중에라도 꼭 다시 찾아오겠다고 하고 싶었는데 말이다.

미국에서 다시 향단이와 재회했을 때는 정말 놀랐다. 운명이라는 것이, 신이라는 것이 진짜 있다고 여겨졌다. 그리고 헤어져 있던 시간 동안, 향단이는 여자아이에서 소녀가 되어 있었다. 녀석이 여자라는 사실을 그때 처음으로 자각했다. 하나도 변한 것 없는 성격, 그러나 몸은 여자가 되어가고 있는 향단이가 어색해서 나는 어떻게 그녀를 대해야 할지 몰랐다. 그래서 늘 하던 대로 대했다. 그렇게 하는 것만이 자연스럽다고 믿었다. 때때로 여성스러운 모습의 그녀를 대할 때면 강도가 심한 말이 튀어나가거나 행동도 거칠어졌다. 스스로가 유치하다고, 아이 같고 풋내난다고 생각하면서도 어쩔 수가 없었다. 새삼스레 그녀를 여자로 본다는 것 자체를 받아들이기가 어색했다. 그리고 세 살 버릇 여든까지 간다고, 그건 지금까지도 꾸준히 이어지고 있었다. 좀 잘해줘야지, 하고 생각을 하면서도 막상 얼굴을 대하면 퉁명스러워지는 것이다.

게다가 저 계집애는 인물 조금 반반한 남자만 보면 정신을 못 차리는 푼수다. 그것도 여자처럼 예쁘장하게 생긴 놈한테 무지하게 약하다. 도대체 나같이 잘난 남자를 옆에 두고 다른 데로 눈을 돌리는 심보가 뭔지 알 수가 없다.

어쨌거나 언제까지 이러고 지낼 수 없다는 건 아는데, 어디서부터 시작을 해야 할지 나도 모르겠다. 정말이지 눈치라고는 없는 계집애다. 남의 속을 이렇게 몰라주다니. 딱 미치겠다.

   토요일 아침은 예상대로 바빴다. 토요일 하루, 가게 오픈부터 마감까지 일하는 윤희도 미친 듯이 바빴고, 도넛 만들어내며 간간이 손님도 보는 나도 눈 돌아갈 정도로 바빴다. 겨우 한숨 돌리고 나니 시계는 오후 1시를 훌쩍 넘기고 있었다.

   "윤희야, 점심 먹고 와. 배고프지?"

   "언니는요?"

   "난 됐어. 여기 도넛 남은 거 좀 먹고, 집에 가서 밥 먹으면 돼."

   지완이 때문에 도시락을 미처 챙겨놓지 못해서 그냥 왔다. 어차피 오늘 저녁은 참치 김밥을 만들어줘야 하니 좀 참았다가 집에 가서 거하게 먹고 싶다. 내일은 가게 노는 날이니까 원없이 자야지.

윤희가 점심을 먹으러 간 사이, 나는 뒤에서 글레이즈 통을 정리했다. 이미 도넛들은 다 만들어놓아서 더 쓸 일은 없다. 귀찮기는 하지만 매일매일 글레이즈 통을 깨끗이 손질해야 한다. 물을 붓고 기름이 뜨기를 기다리는 동안, 믹서기를 씻었다. 딸기와 화이트, 카라멜 아이싱이 굳지 않도록 잘 저어두고 통의 테두리를 깨끗하게 정리했다. 소시지 크루아상을 놓았던 빈 트레이들은 윤희가 와서 씻을 거니까 내버려 두고, 대신 도넛들을 놓았던 빈 트레이들을 뜨거운 물로 씻어냈다. 음료수 빈 것을 확인하고 작은 창고에서 콜라며 주스, 물병을 들고 와 도로 채워 넣었다. 커피 메이커 주변을 행주로 닦고, 진열장 유리 윗부분을 닦고 있는데 손님이 들어왔다. 김송우, 안개꽃남자였다.

"어서 오세요, 송우 씨."

"안녕하세요, 진향 씨."

그가 부드럽게 웃었다. 아아, 가슴이 떨린다. 얼굴도 좀 달아오른다. 그저 이름을 불린 것뿐인데, 나는 김춘수 시인의 시처럼 그에게로 다가가 꽃이 되고 싶어진다.

나는 배시시 웃으며 그가 진열장 안의 도넛을 보는 것을 물끄러미 지켜보았다. 조금 긴 듯한 머리칼이지만 그에게 잘 어울렸다. 가느다란 머릿결, 손가락으로 만지면 어떤 기분이 될지 궁금하다.

"언니, 저 왔어요."

문이 열리며 윤희가 들어왔다. 송우를 보고 간단히 인사를 한 윤희가 뒤쪽으로 설거지하러 간다는 손짓을 해 보이고 사라졌다. 곧 송우가 먹고 싶은 도넛을 골랐다.

"시나몬 롤 2개로 할게요."

먹음직스런 롤 2개를 봉지에 담고, 덤으로 도넛 홀도 담았다. 송우가 고맙다며 싱긋 웃었다. 저렇게 편안하고 부드러운 미소를 짓는 저 남자에게 자꾸 호기심이 생긴다.

……하지만 애인이 있을 거야. 저런 부드러운 꽃미남을 여자들이 그냥 놔뒀을 리가 없지.

눈으로 보는 것만으로 만족하자고 생각하며 돈을 받고 거스름돈을 건네주었다. 그가 가벼운 고갯짓으로 인사를 한 후 가게를 나서자 왠지 허전한 기분이 들었다. 저 남자 애인은 어떤 여자일까? 계산기를 보며 한숨을 쉬던 나는 문을 열고 들어오는 소리에 번쩍 고개를 들었다. 하지만 손님 접대용 미소를 짓던 내 얼굴은 미소가 채 완성되기도 전에 일그러졌다. 들어온 사람은 이웃집 웬수, 사악한 대마왕 김지완이었다.

"쯧쯧."

나를 보자마자 혀를 차는 지완의 모습에 기분이 확 상했다. 송우를 보고 좋았던 기분이 금세 바닥으로 곤두박질쳤다.

"왜 자꾸 찾아오고 그래? 도넛 먹고 싶어?"

"단 거 안 먹는 거 알지?"

"아 글쎄, 그러니까 왜 여길 자꾸 오냐고."

"지나던 길에 들렀다. 좀 반반한 남자만 보면 침 흘리는 버릇은 여전하지, 쯧쯧."

"너한테는 안 흘리거든?"

"분수를 아는 거지. 흘린다고 뭐가 될 게 아니니까."

하여간 한마디도 안 진다. 말하는 나만 피곤하다. 여기 왜 왔는지 대충 짐작이 가니까 얼른 보내 버리자.

"뒤통수 괜찮으니까 걱정 마. 좀 붓긴 했어도 아파서 죽을 지경은 아니니까."

내 말에 지완이 몸을 좀 숙이더니 내 팔을 잡고 카운터 너머로 확 당겼다. 휘청거리며 손으로 카운터를 짚고 코 찧는 것을 간신히 면했는데, 녀석이 내 뒤통수를 슬그머니 만졌다. 완만한 선을 그리는 혹 하나가 나 있다. 건드리면 꽤 아픈데, 의외로 지완의 손길이 부드러워서 아프지 않았다.

"많이 안 아파?"

낮은 지완의 목소리에 나는 녀석의 손을 떼어내며 몸을 일으켰다.

"왜, 미안하긴 하니?"

"안 아프면 됐고. 하긴 돌머리가 그 정도로 쉽게 깨지지는 않겠지."

"너, 혹시 학원 다니니?"

"무슨 학원?"

"싸가지없이 말하는 방법 내지는 말하다가 살인나는 문장 백선, 뭐 이런 학원."

내 말에 지완이 눈을 가늘게 떴다. 이크, 여기서 일단 후퇴다.

"참, 네가 사준 두통약이 효과가 좋은 건가 봐. 많이 안 아파. 괜찮아."

말을 바꾸며 웃었다. 충분히 웃는 얼굴에 침 뱉을 놈이긴 하지만 일단 내 뒤통수가 마음에 걸려서 여기까지 왔으니 침을 뱉지는 않을 거다.

내가 싱글거리자 지완이 더 따지지 않고 눈에 준 힘을 풀었다. 가만 보니 이놈도 참 잘생기긴 했다. 저 성질머리만 내가 몰랐다면 팬이 되어 포스터로 방을 도배했을지도 모르겠다.

"가게는 몇 시에 마치냐? 4시? 4시 반?"

"그건 왜?"

"마트 같이 가려고."

"마트? 김치 떨어졌어? 내가 담은 거 아직 좀 남아 있는데, 줄까?"

"참치 김밥 안 만들 거야? 어디서 헛소리냐, 너?"

지완이 눈을 부릅떴다. 순간적으로 저 눈을 손가락으로 푹 찔러보고 싶다는 충동에 빠졌지만 다행히도 정신이 제자리에 붙어 있어 참을 수 있었다.

"재료는 집에 다 있어. 마트 안 가도 되는데."

"골뱅이 무침도 해. 소주도 좀 사고."

"술 생각나는 거야?"

"그래."

골뱅이 무침이랑 소주라면 마트를 가긴 가야 한다. 하지만 꼭 지완이랑 같이 가야 하나? 이 녀석이랑 다니면 비교가 돼서 웬만하면 같이 다니고 싶지 않은데.

"내가 가게 마치고 마트 들러서 사갈게. 넌 안 가도 돼."

"같이 간다. 4시에 올 테니까 준비하고 있어."

어머나, 이 자식. 남의 말을 사뿐히도 밟아주시네.

제 할 말만 하고 나가는 지완의 뒤통수를 향해 가운뎃손가락을 살포시 세웠다. 무슨 바람이 불어서 마트를 같이 가겠다고 하는 건지 알 수 없지만, 제발 거기서 쌈질이나 하지 않았으면 좋겠는데.

"두 사람, 정말 애인 사이 아니에요?"

길쭉한 지완의 뒷모습을 보고 있는데 날벼락 같은 소리가 들렸다. 돌아보니 마른 수건에 손을 닦으며 윤희가 목을 쭉 빼고 지완을 보고 있었다.

"삼 대가 연달아 벼락 맞고 죽을 소리다. 어딜 봐서 우리가 애인 사이야? 행여나 저놈 앞에서 그런 소리 하지 마라. 뼈도 못 추린다."

"물론 외모상으로는 애인 사이라고 하기 그렇지만……."

내가 가자미눈을 하고 흘기자 얼른 윤희가 말을 바꿨다.

"그러니까 키 차이가 좀 있으니까요. 하지만 아무튼 두 사람이 같이 있는 거 볼 때마다 느낀 건데, 묘하게 잘 어울리거든요.

서로에 대해 속속들이 알고 있고."

"그거야 어릴 때부터 봐왔으니까 그런 거지."

"저분, 언니를 괴롭히는 것 같지만 은근히 챙길 땐 챙기거든요? 언니도 툴툴대지만 해줄 건 다 챙겨서 해주잖아요. 서로 마음이 없으면 그게 되나요?"

"아냐, 아냐. 우린 그런 거 절대로 아냐. 내가 지완이한테 질질 끌려가며 사는 건 세 살 버릇 여든까지 가기 때문이고, 저놈이 날 챙기는 건 병 주고 약 주는 거라서 그래. 쟤가 뭐가 아쉬워서 미친 미모 휘날리는 여자들 놔두고 나한테 그러겠냐? 어림도 없다."

윤희의 상상력이 먼 곳으로 가기 전에 내가 막았다. 에비, 에비, 어디서 그런 막말을.

"저쪽이 너무 잘났다고 생각해서 언니가 미리 포기하는 거 아니고요?"

얘가 오늘따라 유난히 질기시다? 내가 미간을 찌푸리는 걸 보면서도 윤희는 계속 물었다.

"아니면 오랫동안의 우정을 잃어버릴까 봐 미리부터 연막 치는 거?"

"윤희야, 너 소설 쓰냐?"

"내가 보기엔 지완이란 저 오빠가 언니를 좋아하는 거 같아서 그래요. 근데 언니가 너무 몰라주니까 괜히 괴롭히는 건가, 싶기도 하고. 언니가 좀 둔한 면이 없잖아 있잖아요."

"야, 됐다. 그만하자. 너랑 이야기하고 있으려니 내 머리가 돈다. 그런 거 아니니까 신경 꺼. 알았어?"

손을 휘휘 젓고 화장실로 갔다. 엄한 윤희의 상상력에 두 손, 두 발 다 들었다. 뭐? 완자님이 날 좋아해? 해가 서쪽에서 뜨겠네.

지완은 정확하게 4시가 되자 가게 앞에 모습을 드러냈다. 엷은 색 청바지와 몸에 들러붙는 검정 터틀넥 스웨터를 입고 있는 모습은, 인정하기 싫지만 눈 돌아가게 멋졌다. 도대체 동양인이 저렇게 다리가 긴 이유가 뭐냔 말이다.

척척 걸어오는 지완의 모습을 보고 있자니 기름에 찌든 내 모습이 상기되어 한숨이 절로 나왔다. 비교되는 몰골이지만 어쩔 수가 없다. 설령 내가 공주 드레스를 입고, 지완이 머슴 옷을 입고 있다고 해도 지완이 멋져 보일 거라는 건 뻔한 일이었다. 제일 좋은 방법은 저 녀석과 나란히 있지 않는 것인데, 그나마 조금 위로가 되는 것은 지완이와 나란히 서서 주눅 들지 않을 사람이 거의 없다는 사실이다.

"문 잘 잠갔냐?"

열쇠를 호주머니에 넣고 돌아서자 지완이 대뜸 물었다. 대답 대신 문을 잡고 앞뒤로 흔들어서 잘 잠겼다는 것을 확인시켜 주었다.

"너, 일 없어?"

사람들이 우리를 흘끔거리는 걸 느끼며 내가 물었다. 고목나무에 매미, 아니지, 난 매미라고 하기엔 몸이 좀 둥글지. 그러니까 풍뎅이 정도로 하자. 아무튼 풍뎅이가 붙어 있는 꼴이니 무리도 아니다. 나는 짧은 머리 덕에 내가 사내 녀석으로 보였으면, 하고 속으로 바랐다.

"일? 무슨 일?"

"네가 모델 일 말고 하는 게 또 있냐?"

"이번 달 초에 뉴욕 다녀왔잖아. 나도 좀 쉬어야지. 작년엔 정말 정신없이 뛰었다고."

그게 이번 달 초였나? 그러고 보니 춘계 패션쇼 때문에 미국에서 돌아온 게 이번 달이었다. 12월과 1월은 그것 준비와 이런저런 일로 이 자식이 여기 없어서 좀 살기가 편했다. 지완이 말대로 작년 내내 쉬지 않고 부지런히 뛰는 바람에 내가 지내기 수월하기도 했다. 계속 그렇게 뛰면 좋을 건데, 도대체 왜 죽어라고 패션모델만 하는지 모르겠다. 이현처럼 광고 모델도 하고, 연기 학원 다니면서 배우도 하면 안 되나? 그럼 대번에 유명해져서 보안이 철저한 곳으로 이사를 가야 하겠지. 내 가게로 불쑥 찾아오는 일도 없을 거고. 한마디로 그날부터 이진향의 팔자는 쫙 펴진다는 소리다. 그런데도 굳이 패션모델만 고집하고 있으니 참 갑갑하다.

"왜 한숨 쉬고 그래? 내가 좀 쉬는 게 불만이야?"

나도 모르게 한숨을 쉰 모양이다. 괜히 움찔해서 얼른 고개를 저었다.

"응? 아냐, 내가 왜 불만이야? 그냥 궁금해서 물어본 거야."

지완의 눈매가 가늘어지고 있다. 의심하는 눈초리다. 아아, 정말 날카롭게 생겼다는 걸 새삼 느낀다.

나는 녀석의 시선을 피해 고개를 숙이다가 얼굴을 찡그렸다. 젠장, 숙이지 말 걸 그랬다. 기름과 각종 아이싱이 여기저기 묻은 추레한 청바지가 보인다. 발이 편해서 무조건 신는 기름때 절은 하얀 운동화가 무척 낡았다는 것도 지금 알았다. 집에 들러서 옷이라도 갈아입었으면 좋았을걸.

"돈 떨어졌냐? 뭘 그렇게 바닥을 보고 걸어? 가뜩이나 가르마가 땅에 붙은 주제에 그렇게 있으니 더 작아 보인다."

"오냐, 돈 떨어졌을까 봐 그런다, 왜?"

괜히 지완이 얄미워서 톡 쏘아붙였다. 어쩌면 하는 말마다 저렇게 미운지 모르겠다. 세상에 자기가 좋아하는 여자한테 사사건건 저러는 놈이 어디 있냐? 윤희야, 네가 틀려도 단단히 틀렸다. 지완인 그저 날 놀려먹는 게 재미있을 뿐이라고.

"거지 근성 그만 보이고 제대로 등 펴고 걸어. 고개 들고."

지완의 손이 등을 철썩 때렸다. 아프다고 신경질을 부렸지만 들은 척도 하지 않고 노려보는 바람에 나도 더 반항하지 못했다. 시키는 대로 등을 펴고 고개를 들었다. 그런다고 지완이처럼 멋진 자세가 나오는 건 아니지만 구부정한 것보다는 낫겠지.

대형 마트 지하에 있는 식품부에 들러 골뱅이 통조림 두 개와 소주 서너 병을 샀다. 지완이는 내 옆에서 느긋이 걷고, 나는 카트를 밀면서 일일이 물건들 유통기간을 확인했다. 카트라도 좀 밀어주면 고마울 텐데, 무슨 시종 거느리듯 옆에서 여유만만하게 걷고 있는 지완이 때문에 짜증이 치밀었다. 이럴 거면 뭣 땜에 같이 오겠다고 한 거냐고.

"야, 귤도 좀 골라봐라."

수북이 쌓아놓은 귤 무더기 앞에서 지완이 말했다. 말없이 비닐봉지를 쭉 뜯어 건네주니, 멀뚱한 표정으로 나를 본다.

"어쩌라고?"

"먹고 싶은 만큼 담으라고."

"너더러 고르라고 했던 말, 못 들었냐?"

"엉. 요새 귀에 말뚝을 박아놔서 말이지."

눈매가 험악해지는 지완을 못 본 척하고 카트를 돌돌 밀어 야채 파는 쪽으로 옮겨갔다. 쫓아와서 뭐라고 할 줄 알았는데 조용하다. 흘끔 뒤를 보니 진지한 자세로 귤을 고르고 있다. 왠지 웃음이 나오려고 한다.

싱싱한 상추를 담고, 내일은 양배추 찜을 할까 싶어서 양배추도 담았다. 당면을 폭탄세일하고 있길래 그것도 두어 개 담았다. 무가 꽤나 싱싱해 보인다. 깍두기를 담글까? 지완이 몫까지 생각해서 커다란 무 세 개를 골랐다. 아차차, 마늘하고 생강도 사야겠다.

골뱅이 무침을 하기 위해 갔던 마트는 결국 일주일치 장을 보는 것으로 대체되었다. 흠집 없는 완벽한 모양새의 귤을 고르느라 내가 장을 다 볼 때까지 귤 무더기 앞을 지키고 있던 지완은, 후식이라면서 커다란 멜론도 집어왔다. 내가 째려봤더니 자기가 과일값은 낼 거라고 한다. 눈에 힘줬던 것을 풀었다. 비싸서 그렇지, 멜론은 나도 무척이나 좋아하는 과일이다.

집으로 돌아와서 일단 장 봐온 것을 냉장고에 넣고 쌀을 씻어 안쳤다. 밥이 될 동안 샤워를 하러 욕실로 가다가 흘끔 보니, 지완이 침실 겸 거실 바닥에 있는 빈 백(Bean Bag:둥그런 공 모양의 앉을 것)에 앉아 멋대로 게임을 하고 있었다. 피 같은 돈을 헐어 산 내 X—BOX 360. 게임을 하고 있노라면 마치 내가 영웅이 된 것 같은 기분에 빠져들어서 시간만 나면 틈틈이 즐기는 나의 보물이었다.

"내가 저장해 놓은 파일에 덮어씌우지 마. 알았어?"

"알았어."

대답은 잘한다. 나는 욕실로 들어가 문을 잠그고 샤워를 시작했다.

하루 일을 마치고 하는 샤워는 늘 기분이 좋다. 망고 향이 폴폴 풍기는 바디 샴푸를 쓰고, 같은 향의 바디 크림까지 바르고 나니 나 자신이 망고가 된 것처럼 향기롭게 느껴졌다. 드라이어로 대충 머리를 말리고, 헐렁한 스웨터와 파자마 바지를 입었다. 빨래는 뭉쳐서 빨래 바구니에 담았다.

밥 익는 냄새가 구수한 주방으로 가면서 흘끔 보니, 지완은 게임에 빠져서 제정신이 아니었다. 혼자 어깨를 좌우로 기울여 가며 게임 삼매경에 빠진 모습을 잠시 비웃어주었다. 초반에 저렇게 당황하고 있는 걸 보니 내 수준에 도달하려면 한참 멀었다. 개고생해 보라지, 초짜.

고수로서의 여유로운 미소를 녀석의 뒤통수에 날려준 후 저녁 준비를 했다. 통통통통, 잔 파를 썰며 나는 콧노래를 불렀다.

저녁은 성공적이었다. 국수를 곁들인 골뱅이 무침도 새콤달콤 맛났고, 참치 김밥도 맛있었다. 둘 다 김밥은 많이 먹지 않고, 소주랑 골뱅이 무침에 몰두했다.

잔이 한 잔씩 빌 때마다 기분도 느슨히 풀려갔다. 나는 지완이 패션쇼 뒷무대의 소란스러움에 대해 농담을 섞어 말하는 것을 들으며 킬킬 웃었다. 여자 모델들이 가끔 엄청난 굽 높이의 구두를 신고 걷다가 자빠지는 경우도 심심찮다고 했고, 한번은 속옷 패션쇼에서 남자 모델의 광팬이 느닷없이 무대 위로 뛰어 올라와 팬티를 붙잡고 늘어져 난리가 난 적도 있다고 했다.

"모델 일 재밌냐?"

비어 있는 지완의 술잔에 술을 채워주며 묻자, 지완이 고개를 끄덕였다.

"좋아서 하는 거니까 재밌지."

"그래?"

"당연하지. 싫으면 내가 할 것 같아?"

그것도 그렇다. 내가 아는 김지완은 하기 싫은 일을 억지로 할 정도로 고분고분한 성격이 못 된다.

"뭐가 좋은데?"

반쯤 남은 내 술잔을 홀짝 비우고 물었다. 근데 이놈 봐라? 빈 술잔을 안 채워준다. 나는 눈에 힘을 주며 소주잔을 앞으로 쭉 내밀었다. 지완이 날 보더니 피식 웃었다. 이 자식, 날 비웃는 거냐? 입술을 불퉁하게 내밀고 뭐라 하려는데 지완이 술을 따라주었다. 나는 금세 기분이 좋아져서 헤헤 웃었다.

"왕이 된 것 같거든."

지완의 말에 나는 술잔을 입에 댄 채로 눈을 둥그렇게 떴다. 이건 뭔 소리?

"무대 위를 걷고 있으면 세상 꼭대기에 서 있는 것 같은 기분이야. 모두들 나를 바라보고 동경하지. 눈부신 조명과 카메라의 플래시들, 사람들의 감탄 어린 시선, 그 모든 것들이 꼭 왕이 된 것 같은 기분이거든. 게다가 내가 몸에 걸친 옷은 나로 인해 살아 있는 작품으로 변해서 세상에 알려지게 되는 거야. 아주 특별한 느낌이지. 난 그게 좋아."

진지한 지완의 말투와 표정에 나는 눈만 깜박였다. 그저 개폼 잡으려고 하는 게 아닌가 생각하고 있었는데, 이 녀석, 나름 그 일에 자부심을 가지고 있는 것이다.

"왜 그런 눈으로 보냐?"

지완의 말에 나는 잔을 내려놓으며 무의식중에 진심을 털어 놓았다.

"방금 순간적으로 굉장히 멋져 보여서."

"반했냐? 하긴 내가 굉장히 멋진 놈이긴 하지. 수많은 여자들이 나만 보면 정신을 못 차리니 말이야."

순식간에 평소의 거만한 모습으로 되돌아온 녀석을 보며 나는 내 입을 손으로 찰싹 때렸다. 그래, 요놈의 주둥이가 방정이었다. 곤장을 쳐야 할 주둥이 같으니라고.

"걱정 마셔. 네 성질머리 알면서도 반할 여자는 세상에 없을 거니까."

"술주정은 한 번만 봐준다?"

"네이, 완자님. 자자, 우리 흰소리 그만하고 술이나 마시자고요오."

주거니 받거니, 우리는 정신줄 놓을 때까지 술잔을 놓지 않았다. 모처럼 기분 좋게 술 마시는데 여기서 망치고 싶지 않았다. 우리 둘 다 느슨하게 풀어지는 밤이었다.

으으으윽, 골 깨진다.

눈꺼풀이 무거워서 그걸 들어 올리는데 무척이나 힘이 들었다. 겨우 눈꺼풀을 들고 나니 모든 것이 좀 비딱하게 보였다. 나는 얼굴을 찡그린 채로 목을 세우며 상체도 함께 일으켰다. 볼 따구니에서 쩌억, 하는 느낌과 소리가 함께 났다. 눈을 끔벅이며 뿌연 시야를 정리하자, 그제야 내가 거실 빈 백에 엎어져서 자고 있었다는 걸 알 수 있었다. 빈 백이 비닐 소재라 얼굴에 딱 들러붙는 바람에 볼따구니가 얼얼했던 것이다.

어이쿠, 이건 눈물이 아니라 침물 한강이로군.

빈 백에 묻은 흥건한 침을 대충 옷소매로 닦고, 내 입가도 소매로 문질렀다. 도대체 얼마나 퍼마시다 이 꼴이 되었는지 모르겠다.

멍한 기분으로 바닥에 늘어져 있는 지완을 보았다. 얘도 집에 못 가고 그대로 고꾸라졌나 보다. 식탁에서 퍼마시다 왜 거실 바닥으로 술판을 옮겼는지 모르겠다. 지완의 얼굴 바로 옆에 놓인 접시에는 먹다 남은 골뱅이와 국수 가닥이 아직 남아 있었다.

몇 시나 되었을까?

눈을 비비고 벽시계를 보니 새벽 6시가 좀 지난 시간이었다. 와, 습관이 무섭긴 하구나. 평소 일어나는 시간보다 늦긴 했어도, 내가 예상했던 해가 중천에 뜰 때까지 잠자기는 아니었다. 나는 비칠비칠 일어나 환히 켜진 불을 끄고 욕실로 가서 볼일을 보고 침대로 다이빙했다. 머리는 아직도 멍하니 아팠고, 잠도 덜 깬 상태라 만사가 귀찮았다. 점심때까지, 아니, 가능하다면 저녁때까지 푹 자고 싶었다.

눈을 감자 기다렸다는 듯이 잠이 다시 쏟아졌다.

으으, 숨 막혀 죽겠다.

나는 꿈속에서 버둥거리고 있었다. 커다란 나무둥치에 깔린 채 숨이 넘어가고 있는 것이다. 식은땀이 줄줄 나고 손발이 바들바들 떨렸다. 산소가 필요했다. 숲 한가운데에서 산소 부족으로 죽고 싶지 않았다. 하느님, 부처님, 알라님. 저 아직 남자랑 찐한 뽀뽀도 못해봤거든요, 이렇게 생처녀로 죽고 싶지 않아요, 살려주세요.

눈물이 났다. 한참 버둥거리던 나는 거짓말처럼 눈을 번쩍 떴다. 그리고 꿈이란 사실에 안도했다.

와, 꿈이구나. 다행이다. 그런데 왜 아직도 숨이 막히는 거냐?

여전히 갑갑한 가슴이 이상해서 시선을 아래로 내렸다. 그러자 묵직한 팔 하나가 내 가슴을 가로지르고 있는 게 보였다. 허거거걱. 이건 또 뭐래니?

깜짝 놀라 그 팔을 덥석 거머쥐고 휙 팽개쳤다. 그러자 귓전에 기묘한 신음 소리와 함께 따뜻한 숨결이 느껴졌다. 고개를 돌리자 지완의 얼굴이 보였다. 기다란 속눈썹, 반듯한 코, 매끈한 피부가 웬만한 여자 양 귀싸대기 날리고도 남을 정도다. 이렇게 가까이 녀석의 얼굴을 보는 것이 얼마 만인지 모르겠다. 괜히 윤희 말이 또 불쑥 생각나서 저도 모르게 얼굴이 달아올랐다. 아무튼 녀석의 미모에 눌려서 비명 지를 타이밍을 놓친 것만은 확실하다.

나는 침을 꿀꺽 삼키고 상체를 조금 일으켰다. 녀석의 다리가 침대 너머로 불쑥 튀어나와 있는 게 시야에 잡혔다. 그럴 리는 없겠지만 혹시나, 싶어서 내 몸을 보니 다행히도 옷은 다 입고 있었다. 물론 지완이 놈도.

근데 왜 이 자식이 나랑 침대에 뻗어 있는 거냐고요.

일단 황당함과 어색함을 물리치기 위해 몸을 옆으로 굴렸다. 얼른 여기서 벗어나고 싶었다. 막 다리를 침대 밖으로 내리던 참이었다. 갑자기 뒤에서 팔이 뻗어와 내 허리를 낚아챘다. 심장 튀어나올 정도로 놀라서 비명이 절로 나왔다.

"엄마야!"

동시에 내 몸이 지완의 팔에 이끌려 녀석의 가슴팍 쪽으로 확 끌려갔다. 일명 숟가락 자세. 마치 스푼을 포개놓은 것처럼 내 등과 지완의 가슴팍이 딱 맞붙은 것이다. 그리고 허벅지 쪽에 느껴지는 딱딱한 무언가의 느낌…….

"으아아아, 이거 못 놔!"

비명과 몸부림이 동시다발로 터졌다. 내가 허둥대며 지완의 팔을 뿌리치고 몸을 세우자, 지완도 잠이 깼는지 "뭐야, 뭐야?"를 외치며 벌떡 일어났다.

"뭐야? 도둑 들었어?"

부스스한 몰골로 지완이 주변을 두리번거리며 외쳤다. 나는 기가 막혀서 침대에 주저앉은 채로 그런 지완을 물끄러미 바라보았다.

"어? 향단이 아냐? 너 내 방에서 뭐하는 거야?"

얼씨구?

"야, 묻고 있잖아, 내 방에서 뭐하는 거냐고?"

황당한 얼굴로 다그치는 지완의 모습에 잠시 내 뇌가 얼어붙었다. 뭐라고 대꾸를 해야 하나, 기가 막혔다.

"여기 내 방이거든. 이건 내 침대고."

뚱한 내 대꾸에 지완은 그제야 주변을 두리번거리다 말고 머쓱한 표정을 지었다.

"어, 진짜 네 방이네?"

"그래. 그런데 왜 네가 내 침대에 있는 거……."

"설마, 향단이 너, 날 덮친 건 아니지?"

빠지직. 어디선가 신경 끊어지는 소리가 들린다. 뭐 이딴 자식이 다 있냐, 진짜. 가뜩이나 골 아픈데 머리로 피가 확 몰린다.

"내가 머리에 총 맞았냐, 덮칠 게 따로 있지, 널 덮쳐?"

"그건 모르지. 내가 술 먹고 취해서 뻗은 거 보고 딴생각 났을 줄 누가 아냐?"

어머나, 개자식. 정말로 복날 개 패듯이 패주고 싶구나.

두 손으로 자기 가슴팍을 가린 채 과장된 표정으로 날 보는 녀석을 보니 두 주먹에 불끈, 힘이 절로 들어갔다.

"야, 김지완. 잠꼬대는 자면서 해라. 아직 시집도 안 간 처녀 침대 위로 멋대로 기어오른 네가 할 말이 절대 아니거든? 너 같은 건 트럭으로 줘도 트럭만 가지고 다 버린다."

"뭐? 너 같은 거? 웃기지 마라, 네 주제에 나 같은 멋진 남자가 너랑 자준 게 영광이겠지."

"영광? 내 옆에 누워서 이상한 거나 발딱 세운 게 누군데!"

지완의 바지 앞섶을 가리키며 외치자 녀석의 얼굴이 시뻘겋게 변했다.

"이게 너 때문인 줄 알아? 이건 생리 현상이다, 돌탱아!"

"누구더러 돌탱이냐, 이 변태야!"

"와, 기가 막힌다. 야, 잊어, 잊어. 이건 내 인생의 실수다. 하필이면 재수없게 네 침대에서 뻗을 건 또 뭐냐?"

부어터진 얼굴로 고개까지 내저으며 지완이 침대에서 내려갔다. 나는 돌아서는 녀석의 뒤통수를 보다가 참지 못하고 베개를 힘껏 집어 던졌다.

"야!"

아프진 않겠지만 기분이 상했나 보다. 돌아보는 지완의 얼굴이 일그러져 있었다. 오냐, 오늘 한번 너 죽고 나 죽어보자. 베개가 하나 더 날았다. 지완이 다시 소리를 버럭 질렀다.

"야, 그만두지 못해!"

"나가, 이 썩어 죽지도 못할 놈아! 다시는 내 방에서 너하고 술 마시나 봐라."

분해서 목이 잠겼다.

"뭐, 난 영광이고 넌 실수? 재수가 없어? 이 자식이 맨날 가만히 있으니까 사람이 진짜 가마니로 보이냐? 나가, 안 나가? 다시는 나 아는 척하지 마, 이 썩을 놈아!"

"어, 어, 너 왜 이래? 미쳤어?"

벌떡 일어난 내가 침대 위에서 날아갈 준비를 하자 지완이 당황해서 두 손을 들었다. 나는 정말로 침대에서 뛰어 녀석의 면상을 내 머리로 받아버릴 생각이었다. 아무리 내가 향단이라도 할 말이 있고, 안 할 말이 있는 법이다.

"야, 이진향!"

급하긴 급했나 보다. 녀석이 내 이름을 불렀다. 하지만 이성을 잃은 나는 아직도 그 자리에 버티고 있는 녀석을 향해 몸을 날렸다. 오늘 기필코 저놈의 싸가지를 응징하고야 말리라는 분노가 활활 타올랐다.

빽!

이마에 불이 붙는 것 같다. 그리고 나는 의식을 잃어버렸다.

"으으으……."

쥐어짜는 신음 소리에 눈을 떴다. 그게 내 입에서 나온 소리란 걸 알기까지는 몇 초의 시간이 걸렸다. 눈을 뜨자 머리가 지끈지끈, 마치 머릿속에서 경주마들이 달리는 것처럼 흔들흔들 어지러웠다.

"정신이 들어?"

눈을 감았다가 그 목소리에 다시 눈을 게슴츠레 떴다. 걱정이 담긴 지완의 얼굴이 눈에 들어왔다. 왜 눈 뜨자마자 이 자식 얼굴을 봐야 하는 거냐, 짜증이 치밀더니 한숨이 나오려고 했다.

"넌 진짜 꼭지 돌면 물불 못 가리고 들이받는 버릇 좀 고쳐라. 네가 전생에 황소였냐? 왜 머리부터 들이밀고 그래?"

"……."

"병원 안 가도 되겠냐?"

"됐어."

"심하게 박았는데."

지완의 말에 감던 눈을 도로 떴다. 분명히 박았는데 왜 저 녀석은 멀쩡하고 나만 이렇게 뻗은 걸까? 아무리 봐도 녀석의 얼굴은 다친 흔적 없이 멀쩡해 보였다.

"넌 왜 멀쩡해?"

얼굴을 찡그리며 묻자 지완의 얼굴이 조금 붉어졌다.

"어, 피했거든."

시선을 옆으로 슬쩍 돌리며 하는 말에 나는 아픈 것도 잊고 벌떡 일어났다. 피했다고? 그럼 난 대체 뭘 박은 거냐?

"피했다고?"

"그게, 모델은 얼굴이 생명이라……."

"난 그럼……?"

대답 대신 지완이 바닥을 가리켰다. 말로만 듣던 맨땅에 헤딩하기, 를 내가 오늘 몸으로 직접 실현한 것이다. 허허, 이럴 수가.

허탈해서 쪽팔리지도 않았다. 나는 다시 누우며 눈을 감았다. 어쩌자고 그렇게 열을 내서 달려들었는지, 스스로 생각해도 한

심했다.

"아무튼 피해서 미안하다. 내가 받아줬어야 하는데 네가 하도 드세게 나오니 본능적으로 피하게 되더라고."

"그게 미안하냐? 내가 들이받은 거 피해서?"

아무래도 이 녀석 뇌 구조는 좀 이상한가 보다. 어떻게 그런 건 미안하고, 내 자존심 뭉개는 발언들은 아무렇지도 않은 걸까? 한숨이 절로 나왔다.

"내가 기사도 정신이 좀 강하잖냐. 내 앞에서 여자가 다치는 건 싫거든."

"내가 여자로 보이기는 하니?"

"뭐, 꼭 그런 건 아니지만 일단 너도 생물학상 여자는 여자니까."

"지완아."

"응?"

"너, 생물학상 고자 되기 싫으면 얼른 나가라. 안 그러면 이번 엔 칼 들고 설칠지도 모른다."

"뭐야?"

"그리고, 몸에 멍드는 것보다 가슴에 멍드는 게 더 아프거든? 여자들 만날 때 그거 유념하고 만나라. 내가 너 앞으로 장가 못 가고 몽달귀신 될까 봐, 진짜 해주기 싫은 충고지만 해주는 거다. 이제 그만 나가봐라. 어지럽다."

뭐라고 할 줄 알았는데 녀석은 아무 말 없이 일어나 나갔다.

문 닫히는 소리에 억지로 몸을 일으키고 욕실로 갔다. 거울을 보니 다시 기절할 것 같다. 오른쪽 눈썹 위로 커다란 혹이 생겼다. 뒤통수, 앞통수 할 것 없이 쌍으로 생겨난 혹이다. 이 일을 어쩌면 좋으냐. 뒤통수야 가리기 쉽지만 이건 좀 아니다.

손을 들어 슬쩍 찔러보니 눈물이 핑 돈다. 아무래도 내일이 되면 더 흉측해질 게 분명하다. 이 꼴로 가게를 어찌 여나? 이게 다 저 썩을 놈 때문이다.

욕실을 나와 방을 둘러보니 한숨은 더 크게 나왔다. 어제 퍼마시고 잤던 흔적들이 적나라하게 펼쳐져서 나를 바라보고 있었다. 시계를 보니 오전 9시 45분. 머리도 아프고, 띵하고, 어지럽고, 몸은 또 물먹은 솜처럼 축축 처졌다. 도저히 청소하고 싶은 마음이 생기지 않았다.

나중에 하자, 나중에.

바닥에 있는 골뱅이 무침 접시만 들어 식탁으로 옮겼다. 그리고 두통약을 먹고, 냉장고에서 달걀 하나를 꺼내와 빈 백에 앉았다. 혹이 난 곳에 달걀을 대고 조심스레 굴리며 고개를 뒤로 젖혔다.

모자를 써야 할까? 내일 송우 씨를 이런 꼴로 어찌 대하나?

안개꽃 그분을 떠올리자 새삼 분통이 터지려고 했다. 하지만 참았다. 지완이 그런 놈이란 걸 몰랐던 것도 아니고, 욱해서 이성을 잃은 내 잘못도 컸다.

아이고, 해골이야. 뇌가 흔들거린다.

뭔가 시원한 느낌에 눈이 떠졌다. 달걀로 이마를 문지르고 있다가 설핏 잠이 들었던 모양이었다. 멍해서 눈을 끔벅거리자 지완의 얼굴이 또 보였다.

"너냐?"

"그래, 나다. 또 문 안 잠그고 퍼져 있지?"

"너 말고 우리 집에 아무렇게나 불쑥 들어올 사람 없다."

내 말에 지완이 피식 웃었다. 그러고 보니 이마에서 느껴지는 시원한 느낌이 뭔지 궁금했다.

손을 들어 이마 쪽을 만지려고 하니 지완이 내 손을 잡았다.

"얼음주머니야. 약국 가서 샀다. 멍이 빨리 사라지는 연고도 사고. 참, 달걀 떨어질 거 같아서 네 손에 있던 거 내가 치웠다."

병 주고 약 주는 데 도가 텄다. 저 때문에 내 머리가 이 고생이고, 또 그 뒤처리는 자기가 해주고 있다. 툴툴대기도 귀찮아서 그냥 가만히 있었다. 이마에서 느껴지는 차가운 기운에 기분이 좋아지는 것도 한몫했다.

"많이 아프냐?"

조용히 있던 지완이 물었다.

"많이 아파."

"빈말이라도 괜찮다고 못하냐?"

"못해."

녀석이 킥킥 웃는 게 느껴졌다. 눈을 뜨니 웃고 있는 얼굴이 눈에 들어왔다. 평소에 그리 밉상이던 녀석이지만, 저렇게 웃고 있는 모습은 정말 눈부셨다. 날카로운 눈매도 부드러워지고, 적당히 분홍빛을 띠고 있는 완벽한 입술 사이로 보이는 고른 치아는 치약 선전에 나오는 사람이 부럽지 않다. 하여간 겁나게 잘난 거 하나는 분명하다. 특히나 파리가 앉았다가 낙상할 것 같은 우뚝한 코는 흠잡을 데 없는 신의 역작이다. 볼 것 없는 내 얼굴에서 그나마 코가 좀 바른 편이지만, 역시 녀석에 비하면 태산준령과 뒷동산 정도의 차이가 난다. 아아, 관두자. 여자가 되어 남자보다 못한 미모라는 걸 일일이 확인하는 것도 지친다.

"청소해 줄까?"

저런, 이마 박은 게 좀 심각한가 보다. 갑자기 환청이 들린다. 귀에 이상이 생긴 걸까?

내가 눈을 둥그렇게 뜨자 못마땅한 표정의 지완이 다시 되풀이해서 말했다.

"청소해 줄까, 하고 물어봤다. 왜?"

"진짜로?"

다행이다. 이비인후과 갈 일은 없나 보다. 저 녀석이 정말로 청소해 준다고 한 거다.

"솔직히 좀 미안해서. 물론 근본적으로는 네 잘못이지만, 그래도 다쳤으니까."

어라? 진짜로 미안한가 보네. 내가 덤비다가 박은 건데, 그거 못 받아줬다고 저러는 건 또 왠지 신기하면서도 새롭다.

하긴, 내가 머리로 들이박는 법을 배운 건 순전히 지완이 때문이긴 했다. 키 차이가 너무 많이 나다 보니, 가끔 내 분을 못 이겨 녀석에게 달려들 때면 점프를 해서 머리로 턱을 노리기 시작한 것이 시초였으니까.

언제였더라? 어머니와 함께 지완이네 집에 들어가 살기 시작한 지 얼마 되지 않아서였다. 무슨 일인가로 몹시 화가 나서 나도 모르게 펄쩍 뛰어 머리로 녀석의 면상을 받아버렸다. 내 머리도 눈물이 날 만큼 아팠지만, 쓰러진 녀석이 코피를 흘리며 이까지 하나 빠진 것을 보고는 속이 시원했다. 그 이후로 지완은 내가 덤벼들 자세만 취하면 움찔하며 물러났다. 선을 넘으면 곤란하다는 것을 단단히 깨달은 것이다.

그나저나 그때 왜 그렇게 화가 났었지? 아, 녀석이 내가 아끼던 바비 인형의 목을 빼서 멀리 던져 버렸었다. 자기 그림 숙제하는데 거들어주지 않고 바비 머리 빗기고 있다고, 그게 심술이 나서 그런 만행을 저질렀던 것이다.

나는 지완을 한 번 흘겨보고 나서 눈을 감고 너그럽게 대답했다.

"고마워."

지완이 일어서는 기척이 느껴졌다. 나는 눈을 슬쩍 뜨고 녀석이 식탁 위를 정리하는 걸 훔쳐보았다. 청소는 제대로 할 줄 알고 덤비는 걸까?

달그락, 달그락. 접시들이 개수대 안에서 노래를 부른다. 깨 먹기만 해라, 곱빼기로 받아낸다.

눈을 감자 지완이 움직이는 소리가 좀 더 선명하게 들려왔다. 나는 그 소리를 자장가 삼아 다시 잠 속으로 빠졌다.

"너, 정말 괜찮은 거냐? 머리 박고 계속 잠이 오는 거면 심각할 수도 있다는데. 응급실 갈래?"

멀리서 중 염불하는 소리처럼 웅얼대는 목소리가 나를 잠으로부터 끌어냈다. 나는 눈살을 찌푸리며 고개를 돌렸다.

"……귀찮아."

뭔가가 얼굴에 닿아서 짜증을 냈다. 뿌연 머릿속은 나더러 계속 자라고 하는데, 지완의 목소리는 끈질기게 따라붙으며 내 잠을 쫓아내고 있었다.

"안 되겠다, 병원 가자."

병원이란 소리에 눈이 번쩍 뜨였다. 얘가 왜 오버하고 이러는지 모르겠다. 이마 탓이 아니라 숙취, 그리고 수면부족이란 사실을 모르는 걸까?

"숙취야, 숙취. 어제 몇 시까지 술 퍼마셨는지 기억 안 나? 제대로 잠을 못 자서 그래. 이마 박아서 맛이 간 게 아니라고."

"그걸 네가 어떻게 알아? 네가 의사냐? 병원 가서 확실하게 알아보자."

"돈이 썩냐? 그럴 돈 있으면 나한테 기부 좀 해라. 글쎄, 숙취라니까 왜 그래? 넌 김지완, 난 이진향, 너 들이받으려다 맨땅에 헤딩했고, 우리 어제 소주 마셨고, 또 안주는 골뱅이, 내가 아부한다고 참치 김밥도 샀지. 냉장고 안에 네가 산 멜론 그대로 있고. 됐냐? 나 다 기억해. 머리에 이상없다고."

그래, 머리에 이상이 있는 놈은 네놈이지, 내가 아니다. 그러니까 병원 가보고 싶으면 너나 가라. 귀찮게 하지 말고.

나는 눈을 뜨고 호들갑 떠는 지완을 향해 잔뜩 얼굴을 찌푸렸다. 잠을 잘 만하면 나를 두들겨 깨우니, 졸린 게 당연한 거 아니냔 말이다.

"어지럽거나, 토하고 싶거나 그런 거 없어?"

지완은 쉽게 포기할 생각이 없나 보다. 왜 이렇게 신경 써주고 이러시나? 사람 오해하게. 누가 보면 내가 자기 애인인 줄 알겠네.

퍼뜩 떠오른 생각에 웃음이 나려 했다. 이진향이 김지완 애인? 지구상의 남자, 여자가 다 사라져서 우리 둘만 있으면 가능하겠지. 허허, 이런 발칙한 생각이 떠오르다니, 이게 다 윤희의 헛소리 탓이다. 아니면 정말로 병원을 가봐야 할지도 모르겠다.

"어지럽지도 않고, 토할 것 같지도 않아. 그냥 잠 좀 잤으면 좋겠다. 자도 되냐? 내 집에서 내가 잠자는 것까지 너한테 허락받아야 하는지 몰랐다."

"망할 계집애가 모처럼 신경 써주니까 꼭 틱틱거린다? 네가 이러니까 애인 하나 없는 거야. 알아?"

"야, 입은 비뚤어져도 말은 바로 하랬다고, 너보다 내가 성격은 더 낫거든? 그런데도 내가 애인이 없고, 넌 여자가 줄줄 따르는 건 순전히 신이 실수로 내려준 네 외모 탓이야. 그리고 내가 여태 애인이 없는 게 전부 내 탓인 줄 알아? 네가 틈만 나면 날 들볶으니까 다른 남자가 붙을 틈이 없는 거잖아!"

"그게 왜 내 탓이야? 당하는 네 탓이지."

"나가, 인마. 넌 내 인생의 저주야. 사람 열받게 하지 말고 당장 못 나가?"

어째 모처럼 인간 같은 짓을 하나 싶더니만 금세 본성으로 돌아간다. 하여간 짜증이다.

"불쌍해서 도와주려고 했더니, 성질머리 봐라. 간다, 가. 나도 뭐 할 일이 없어서 여기 있는 줄 아냐?"

"할 일이 없으니까 여기 있지. 있어봐라, 내가 애걸을 해도 여기 안 있을 거면서."

지완이 벌떡 일어나서 밖으로 나갔다. 나가면서 소리도 버럭 질렀다.

"문 잠그고 있어, 계집애야!"

"오냐, 잠근다, 이 자식아!"

나도 벌떡 일어나 문을 쾅 닫고 잠금쇠까지 착착 걸었다. 소릴 질렀더니 허기가 진다. 도대체가 세월이 갈수록 나아질 기색이 안 보이는 이 처절한 애증의, 아니지, 증오의 관계는 대체 뭔지 모르겠다. 이런 꼴을 윤희가 봐야 헛소리를 안 하지. 근데 왜 난 또 자꾸 그 이야기에 신경을 쓰는 건데? 에이, 다 귀찮다. 잠이나 마저 자자.

나는 냉장고에서 찬물을 꺼내 들이켜고 참치 김밥을 서너 개 먹은 후 빈 백에 드러누웠다.

개똥 같은 놈.

젠장, 잠이 다 깨버렸다.

지완이 청소 솜씨는 생각보다 꽤 괜찮았다. 이 자식도 하면 하는 놈이라는 생각이 절로 들었다. 까칠한 성질만 빼면 괜찮은데, 그 미모가 아깝다.

빈 백에 기대어 게임을 두어 시간 했다. 이마가 욱신거렸지만 게임에 빠져들다 보니 그것도 모를 정도로 몰두했다. 멍이 잘 사라진다는 연고도 듬뿍 발랐고, 두통약 덕분인지 머리가 아픈 것도 훨씬 수월했다.

격파를 못하던 보스를 간신히 격파하고 나자 온몸에 전율이 흘렀다. 켰노라, 싸웠노라, 이겼노라, 그리고 저장했노라.

승리의 기쁨에 잠시 게임을 접고 라면을 끓였다. 김밥과 함께 라면을 마시는 수준으로 먹어치운 후, 커피를 한 잔 마셨다. 그리고 욕실로 가서 이마를 빤히 들여다보았다. 아무래도 내일 일하러 갈 때 모자를 쓰든지, 보자기를 뒤집어쓰든지, 그것도 아니면 머리띠라도 둘러야 할 것 같다.

혀를 차고 샤워 대신 목욕물을 받았다. 좁은 욕조에 몸을 담그고 있으니 전신이 푸근하게 풀어져 기분이 좋아졌다.

한층 좋아진 기분으로 욕실을 나와서 냉장고의 멜론을 꺼냈다. 탱글탱글한 초록빛 과육을 입에 넣고 깨무니, 상큼하고 달달한 즙이 입안 가득히 퍼졌다. 와, 겁나게 맛있다.

절반을 잘라 냠냠 먹고 있으려니 문득 지완이 생각이 났다. 사실 이 멜론은 내가 산 게 아니라 지완이가 산 거니까.

몇 초 고민을 하다가 휴대폰을 들었다. 사실 녀석이 성질이 지랄맞아서 그렇지, 근본까지 아주 나쁜 놈은 아니다. 비루한 양이지만 양심이란 것도 조금 있고, 드물게 기특한 짓을 할 때도 있다. 어제, 오늘 일도 따지고 들면 지완이 잘못이지만 또 뒤치다꺼리도 해줬으니까, 미운 놈 떡 하나 더 주는 셈치고 부르자.

단축번호 1번을 누르자 신호가 갔다. 곧 지완의 목소리가 불쑥 튀어나왔다.

—왜?

다짜고짜 하는 말 좀 봐라. 없던 정도 떨어지겠다, 쯧.

"멜론 먹을 생각 있으면 와라. 내가 잘라보니 겁나게 맛있어서."

—뭐? 멜론 먹고 있어? 야, 그거 내 거 아냐?

"우리 사이에 네 것, 내 것 따지면 섭하지."

—우리가 무슨 사이라고?

"애증의 관계에서 증오로 똘똘 뭉친 소꿉친구잖아. 먹을 생각 있으면 오고, 없으면 말고. 사실 나 혼자 다 먹어도 모자랄 것 같긴 하다."

—다 먹지 마. 기다려.

전화가 뚝 끊겼다. 5초 안에 오겠군.

나머지 멜론을 한입 크기로 잘라서 유리그릇에 담고 있으려니 초인종이 울렸다. 곰 모양 슬리퍼를 처덕처덕 끌고 가서 문을 열자 지완이 보였다. 그런데 혼자가 아니다. 지완의 뒤로 보이는 얼굴 하나가 왠지 낯익었다. 저 자체발광 면상을 어디서 봤더라?

잠시 화려한 미모의 남자를 보던 나는 속으로 비명을 질렀다. 오 마이 갓! 이현이다. 언젠가 내 굴욕의 현장에서 마구 웃고 계시던 그분이 아니신가!

"비켜야 들어갈 거 아냐?"

지완이 놀란 내 얼굴을 보면서 심술궂게 말했다. 이 자식, 일부러 말 안 하고 이현을 데려온 거다. 대체 이현은 또 언제 지완이 집으로 찾아온 거냐고.

"안녕하세요. 굉장히 오랜만이네요."

이현이 싱긋 웃으며 상냥하게 말했다.

"아, 예. 드, 들어오세요."

놀라서 허리가 90도 각도로 푹 꺾였다. 절을 하고 나니 얼굴이 벌겋게 달아올랐다. 지금 내가 뭐하는 거니?

누군가 작게 웃는 소리가 들렸다. 나는 누군지 확인할 엄두도 못 낸 채, 얼른 허리를 펴고 안으로 들어갔다. 뒤에서 문 닫히는 소리가 들렸다. 나는 반쯤 꿈꾸는 기분으로 식탁으로 가서 포크 하나를 더 꺼내놓았다.

"김밥도 먹을래, 현아?"

의자를 빼서 앉으며 지완이 현을 향해 물었다. 지완에 비해 선이 여리고 고운 느낌이 나는 현은, "김밥?" 하고 물으며 나를 쳐다보았다. 아, 다시 얼굴이 달아오른다. 이현을 처음 보았을 때의 그 악몽이 자꾸만 되살아나고 있다.

"향단이가 참치 김밥 만들었거든."

"제가 먹어도 돼요?"

이현이 동그란 눈을 반짝이며 나를 향해 물었다. 어우야, 먹어도 되기만 하겠니? 원양어선 타고 참치를 통째로 잡아오라고 해도 너라면 내가 한다.

얼른 고개를 끄덕이며 아까 내가 먹으려고 밖에 내놓았던 김밥을 식탁 위로 올리고, 젓가락과 김치도 내놓았다. 이현이 나를 보며 미소 짓는 순간, 이미 내 머릿속에서 과거의 굴욕은 사라지고 없었다. 어쩌면 남자가 이렇게도 고울까? 감동스럽기까지 하다.

"된장국 먹을래요? 금방 끓일 수 있는데."

김밥 하나를 입에 넣고 오물거리는 현의 모습을 명화 감상하는 기분으로 보며 물었다. 이현이 다시 빙긋 웃었다. 어흑, 난 몰라, 심장 멈추겠네. 저 눈웃음 어쩔 거냐고.

가슴이 찌릿해지는 느낌에 혼자 흐뭇해졌다. 정말 밥 먹는 것만 봐도 배부른 광경이 아닐 수 없었다.

"아뇨. 수고스럽게 그러실 필요 없어요. 김밥 맛있네요. 이렇게 음식 솜씨 좋은 친구가 옆집에 산다니, 지완이 자식, 운도 좋네요."

누군가 그랬다. 칭찬은 고래도 춤추게 한다고. 나는 이현의 칭찬에 구름 위를 걷는 착각에 빠졌다. 이런 말을 듣고 어찌 모른 척할쏘냐.

"괜찮아요. 전혀 귀찮지 않아요."

후다닥 작은 냄비에 물을 올리고 맑은 된장국을 끓이기 시작했다. 신들린 사람처럼 된장국을 만들어 예쁜 그릇에 담아 숟가락과 함께 이현 앞에 놓으니, 그가 또 방싯 웃으며 고맙다고 인사를 했다. 인물만 출중한 것이 아니라 예의도 바르시다. 본 좀 받으시지, 김지완?

흘끔 시선을 돌리니, 멜론을 아그작 씹으며 시큰둥한 표정으로 나를 보는 녀석이 눈에 들어왔다. 피식, 녀석이 웃는다. 뭐냐, 저 애매모호한 웃음은? 비웃음도 아니고, 웃겨서 웃는 것도 아니고.

내가 눈살을 찌푸리자 지완이 손을 들어 자신의 이마를 가리켰다. 그제야 나는 내 이마에 있는 혹을 떠올렸다. 얼른 손으로 이마를 가리고 잠시 실례한다는 핑계를 대고 욕실로 갔다. 그리고 앞머리에 물을 묻힌 후, 쭉쭉 잡아당겨 최대한 혹을 가렸다.

마음 같아서는 모자를 뒤집어쓰고 싶은데, 갑자기 그런 꼴을 보이는 것도 웃기는 노릇이라 어쩔 수 없었다.

"사 먹는 것보다 역시 집에서 만든 음식이 맛있네요."

욕실에서 나와 어정쩡하게 웃는 나를 향해 현이 다시 칭찬을 했다. 광고에서 보는 이현은 투명하면서도 아름다운, 그래서 가까이하기가 좀 어려운 이미지인데, 막상 이렇게 이야기하는 것을 보니 다정하고 상냥했다. 누구하고 참 비교된다는 생각이 절로 들었다.

"멜론 맛있네. 야, 현아, 너도 먹어봐라. 내가 잘 고른 거 같아."

현이 김밥을 먹을 동안, 멜론을 절반 이상 먹어치운 지완이 말했다. 이현이 포크를 들어 멜론 한 조각을 찍어 입으로 가져갔다. 아, 광고가 따로 없다. 그냥 먹는 것만으로도 그림이 되는 남자다.

씨익, 다시 입가로 웃음이 스멀스멀 피어올랐다. 비록 이마에 혹은 달고 있지만 이렇게 자연스럽게 이현을 마주하고 있다는 사실이 꿈같기도 하고, 자랑스러워서, 당장이라도 메가폰 들고 동네 사람들에게 자랑하고 싶은 심정이었다.

여러분! 제 집에 이현이 있어요! 제가 만든 김밥이랑 된장국 먹고요, 제가 썬 멜론도 먹어요, 우리 집 식탁에서 말이죠!

혼자 흐뭇해서 실실 웃고 있는데 지완의 목소리가 귀로 날아와 박혔다.

"그만 쳐다봐라, 현이가 거북해서 먹은 게 소화나 되겠냐?"

아차, 싶어서 정신을 차리니 이현이 나를 빤히 보고 있었다. 내가 너무 대놓고 쳐다보고 있었던 거다.

"아, 죄송해요. 사실 연예인을 이렇게 직접 보는 게 처음이라……."

아주 생판 처음은 아니지만 전에 본 건 잊고 싶으니 없었던 걸로 하고 싶다. 솔직히 얼굴도 제대로 못 보고 도망치듯 나왔으니까.

"처음이라고요? 지완이를 늘 보니까 익숙할 줄 알았는데."

응? 지완이?

현의 말에 나는 지완을 멀뚱히 보았다.

"에이, 지완인 모델이지 연예인이 아니죠. 이현 씨는 광고도 하고, 가끔 드라마에 나오기도 하잖아요. 밖에 나가면 사람들이 알아보고, 사인해 달라고 하고…… 지완이랑은 다르죠."

"지완이가 영리한 거죠, 그건."

"네?"

"유명세라는 건 꽤나 피곤한 거니까요. 지완이처럼 적당히 미디어와 거리를 두는 거, 나쁘지 않다고 봐요. 사실 할 수만 있었다면 나도 그렇게 했겠지만, 난 런웨이 모델로서는 한계가 있어서 광고 쪽으로 방향을 바꾼 거거든요."

이현의 말투에서 나는 그가 지완을 부러워하고 있다는 걸 느낄 수 있었다. 런웨이 모델로서 한계가 있다고? 어디가? 내가 보기엔 지완이보다 훨씬 부드럽고 멋진 남잔데.

눈을 끔벅거리며 못 미더워하자, 현이 빙그레 웃었다.

"일단 키가 작아요. 무대에 서기엔 좀 역부족이죠. 그리고 하체가 그리 긴 편도 아니고, 가장 중요한 무대 위에서의 카리스마도 부족해요. 한국에서 그냥 모델로 있기엔 괜찮지만, 런웨이 모델로서 세계무대를 노린다면 아무래도 힘들죠. 가뜩이나 생명력이 짧은 모델 세계에서 말입니다."

"키가 작다뇨? 183센티가 작으면 대체 누가 큰 거예요? 다리도 엄청 길던데. 와, 말도 안 돼."

"정확히는 181센티입니다. 프로필에는 183센티라고 나와 있지만요. 구두를 신으면 그 정도는 가뿐히 넘겠죠. 하지만 남자 모델로서는 작아요. 여자 모델들 키가 힐을 신으면 180센티를 훌쩍 넘어가거든요. 물론 키가 전부는 아니지만 전 그 갭을 채울 정도의 남성적인 카리스마가 없으니까, 한계가 있죠."

확실히 이현을 남자다우냐고 묻는다면 그건 아니다. 하지만 지완이가 하는 일을 왜 이현이 못한단 말인가? 내가 보기엔 말이 안 된다.

하지만 내 속마음은 입 밖으로 나오지 못했다. 씁쓸한 현의 눈빛에서 이 대화는 더 길게 이어가면 안 된다는 걸 알았기 때문이다.

"게임 좋아해요?"

뭔가 대화를 바꾸려고 시도했는데 튀어나온 말이 엉뚱한 말이었다. 느닷없는 내 말에 현의 얼굴에 의아함이 떠오르고, 나도 덩달아 놀라서 눈이 커졌다. 옆에서 지완이 피식 웃었다.

"현이는 그런 게임 안 좋아해. 어때, 현아. 간만에 포커나 칠까?"

당황하는 나를 지완이 구해주었다. 현이 그러자고 했고, 지완은 자기 집으로 가서 카드를 가지고 왔다. 우리 집에 있는 건 화투뿐이니까.

때 아닌 포커 바람이 불었다. 나는 지지리도 못 치는 포커라, 번번이 졌다. 겨우 룰만 알고 있는 나는 좋은 패가 들어오면 얼굴 가득히 웃음이 헤벌쭉, 눈이 반짝반짝, 나쁜 패가 들어오면 기가 팍 죽었기 때문에 흔히 말하는 포커페이스가 불가능했다. 오죽 불쌍했으면 현이 뻔히 알면서도 져주기까지 했을까.

저녁 늦게까지 우리 셋은 허물없이 기분 좋은 시간을 보냈다. 정말 모처럼 지완과도 싸우지 않고 웃으면서 즐겼다. 현은 상상했던 것보다 훨씬 멋진 남자였고, 나는 현과의 첫 만남 이후 내렸던 포스터를 다시 붙여볼까, 하는 생각을 했다.

눈부신 남자, 아이스 다이아몬드.

그가 선전했던 향수 광고문구다. 그리고 그 문구에 어울리는 남자가 이현이었다.

내일 가게에 나가야 하는 나 때문에 늦게까지 함께 어울리지 못하고 헤어져야 하는 것이 아쉬웠지만, 내가 이현과 시간을 보낸 것은 뜻하지 않은 행운이었다. 대박 로또라고나 할까?

현관에서 지완과 이현, 두 남자에게 작별을 고한 후 나는 생각했다.

가끔, 개똥도 쓸데가 있구나, 하고.

*

아침에 있었던 일 때문에 아직도 가슴이 두근두근, 진정이 되지 않는다. 진향이 침대에서 그녀를 품에 안고 잤다니. 너무 놀라서 머리도 제대로 돌아가지 않고 있다. 진향의 몸이 그렇게 따스하고 부드러울 줄 몰랐다. 향긋한 향기도 그렇고……

당황하지 않았더라면 좀 더 자연스럽고 세련되게 넘어갈 수 있었던 상황이 너무 놀라는 바람에 엉뚱하게 흘러가고 말았다. 맹세코 그녀 가슴에 못 박을 생각은 없었는데, 더구나 이마에 혹까지 달게 하고 싶은 마음은 더더욱 없었는데.

이마에 혹을 달고 있는 모습을 보니 미안하기도 하고 우습기도 하다. 어째서 저런 모습까지 귀여운 건지 알 수가 없다. 정말로 내 눈에 씐 콩깍지의 위력은 그토록 대단한 걸까?

하지만 진향인 단단히 화가 난 상태였다. 무리도 아니다. 연달아 멀쩡한 몸에 혹을 달아줬는데, 나한테 화가 안 난다면 그게 더 이상하다.

아무튼 사과와 화해 방법을 나름대로 궁리해 봤는데 마땅한 게 떠오르지 않아 고민하고 있었다. 현이 근처에 와 있다고 전화할 때까지는 말이다.

현의 팬인 진향일 위해 현을 불러들였다. 역시나 예상대로 현을 보자마자 진향이의 정신은 이미 천국을 헤매고 있었다. 밥 먹는 모습까지 황홀하다는 눈으로 보고 있는 그녀를 지켜보자니 배알이 뒤틀렸지만, 오늘은 한 일이 있는지라 찍소리하지 않고 참았다. 현을 향하는 진향의 마음이 팬의 마음이라는 것은 잘 알고 있으니까, 더구나 현도 따로 좋아하는 여자애가 있고…….

그나저나 언제까지 진향이가 한눈팔고 있는 모습을 지켜봐야만 하는 걸까?

언제부터 인간 김지완이 이렇게 소심한 놈이 되었는지 스스로가 한심하다. 그래도 진향이가 웃고 있으니 다행이다. 그게 내가 아닌 현을 향한 미소라는 게 속이 쓰릴 뿐이다. 젠장, 천국과 지옥에 한 발씩 담그고 있는 기분이다.

3. 향단이, 삽질하다

두건을 뒤집어쓰고 출근했다. 윤희가 어쩐 일이냐고 물어, 머리를 안 감아서 그렇다고 했더니 혼자 재미있다고 웃어댔다. 좀 더 그럴듯한 변명을 둘러댈 걸, 왜 하필이면 그런 지저분한 이유를 댔는지 나도 모르겠다.

조용한 월요일이었다. 출근길에 잠시 반짝 붐볐던 것을 빼고는 모든 것이 천천히 흘러갔다. 윤희는 가고 싶은 대학을 가기 위해 기꺼이 삼수까지 불사한다며, 내년엔 꼭 합격할 거라고 기염을 토했다. 좋아하는 오빠가 다니는 대학이라, 꼭 그 대학이 아니면 안 된다고 하는 그녀의 집념을 보니 부럽기도 하고, 신기하기도 하고, 그랬다. 내년에 입학할 때쯤이면 그 사람은 복학생이니까 오히려 더 잘된 거라나, 뭐라나.

윤희가 일을 끝내고 나간 사이 나는 천천히 가게를 정리하기 시작했다. 콜라와 물을 새로 사야겠다. 오렌지주스도 좀 모자란다. 음료수가 많이 나가면 업체에 주문할 텐데, 주로 나가는 것이 커피다 보니 업체에서 배달까지 할 정도로 회전이 원활하지 못하다. 그러니 귀찮더라도 일일이 내가 나가서 종류별로 이것저것 살 수밖에 없다.

종이에 쇼핑 목록을 적고, 도넛 재료를 대주는 업체에 전화를 했다. 수요일 오후에 배달해 주겠다는 말을 끝으로 전화를 끊었다. 그리고 뒤쪽에 가서 씻어놓은 반죽통에 고인 물을 따라내고 마른행주로 깨끗이 안을 닦았다. 씻느라 분해했던 케이크 도넛을 만드는 반죽통을 다시 조립하고 손을 닦으며 앞쪽으로 나오니 마침 문을 열고 들어오는 송우가 보였다. 언제나처럼 부드러운 미소를 짓는 그 모습에 나도 같이 웃었다.

"안녕하세요, 진향 씨."

"안녕하세요, 송우 씨. 좋은 아침이네요."

"네. 날씨가 오늘은 많이 풀렸어요."

아닌 게 아니라 며칠 동안의 지겨웠던 추위를 생각하면 오늘은 꽤 푸근한 날씨였다.

"오늘은 스타일을 좀 바꾸셨네요?"

송우가 내 두건을 가리키며 말했다. 나는 멋쩍게 웃으며 가끔 기분전환 삼아 해본다는 거짓말을 했다. 송우는 잘 어울린다고 말해주었다. 정말 잘 어울리나? 하긴 아침에 거울을 보니 그리

나쁘지는 않았다.

"오늘은 뭐 드릴까요?"

잘 어울린다는 말에 으쓱해진 기분으로 물었다. 도넛 홀을 서비스로 좀 많이 넣어줘야지, 하는 생각도 같이 했다.

"크루아상 3개요."

노릇노릇 잘 구워진 소시지 크루아상을 봉투에 담고, 작은 봉투에 도넛 홀을 좀 담았다. 사심이 들어가서 그런지 생각보다 많이 담았지만, 아무렴 어떠랴, 안개꽃 송우 씨에게 드리는 건데.

돈을 받고 잔돈을 건네주었다. 그런데 송우 씨가 그냥 나가지 않고 좀 머뭇거린다. 잔돈이 틀렸나? 맞게 줬는데?

계산기를 흘끔 본 나는 조금 붉어진 얼굴로 머뭇거리는 송우를 보며 뭐 다른 볼일이라도 있는 거냐는 시선을 보냈다.

"송우 씨?"

몇 초가 지나도록 말이 없는 그에게 내가 먼저 말을 걸었다. 그러자 송우가 좀 더 붉어진 얼굴로 조심스레 입을 열었다.

"저, 죄송하지만 하나 물어봐도 될까요?"

"네. 뭔데요?"

"음, 가끔 보면 키가 크고 자세가 좋은 남자분이랑 있던데······ 혹시 애인이세요?"

엥? 누구? 지완이? 허, 참. 송우 씨, 혹시 윤희랑 친하신가요? 무슨 그런 엉뚱한 말씀을? 그리고 그건 왜 알고 싶으신 건데요?

모든 질문을 담은 내 시선에 송우는 당황했나 보다. 손을 내젓는 그의 얼굴이 새빨갛게 붉어져 있었다.

"죄송합니다. 그냥 잊어버리세요."

내가 뭐라고 대꾸를 하기도 전에 송우는 빠른 동작으로 가게를 나가 버렸다. 나는 멍하니 그의 뒷모습을 보다가 방금 있었던 일을 다시 되새겨 보았다. 그리고 깨달았다.

이진향, 이 바보! 송우 씨가 너한테 관심이 있다는 거잖아!

마음이 급해졌다. 앞치마를 두른 채로 가게 문을 벌컥 열고 밖으로 나갔다. 어느새 가게에서 멀리 떨어진 송우가 급히 발걸음을 옮기는 게 보였다. 가게를 버리고 쫓아갈 수도 없고, 그렇다고 이대로 내버려 두자니 안개꽃 송우 씨가 너무 아깝다. 저런 꽃미남이 나한테 관심 가져줄 기회가 또 얼마나 있다고?

마음이 급하니 생각이 없어지고, 생각이 없어지니 무식해져서 용감해졌다. 나는 두 손을 모아 입나팔을 만들었다.

"송우 씨, 저 애인 없거든요!"

뱃속에서부터 올라온 우렁찬 외침에 지나가던 사람들이 발걸음을 멈추고 나를 보았다. 몇몇이 키득대며 웃었지만 지금은 그게 문제가 아니었다. 내 시선은 송우의 뒷모습만 바라보고 있었다. 돌아봐라, 돌아봐. 심장이 두근두근, 급하게 뛰었다.

송우 씨의 발걸음이 멈췄다. 그리고 그가 돌아섰다. 거리가 좀 있었지만 그가 웃고 있다는 걸 알 수 있었다. 손을 들어 보이는 그 모습에 나는 다시 소리쳤다.

"내일 또 오세요!"

송우가 고개를 끄덕였다.

아싸! 이진향 인생, 드디어 봄이 찾아오는구나.

나는 소리없는 만세를 부른 후 가게 안으로 들어왔다. 세상은 바야흐로 봄, 그리고 내 인생에도 진달래 활짝 피는 봄이 오고 있었다.

다음날, 어제의 파란색에 이어 빨간색 두건을 머리에 둘렀다. 짙은 붉은색 두건에 비해 얼굴이 너무 핏기 없어 보여, 큰맘 먹고 빨간 립스틱도 발랐다. 바르다 보니 또 너무 입술만 동동 뜨는 것 같아서 비비 크림을 대충 펴 바르고 눈썹에 힘을 좀 줬다. 그러고 보니 이젠 또 눈이 너무 희미하니 존재감이 없었다. 에라, 이왕 손댄 거, 갈 데까지 가보자.

반짝이가 없는 산호색 아이섀도를 바르고 마스카라로 속눈썹에 힘을 줬다. 근데 이놈의 마스카라가 왜 자꾸 떡이 되는지 모르겠다. 눈을 깜박일 때마다 눈 아래쪽에 검은 점 같은 흔적을 남겨서 사람을 곤란하게 만든다.

대충 화장 순서를 거꾸로 해가며 꾸미고 나니 혼자 뿌듯해졌다. 이현 때의 경험을 떠올리며 볼터치는 생략했다. 못하는 건 억지로 하지 말 것, 모든 쪽팔림에는 나름대로의 교훈도 있는 법이다.

흥겨운 기분으로 가게를 열고, 도넛을 만들고, 어제 산 음료수들 챙겨 넣고, 출근한 윤희가 예쁘다고 칭찬해 줘서 나의 행복 게이지는 최고점을 향해 무한질주했다. 이제 안개꽃 송우 씨가 와서 어제 하다 만 해프닝을 데이트 신청이란 마무리로 이끌어주기만 하면 완벽한 하루가 될 거였다. 데이트, 아, 이 얼마나 가슴 설레는 말인가. 그것도 아리따운 꽃미남과의 데이트!

기분이 좋으니 웃음도 절로 지어졌다. 낯익은 단골들마다 나더러 예쁘다, 귀엽다, 무슨 좋은 일 있느냐, 라고 말해줘서 정말 행복했다. 진지하게 메이크업 학원을 다녀볼까, 생각해 볼 정도로 말이다.

오후 2시 25분.

송우 씨가 아직 안 오고 있다. 아침의 팔랑대던 내 행복 게이지는 이제 점점 바닥을 향하고, 시계를 보는 횟수도 점점 늘어나고 있었다. 왜 안 오는 거지? 설마 어제 그래 놓고 오늘 안 오는 건 아니겠지? 집에 가서 생각해 보고 괜히 그랬다고 후회한거 아닐까?

시계를 다시 본다. 아직 26분이 안 되고 있다. 거의 10초마다한 번씩 보고 있으니 당연한 일이다. 그나저나 왜 안 오는 건데, 왜!

가게 문을 뚫어져라 바라보며 입술을 질근질근 씹어댔다. 그러다가 립스틱 바른 게 생각나서 얼른 거울을 보았다. 이런, 다

번졌네. 이에 묻은 립스틱은 또 어쩌고? 쯧쯧.

화장품을 넣어온 가방을 들고 뒤로 가서 번진 립스틱과 번들대는 콧등을 정리했다. 손가락으로 이에 묻은 립스틱을 박박 닦고, 조금 위로 올라간 두건도 잡아당겨 보기 좋게 만들었다. 하지만 이게 다 무슨 소용인가? 송우 씨가 안 오면 말짱 도루묵 아닌가.

가만히 있자니 속만 더 타들어가서 아까부터 짬짬이 하던 청소를 본격적으로 해치우기 시작했다. 손님도 없고, 가만히 있자니 속 터지고, 몸이라도 움직여야 시간이 갈 것 같아서 시작했는데, 초조한 마음 탓인지 순식간에 해치워 버렸다.

오후 2시 54분. 여전히 송우는커녕 손님 하나도 보이지 않고 있었다. 나는 희미하게 표백제 냄새가 떠도는 가게 안의 공기를 바꾸기 위해 문을 열어 고정시켰다. 혹시나 싶어서 문을 연 김에 주변을 두리번거렸지만 송우는 보이지 않았다.

혹시 무슨 사고라도 난 거 아냐? 어디 심하게 아픈 거라면?

문득 든 생각에 가슴이 철렁 내려앉았다. 그 고운 얼굴에 상처라도 났으면 어떡하나, 만약 아파서 꼼짝도 못하는 거라면 혼자 컴컴한 아파트에서 괴로워하고 있는 거 아닌가, 별의별 생각이 꼬리를 물고 일어났다. 뜻하지 않은 교통사고를 당해서 내 이름을 부르며 병원에 있는 송우를 상상하니 정말로 눈물이 날 것처럼 서러워졌다. 그가 부르던 진향 씨, 란 목소리는 얼마나 부드럽고 다정했던가. 우리의 사랑은 이렇게 피워보기도 전에 져버리고 마는 것일까? 오호통재라, 애재라.

"뭐하냐?"

문을 잡은 채로 망상삼매경에 빠져 바닥을 향해 한숨을 푹푹 쉬던 나는 반갑지 않은 목소리에 흠칫했다. 이 자식은 또 언제 왔냐? 오라는 사람은 안 오고 대마왕이 강림하셨다.

"장사 망했냐? 웬 한숨을 푹푹 쉬고…… 어? 너 화장했니?"

지완의 말에 대꾸를 생략하고 돌아서서 안으로 들어왔다. 시계는 이미 문 닫는 시간인 3시가 지나 있었다.

"너, 그 여자처럼 생긴 남자 때문에 화장한 거지?"

매상을 정리하는데 지완이 한심하다는 말투로 물었다. 저놈의 주둥이를 돈 뭉치로 후려갈기고 싶지만, 돈 뭉치라고 하기엔 오늘 매상이 부실하다. 대신 닥치라는 뜻으로 눈에 힘을 주어 노려봤다.

"네가 좋아하는 이현이 데려다가 눈보신시켜 준 걸로는 모자랐냐?"

"모자라긴. 아주 호강했지."

"그런데?"

"그런데는 뭐가 그런데야? 이현 씨는 그림의 떡이지만 이 사람은 다르잖아. 못 올라갈 나무 쳐다보느니 도끼질 먹힐 나무가 낫지."

"그래서, 네가 찍을 그 나무랑 잘됐냐?"

카운터에 엉덩이를 걸치며 지완이 물었다. 확 밀어버릴까 보다, 이노무 자슥.

쫙 째려보는데 지완이 피식 웃으며 다시 속을 뒤집었다.

"잘 안 된 모양이네? 그런 보자기나 뒤집어쓰고 촌스럽게 빨간 립스틱이나 바르고 있으니까 그렇지."

"야! 이 두건이 누구 탓인데? 혹 가리려다가 이렇게 된 거잖아, 이 나쁜 놈아!"

"어따 대고 성질이냐? 네가 덤비다가 그렇게 된 거 가지고."

"아, 됐어. 돈 세는데 헷갈리니까 저리 가."

"그거야 네 머리가 나쁘니까 그런 거지."

에이, 정말, 길 가는 개를 잡고 싸우고 말지.

나는 돈을 들고 뒤쪽으로 갔다. 지완이 따라오는 눈치가 보였지만 무시했다.

"뭐하는 남자냐, 그 사람은?"

천 원짜리와 오천 원, 그리고 만 원짜리를 구분하고 있는데 지완이 다시 물었다.

"손님이야. 내가 그런 것까지 어떻게 아냐?"

"직장 다니는 사람이야?"

"아, 글쎄, 내가 그런 거까지 어떻게 아냐고?"

말을 하다 말고 고개를 갸웃했다. 그러고 보니 뭐하는 사람인가, 싶었다. 오는 시간이 들쑥날쑥, 늘 정확한 건 아니지만 그래도 주로 늦은 아침에 집중되어 있었다. 그런 걸 보면 일반 직장인이 아닌 건 분명했다. 피부가 희고 손이 고운 걸로 봐서 막노

동하는 사람도 아닌 것 같고, 설마 놈팽이?

퍼뜩 떠오른 생각에 고개를 저었다. 할 일 없이 놀고먹는 사람처럼 보이진 않았다. 뭔가 자유로운 직업을 가진 사람이리라.

"너, 조심해."

뜬금없는 지완의 말에 나는 돈 세던 것을 멈추고 그를 쳐다봤다. 무표정한 지완의 얼굴에서 눈동자만이 새까맣게 빛나고 있었다. 저런 표정의 지완을 보고 있으면 야생동물이 떠오른다. 어딘지 섬뜩하고, 어딘지 아름다운.

"갑자기 무슨 소리야? 뭘 조심해?"

방금 떠오른 생각을 싹싹 지워 버리고 다시 돈으로 시선을 돌렸다. 저 빌어먹을 카리스마 때문에 여태 향단이 노릇하고 있는 주제에, 그걸 아름답다고 생각하면 어쩌자는 거냐고.

"곱상한 얼굴 가지고 돈 좀 있는 여자에게 빌붙어 살려는 놈들이 많으니까 하는 소리야. 특히나 너처럼 어딘지 맹한 여자는 아주 딱이지."

"번지수가 틀린 거 아니냐? 그런 여자라면 운전수 달린 벤츠 몰고 다니면서, 애, 누나가 용돈 줄게, 뭐 이런 사모님 정도 되어야지. 코딱지만 한 도넛 가게 하는 내가 가당키나 한 말이야? 말이 되는 소리 좀 해라. 더구나 송우 씨는 딱 보면 감이 와. 그런 남자 절대 아냐. 우리 송우 씨는 안개꽃처럼 소박하고 아름다운 남자라고."

내가 코맹맹이 소리로 누나가 용돈 줄게, 하고 말하는 부분에

서 킬킬대고 웃던 녀석이, 말이 끝날 즈음엔 다시 대마왕 표정
으로 돌아와 있었다. 이건 손에 총만 쥐어주면 그대로 마피아
영화에 출연해도 될 것 같다.

"우리 송우 씨?"

목소리까지 쫙 깔았다. 헐, 살 떨리게 무슨 개폼을 이리도 잡
으시나?

괜히 흠칫해서 오히려 아무렇지도 않은 듯 묻지도 않은 말을
줄줄 늘어놓았다.

"뭐, 아직은 그렇게 부를 단계는 아니지만, 어제 나더러 애인
있냐고 물어보더라고. 얼굴이 발갛게 변해서 말이야. 이건 나의
예리한 직감인데, 나한테 관심있어. 분명해. 내가 그동안 도넛
홀 서비스해 준 게 효과가 있었던 모양이야."

애인이 지완이었느냐고 물었다는 말은 뺐다.

짧은 선머슴 머리에 꾸미지도 않는 너한테 누가 반하겠느냐
고, 틈만 나면 속 뒤집는 소릴 해대던 지완이였기에, 말을 꺼내
다 보니 은근히 자랑이 하고 싶어졌다. 비록 한눈에 반할 미모
는 아니지만 내게도 분명히 이성의 마음을 끌어당기는 매력이
있다, 이거다.

"어제? 그래서, 오늘 찾아와서 너하고 데이트하자고 하든?"

"응? 아니, 아직 오진 않았는데, 오면 뭐 그런 말이 나오지 않
겠어? 젊은 남자가 젊은 처녀한테 애인 있냐고 묻는 거, 관심없
으면 물어볼 필요도 없지. 안 그래?"

문 닫을 시간까지 오지 않는 안개꽃 그 남자의 행동이 좀 걸리지만 허세를 부렸다. 까짓, 오늘만 날이냐? 사람이 바쁘다 보면 못 올 수도 있는 거지. 게다가 꼭 오늘 오겠다고 약속을⋯⋯ 했구나. 내일 오세요, 했을 때 분명히 고개를 끄덕였었다. 젠장.

"향단아, 혼자 삽질하기 지겹지도 않냐?"

"뭐?"

"보아하니 별 뜻도 없이 한 말에 너 혼자 들떠서 난리 치고 있는 거 같은데, 나중에 실망해서 굴 파지 말고 정신 차려."

한심하다는 지완의 표정에 울컥했다. 비록 내가 슈퍼모델들처럼 쭉빵미녀는 아닐지라도 엄연히 여자는 여자다. 그런데 이 자식하고 말하다 보면 점점 내 성별이 모호해진다. 비록 연애 한 번 제대로 못해봤지만 아직 찬란한 청춘인데, 꼭 이렇게 기 죽이는 말을 해야 하는 거냐? 게다가, 내가 늘 이 가게에 매달려 있다 보니 꾸미고 나가서 놀 시간이 없는 거지, 나라고 뭐 예뻐 보이고 싶지 않은 줄 아냐?

"너, 네 눈에 내가 여자로 안 보인다고 해서 다른 사람들 눈마저 동태눈은 아니거든? 나도 꾸미면 예쁘다고. 알아? 오늘도 손님들이 나보고 귀엽다, 예쁘다, 이렇게 말⋯⋯."

딸랑.

한창 열 올리는데 문 열리는 소리가 들렸다. 잽싸게 몸을 돌린 나는 총알처럼 앞으로 튀어나갔고, 막 문을 열고 들어오는 송우를 볼 수 있었다. 임아, 이제 오셨구랴!

"안녕하세요, 진향 씨."

부끄러운 듯 살며시 웃는 송우의 손에는 꽃다발이 들려 있었다. 거짓말 안 하고 심장이 멈추는 줄 알았다. 색색 가지 꽃을 한 아름 들고 있는 송우의 모습은 더도 덜도 아닌, 순정만화의 완벽한 남자 주인공이었다. 심장이 발딱발딱, 순식간에 열기가 얼굴로 확 몰렸다. 저걸 장만해서 오느라 늦으셨구나. 아이, 빈손으로 오셔도 되는데, 차암.

"아, 안녕하세요, 송우 씨."

입이 절로 귀를 향해 찢어지고 있었다. 나는 너무 좋아하는 티를 내지 않기 위해 억지로 입술을 깨물었다.

"오늘 참 예쁘네요, 진향 씨. 빨간색이 잘 어울려요."

두건 말이냐? 아니면 립스틱? 아아, 상관없다. 중요한 건 잘 어울린다는 것, 그리고 그가 나를 예쁘다고 여긴다는 사실이다.

"고마워요."

정말로 쑥스러워서 수줍게 말이 나왔다. 나는 그가 내게 다가오는 걸 보며 꽃다발을 받을 준비를 했다. 남자한테 꽃을 받아 본 게 언제였더라?

무슨 바람이 불었는지 밸런타인데이 때 지완이가 준 게 마지막이었다. 불쌍해서 준다, 어쩐다, 했었다. 그때가 언제였지? 미국에서였다. 고등학생 때였나? 꽤 큰 꽃다발이었는데…… 아차, 지완이!

꽃을 보며 잠시 과거에 빠졌던 내가 퍼뜩 정신을 차리고 고개를 돌리자, 바로 지완의 가슴팍이 보였다. 지레 놀라고 말았다. 얘는 또 왜 냅다 앞으로 튀어나오셨다니, 좀 뒤에 찌그러져 있어줄 것이지.

"아……."

송우도 놀란 듯 말을 못하고 멀뚱히 지완을 바라보았다. 나는 그가 행여나 오해할까 봐 얼른 지완을 뒤로 밀치며 앞으로 한발 나섰다.

"애인 아니고 친구예요. 그러니까 얘는 신경 안 쓰셔도 돼요."

그럼, 그럼. 신경 안 써도 되고말고. 어서 그 꽃이나 제게 바치도록 하세요, 송우 씨.

내가 꽃다발을 향해 손을 내밀려는 찰나, 지완의 팔이 먼저 불쑥 튀어나가 송우의 손에 있던 꽃다발을 낚아챘다. 얼떨결에 꽃을 빼앗긴 송우와 내가 동시에 지완을 바라보았다. 아니, 왜 남의 꽃다발을 뺏고 지랄이냐고, 이놈아!

"야, 너 왜 이래?"

내가 성질을 내며 꽃다발을 뺏으려고 하자 지완이 꽃을 든 팔을 위로 번쩍 치켜들었다. 헉, 자유의 여신상 포즈다. 내 키로는 닿지 않는다. 이런 젠장, 된장, 고추장!

"김지완!"

"당신 뭐야?"

나의 외침과 동시에 지완의 싸늘한 목소리가 송우를 향해 뱉어졌다. 고개를 돌리니 붉어진 얼굴로 어쩔 줄 몰라 당황하는 송우의 모습이 보였다. 마음이 급해진 나는 지완의 가슴팍에 손을 대고 뒤로 밀쳤다.

어머, 애 몸이 이렇게 좋았나? 완전 탄탄, 그 자체다. 하긴, 몸이 생명이긴 하지. 헬스클럽이다, 요가다, 재즈발레까지 해대며 관리를 철저히 하는 녀석이다. 그러니 이런 완벽한 몸은 당연한 거다. 그나저나 이 와중에 손바닥을 통해 느껴지는 지완의 근육에 감탄하는 나는 진정한 변녀일까? 아니, 아니지. 지금 내가 이럴 때가 아니잖아! 정신 차려, 이진향.

잠시 외출한 정신을 다시 잡아채서 개념탑재하고 지완을 향해 화난 얼굴로 소리쳤다.

"손님한테 무슨 짓이야? 너, 미쳤어?"

하지만 역시나 지완은 내 말을 귓등으로도 듣고 있지 않았다. 게다가 뒤로 밀려 물러나기는커녕 오히려 송우를 향해 풍겨내는 살기만 더하고 있었다.

"당신, 애한테 관심있어? 진심으로?"

이 자식아, 초면에 어따 대고 반말이니, 응? 송우 씨는 우리보다 나이도 많을 것 같은데.

마음이 급해져서 나는 지완이 대신 송우 쪽으로 방향을 틀었다.

"죄송해요, 송우 씨. 애가 오늘 좀 기분이 안 좋은 일이 있어서 그래요. 그러니까 송우 씨가 너그러이 이해하세요."

그러나 송우는 나를 보고 있지 않았다. 놀란 얼굴로 입을 반쯤 벌린 채 지완만 뚫어져라 보고 있었다. 하긴, 김지완의 카리스마를 정면으로 되받아칠 수 있는 남자가 흔할 리가 없다. 아이고, 마음이 조마조마해서 불안해 죽겠다.

"송우 씨, 그게 그러니까 얘가 좀 까칠해서 그런데요, 너무 기분 나빠하지는 마세요. 아주 나쁜 애는 아니고요…… 아, 진짜 지완이 넌 왜 이러는 건데? 미쳤어? 손님한테 왜 이러는 거냐고!"

횡설수설, 내가 정신이 없었다. 누구를 향해 무슨 말을 어떻게 해야 이 상황이 무마될 건지 알지 못해서 입에서 나오는 대로 떠들어댔지만, 물론 두 남자는 내 말을 사뿐히 무시하고 있었다.

"진짜 얘한테 관심있는 거냐고 묻잖아, 내가."

지완이 으르렁대듯이 다시 따지고, 송우는 완전히 그 박력에 눌려 뒤로 한 걸음 물러났다. 나는 눈을 감았다. 진정 꽃미남과의 데이트는 시작도 하기 전에 쫑파티 나고 마는 것인가?

"저, 시, 실례했습니다."

시뻘겋게 변한 얼굴로 지완을 보던 송우가 당황해서 버벅대고는 곧장 몸을 돌려 밖으로 나가 버렸다. 내가 황급히 뒤쫓아 나가려고 했지만 지완에게 팔이 잡혀 그럴 수가 없었다. 아이고, 안개꽃 임아, 이리 가시면 나는 어쩌라고!

멀어지는 송우의 뒤통수를 보던 나는 몸을 돌려 지완에게 소리를 질렀다.

"너, 정말 왜 이러는 건데? 송우 씨가 얼마나 당황하는지 안 보여? 멋대로 왜 이래, 진짜!"

속상하고 화딱지 나고 분하다. 간만에 꽃 피는 봄이 내 인생에 찾아오나 했더니만, 이 자식이 또 된서리를 맞히고 있다. 정말이지 속이 상해 죽겠다.

"뻑 하면 날 데려갈 남자 없을 거라고, 연애 한번 제대로 못한다고 늘 구박하면서, 왜 굴러들어 온 복을 네가 멋대로 차느냔 말이야! 도대체 왜 그러는데! 왜! 나더러 연애를 하란 말이야, 말란 말이야!"

말을 하다 보니 왠지 서럽다. 나라고 뭐 기름 냄새, 아이싱 냄새에 찌들어서 살고 싶겠냐? 나도 연애해 보고 싶다. 자상하게 날 안아주는 남자랑 데이트도 하고, 비록 거짓말이라도 세상에서 네가 제일 예쁘고 사랑스럽다, 이런 닭살 멘트 들어보고 싶다. 밸런타인데이니, 빼빼로데이니 하는 그런 유치한 날을 손꼽아 기다려도 보고, 크리스마스이브의 밤을 뜨겁게 불살라 보고 싶기도 하다. 그런데 그럴 남자가 없다. 일주일의 엿새를 이 도넛 가게에 매달려 있고, 일요일은 피곤해서 잠으로 때우고, 밀린 집안일 하고, 거기다 이 웬수 같은 놈 뒤치다꺼리하다 보니 남자는커녕, 여자 친구 하나도 변변히 없는 실정이다. 그러다 겨우 내게 관심을 보여주는 남자, 그것도 꽃미남 송우 씨가 오늘 꽃다발까지 들고 찾아왔는데 이 자식이 내쫓았다. 개늠시키,

나쁜 시키, 쓰레기차 피하려다 똥차에 깔릴 시키.

생각할수록 아깝고 분해 죽겠다.

"나는 뭐 연애 안 해보고 싶은 줄 알아? 나도 손잡고 길거리 다니고 싶고, 영화관도 가고 싶고, 키스도 해보고 싶고, 내가 서 러울 때 안겨서 위로받고 싶고, 그런 거 다 하고 싶단 말이야. 너는 쭉빵미녀들과 잘만 연애하면서, 왜 나는 사사건건 훼방인 데, 엉? 네 말대로 내 주제에 저런 꽃미남이 언제 또 관심 보여 줄 거라고……."

"내 주제에, 라니? 네가 어때서!"

지완이 버럭 소리를 질러 깜짝 놀랐다. 짧은 딸꾹질과 함께 나는 입을 반쯤 벌리고 폭풍분노의 기운을 일으키는 대마왕을 멍하니 쳐다보았다. 이거, 방귀 뀐 놈이 성낸다더니, 딱 그거잖 아?

"향단이 너, 충분히 귀엽고 예뻐. 알아? 볼 탱탱한 것도 귀엽 고, 놀라서 눈 크게 뜰 때도 귀엽고, 웃으면 온 얼굴이 같이 웃 어서 예뻐. 음식도 잘하고, 청소도 잘하고, 뭐든지 열심히 하고 사는 거, 그것도 예뻐. 그리고 입이 좀 거칠어서 그렇지, 맘도 착해. 너 같은 애가 어디 흔한 줄 알아? 너 예뻐, 예쁘니까 다시 는 내 주제가 어떻고 그딴 소리 하지 마, 알았어? 충분히 예쁘고 매력있다고!"

에?

"게다가 내가 언제 쭉빵애들이랑 연애질했다고 해? 그것들이

나 좋다고 먼저 설치면서 따라다닌 거지, 내가 언제 누구랑 연애를 했다고 막 갖다 붙이냐, 갖다 붙이길? 내가 그렇게 헤프게 사는 놈 같아? 일 때문에 만나는 애들까지 무조건 내 애인이야?"

어이, 완자님, 좀 진정을 하심이…….

"넌 대체 저런 비리비리한 놈이 어디가 좋다고 헤벌레, 정신을 못 차리는 거냐, 엉?"

그, 그거야 네가 워낙 대마왕이니까 그런 거지, 저쪽이 비리비리한 게 절대 아닌…….

"저런 놈은 아무짝에도 못 써. 내가 좀 나섰다고 금세 꼬리 말고 사라지는 저런 놈이 사내자식이냐? 너, 제발 곱상하게 생긴 놈 보면 무조건 좋아하는 그 눈부터 좀 고쳐라. 정말이지, 변변한 놈한테 반해야 내가 안 나서지, 하여간 예전부터 남자 고르는 눈 하고는…….'

아니, 근데 애가 정말, 내가 뭘 어쨌다고 자꾸 버럭질이야!

"됐어. 멍청한 널 탓해야지, 누굴 탓해? 아무튼 저녁밥은 낙지볶음으로 해놔. 일곱 시에 먹으러 갈 테니까. 알았어?"

괜히 혼자 성질을 부리고 갑자기 저녁 메뉴 주문까지 마친 지완이 꽃다발을 쓰레기통에 집어넣고선 휑하니 나가 버렸다. 폭풍처럼 나를 휩쓸고 지나간 이 상황에 나는 한참을 움직이지 못하고 멍하니 있었다. 그러다 문득 열이 났다.

내가 지 마누라야? 왜 저녁밥을 이거 해라, 저거 해라, 지랄인데? 게다가 아까운 꽃은 왜 쓰레기통에 처박고 그러냐?

화끈 달아오른 얼굴로 나는 쓰레기통의 꽃다발을 끄집어냈다. 예쁘기만 한 이 꽃이 무슨 죄라고.

예전에 쓰던 꽃병을 찾아 꽃을 꽂고, 정리하던 돈을 마저 계산하려고 했지만 머리가 복잡해서 할 수가 없었다. 그냥 집에 가서 하기로 하고 전표와 돈을 챙긴 후 가게 문을 닫고 나왔다. 이상하게 자꾸만 지완이 한 말이 되살아나서 기분이 묘했다.

정색을 하고 화를 내며 나더러 예쁘다, 귀엽다, 말해준 지완을 생각하니 어이가 없었다. 무슨 놈의 칭찬을 그따위로 하는 거냐? 멱살 잡을 기세로 예쁘다고 하면 누가 기뻐할 줄 알고?

"뭐, 솔직히 쬐끔 기쁘기는 하다만."

자꾸 되풀이해서 생각하는 내가 웃겨서 혼잣말로 중얼거렸다. 살다 보니 완자님 입에서 그런 소리도 들어보는구나. 허, 참.

분명히 송우 씨를 쫓아 보내서 그 자식이 미운데, 진짜 화도 나고, 속상하고 그런데, 또 한편으로 생각하면 은근히 좋기도 하고, 우습기도 하고, 그렇다. 한꺼번에 이런 상반된 감정들이 덮쳐 오니 괜히 뱃속이 근질근질해진다.

"괜히 손님 하나 끊겼네, 나쁜 놈."

손등으로 입술을 밀었다. 붉게 번진 립스틱이 찍힌 손등을 보다가 옷에 대고 문질렀다.

에이, 씨, 나도 모르겠다. 마트에 들러서 낙지나 사가야겠다.

가게 정리를 마무리하고 밖으로 나왔다. 햇살을 싣고 날아오는 바람 탓일까, 마트까지 가는 내 마음은 어째서인지 계속 술렁이고 있었다.

정확하게 7시가 되니 벨이 울렸다. 모니터로 확인을 하고 문을 열자 지완이 서 있었다. 막 샤워를 하고 온 모양인지 녀석에게서 시원하고 기분 좋은 향기가 풍겨 나왔다.

"밥 다 됐냐?"

"거의."

얼굴을 보고 있자니 자꾸 낮에 지완이 했던 말이 생각나서 어색했다. 다른 사람들이 어쩌다가 예쁘다, 귀엽다, 라고 해줄 때는 마냥 좋기만 했는데, 왜 이 자식한테서 들었던 건 이렇게 어색한지 모르겠다. 안 하던 짓을 해서 그런가?

"왜? 내 얼굴에 뭐 묻었냐?"

빤히 쳐다보고 있으니 툭 던지는 말이 얄밉다.

"알면서 왜 안 떼고 그래?"

"어, 정말?"

지완이 입구 벽에 붙은 거울을 잽싸게 들여다보더니 다시 나를 향해 몸을 돌렸다.

"이노무 지지배가 어디서 놀려?"

눈을 부릅뜨는 것을 보고 얼른 주방으로 향했다. 지완은 쫓아오지 않고 냉큼 빈 백으로 가서 게임부터 켰다. 돈도 많은 놈이

자기도 게임기 사면 될 걸 가지고, 꼭 여기 와서 난리다.

고추장과 야채를 듬뿍 넣은 낙지볶음 마지막에 참기름을 떨어뜨리고 접시에 옮겨 담은 후 통깨를 뿌렸다. 넓은 그릇에 고슬고슬한 밥을 퍼서 물김치와 함께 내어놓자 지완이 식탁으로 와서 앉았다. 수저를 건네주자 낙지를 퍼서 밥 위에 올리고는 기세 좋게 비볐다. 나도 질세라 같이 비비면서도 자꾸 눈은 지완의 얼굴로 향했다.

낮에 있었던 일이 아무래도 걸려서 어쩔 수가 없었다. 특별히 지완에게 무슨 해명을 바란다거나 물러내라고 따지고 싶은 것도 아닌데, 나 스스로도 내가 뭘 기대하는 건지 몰라서 답답했다.

"엔간히 쳐다보지 그러냐? 나 잘생긴 거 한 해, 두 해 안 것도 아니고, 왜 자꾸 쳐다봐?"

"너, 혀가 오만 가지 재앙의 근원이라는 거 아니?"

"내 얼굴은 오백만 가지 행복의 근원이니 상관없어."

아아, 저도 모르게 시뻘건 고추장 묻은 숟가락이 날아갈 뻔했다. 도대체가 이놈과는 진지한 대화가 안 된다. 이것도 재주라면 재주인 걸까?

속이 타서 냉수를 벌컥벌컥 들이켜고 밥을 꾸역꾸역 밀어 넣었다. 아삭한 물김치가 낙지볶음과 어우러져 맛있었지만, 솔직히 내 혀는 그 맛을 다 음미하지 못하고 있었다.

"야, 김지완."

결국 반쯤 먹다 말고 숟가락을 내려놓아야 했다. 언제까지 지완이 내 연애 인생에 참견하는 걸 두고 봐야 하는 건지, 무슨 심보로 저러는 건지 알아야겠다는 생각이 들어서였다.

생각해 보면 미국에서도 이랬다.

같은 주니어하이(중학교) 다니던 재미교포 2세인 호원이란 남자아이와 마음이 맞아 사귀게 되었는데, 첫 데이트에 지완이 나타나는 바람에 완전히 망하고 말았다. 어떻게 내가 데이트하는 걸 알았는지는 모르지만, 지완은 내 데이트 약속 장소에 눈 돌아갈 정도로 멋진 여자애(이름도 잊지 않는다. 셸비.)를 데리고 와서 같은 과목 듣는 친구라고 말했고, 호원은 가슴 빵빵한 빨강머리 셸비에게 넋이 나가 나는 안중에도 없게 되었다. 그걸 시작으로 내가 누군가를 조금이라도 좋아하거나, 혹은 누군가 내게 관심을 보일 때면 어김없이 지완이 끼어들어 훼방을 놓았다.

화를 내고 성질을 부려도 소용없었다. 거기다 고등학교 때 있었던 사건 때문에 더더욱 녀석에게 내가 할 말이 없어진 탓도 있었다.

고등학교 첫 여름방학을 며칠 앞둔 때였다. 학생회장이자 밴드에서 드러머로 꽤 인기가 많았던 게리가 어느 날 내게 파티 초대를 해왔다. 그와 어울려 다니는 무리들은 학교에서도 인기인들로 유명했는데, 그리 눈에 많이 띄지도 않는 내게 파티에 오라고 초대를 해준 것이다.

원래 외모가 좋은 남자애들에게 약했던 나는 유명세까지 더

한 게리의 초대에 한껏 들떴고, 초대받은 게 뿌듯해서 지완에게 도 한껏 자랑을 했다. 지완은 뭔가 이상하다고, 갑자기 그런 애들이 초대를 하는 건 의심해야 한다며 나를 말렸지만 난 오히려 지완에게 성질만 부렸다. 그때 지완이 했던 말들이 내 귀에는 전부 자존심 뭉개는 소리로밖에 들리지 않았기 때문이다. 지금 생각해 보면 원래 좀 삐딱한 말투여서 그렇지, 지완은 진심으로 날 걱정해 주고 있었는데 말이다.

게리의 집 뒤뜰에서 벌어진 풀장파티를 위해 나는 용돈을 털어서 새 수영복과 신을 사고, 선글라스까지 구입하는 기염을 토했다. 솔직히 말해 나도 게리가 진심으로 내게 무슨 마음이 있어서 초대해 줬다고는 기대하지 않았다. 그저 나를 초대해 줬다는 사실이 고마워서, 적어도 아이들이 왜 게리는 저런 애를 초대한 거냐는 소릴 듣지 않게 하고 싶었다. 물론 개미 눈곱만큼 게리가 날 좋아해 줄지도 모른다는 기대를 하긴 했지만 말이다.

결론부터 말하자면 게리가 날 초대한 것은 그의 패거리 중 하나인 제이콥 때문이었다. 어린 나이에 발랑 까져서 플레이보이로 이름을 날리던 제이콥과 그와 라이벌인 칼이 무슨 말인가 끝에 내가 처녀다, 아니다를 놓고 내기를 했고, 나를 초대한 이유는 바로 그 내기의 결과를 알아내기 위해서였던 것이다.

아무것도 모르고 어슬렁거리며 갔던 나는 갑자기 남자애들이 내게 친절한 것에 우쭐해서 주는 음료수를 넙죽넙죽 받아 퍼마셨고, 뭔가 좀 이상하다고 느꼈을 때에는 술에 취해 몸을 제대로 가눌 수 없을 지경에 이르렀다.

낮부터 하는 파티라고 너무 퍼져 있었던 것이 탈이었다. 설마 하니 과일 주스에 술이 들어 있다고는 생각지 못했다. 맛이 좀 이상하다고 생각했지만 게리가 와인 쿨러(소량의 알코올이 들어가 있는 소다)가 살짝 들어 있다고, 그렇지만 괜찮다고 해서 그런 줄 알았다. 제이콥이 내 컵에만 보드카를 섞어서 건네주고 있다고는 꿈에도 생각하지 못했으니까.

어지럽고 토할 것 같은 나를 부축해서 이층으로 데려가는 사람이 제이콥이라는 것도 그때의 나는 몰랐다. 서늘한 실내에서 매끈한 침대 위에 눕혀지고 나서야 겨우 알아볼 수 있었다. 내 위에 올라와서 원피스 수영복 어깨끈을 내리려는 것이 제이콥이란 걸.

반항하려고 했지만 몸이 말을 듣지 않았다. 무섭기도 하고 더럽다는 생각이 들어 소름이 끼쳤다. 속까지 울렁거려서 죽을 것만 같았다. 그리고 제이콥이 막 내 가슴을 다 드러내던 때, 나는 누운 채로 토하고 말았다. 제이콥은 얼른 내게서 떨어져 나갔고, 나는 숨이 막혀 몸을 뒤집고는 속에 있는 모든 것을 게워냈다.

기겁을 한 제이콥은 당황해서 방문을 열어놓은 채로 줄행랑을 쳤고, 정신없이 토하며 괴로워하던 내 등을 누군가가 부드럽게 쓸어주었다. 그리 친하지도, 그렇다고 모르는 사이도 아니었던 밴드부 주장, 몰리였다. 큰 키에 선머슴 같은 외모를 지닌 몰

리는, 제이콥이 날 끌고 가는 것을 보고 뭔가 이상하다고 느껴
뒤를 따라왔다고 했다.

몰리의 도움을 받아 어찌어찌 집으로 돌아온 나는 그날 일을
잊어버리자고, 없었던 일로 하자고 스스로를 달랬다. 하지만 그
일은 그냥 곱게 넘어가지 못했다. 다음날 학교를 가자 소문이
파다하게 퍼져 있었는데, 이상하게도 그 소문이 내가 주제도 모
르고 제이콥을 유혹하려고 했다가 실패했다는 쪽으로 나 있었
다.

아이들이 쑥덕거리는 것이 괴롭고 창피스러웠지만 어차피 방
학이 며칠 남지 않았으니 참자고 생각했다. 하지만 문제는 거기
서 끝나지 않았다. 파티를 다녀온 후로 지완의 전화를 무시했더
니, 이 녀석이 보란 듯이 우리 학교 앞으로 날 찾아왔던 것이다.
왜 전화 안 받고 개기는 거냐고 나무라는 지완 앞에서 나는 바
보처럼 울고 말았다. 어째서인지 지완이 얼굴을 보는 순간 안심
이 되며 서럽고 무서웠던 게 한꺼번에 터져 버린 탓이다.

절대로 화 안 내겠다고, 그러니까 무슨 일 있었는지 말해달라
며 나를 달래던 지완의 말에 나는 끅끅거리며 그날 있었던 일을
고백했고, 녀석은 한마디도 하지 않았다. 그저 우는 날 한 팔로
안고서 내 정수리에 턱을 올리고 한참을 그냥 그렇게 있어준 것
이 전부였다.

그 다음날, 제이콥은 학교에 나오지 않았다. 아니, 나오지 못
했다. 양쪽 어깨가 탈골되고 갈비뼈 두 대가 나가는 중상과 타

박상으로 병원에 입원했기 때문이다. 제이콥은 자신의 부주의로 언덕에서 굴렀다고 주변에 말했지만 나는 지완이 그랬다는 걸 알 수 있었다. 어째서 제이콥이 지완을 입에 담지 않았는지, 그 이유는 모르겠지만.

'네가 그랬지? 왜 그랬어? 잘못됐으면 너도 큰일 날 뻔했잖아, 이 바보야!'

제이콥의 입원 사실을 알자마자 지완을 찾아가 따졌다. 그러자 지완은 날 빤히 보면서 아무렇지도 않은 얼굴로 대답했다.

'그래도 안 죽었어. 죽여 버릴 생각이었는데.'

말하는 지완의 왼손에는 붕대가 감겨 있었다. 나는 고맙고 미안해서 그 손을 잡고 한참을 또 울었다.

언제나 그랬다. 이 자식은 내 인생의 걸림돌이며 동시에 안식처였다. 날 괴롭히면서도 언제나 다른 것들로부터 나를 보호해 주는 든든한 방어벽이었다. 그래서 나는 그때 지완이 나를 좋아하는 게 아닐까, 비록 향단이 신세지만 영조 임금님의 어머니도 무수리였던 것을 생각하면 나도 왕자 잡기가 불가능한 것은 아니지 않을까, 이런 헛꿈을 꾸게 되었다. 방학 때 촬영차 자메이카로 갔던 지완이, 거기서 만났다는 여자랑 찍은 사진을 내게 보내오지만 않았어도 나는 지완에게 고백을 했을 거였다.

나 따위는 발치도 따라가지 못할 만큼 아름다웠던 그 여자는 공주님 들어 올리기 포즈로 지완의 품에 안겨 활짝 웃고 있었다. 그렇게 신나고 즐겁게 웃고 있는 지완의 모습을 본 것도 충격이었다. 역시 왕자님 곁에 어울리는 건 공주님이지, 향단이가 아닌 것이다.

그래도 마지막 희망을 다 버릴 수는 없어서, 자메이카에서 돌아온 지완에게 은근슬쩍 물어보았다. 왜 제이콥을 그 모양으로 만들 정도로 화가 났었느냐고.

지완의 대답은 간단했다.

'넌 내 거니까. 내 것에 남이 손대는 거, 내가 얼마나 싫어하는지 알잖아?'

그런 거였다. 어릴 적부터 자신의 장난감이나 물건에 남이 손대는 걸 병적으로 싫어하던 지완이었다. 결국 지완에게 있어 나는 장난감이나 같은 처지란 거지, 특별한 감정이 있는 게 아니었다. 하긴, 가족이나 마찬가지라고 했으니까 만약 감정이란 게 있다면 그런 쪽이겠지. 사촌 여동생이나 누이나 뭐 그런 거.

어쨌거나 언제까지고 이런 식으로 어정쩡하게 있을 수는 없었다. 지완이 계속 이렇게 나오면, 난 평생 남자 하나 못 사귄 채 처녀귀신으로 이 자식 시다바리 노릇이나 하다가 죽어야 한다는 소린데, 억울해서 그럴 수는 없었다.

"불렀으면 말을 해. 왜 사람 불러놓고 빤히 쳐다보냐?"

지완이 물을 한 모금 마시고 컵을 내려놓으며 나를 바라보았다. 지나간 과거들을 떠올린 나는 숨을 한 번 크게 들이쉬고 나서 물었다.

"도대체 무슨 생각이니?"

"뭐?"

지완의 눈썹이 살짝 찌푸려졌다. 나는 내 앞에 놓인 물을 단숨에 비우고 비장한 각오로 다시 물었다.

"날 어쩌려는 생각이냐고?"

"알아듣게 말 좀 해라. 널 어쩌긴 뭘 어쩌라고?"

"내가 좋다는 남자들마다 나서서 쫓아내는 이유가 뭐냐고 묻는 거야. 넌 늘 나한테 남자 보는 눈이 없다고 하지만, 솔직히 너 때문에 상대가 어떤 사람인지 알아볼 수 있는 기회조차도 내겐 없어. 정말로 이유가 뭐야? 내가 애인이 생기면 너한테 소홀할까 봐서 그래? 아니면 네게 정해진 애인이 없으니 나도 있으면 안 된다는 심술?"

지완의 얼굴이 굳어졌다. 나는 한숨을 쉬며 내친김에 그냥 다 털어놓기로 마음을 먹었다.

"지완이 너랑 거의 평생을 붙어 지내다시피 하면서 좋은 일, 궂은일 많이 겪었어. 네가 날 괴롭히고 부려먹어도 근본적으로 네가 날 가족처럼 아낀다는 것도 알아. 그러니까 나도 너한테 당해주면서 살고 있는 거고. 하지만 언제까지고 이럴 수는 없는 거잖아. 너도, 나도 이제 다 컸는데, 내가 좋다는 남자들마다 네가 초를 치면 난 어느 세월에 연애해서 시집가겠니? 안 그래?"

슬쩍 안색을 살폈지만 지완은 무표정했다. 나는 좀 더 진지한 표정으로 심각하게 말을 이어갔다.

"지완이 넌 배경도 좋고, 인물도 좋아서 마음에 드는 여자 아무나 골라잡을 수 있겠지만, 난 그게 아니야. 한창때 연애해서 남자 코를 꿰지 못하면 나이 들어서 괜찮은 남자 잡을 수가 없다고. 막말로 넌 내가 나이 꽉 차서 배 나오고 머리 벗겨진, 애 딸린 홀아비한테 시집가면 좋겠냐? 그건 아니잖아, 그렇지?"

"……."

"네가 나더러 귀엽다, 예쁘다, 해준 건 고맙지만 냉정하게 현실을 보자. 내가 키가 크냐, 몸매가 늘씬하냐? 현재 내가 가진 무기라곤 젊다는 거 하난데, 그 무기마저 떨어지면 난 진짜 처녀귀신 되는 거야. 신데렐라나 백설공주의 미모가 아니라서 왕자님은 꿈도 못 꿔볼 처지이긴 하지만, 최소한 나도 기사 정도는 꿈꿔볼 수 있는 거 아니겠니? 그런데 네가 번번이 왕자 포스로 주변 사람들 기를 팍팍 죽이니 어느 세월에 연애를 해보겠냐, 이거야. 알아?"

여전히 묵묵부답이다. 나는 가슴이 답답해졌다.

"송우 씨가 남자답지 못하다고 해서 그게 나쁜 사람이라는 말은 아니야. 솔직히 난 부드럽고 자상한 남자가 좋아. 주먹질 잘하고 카리스마 있어야만 남자야? 나한테 잘해주는 남자면 되는 거잖아. 송우 씨 그 사람, 좋은 사람 같았어. 네가 오늘 초 치는 바람에 물 건너간 일인지도 모르지만, 기회가 닿는다면 난 송우 씨랑 잘해보고 싶다고."

허둥지둥 가게 문을 열고 사라지던 송우를 떠올리자 아깝다는 생각이 새록새록 되살아났다. 앞으로 가게로 찾아와 줄지 그건 알 수 없지만, 만약 볼 수 있다면 내 쪽에서 사과하고 다시 시작해 보고 싶었다. 그러자면 지완이부터 구워삶아야 했다.

"그래서,"

한참을 날 보던 지완이 입을 열었다. 나는 침을 꿀꺽 삼키며 말똥말똥 녀석을 쳐다보았다.

"지금 네가 그 기생오라비랑 잘해보고 싶으니 나보고 꺼져 주십사, 이거냐?"

무언가 상당히 핵심을 찌르면서도 공포를 조성하는 분위기다. 나는 선뜻 고개를 끄덕이지 못하고 눈을 굴렸다. 말인즉슨 틀린 게 아닌데, 냉큼 그렇다고 대답하자니 왠지 주눅이 들었다. 아아, 이 비굴한 향단이 근성은 대체 언제쯤 버릴 수 있는 건지 모르겠다.

"아니, 꼭 송우 씨를 말하는 게 아니라, 앞으로의 내 연애사업에 대한 뭐, 그런 거지."

"……."

침묵하는 지완의 시선이 서늘하게 가라앉았다. 대마왕도 모자라서 왕자 포스 카리스마 작렬 시선이다. 아래로 비스듬히 내리깐 저 시선만 대하면 나는 뱀 앞에 놓인 개구리처럼 몸이 굳고 만다. 머릿속이 하얗게 재로 산화하면서 혓바닥만 멋대로 움직여 시키지도 않은 말을 주절거리게 되는 것이다.

하지만 지금 물러서면 안 된다. 깨질 때 깨지고 죽을 때 죽더라도 여기서 할 말은 해야 하는 거다.

"나도 연애하고 싶다고. 언제까지나 네 뒤치다꺼리하다가 내 인생 종 칠 수는 없잖아. 도대체 그렇게 사사건건 방해하는 이유가 뭔데? 그렇게 오만 남자가 다 싫으면, 네가 내 애인이라도 해줄 참이야?"

아차차, 말이 막 나갔다. 마지막 말은 취소, 취소.

괜히 혼자 놀래서 취소한다고 하려는데, 지완이 벌떡 일어났다. 가뜩이나 기다란 놈이 서서 날 내려다보니, 올려다보는 내 목이 뒤로 한껏 젖혀져야 했다. 이 자세로 조금만 버티다간 목 부러질 것 같다.

"알았다."

짧게 말한 지완이 휙 나가 버렸다. 혼자 버려진 나는 멀뚱한 눈으로 지완이 사라진 현관문 쪽을 보며 눈을 끔벅거렸다.

알았다, 라니? 뭔 놈의 대답이 저러냐? 도대체 뭘 알았다는 건데?

가뜩이나 복잡한 머리가 더 복잡해지고 말았다. 그날 밤, 나는 그놈의 알았다, 라는 대답의 의미를 생각하느라 뜬눈으로 밤을 새고 말았다.

며칠 내내 기운이 없었다. 혹시나, 기대했던 송우 씨는 역시나 발길을 끊어버렸고, 알쏭달쏭한 대답을 한 지완은 다음날 아침, 일이 있으니 며칠 후에 보자는 짧은 문자만 보내놓고는 연락이 끊긴 상태였다. 물론 내가 문자를 보내거나 전화를 해서 그게 무슨 뜻이었냐고 물어볼 수도 있었다. 하지만 선뜻 내키지가 않았다. 전화기를 손에 쥘 때마다 내 무덤 파는 기분이 들어 등골에 한기가 일었던 것이다.

아무것도 아니야, 아무것도 아닌 대답이었어. 심각하게 생각하지 말자. 대마왕 없는 동안 신나게 지내면 되는 거잖아.

후다닥 청소를 해치우고 매상 정리를 한 후, 돈과 카드 전표가 든 작은 손지갑을 가방에 집어넣고 가게 문을 잠갔다. 문을 잡고 앞뒤로 밀어 잠근 것을 확인한 후 돌아서자 그래도 3월이라고 제법 훈훈한 봄바람이 밀려왔다. 세상은 이렇게 따사로운 봄이 왔는데, 내 가슴만 찬바람 몰아치는 시베리아 벌판이다. 인생 참 서글프다.

"에휴."

늙은이 같은 한숨이 절로 나왔다. 열쇠를 가방에 넣고 집으로 가는 발걸음이 무겁게 늘어졌다. 마치 신발 바닥에 끈끈이라도 붙여놓은 것만 같다. 어디 여행이라도 며칠 다녀오고 싶다. 그럴 형편이 아니라는 사실이 서글프다만.

집에 돌아와서 청소하고 샤워한 후 찬밥 남은 걸 누룽지로 만들었다. 황금 같은 토요일이라고 남들은 여기저기 놀러 다니고 연애하기 바쁜데, 나는 누룽지나 끌어안고 깍두기 썹고 있자니 배알이 꼬인다. 송우 씨와 잘만 됐어도 오늘 저녁은 화사하게 보낼 수 있었을 텐데, 이 무슨 궁상스런 몰골이란 말인가.

더구나 이제 머지않아 화이트데이인데, 절호의 기회였는데,

올해도 결국 지완이가 던져 주는 자두맛 사탕 한 봉지 신세가 되어야 한단 말이냐. ……하긴, 난 이번 밸런타인데이에 초콜릿도 주지 않았지만.

아니, 아니지. 지완이가 단것 싫어하는 거 아니까 안 준 거고, 더구나 이번엔 국내에 없어서 줄 틈도 없었다. 나중에 귀국한 녀석이 초콜릿 대신 잡채 해달라고 졸라서 잡채 해줬으니까, 나도 할 도리는 하고 받을 사탕이다. 아니지, 할 도리가 훨씬 넘었지. 잡채, 그게 얼마나 손이 많이 가는 음식인데, 그까짓 사탕한 봉지랑 비교할 바가 아니지, 암.

바닥을 박박 긁어 누룽지를 마시고 나자 포만감이 밀려왔다. 일단 배가 부르니 기분도 좀 누그러졌다. 커피를 한 잔 타서 마시고 텔레비전을 켰다. 별로 재미있는 프로가 없어서 커피 다 마실 때까지 채널만 바꾸다가 게임을 시작했다. 활 들고 똘마니들 데리고 괴물들 잡으러 다니다 보니 시간이 훌쩍 지나갔다. 가열찬 레벨 노가다를 하고 게임을 저장한 후 다시 커피를 한 잔 더 만들었다. 커피랑 같이 먹으면 맛있는 쿠키가 어디 있었는데…….

찬장 구석에 처박힌 쿠키 봉지를 찾고 보니 빈 봉지였다. 그러고 보니 주전부리 넣어두는 칸이 텅텅 비어 있다. 커피 마시고 할 일도 없는데 과자나 사러가야겠다.

누룽지와 커피로 출렁이는 배를 안고 마트로 향했다. 이것저것 과자를 주워 담고 과일도 좀 샀다. 냉장고에 오렌지주스가 거의 바닥을 향하던 것이 기억나 그것도 사고, 요거트도 서너 개 샀다. 고기 코너에서 냉동 삼겹살을 폭탄세일한다고 해서 아줌마들과 사투를 벌인 끝에 삼겹살도 쟁취했다. 쌈무를 사야겠지? 상추도 좀 사고, 아, 김밥 재료도 떨어졌다.

언제나 그렇듯이 과자나 살까, 하고 왔던 마트는 본격적인 장보기가 되고 있었다. 토요일 저녁, 다음 주 장보기나 해야 하는 솔로의 서러움이여! 한숨이 절로 난다.

막 우엉을 손에 들던 참이었다. 뒤에서 누가 내 어깨를 톡톡 두드리는 바람에 돌아섰더니 뜻밖에도 송우가 서 있었다. 나처럼 카트가 아닌, 작은 장바구니를 손에 든 채 웃고 있는 송우를 보자 당황하고 말았다. 설마 마트에서 만날 줄은 몰랐다. 아까 깍두기 먹다가 국물이 흘러서 티셔츠에 묻은 게 퍼뜩 떠올라, 들고 있던 우엉으로 황급히 배 근처를 가렸다. 과자만 사서 집에 올 거라는 생각에 갈아입기 귀찮아서 그냥 왔더니만, 가는 날이 장날이라고 꼭 이런 때 꽃미남과 재회를 한다. 지완이는 물론이고 신도 내가 연애하는 꼴은 보기가 싫은가 보다.

"아, 아, 안녕하세요, 송우 씨?"

"역시 진향 씨네요. 혹시나 했어요."

"아, 예. 저, 저녁식사는 하셨어요?"

"아뇨, 이제 슬슬 해볼까, 해서 장을 보던 중이었습니다."

며칠 전 일이 떠올라서 얼굴이 화끈거렸다. 그에게 뭐라고 말을 해야 할지도 몰랐다. 보고 싶다고 생각은 했는데, 막상 이렇게 보니 왜 보고 싶어했는지 나 자신이 이해가 가지 않을 정도로 당황하고 말았다.

"저, 저기, 그날은 죄송했어요. 제 친구가 좀 성질이 더럽거든요. 알고 보면 괜찮은 앤데, 저를 과보호하는 경향이 있어서 말이죠. 그러니까 송우 씨 기분 상하셨어도 너그럽게 이해를 해주시면 좋겠는데……."

"아, 괜찮습니다. 그땐 저도 몹시 당황해서 좋은 모습은 아니었고요."

송우의 얼굴도 조금 붉어졌다. 그때 그렇게 도망치듯 자리를 벗어난 자신이 부끄러운 모양이다.

"아뇨, 아뇨, 모두가 지완이 잘못이에요. 걔가 성질 대마왕이거든요. 안하무인에 싸가지도 없고, 성질만 버럭버럭 내고……."

우엉을 손에 든 채로 손을 휘휘 내젓자 송우가 웃었다. 아무리 봐도 질릴 것 같지 않은 미소다. 나는 아이처럼 웃는 그의 모습에 반해 정신이 멍해졌다.

"저, 괜찮으시다면 제가 오늘, 저녁 사드려도 될까요, 진향씨?"

"네?"

"안 될까요?"

"아뇨, 돼요. 되죠, 되고말고요."

깜짝 놀랐지만 부지런히 고개를 끄덕였다. 그런 일이 있었는데도 날 아는 척해주고 밥까지 사주겠다니, 역시 그는 내게 마음이 좀 심하게 많이 있는 거다. 그래, 굴하지 않는 정신, 그거야말로 진정한 남자다움이지.

"그럼 몇 시에 어디서 만날까요?"

갑작스런 데이트가 생겨 제정신이 아닌데, 송우는 내 의견을 존중하려는 뜻인지 내게 시간과 장소를 물어왔다. 지완이 같으면 내게 물어볼 것도 없이 어디로 몇 시까지 나오라고 딱 잘라 말했을 텐데. ……아니지, 왜 또 여기서 지완이 생각이냐고. 집중, 집중!

"아, 그럼 한 시간쯤 후에 마들렌에서 보면 어때요?"

마트에서 그리 멀지 않은 작은 건물 2층에 자리한 마들렌은 베이커리를 겸한 카페로 커피 맛이 아주 좋고 분위기가 아기자기한 곳이었다. 송우는 저녁을 사겠다고 했지만 명색이 첫 데이트(이걸 데이트라고 불러도 좋은지는 모르겠지만)에 식신강림하신 모습을 보여주긴 싫었다.

"그럼 한 시간 후에 마들렌에서 뵙죠."

송우가 손을 들어 보이고는 사라져 갔다. 가슴이 콩닥콩닥, 나는 들고 있던 우엉을 카트에 넣은 후 맹렬한 기세로 계산대로 날아갔다. 이번에야말로 제대로 된 연애를 성공시키고야 말리라. 내 앞을 가로막는 아줌마의 카트를 용감히 물리친 나는 콧김을 슝슝 뿜어내며 뭘 입고 나갈 건지 심각하게 고민하기 시작했다.

사놓고 한 번 입었던 짙은 감색의 원피스를 골랐다. 얼핏 보면 검정색에 가까울 정도로 짙은 색인데, 허리 부분에 라인이 예쁘게 들어가 있어 몸이 좀 날씬해 보이는, 그러면서도 가슴을 강조해 주는 차분한 원피스였다. 뚱뚱하진 않다고 생각하지만 결코 마른 것이 아닌, 솔직히 약간 통통한 내가 길쭉하고 쭉쭉 빠진 여자들에게 기죽지 않는 것 하나가 가슴이었다. 키가 작아도 목이 좀 긴 편이라 그나마 가슴이 커도 미련스러워 보이지 않는 것이 다행이었다.

송우는 내가 마들렌에 자리를 잡고 앉자마자 곧바로 모습을 드러냈다. 하얀 셔츠와 물 빠진 청바지를 입은 것뿐이건만, 외모 덕인지 그것만으로도 눈부셨다. 내가 자리에서 일어나자 송우가 먼저 와서 기다리게 해서 미안하다는 말을 꺼내, 나는 다시 가슴이 뭉클해졌다. 이런 매너, 정말 오랜만이야.

생크림 듬뿍 얹힌 모카커피를 시키고 앙증맞은 디저트용 라즈베리 다크 초콜릿 케이크도 하나 시켰다. 송우는 카푸치노를 시켰는데, 커피를 마시는 그의 모습은 꼭 광고를 보는 것처럼 그림이 되었다. 저 상태로 '가슴이 따뜻한 사람과 만나고 싶다' 란 멘트만 날리면 게임 오버일 것 같았다.

"가게에 가면서 진향 씨를 볼 때마다 느낀 거지만 참 친절하고 잘 웃으시더라고요. 힘드실 텐데 늘 웃는 얼굴로 지내는 진향 씨를 보면서 멋진 사람이구나, 하고 생각했고요."

어머, 어머, 갑자기 고백 타임?

커피 잔을 내려놓으며 말하는 송우의 모습에 케이크를 자르다 말고 얼음이 되었다. 멋진 사람이라니, 처음 들어보는 말이었다. 귀엽다, 예쁘다, 소리는 가뭄에 콩 나듯 가끔 들어봤지만 멋지다는 소리는 진짜 처음이었다.

쑥스러워서 얼굴이 달아올랐다. 나는 케이크를 자르던 포크를 슬그머니 제자리로 돌렸다. 이런 순간에 케이크 따위를 오물거릴 수야 없지. 넌 나중에 곱게 싸가서 집에서 먹어주마.

"많이 망설였지만 진향 씨가 좋은 분 같아서 용기를 내게 되었어요."

"아, 네에……."

"제 동생이 모델을 꿈꾸고 있는데요, 진향 씨 친구분이 모델 김지완 씨가 맞죠?"

엥?

"동생이 김지완 씨 팬이에요. 그래서 사진을 통해 얼굴을 알고 있었습니다. 설마, 했는데 역시 본인이시더라고요."

"아, 예, 그, 그렇죠."

멍한 머리가 제대로 돌아가지 않았다. 나는 눈을 깜박거리며 약간 흥분한 기색을 보이는 송우를 물끄러미 바라보았다.

"폐가 되지 않는다면 언제 김지완 씨가 시간이 날 때 제 동생을 한번 만나주실 수 있을까요? 지완 씨가 대중에게 많이 알려져 있지 않아도 그쪽 업계에선 아주 유명하다고 하더라고요. 동

양인으로서는 드물게 세계무대를 누빈다고요. 모델이 되고 싶
다는 꿈만 있지, 아직 뭘 모르는 아이라 어디서부터 시작을 할
지 몰라 헛물도 많이 켜고, 속아 넘어가기도 하고 그런 모양인
데, 보기가 안타까워서 말이죠."

　왼쪽 귀로 들어온 말이 오른쪽 귀로 술술 흘러 나가고 있었
다. 나는 그가 하는 말을 하나도 이해하지 못하면서 송우의 얼
굴만 빤히 쳐다보았다.

　풍선에서 바람이 푸시시 빠져나가듯, 내 기대감도 송우의 말
을 따라 점점 쪼그라들고 있었다. 모델 에이전시가 어쩌고, 이
현도 같은 소속인 걸로 알고 있고 어쩌고저쩌고⋯⋯. 그동안 그
가 내게 말을 걸기 위해 없는 용기를 쥐어짜 냈다면, 지금 그는
그 용기가 하늘을 찔러 내 안색을 살필 겨를이 없는 것 같았다.
자꾸만 굳어가는 내 표정에도 불구하고, 그는 동생과 지완을 칭
찬하는 말만 계속 늘어놓고 있었다.

　헐, 그러니까, 요점은 나한테 관심이 있는 게 아니라 내 친구
인 모델 김지완이 목적이다, 그 말이렷다?

　포크를 쥐고 있는 손에 힘이 들어갔다. 안개꽃 송우를 위해
차려입고 화장까지 하고 나온 내가 바보 같았다. 떡 줄 사람은
생각지도 않았는데, 혼자 김칫국부터 마신 셈이다. 나는 지나가
는 종업원을 손짓으로 불렀다. 그리고 좀 놀란 표정의 송우를
무시하고, 케이크를 포장해 달라고 했다.

　"진향 씨?"

"커피 잘 마셨습니다. 케이크도 잘 먹을게요. 지완이 문제는 지완이에게 직접 부탁해 보세요. 한가할 땐 도넛 가게 마칠 시간에 잘 들르니까요. 그럼, 조심해서 들어가세요."

최대한 정중한 태도로 말했다. 더 이상 송우를 마주하고 있을 수가 없었다. 붉어진 얼굴의 송우를 뒤로하고 작은 상자에 담긴 케이크를 들고 밖으로 나왔다. 바람이 휙 불어오자 괜히 눈물이 날 것 같았다.

오피스텔로 돌아오는 엘리베이터 안에서 나는 기어코 조금 울고 말았다. 나 자신이 한심하고 창피해서, 가슴이 아팠다.

바람이 분다. 조금 선선한 바람. 그리고 이건 나와 진향의 관계가 이제 더 이상은 이 상태로 계속 갈 수 없다는 것을 알려주는 바람이기도 했다.

송우인지, 송사리인지 하는 놈 때문에 제대로 꼭지가 돌고 말았다. 그 자식 때문에 화장까지 한 진향이도 진향이지만, 꽃다발을 들고 들어온 녀석의 모습에 기가 막히다 못해 가슴이 터질 정도로 화가 났다.

도대체 저렇게 비리비리하고 곱상하게 생긴 녀석의 어디가 좋다는 걸까? 내가 한소리 하자마자 제대로 말도 못하고 도망가는 기생오라비 같은 놈을?

생각해 보면 늘 이랬다. 미국에서도 마냥 바보처럼 순진해 빠져서는 곤욕을 치르곤 했다.

고등학교 때 일만 봐도 그렇다. 가지 말라는 파티에 부득불 가던 녀석에게 화가 났다. 학교에서 인기있는 아이들이 모여서 한다는 파티라면 대충 어떤 건지 짐작할 수 있었다. 그리고 그런 곳에 순진한 그녀가 어울리지 않는다는 것도 잘 알고 있었다. 그런데 염려했던 일이 생긴 것이다. 연락이 없고 나를 피하는 눈치라 학교 앞까지 찾아갔더니, 나를 보자마자 말도 못하고 눈물을 글썽였다. 그 순간, 이성이 통째로 날아가는 줄 알았다. 아무 일도 아니라고 우기는 걸 다그쳐서 진실을 듣고 나자 머릿속이 하얗게 비어버렸다.

닭똥 같은 눈물을 뚝뚝 흘리며 우는 그녀를 안아주는 거 말고는 해줄 게 없었다. 가늘게 떨리는 그 몸을, 지금도 잘 기억하고 있다. 무섭고 두려워서, 그리고 창피하고 분해서 울기만 하는 그녀를 보며, 제이콥인지 뭔지 하는 녀석의 명줄을 따버리겠다고 결심했다.

녀석을 찾는 것은 어렵지 않았다. 파티를 좋아하고, 여자를 좋아하고, 거기다 마약까지 좋아하는, 아주 제대로 썩어빠진 놈이었다.

녀석을 정말 죽일 생각이었다. 이런 더러운 놈이 내 소중한 향단이 몸에 손을 대려고 했다는 것, 그리고 그 애를 울렸다는 사실에 태어나서 처음으로 살의를 느꼈다. 손에 와 닿는 녀석의 몸뚱이, 아프다고 울부짖는 녀석의 비명이 내 눈과 귀에는 들어오지 않았다. 보이고 느껴지는 건 그녀의 눈물과 서럽게 떨리던 어깨뿐이었다.

이성을 찾은 것은 녀석이 내 발을 붙잡고 울며불며 매달릴 때였다. 한심하고 보잘것없어서 더 패주고 싶은 마음조차 들지 않는 비굴한 몰골의 녀석에게, 나는 이 일을 입 밖에 꺼내면 녀석이 마약을 한 증거를 들이밀어 감옥에 처넣어주겠다고 했다. 물론 녀석은 입을 다물었다.

그 일이 있은 이후 향단이는 나를 찾아와 내 걱정을 하며 한바탕 난리를 쳤다. 그리고 그녀가 나를 대하는 눈빛과 태도가 좀 달라졌다. 여자가 남자를 보는 눈빛이었다. 어른 같은 시선이었다. 솔직히 기뻤다. 하지만 동시에 당황스럽고 불안했다.

서로 좋아하게 되면 어떻게 될지, 자신이 없었다. 그때 당시 나는 패션 일로 향단이 곁에 있어줄 수 없는 처지였다. 남들처럼 알콩달콩 데이트를 할 시간도 없고, 무슨 일이 생겨도 옆에서 위로해 줄 수 없었다. 게다가 늘 투덕거리기만 하던 사인데, 갑자기 연인이 된다는 것도 어색했다. 혹시나 애인이 되었다가 제대로 챙겨주지 못하고 울리면 어떡하나, 그러다가 상처만 주고 헤어져서 영영 잃어버리면 어떡하나, 더럭 겁이 났다.

지켜줄 수 없는데, 그리고 함께 있어줄 수도 없으면서 좋아한다는 마음만으로 무턱대고 다가갈 수 없었다. 내가 그녀를 돌봐줄 능력도, 준비도 되어 있지 않았으니까.

그렇게 차일피일 미루고 있었는데 이제 더는 안 될 것 같다. 가둬두었던 감정이 주체를 못하고 터져 나오고 있다. 도저히 스스로를 감당할 수가 없을 지경에 이르고 만 것이다.

이진향을 내 애인으로 해야겠다. 다른 놈이 넘보는 건 절대로 못참겠다.

소형 중고차를 하나 장만하기로 했다. 가게 물건 사러 다니면서 작은 차가 하나 필요하다고 생각은 했는데 이번에 좋은 가격으로 괜찮은 차가 나왔다고 해서 보러 가기로 했다. 가게 단골 중 한 분인 아저씨가 중고차 딜러로, 얼마 전에 들어온 소형 마티즈가 꽤 괜찮다고 말해주었다.

지완이 말마따나 송우에게 삽질한 그날 이후, 일요일 하루 땅굴 파고 자아비판에 들어갔다가 월요일엔 그까짓 거 똥 밟은 셈 치자고 부활했다. 그리고 수요일, 내가 기특했는지 아니면 불쌍했는지, 신이 미소를 보내주고 있었다.

"가게 문 닫고 4시쯤 보러 가도 되겠어요?"

아저씨에게 커다란 시나몬 롤을 서비스로 넣어주며 묻자 물론 된다고 했다. 계산을 치른 아저씨가 명함 뒤에 간단한 약도를 그려주었다. 찾기 쉬운 곳에 있었다. 버스를 타고 20분 정도 가면 있는 곳이었다.

윤희가 퇴근하고 슬슬 뒷정리를 조금씩 이것저것 하는데 가게 문이 열리며 송우가 들어왔다. 순간적으로 뭐라고 해야 좋을지 몰라 멍하니 그를 보기만 했다. 송우도 말을 꺼내지 못해 붉어진 얼굴로 나만 빤히 쳐다보았다.

"진향 씨……."

"어서 오세요, 뭘 드릴까요?"

그의 말을 가로막고 내가 먼저 나섰다. 그가 내게 사과를 하는 것도 원하지 않았고, 그렇다고 속없이 아무 일도 없었다는 것처럼 헤실거릴 마음도 없었다. 그저 손님과 주인, 그 상태면 족했다.

"진향 씨……."

"크루아상 드려요? 아니면 애플 프리터나 도넛 홀?"

"저, 진향 씨, 그러지 말고 제 말을 좀 들어보세요."

집게를 들고 도넛들을 가리키는 내 귀에 송우의 목소리가 제법 절박하게 들렸다. 나는 그를 바라보며 입술을 꾹 깨물었다. 따지고 들면 그의 잘못이 아니라고 생각하고 싶었지만 솔직히 조금은 그의 잘못도 있다고 생각했다. 비록 본인은 그런 의도가 아니었다고 해도 내가 오해할 만한 행동을 했으니까.

"제가 뭔가 실수했습니까? 너무 갑작스런 이야기를 꺼내서 불쾌했던 건가요? 그렇다면 사과할게요. 진향 씨를 난처하게 하려던 건 아니었어요. 제가 사람들 상대하는 데 상당히 서투르기 때문에 본의 아니게 실례하는 경우가 있다는 건 압니다. 하지만 고의는 아니니까 진향 씨가 너그러이 이해해 주셨으면 해요."

"송우 씨 잘못이 아니라 내가 착각한 거니까 됐어요."

"네?"

"아니지, 엄밀히 따지면 송우 씨에게도 책임이 좀 있네요. 제가 헷갈릴 만한 행동을 했으니까요."

집게를 내려놓으며 송우를 똑바로 바라보았다. 애초에 그가 나한테 지완이랑 애인이냐고 물어보지만 않았어도, 그리고 꽃다발 따위를 들고 찾아오지만 않았어도 내가 혼자 착각에 빠지진 않았을 거다. 동생 때문이었다면 그냥 정중하게 부탁할 수도 있는 문제가 아닌가 말이다. 생각하자니 다시 분하고 억울한 기분이 새록새록 든다.

"뭣 때문에 저한테 애인이 있냐고 물으셨어요? 꽃다발은 왜 들고 오고요? 저녁 사준다고 초대는 왜 하셨어요?"

"아, 그, 그건……."

갑자기 따지고 묻자 송우가 당황했다. 이왕 내친김에 속 시원하게 대답이나 듣자, 싶어서 더 따지려고 하는데 가게 문이 열렸다. 엄청난 미인 하나가 들어왔다. 완벽한 계란형의 얼굴, 쌍꺼풀이 진 크고 아름다운 눈동자, 날렵하면서도 우아한 모양새의 코와 붉은 입술의 조화가 눈부셨다.

"어, 오빠?"

그녀가 송우를 향해 오빠, 라고 하는 말에 나는 주춤했다. 동생이라고 해서, 그리고 지완이가 남자 모델이라서, 나는 막연히 그 동생이 남자일 거라고 생각했다. 그런데 아니다. 엄청난 미모의 여자였다. 도대체 저쪽 부모님은 뭘 잡수셨길래 저리 눈부신 남매를 낳을 수 있었던 걸까? 나는 늘씬하고 아름다운 여자에게서 눈을 떼지 못하고 침을 꼴깍 삼켰다.

"유민아? 여긴 어쩐 일이야?"

"아까 전화해서 오빠 집에 들른다고 했었잖아. 가는 길에 오빠가 좋아하는 도넛이나 사갈까, 하고 왔지. 그런데, 벌써 산 거야?"

유민이라고 불린 미인이 진열장으로 와서 도넛들을 바라보았다. 길고 찰랑찰랑한 머리가 예쁘다. 귀 뒤로 머리를 넘기자 앙증맞은 귀가 드러난다. 희고 고운 피부, 가느다란 팔과 기다란 손가락, 동작 하나하나가 우아해서 시선을 잡아당긴다. 이 정도 미인이 어째서 지완의 도움이 필요한 건지 이해가 가지 않는다. 그냥 길거리에 서 있기만 해도 탤런트나 모델 해보라고 줄줄이 덤빌 것 같은데.

"도넛이 굉장히 예쁘네요. 정성들여 만드시나 봐요."

유민이 나를 향해 말하며 생긋 웃었다. 같은 여자가 웃는 거 보고 가슴이 철렁 내려앉기는 또 처음이라, 나는 어색한 미소를 지어 보였다.

"오빠가 골랐으면 제가 계산할게요. 얼마예요?"

"아, 아직 안 고르셨는데요."

"어머, 그래요? 오빠도 금방 들어온 모양이네."

생긋 웃는 모습이 눈부셨다. 사랑스럽다는 느낌이 절로 드는 유민을 보며 나는 속으로 한숨을 푹 쉬었다. 저런 미녀가 동생이라니, 나 같은 평범한 사람이 송우 씨 눈에 들어갈 리가 없다. 천사 같은 동생을 도와주려고 했던 게 좀 지나쳤던 거다. 그럼 그렇지, 내 팔자에 저런 꽃미남이 반해서 덤빌 리가 있나?

"유민아, 먼저 집에 가 있을래? 도넛은 내가 살 테니까."

송우가 스프링클 도넛을 유심히 보고 있는 유민에게 말했다. 심각한 송우의 표정 탓일까, 잠시 나와 송우를 보던 유민이 알겠다고 순순히 대답하고는 밖으로 나갔다. 플레어스커트 아래로 미끈하게 빠진 그녀의 종아리를 보며, 나는 한숨이 나올 뻔했다. 세상 참 불공평하다는 걸 새삼 느꼈다.

멍하니 문을 보고 있는 내 귀에 송우의 말이 다시 들려왔다.

"……그분과 애인이냐고 물었던 건, 보다시피 제 동생이 여동생이라, 애인 입장이라면 기분이 나쁠 수도 있다고 생각해서였어요. 꽃은 부탁을 하려는 처지라 뭔가 성의를 보이고 싶어서였고, 저녁도 마찬가지였습니다. 그냥 길거리에서 말하기는 좀 그렇다고 생각했거든요."

송우의 말에 시선을 돌리자, 그의 얼굴이 점점 더 붉어지고 있었다. 나는 뭐라 말을 못하고 어색한 기분으로 그런 송우를 바라보았다.

"옛날부터 전 낯선 사람들하고 이야기를 하게 되거나, 남 앞에 서야 하는 상황이 되면 얼굴이 심하게 붉어지곤 했어요. 적면증, 이라고도 하는데 일종의 신경성인 병이죠. 어려서는 외모도 이런데 하는 짓마저 남자답지 못하다고 놀림도 심하게 받았고요. 아무튼 김지완이란 분에게 직접 부탁을 했어야 했는데, 제 입장만 생각했어요. 전 진향 씨에게 이야기하는 게 훨씬 편했거든요. 정말 죄송합니다."

정중하게 고개를 숙이는 송우는 이제 목덜미까지 발갛게 달아올라 있었다. 나는 그가 적면증이라고 말하는 바람에 깜짝 놀랐다. 얼굴을 잘 붉히는 사람이라고는 생각했지만 심각한 정도인 줄은 몰랐다. 더구나 이렇게 정중하게 사과까지 해오니 계속 화를 내기도 민망했다.

"됐어요. 그냥 잊어버리세요. 괜히 저 혼자 송우 씨가 저한테 관심있는 줄 알고 착각한 거니까요."

나는 고개를 저었다.

사람 마음이란 것이 크게 다를 리가 없다. 내가 잘생긴 남자를 좋아하는 것처럼 남자들도 예쁘고 사랑스런 여자를 좋아하는 것이 당연한 일이다. 저렇게 예쁜 동생이라면 나라도 뭐든지 해주고 싶었을 거다. 김칫국부터 마신 내가 너무 경솔했다.

"하지만 지완이에게 동생 이야기를 하는 건 안 할 거예요. 송우 씨가 지완이에게 직접 말한다면 말리진 않겠지만요."

말과 함께 나는 소시지 크루아상을 서너 개, 그리고 도넛 홀과 함께 스프링클 도넛을 봉지에 각각 담아 내밀었다.

"동생분하고 같이 나눠 드세요. 먹고 힘내라고, 또 내 도넛 예쁘다고 해줘서 고맙다고 전해주시고요. 이건 제가 내는 거예요."

"저, 진향 씨……."

"괜찮아요. 살다 보면 본의 아니게 서로 피해 줄 때도 있는 거잖아요. 송우 씬 일부러 사과까지 하러 와주었고요. 동생이 기다릴 건데 얼른 가보세요."

머뭇거리는 송우를 말로 떠밀다시피 내몰고 나서 심호흡을 했다.

그래, 잠시 삽질 좀 했다. 그래서 그게 어떻다고? 송우 씨도 나쁜 사람은 아니고, 이런 일로 꽁하니 마음에 담아두는 것도 나답지 않다.

"자, 오늘은 좀 일찍 닫고 애마를 보러 가야지."

소리 내어 말하고 기지개를 쭉 켰다. 내 마음은 벌써 중고 마티즈를 향해 날아가고 있었다.

약속 시간에 맞춰 차를 보러 간 나는 첫눈에 차에 반했다. 2년 된 중고라지만 거의 새거나 다름없는 상태였다. 전 주인이 꽤나 정성들여 타고 다녔다는 걸 쉽게 알 수 있었다.

"어때, 내 말대로 상태는 최상이지?"

아저씨의 말에 나는 고개를 끄덕였다. 차를 타고 가까운 거리를 잠시 주행했는데, 느낌도 좋고 마음에 들었다. 다만 차체 색깔이 붉은빛이 도는 황색이랄까, 좀 묘하긴 했는데 그것도 한참 보고 있으려니 예쁘게 느껴졌다.

"마음에 들지? 미스 리가 열심히 일하고 사는 게 하도 보기 좋아서 내가 일부러 아껴둔 거야. 가격도 시세보다 낮게 쳤고."

"고마워요, 아저씨. 앞으로 서비스 잘해 드릴게요."

아닌 게 아니라 차의 상태에 비해 가격이 좋았다. 나는 더 볼 것도 없이 계약을 하고 차를 몰고 집으로 돌아왔다. 미국에서 외삼촌이 쓰던 중고차를 몰고 다니긴 했지만, 이렇게 내 이름으로 내 차를 가진 적은 처음이라 가슴이 뛰었다. 예전부터 하나 사야지, 사야지, 생각은 하면서도 선뜻 손이 나가지 못했는데, 뜻밖에도 이런 행운이 기다리고 있었다니, 역시 세상은 착하게 살고 볼 일이다. 단골이라 서비스를 자주 한 보답이 이렇게 멋지게 되돌아올 줄이야……

뿌듯한 기분으로 차를 몰아 오피스텔 주차장에 주차를 하고 나자 가슴이 뭉클해졌다. 텅 비어 있던 내 주차 공간, 그래서 다른 사람들이 이용하는 걸 구경만 하고 있었는데 이제부터는 그럴 필요가 없는 것이다.

차에서 선뜻 내리지 못하고 혼자 히죽거리던 나는 내 옆에 날렵하게 주차하는 스포츠카를 보곤 얼굴을 굳혔다.

검정색 아우디 TT, 지완의 차였다. 일 때문에 어디 갔던 놈이 이제야 돌아온 것이다.

나는 내 쪽은 보지도 않고 차에서 내리는 지완을 보며 눈을 가늘게 떴다. 설마하니 내가 차를 샀다고는 생각도 못하겠지. 괜히 자랑이 하고 싶어져서 입이 근질근질해졌다.

"야, 김지완."

차에서 내려 부르자 앞서 가던 지완이 걸음을 멈추고 돌아섰다. 놀란 녀석의 표정에 흐뭇한 미소가 절로 지어졌다.

"이게 뭐야?"

다가온 지완이 차를 보며 말했다. 그래, 놀랐지? 내게도 애마가 생겼다. 비록 너처럼 뽀대나는 애마는 아니지만, 어쨌거나 나의, 나만의, 나를 위한 애마다, 이 말씀이다.

"보면 몰라? 내 차야."

뿌듯한 표정으로 말하자 지완이 "헤에." 하고 작은 감탄사를 뱉었다.

"전부터 살 거라고 중 염불 외듯 중얼대더니 진짜 샀네?"

"엉. 오늘 방금 산 따끈한 애마야. 탈래? 시승식 해볼래?"

"아주 신이 나셨네. 눈이 반짝반짝, 잘하면 레이저라도 나올 기세다?"

지완이 어이없다는 듯 웃었다. 물론 지완의 아우디에 비할 바가 아니라는 것쯤은 나도 안다. 하지만 내 차라서 좋은 이 기분을 나도 어쩔 수가 없다.

"알았어. 까짓, 한 번 타주지 뭐."

지완이 거만하게 말하고는 조수석에 올랐다. 의자를 한껏 뒤로 밀친 지완은 겉보기보다 안이 그리 많이 좁지는 않다며 나한테 어울린다고 했다. 뭔가 트집을 잡을 줄 알았는데, 칭찬을 해주니 또 웃음이 실실 나왔다.

"그렇지? 괜찮지? 우리 가게 단골손님이 중고차 매매하시는데, 몇 달 전부터 내가 중고 소형차 알아봐 달라고 부탁했었거든. 가격도 아주 착해. 내가 열심히 일하면서 사는 게 보기 좋아서 싸게 주는 거라고 하셨는데, 내 생각엔 공짜 도넛을 자주 끼워 드린 게 주효했던 거 같아."

"뒤에 잘 봐. 흥분하지 말고."

"어, 알아. 나도 미국에서 열여섯 살 때부터 운전했다고."

날렵하게 후진해서 차를 도로로 올리자 지완이 백화점에 가자고 했다. 쇼핑할 거 있냐고 물었더니, 명색이 차를 새로 샀는데 방향제나 CD를 사주겠다고 해서 나를 놀라게 만들었다.

아니, 일 때문에 어디 간다고 하더니 혹시 산속에서 도 닦고 온 거냐? 왜 갑자기 친절하게 굴지?

곁눈질을 흘끔하다가 움찔했다. 지완이 진지한 얼굴로 나를 보고 있었다. 무언가 생각하는 듯한 얼굴인데 그 눈빛이 상당히 깊고 짙어 괜히 얼굴이 화끈해졌다.

생각을 하면 하는 거지, 왜 남의 얼굴은 뚫어져라 보면서 하는 거냐고. 하마터면 신호 어길 뻔했네.

운전에 집중할 것을 스스로에게 되새기며, 내 애마는 러시아

워의 길을 기어가고 있었다.

　30분이면 가는 백화점을 한 시간이 넘게 걸려 도착했다. 그 사이 지완은 별다른 말 하지 않은 채 나를 보거나, 바깥을 보거나, 혹은 얼굴을 간간이 찡그려 가며 침묵했다.

　그렇다, 앞만 보고 가자고 해놓고서 나는 또 습관이 되어버린 지완이 눈치 보기를 하고 있었다. 이놈의 향단이 근성은 죽어서도 고쳐지지 않을 건가 보다.

　"넌 과일 향 좋아하지?"

　백화점 내, 크고 작은 방향제, 방취제들이 늘어서 있는 곳 앞에 서서 지완이 물었다. 지나가던 사람들이 지완을 흘끔거렸다. 여고생 서너 명은 아주 대놓고 지완을 보고 있었고, 그중에 하나는 슬그머니 휴대전화까지 꺼내 들었다. 몰래 사진이라도 찍으려는 거겠지. 그 심정을 이해 못하는 바도 아니라, 나는 슬쩍 뒷걸음질쳐서 빠져 주려고 했다. 그런데 노란색 구슬이 알알이 들어 있는 방향제를 손에 들던 지완이 갑자기 싸늘한 목소리로 경고를 날렸다.

　"찍지 마. 초상권 침해야."

　낮지만 무게있는 음성이었다. 여고생들 못 보고 있는 줄 알았는데, 언제 봤는지 모르겠다. 하여간 귀신같은 녀석이다.

　지완이 고개를 돌려 여고생 쪽을 보자 아이들이 약속이나 한 듯이 얼굴이 빨개졌다.

　"데이트하는데 방해하지 말고 가."

아이들이 황급히 사라졌다. 그리고 나는 지완이 말한 데이트,
란 말에 놀라 멍해졌다.

"레몬 향 할래? 아님 사과?"

"……."

"오렌지? 모과?"

"야, 그런 말 하면 어떡해?"

"뭐?"

지완의 한쪽 눈썹이 위로 올라갔다. 나는 아이들이 사라진 쪽
을 가리키며 따지듯 물었다.

"데이트라고 하면 어쩌냐고? 애들이 오해하잖아."

"무슨 오해?"

"내가 네 애인이라고 생각할 거 아니냐고."

"그게 어때서?"

"그게 어떠냐고?"

"그래, 그게 어때서?"

말문이 막혔다. 따지고 보면 지완의 말이 맞았다. 아는 애들
도 아니고, 다시 볼 애들도 아닌데, 데이트라고 해서 성가신 애
들 쫓아 보낸 것이 뭐 어떠냐고 한다면 딱히 틀렸다고 할 수도
없었다. 하지만 데이트라니, 꼭 그렇게 말을 할 건 없지 않느냔
말이다.

"무슨 향 할 거야?"

지완이 다그쳤다.

"레몬."

"알았……."

"사과도."

불퉁한 얼굴을 한 나를 본 지완은 레몬 향과 사과 향을 골랐다. 분명히 평소대로라면 여기서 하나만 고르라고 구박이 나와야 맞는데, 아무래도 뭔가가 이상했다. 혹시 갔던 일이 안 좋게 풀렸나? 그래서 자포자기하고 있는 건가?

퍼뜩 든 생각이 나쁜 쪽으로 금세 치달았다. 사람이 안 하던 짓을 하면 죽을 때가 다가온 거라던데, 설마 죽기 전에 좋은 일 하자는 생각으로 이러는 건 아니겠지? 만약 그렇다면 어떡하지? 무언가 아주 심각한 일이 있어서 자살까지 생각하고 있는 거라면? 혹시 일은 핑계고 병원에 갔던 건 아닐까? 평소 몸이 좀 안 좋아서 검사를 받았는데 이게 보통이 아닌 병인 거다. 그래서 의사가 진지한 얼굴로 다시 검사를 해보도록 하지요, 라고 말을 하면서 불치병 뉘앙스를 팍팍 풍기는…….

"향단이 너, 또 망상삼매경이지? 쓸데없는 생각 말고 빨리 못 움직여?"

상상은 지완의 날카로운 말에 끊겨 나갔다. 정신을 차리고 보니 지완은 어느새 계산을 마치고 나랑 떨어져 저만치에 있었다. 망상이 꼬리에 꼬리를 물고 일어나는 바람에 나 혼자 멍 때리고 서 있었던 거다.

"향단이라고 부르지 말랬지?"

옆에 다가서며 눈을 부릅뜨자 지완이 피식 웃더니 손을 들어 내 머리를 쓱쓱 쓰다듬었다.

"아, 왜 남의 머리는 만지고 그래?"

"강아지 같아서."

"뭐야?"

"부른다고 쪼르르 달려오는 게 강아지 같아서. 넌 옛날부터 그랬어."

분명히 놀리는 건데, 그리고 욕하는 것 같기도 한데, 지완의 표정이 너무 부드러워서 화가 나지 않았다. 역시 오늘 애가 좀 이상해도 많이 이상한 거 같다. 나한테 왜 이러지, 진짜?

"온 김에 CD도 사고, 저녁 먹고 집에 가자. 커피도 한잔하고."

지완이 내 손을 덥석 잡고 걸음을 옮기며 말했다. 다리 긴 놈 쫓아가자니 다리 짧은 내 발걸음이 바빠졌지만 내 신경은 모두 지완에게 잡힌 내 손으로 몰려가 있었다. 처음 잡아본 손도 아닌데, 어쩐지 거기서 불이 붙고 있는 것 같아 당황스러웠다.

하느님, 얘가 정말 미쳤나 봐요.

나는 어쩐지 울고 싶기도 하고, 웃고 싶기도 해서 갈팡질팡하고 말았다.

CD를 고를 때도, 저녁을 먹을 때도 지완은 평소의 대마왕 모습을 드러내지 않았다. 신기할 정도로 정상적인 녀석의 모습에

나는 계속 당황했고, 둘이 같이 카페에 와서도 언제 지완이 본
모습을 드러낼까, 거기에만 신경을 쓰고 있었다.

"주문하신 모카라떼, 그리고 카푸치노 나왔습니다."

상냥한 목소리에 고개를 돌리니 여종업원이 지완을 향해 한
껏 상냥한 미소를 보내며 서 있었다. 나는 내 모카라떼가 담긴
커다란 커피 잔을 보고, 다음엔 지완을 보았다. 지완인 의자 등
받이에 몸을 기댄 채 나를 물끄러미 보고 있었다. 오늘따라 저
시선도 왜 이렇게 어색하고 거북한 건지 모르겠다.

"필요하신 것 있으면 말씀하세요."

지완의 시선을 끌고 싶다는 욕구가 무섭도록 뿜어져 나오고
있는 아가씨의 목소리가 들렸지만, 지완은 철저하게 무관심했
다. 내가 보기엔 상당히 귀여운데, 역시 모델들을 지겹도록 봐
온 지완의 눈에는 들어오지도 않는가 보다.

"저기, 지완아."

그냥 넘어가기엔 아무래도 아닌 것 같아서 일단 커피를 한 모
금 마시고 나서 지완을 불렀다. 왜 이러는 건지 알고 싶었다.

"왜……."

왜 안 하던 짓을 하는 거냐고 물으려는데, 갑자기 지완이 피
식 웃었다. 뭐가 웃긴 건지 몰라서 말을 못하고 눈을 멀뚱히 뜨
고 있자, 지완이 손을 뻗어와 내 입술을 엄지로 쓱 닦았다.

"생크림 묻었다."

"……."

머릿속이 하얗게 타버렸다. 더구나 지완이 그 손가락을 핥는 모습을 보자 이젠 아무것도 들리지 않고, 보이지도 않았다. 방금 무슨 일이 있었던 거냐? 심장이 벌렁벌렁, 목이 바싹 마르고 숨이 막혔다.

하느님, 부처님, 알라님, 신령님, 이게 시방 뭔 시추에이션이란 말입니까!

"왜 그래?"

지완의 목소리에 현실이 다시 나를 찾아왔다. 나는 커피 잔 손잡이를 꽉 움켜쥔 채로 침을 꿀꺽 삼켰다. 이거, 이거, 심장에 좋지 않다. 저런 지완이는 적응이 안 된다. 미치겠다.

"향단아, 말을 해라, 말을. 그렇게 외계인 보듯 보지 말고."

"너, 어디 아파?"

불쑥 튀어나온 말이 이랬다. 지완이 미간을 찌푸리며 커피를 한 모금 마셨다.

"내가 어디 아파 보여? 아픈 데 없어."

"그런데 왜 이래?"

"내가 뭘?"

"왜 이렇게 잘해주는 건데? 왜 이렇게 친절한 거야? 혹시 나한테 죄지은 거 있어? 아니면 뭐 부탁할 거라도?"

"애인한테 잘해주는 것도 일일이 이유를 달아야 하나?"

딸꾹.

심장이 멈췄다. 숨이 안 쉬어진다. 나는 처음으로 유체이탈

현상을 느낄 수 있었다. 모든 것이 아득하게 멀어져 가고 있었다.

"야, 이진향!"

정확한 내 이름을 부르는 소리에 가출하려는 정신을 간신히 붙잡을 수 있었다. 나는 심호흡을 몇 번이나 하고 냉수를 벌컥벌컥 마신 후, 다시 커피도 한 모금 마셨다. 아무래도 귀가 안 좋은가 보다. 이비인후과를 가봐야…….

"너 말이야, 이 몸이 황공하게도 네 애인 해주시겠다는데 뭐라고 말이 있어야 하는 거 아니야?"

귀가 잘못된 게 아니라고? 진짜로 김지완, 네가 방금 나를 네 애인이라고 불렀단 말이야?

턱이 절로 아래로 떨어졌다. 나는 내 눈과 귀를 믿을 수가 없어서 지완만 빤히 바라보았다. 기분 탓인가? 녀석의 얼굴이 좀 벌게진 것도 같았다.

"너, 너…… 지금 뭐라고, 아니, 그것보다 그, 그런 농담을 하면 안 되고, 내 말은…….."

아아, 머리가 안 돌아간다. 횡설수설 나오는 말이 도대체 뭘 말하려는 건지 나도 모르겠다.

"그렇게 좋으냐?"

어쩔 줄을 모르고 당황하는 나를 보던 지완이 지그시 나를 보며 물어왔다. 그 말에 화끈거리던 얼굴이 이젠 화산 폭발 지경에 이르고 말았다.

"누가 조, 좋대?"

"좋기도 하겠지. 다른 사람도 아니고 이 몸이 네 애인이 되어 주겠다고 하니까."

"아, 글쎄, 누가 좋다고 그랬냐고!"

목소리가 커졌다. 날 당황스럽게 만드는 녀석이 얄미웠다.

"그럼, 싫어?"

차분하게 되묻는 말에 입이 얼어붙었다. 싫다고 딱 잘라 말해 버리면 그만인데, 왠지 그 말이 입 밖으로 나오질 않았다.

"향단이 너, 늘 애인 없다고 투정인데, 왜 없다고 생각해? 정말로 그게 전부 내 탓이라고 생각해?"

"그건……."

"너, 좋아하는 이상형 있어? 그저 얼굴만 반반하면 다 좋지? 하지만 너도 알 거야, 외모가 번듯하다고 성격까지 번듯한 게 아니란 건."

물론 안다. 그 대표적인 인간이 내 인생 거의 대부분을 옆에서 얼쩡거리고 있으니까.

지완을 보며 수긍한다는 표정을 짓자 녀석의 인상이 험악해 졌다. 얼른 커피 잔으로 얼굴을 가리며 시선을 돌렸다. 잊지 말자, 지금은 진지 모드지만 저 자식은 언제든지 대마왕으로 변신할 수 있는 놈이란 걸.

"그리고 솔직히 말해 네가 연애하는 데 대해서 진지한 적도 없지 않아? 늘 바쁘다는 이유로 제대로 꾸미지도 않지, 놀러 다니지도 않지, 그러니 어떻게 남자를 만나겠어? 안 그래? 그 기생오라비 같은 놈도 결국은 아니었지? 내 말이 틀렸어?"

틀리지 않았다. 송우 씨는 지완이 생각했던 그런 사기꾼은 아니었지만 어쨌거나 내가 목적은 아니었다.

나는 다소곳이 고개를 주억거렸다. 입으로만 애인 구한다고 난리 쳤지, 막상 내가 적극적으로 나선 적이 없다는 것도 맞는 이야기였다.

"그래서 내가 애인 해준다는데, 불만이야?"

"불만이라기보다 애인이라는 게 갑자기 애인 하자, 그런다고 되는 거야? 서로 좋아하고 설레고 뭐 그런 거 있어야 하잖아."

"향단이 넌 내가 싫어? 나 보면 설레지 않아?"

탁자 위로 몸을 기울인 지완이 내 얼굴을 빤히 바라보았다. 윽, 왕자님 모드다. 차가운 듯하지만 부드러운 시선, 그리고 보일 듯 말 듯한 살인미소까지 보내고 있다. 이런 젠장, 저런 눈빛, 저런 표정으로 보면 설레지 않을 여자가 어디 있겠냐? 죽은 시체도 벌떡 일어나서 얼굴 붉히겠다.

"그런 말이 아니잖아!"

내가 벌떡 일어섰다. 무슨 맘이 들어서 이러는 건지 몰라도 내 눈에는 지금 지완이 장난하고 있는 것처럼 보였다. 그때 내가 연애하는 거 방해만 한다고, 그럴 거면 네가 애인 해줄 거냐고 했더니 그새 이런 장난을 생각한 모양이다. 이 자식, 이건 정말 최악의 장난질이다.

"그러는 지완이 넌 내가 좋아? 엉?"

따지듯 대드는 내 질문에 지완의 대답은 금방 떨어졌다.

"싫으면 애인 못하지."

비스듬히 나를 올려다보는 지완의 표정에 심장이 또 바닥으로 쏙 꺼져 버렸다. 저 눈빛, 거짓말이 아니었다. 장난을 하고 있는 것도 아니었다. 김지완이, 그 대단하신 나르시스트 왕자님이, 내 애인 하겠다고 진심으로 말하고 있는 거다.

"너, 나 놀리는 거지?"

도저히 믿기지가 않아서 다시 물었다. 녀석이 평소 나한테 관심을 보였거나, 여자로 나를 봐준다는 기색이 있었으면 또 모른다. 그러나 눈만 마주치면 구박하고, 거기다 속 뒤집는 소리만 골라 해대지 않았던가. 그런데 느닷없이 나랑 연애하자고 하면, 나는 그냥 어머, 그러세요, 고마워요, 호호호, 하고 받아들이라는 건가? 아무리 꽃미남에 맞이 간 나라고 할지라도 이건 절대 아니다.

"왜 놀린다고 생각해? 이래봬도 나도 며칠 내내 생각하고 고민하고 나서 내린 결론인데."

"뭐? 일하러 간 거 아니었어?"

"일은 일이지. 중요한 거잖아. 싫든 좋든 우린 서로의 인생에 커다란 부분을 차지하고 있으니까."

우리? 인생? 커다란 부분?

머리가 핑핑 돈다. 홍두깨 같은 구석이 있는 놈이란 건 알지만 이렇게 나오면 대체 나더러 어쩌라고? 이런 이야기는 뭔가 좀 힌트라든가, 뜸을 들이면서 해야 하는 거 아닌가? 슈퍼에서 우유 사려다가 마음이 바뀌어서 오렌지주스를 사오는 것도 아니고, 며칠 사라졌다가 불쑥 나타나서 애인 하자, 이러면 내가 어떻게 대응해야 하는 거냐고.

"나, 나 집에 갈래."

여기서 도망가고 싶었다. 도저히 지완을 더는 보고 있을 수가 없었다.

"그래? 그러자, 그럼."

"아냐. 넌 일어나지 마. 따라오지 마. 너만 생각할 시간 있으면 장땡이야? 너는 며칠 고민한 건지 몰라도, 난 지금부터 며칠 동안 고민 좀 해봐야겠어. 그러니까 나 따라오지 마. 냅둬. 알았어?"

따라오면 뒈진다, 라는 기운을 한껏 풍겨주고 카페를 달리다시피 해서 나왔다. 정신없이 휘적휘적 걷다가 숨이 차서 걸음을 멈추고 심호흡을 몇 번이나 했다. 심장이 갈빗대를 뚫고 튀어나오거나, 아니면 목구멍 너머로 튀쳐나올 것처럼 격렬하게 뛰고 있었다.

애인? 김지완이 내 애인? 진짜? 정말로? 현실에서?

그냥 해본 소리일 거라고, 절대 진심이 아닐 거라고 생각을 하면서도 머리 한구석에선 그림이 펼쳐지고 있었다.

지완과 손을 잡고 거리를 걷는 나, 영화관에 가서 손잡고 영화를 보는 나, 노을 진 하늘을 배경으로 키스를 하는…….

아, 안 돼. 거기까진 상상하지 말자. 자극이 너무 심하다.

감기 든 사람처럼 온몸에 열이 올랐다. 나는 주변을 두리번거리다가 눈에 띄는 가게로 들어가 물을 한 병 사서 골인 지점을 앞둔 마라톤 주자처럼 벌컥벌컥 마셨다. 물이 입을 넘어 목을 타고 흘러내리는 것도 상관하지 않았다. 가게 주인이 정신 나간 여자 보듯 나를 보는 것도 상관없었다. 지금 내 눈과 머리에 가득한 것은 김지완, 그놈뿐이었다.

개늠시키! 날 이렇게 곤란하게 만들다니! 여태 너 먹여주고 돌봐준 대가가 고작 이거란 말이더냐!

물을 반 넘게 마시고 가게를 나서자 조금 진정이 되었다. 이제 좀 차분히 생각을 해봐야 할 때였다. 농담이라고 보기엔 너무 진지했던 지완이었다. 만약 진짜, 정말로 진심이라면 나도 잘 생각해서 대답을 해줘야만 했다.

그래, 며칠 생각해 보겠다고 했으니까 곰곰이, 진지하게 생각해 보면 되겠지. ……그런데 뭔가 이상하다. 허전한 이 기분은 뭘까? 뭔가 잊어먹은 듯……. 헉! 내 애마! 내 마티즈! 아무리 정신이 나갔다고 해도 그렇지, 어떻게 다른 것도 아니고 오늘 산 차를 잊고 있을 수가 있단 말인가!

내 실수를 깨닫고 눈썹이 휘날리도록 마티즈를 향해 다시 뛰었다. 그리고 곧 내 마티즈 옆에 서 있는 지완을 볼 수 있었다.

"열두 시 종도 안 쳤는데 신도 안 벗어놓고, 호박마차도 버리고 발로 뛰었냐? 네가 무슨 맨발의 아베베냐?"

숨이 차서 말이 안 나온다. 무릎을 두 손으로 짚고 한참 헉헉
거린 후에야 겨우 말을 할 수 있게 되었다.

"호, 박마차, 아, 아니거든? 헉, 헉."

"잘 익은 호박색인데? 딱 호박마차네."

"나안…… 아이고, 숨차라. 아무튼, 신데렐, 라 아니거든? 비
켜."

"맞아. 넌 향단이지. 집까지 이 몸을 잘 모시도록 해. 난 네가
혼자 뛰어나가서 택시 잡아타고 가야 할 줄 알았다. 설마 차를
버릴 줄이야 몰랐지. 하여간 너 덤벙대는 건 알아줘야 해."

기운이 달려 더는 말싸움도 못하겠다. 나는 포기하고 차에 올
랐다. 지완이 이놈, 절대 애인 못한다. 지금도 미치겠는데, 이놈
이 애인이면 얼마나 더 모시고 살아야 한다는 소리냐? 피 같은
내 청춘, 이렇게 마감하긴 억울하다.

애인? 안 한다. 못한다. 절대로!

집까지 오면서 지완과 한마디도 하지 않았다. 지완은 내게 말
걸었다가 사고나서 죽으면 억울할 테니까 조용히 있겠다고 했
고, 나 역시 딴생각하다가 죽을까 봐 앞만 노려보며 운전에 집
중한 탓이다.

엘리베이터를 타고 5층에서 내리자마자 후다닥 내 집으로 돌
진했다. 아니, 하려고 했다. 그런데 지완이 뒤에서 손목을 잡는

바람에 그것도 여의치 않았다.

"왜 이래?"

"내 성질 알지?"

착 가라앉은 목소리와 함께 서늘한 시선이 내게로 꽂혔다. 암흑의 대마왕 포스다. 날 주눅 들게 만드는 지완의 무기.

"뭐, 뭔 소리야?"

"공평하게 하기 위해서 며칠 시간을 주기는 하겠는데, 시건방지게 거절 따위 하거나 하면 어떻게 될지 알겠지?"

"……."

지완의 얼굴이 내 얼굴 위로 바싹 다가왔다. 지완이 즐겨 사용하는 향수, 구찌의 〈Envy〉 향기에 머리가 어지러워졌다. 나는 그에게서 좀 떨어지기 위해 등을 뒤로 젖히며 목도 한껏 뺐다. 오늘 왜 이러냐, 이 대마왕. 갑자기 미쳤냐? 저리 가라, 제발 좀.

"향단이, 너, 오늘 밤 쓸데없이 안 좋은 머리 굴리지 말고 그냥 푹 자기나 해."

헐, 이걸 말이라고 하시나, 글이라고 하시나?

"머리 굴려봐도 나올 결론은 하나뿐이니까 괜히 힘 빼지 말라는 거다. 알았어?"

어쭈? 고양이 쥐 생각해 주신다?

침착하고 유들거리기까지 한 지완의 모습에 갑자기 울컥 화가 치밀었다.

"야! 너 같으면 머리 복잡하지 않겠냐? 오늘 네가 한 짓을 좀 생각해 보고 말해."

"그래? 머리 복잡해?"

"당연히 복잡하지! 폭탄 떨어뜨려 놓고 집은 괜찮아요? 하는 거나 마찬가지잖아? 내가 무슨 아메바냐? 아무렇지도 않게!"

나는 이렇게 갈팡질팡 어쩔 줄을 모르는데, 정작 지완은 너무도 태평스런 모습이라는 게 짜증스러웠다. 왜 난 좀 더 쿨하지 못한 건지, 속이 답답하고 울화가 치밀었다.

"내가 도와줄까?"

"뭐?"

"아까 일 생각 안 하고 푹 잘 수 있도록 내가 도와줄까?"

"어떻게?"

엉뚱한 소리라고 생각하면서도 순간적으로 솔깃했다. 솔직히 아까 있었던 일을 생각하지 않을 수 있다면, 그리고 푹 잘 수 있다면, 지금은 그 방법이 필요했다. 머릿속이 너무 뒤죽박죽이라 생각도 제대로 못하면서 밤을 꼴딱 새는 건 나도 싫으니까.

그 방법이란 것을 기대하며 지완을 보고 있자니, 이 자식이 씨익 웃었다. 녀석의 등 뒤에서 시커먼 날개가 펼쳐지는 환상까지 보이는 것 같다. 사악한 악마의 웃음. 뭔가 좋지 않다, 라는 예감이 등골을 타고 스멀스멀 기어올라 왔다. 방법이 뭔지 몰라도 나한테 도움이 되는 게 절대 아니라는 것에 백만 표 던질 수도 있었다.

머릿속에 경보기가 삐요삐요 울렸다. 여기서 일단 후퇴.

"아냐, 도와주지 마. 안 도와줘도…… 꺽!"

어. 머. 니. 야!!!!

이, 이게 무슨, 무슨…….

벌어진 내 입으로 튀어나오려던 비명이 너무 놀라서 혀끝에서 얼어붙고 말았다.

지완의 머리칼이 내 볼을 간질였다. 그리고 그의 입술은 정확하게 내 목에 들러붙어 불을 지르고 있었다. 머리고 몸이고 모든 것이 정지 상태에 돌입했다. 키스는 키슨데 입술이 아니었다. 이 자식, 내 목덜미를 빨았다. 흡혈귀처럼!

"다른 생각 안 날걸? 잘 자, 향단아."

지완이 자신의 방으로 들어갔다. 나도 무의식중에 움직여 현관문을 열고 들어왔다. 그리고 현관 바닥에 풀썩 주저앉았다.

지완이 말이 맞았다. 아무것도 생각나지 않았다. 하지만 틀리기도 했다. 이러고 어떻게 푹 잠을 잘 수가 있겠냐고요오!

나는 차가운 바닥에 이마를 박고 울지도 웃지도 못한 채 한참을 그러고 있었다.

밤을 꼴딱 샜다. 새벽 한 시 반. 나는 욕실 거울에 비친 내 모습을 보다가 지완이 입을 댄 목덜미를 뚫어져라 바라보았다. 아무 흔적도 없었지만 그 감촉은 여전히 그곳에 남아 있었다. 불꽃처럼 뜨거웠다. 한순간에 머리끝에서 발끝까지 전류가 흘렀다. 축축하던 혀와 놀랄 정도로 부드럽던 입술. 코에 스미던 향기와 매끄럽고 간지럽던 머리칼의 감촉까지, 모든 게 신기하리만치 선명하게 떠올랐다.

정말 너무 뜻밖이라 혼이 달아나 버렸었지만, 정직하게 말하자면 아주 기분 나쁜 것도 아니었다. 아니, 좀 더 정직하게 말하자면 온몸의 신경이 폭죽 터지듯 펑펑 터져서 조금 황홀하기까지…… 아니야, 이게 아니잖아!

거울을 보며 멍하니 그 순간을 떠올리던 나는 두 손으로 머리를 쥐어뜯으며 정신 차리라고 스스로를 나무랐다. 아무리 지완이가 왕자님이라고 해도, 그리고 눈 돌아갈 정도로 잘생긴 놈이라고 해도 이건 아니었다. 무슨 애인이 백 미터 경주 시작하듯 '레디, 고우!' 하고 외친다고 딱 시작하는 건 말이 안 된다.

내가 연애박사는 아니지만 적어도 연애라면 서로 좋아하고, 함께 있으면 즐겁고, 헤어질 땐 안타깝고, 떨어져 있으면 그립고 애틋해야 한다는 것쯤은 알고 있다. 그런데 지완이와 나 사이에 그런 절절한 감정의 교류가 있느냔 말이다.

……있나?

나는 눈을 감고 진지하게 생각해 봤다.

서로 좋아하느냐는 질문에 대한 답은 뭐라고 딱 잘라 정의하기가 어렵다. 하도 오래 알고 지내서 서로의 장점은 물론이요, 감추고 싶은 치부까지 다 알고 있는 사이다. 그야말로 애증의 관계다. 단순히 좋아한다, 싫어한다, 라는 말로 단정 지을 수가 없다. 그러니 이건 패스.

함께 있으면 즐거운가?

백 번에 서너 번쯤은 즐겁다. 나머지는 일방적으로 내가 당하거나 아니면 싸움으로 번져서 서로 속만 박박 긁어대다가 돌아서기 일쑤다. 이건 순전히 지완의 성질머리 탓인데, 앞으로도 나아질 거라고는 기대하지 않는다. 인간이 그리 쉽게 변하지 않는다는 것쯤은 누가 가르쳐 주지 않아도 잘 알고 있는 사실이다.

헤어질 때 안타까운가?

천만에! 헤어진다고 해봤자 엎어지면 코 닿을 데 살고 있고, 눈만 부딪쳤다 하면 다투기 바쁘니 헤어질 땐 오히려 고마울 지경이다. 안타깝기는 개코가 안타깝냐!

그럼 마지막으로, 떨어져 있으면 그립고 애틋한가?

……보고 싶었던 적은 있다. 미운 정도 정이라고, 녀석이 미국에 갔을 때나 군대 갔을 때, 쥐똥만큼 보고 싶기는 했다. 아니, 쥐똥은 좀 심했고, 토끼 똥만큼은 보고 싶었다. 하지만 애틋하냐고 물으면 그건 아니다. 내가 보고 싶어했던 감정은 이성이라기보다는 가족애 같은 것이었으니까.

가만, 그러고 보니 애틋했던 그런 적도 있긴 있었다. 제이콥에게 어이없는 꼴을 당할 뻔한 나를 본 지완이 눈 돌아가서 그 자식을 병원에 보냈을 때, 그때 지완을 남자로서 느꼈다. 지완의 얼굴을 보기만 해도 가슴이 콩닥콩닥, 어쩌다 녀석이 내 머릴 쓰다듬거나 나를 보고 웃어줄 때면 세상이 온통 내 것 같았다. 물론 혼자만의 짝사랑으로 끝내야 했지만.

그때를 떠올린 나는 씁쓸한 기분에 젖어 한숨을 쉬었다.

결국 여태까지 나와 지완의 사이에는 달콤하고 애틋하고 간질거리는 그런 감정의 교류가 전혀, 라고 해도 좋을 정도로 없었다는 결론이 나왔다. 생길 틈만 보여도 내가 의식적으로 막은 탓도 있고, 나를 여자로 전혀 취급하지 않았던 지완의 태도 탓도 있었다. 어쨌거나 우린 거의 평생을 붙어 지내다시피 하면서도 서로를 남자와 여자로 인식하지 않고 지내왔던 거다. 그런데 이제 와서 새삼스레 그런 감정이 불쑥 생길 것 같지도 않았다.

"근데 왜 그 자식은 생뚱맞게 애인 하자는 소릴 하는 거냐고!"

거울 속의 나를 노려보며 소리쳤다. 일하러 가야 하는데 잠도 못 자고, 대체 이게 무슨 꼴인지 속상했다. 나는 거칠게 샤워커튼을 열고 물을 틀었다. 뜨거운 물로 샤워하고 정신을 좀 차리고 싶었다.

평소 번갯불에 콩 구워먹는 속도로 하던 샤워를 오늘은 길게 했다. 물세 아깝다는 생각이 설핏 들었지만 뜨거운 물줄기 아래서 있는 기분이 좋아서 빨리 나오기가 싫었다.

몸이 벌게질 정도로 샤워를 한 후, 머리를 대충 말리고 밖으로 나오자 몸이 가벼운 탓인지 기분도 좀 가벼워진 것 같았다.

허기가 져서 작은 그릇에 시리얼과 우유를 담아 먹고, 갈색으로 군데군데 물든 마지막 바나나 하나를 까서 먹어치웠다. 시계를 보니 거의 3시가 다 되어가고 있었다. 그러고 보니 정신이 없어서 도시락도 싸지 않았다. 간단히 햄과 치즈로 샌드위치를 만들어 샌드위치 백에 넣고, 가게로 나갈 준비를 했다.

현관문을 잠그고 밖으로 나오니 시선이 절로 지완이네 현관문 쪽으로 갔다. 녀석의 호실은 503호, 그리고 다음은 505호다. 504호가 없는 이유는 간단하다. 녀석의 오피스텔은 두 개를 합친 크기이기 때문이다.

지금쯤 커다란 침대에서 세상모르고 쿨쿨 자고 있겠지.

그 생각을 하자 괜히 배알이 꼬였다. 일을 저지른 사람은 나 몰라라 잘만 자는데, 당한 나는 새벽에 일하러 나가면서 잠 한숨 못 자다니, 불공평해도 이만저만 불공평한 게 아니지 않은가. 이노무 자슥, 정의구현을 위해서라도 내 너를 응징하고 말리라.

씩씩대던 나는 지완의 문 앞에 서서 초인종을 눌렀다. 물론 한 번 만에 열릴 리가 없다. 간격을 두고 계속 눌렀다. 여섯 번째 눌렀을 때였다. 현관문이 벌컥 열리고 팬티만 입은 지완이 부스스한 몰골로 버럭 소리를 쳤다.

"이 새벽에 어떤 놈…… 어? 향단이?"

지완의 잠이 덜 깬 얼굴을 보자마자 씨익, 사악한 웃음을 보여준 나는 또다시 맨발의 아베베가 되어 냅다 뛰었다. 비루하지만 이걸로 작은 복수를 하긴 했다. 저 자식은 자다가 일어나는 걸 병적으로 싫어하는 놈이다. 으하하하, 잠 설친 김에 피부나 확 뒤집어져 버려라.

혼자 희희낙락하던 나는 뒤에서 느껴지는 살기에 고개를 돌렸다. 설마 그놈이 팬티 바람으로 날 쫓아오지야 않겠지만……
헉, 진짜로 쫓아온다. 자다가 일어나서 미쳤구나. 엘리베이터는
버려야겠다. 잡히면 죽음이다.

"너 거기 안 서? 죽을래!"

너 같으면 서겠냐, 이 자식아!

계단으로 방향을 급히 바꿔서 달렸다. 근데 이놈이 포기를 안하고 계단을 쫓아 내려온다. 아이고, 맙소사. 잘못 건드렸다.

"야, 너 빤스 바람으로 어디까지 쫓아올 거야? 미쳤어?"

아래쪽에서 위를 올려다보고 소리를 빽 지르자, 지완이 움찔하며 멈춰 섰다. 그제야 자신이 어떤 몰골인지 이해가 가는 눈치다. 나는 지완이 이제 포기할 거라고 생각하고 안도의 숨을 돌렸지만, 이어지는 녀석의 말에 기겁하고 말았다.

"무슨 상관이야? 내 직업 몰라? 팬티만 입고 수십 개의 카메라 앞에 서고, 빌보드에도 걸려봤어. 내가 그런 거 신경 쓸 거 같아?"

"으악, 오지 마! 제발 신경 좀 써. 내가 잘못했어, 미안해. 오지 마, 가까이 오지 마!"

내려올 기색을 보이는 지완을 향해 버럭 소리를 지르고는 다시 달렸다. 저놈이 진짜 쫓아오면 어쩌나, 변태가 돌아다닌다고

경찰에 신고라도 해야 하나?

주차장까지 숨도 안 쉬고 달린 나는 차 문을 열고 안으로 들어가며 뒤를 보았다. 다행히 지완은 보이지 않았다. 그럼 그렇지, 말만 그런 거지 녀석도 정말로 반나체로 새벽부터 동네 망신을 당하고 싶진 않았던 거다.

막 차에 시동을 걸 때였다. 휴대전화에 문자가 들어왔다. 물론 지완이 놈이었다.

〈넌 죽었쓰.〉

눈을 감았다. 젠장, 진짜 죽었다.

가게를 닫고 은행에 들렀다 나오며 나는 고민에 빠졌다. 이대로 집에 가면 지완이 손에 괴롭힘을 당할 게 뻔한데, 그냥 들어갈 수는 없었다. 어떡하지? 잡채 해준다고 달랠까? 미친 척 꽃등심 사서 구워줘?

나의 애마, 호박마차 앞에 서서 갈등했다. 새벽에 내가 왜 그랬을까? 후회가 샘솟듯 퐁퐁 솟아나고 있었다.

일단 아침에 있었던 건 장난이었다고 우기자. 설마하니 네가 미친놈처럼 빤스 바람으로 쫓아올 줄은 몰랐다고, 웃자고 한 일에 칼 들고 덤빈 너도 참 그렇다, 이런 식으로 웃으면서 실실 넘어가면…… 절대 안 넘어오지. 무조건 미안하다고 하고 봐야겠지.

한숨이 절로 나왔다. 기운도 없고, 정말 집에 가기 싫어졌다.

그 순간, 갑자기 머릿속에 불이 반짝 켜졌다.

불같은 지완은 욱하는 성질만큼이나 가라앉는 것도 빨랐다. 그러니까 지금 집에 갈 필요 없이 대충 밖에서 시간을 좀 보내다가 들어가면 되는 거다. 새벽에 일어나서 일 나가야 한다고, 어제부터 잠을 못 자서 피곤해 죽을 것 같다고 엄살도 부리자. 그러고 나서 미안하다고 사과하고, 나중에 고기 완자를 질리도록 만들어주겠다고 하면 되겠지.

문제 해결이다. 이제 어디서 시간을 보낼 건지 그것만 남았다. 옳지, 차도 새로 샀는데 대형 마트에 가서 가게에 놓을 음료수나 사면 되겠다.

나는 가벼운 마음으로 차에 시동을 걸고 마트로 향했다. 지완이 사준 레몬 향 방향제에서 솔솔 풍기는 상쾌한 향기와 함께 기분도 좋아졌다. 신나는 댄스 뮤직까지 틀자 방금 전까지 고민했던 것이 바보처럼 느껴질 정도였다.

"가자, 호박마차. 오늘이 너의 진가를 확인하는 날이다."

파란색 신호를 받아 신나게 달리며 나는 콧노래를 흥얼거렸다.

마트에서 음료수를 잔뜩 사고, 예쁜 앞치마도 4개 샀다. 가게에서 사용하는 앞치마가 좀 오래되어서 바꿔야겠다고 생각했는데, 세일을 하고 있었다. 생리대도 세일을 하고 있어서 서너 개 담고, 하트 땡땡이 무늬가 너무 예쁜 실내 슬리퍼도 한 켤레 샀다. 한가운데 앙증맞은 리본까지 달려 있는, 엷은 갈색과 분홍

색의 조화가 예쁜 슬리퍼다. 바닥도 폭신폭신, 신으면 절로 기분이 좋아질 것 같았다.

차에 물건을 가득 싣고 집으로 오는 기분은 좋았다. 집에 오기 전에 가게에 먼저 들러 짐을 다 내려놓았다. 역시 차가 있으니 편하고 좋다. 그동안은 택시를 타거나 아니면 물건들을 조금씩 사서 들여놓았었는데.

흐뭇한 기분으로 집으로 와서 현관문에 열쇠를 꽂던 나는 지완의 집 쪽을 흘끗 보았다. 모른 척해 버릴까, 했지만 인간적으로 성숙하고 착한 내가 또 져줘야지 어쩌겠냐, 하는 마음이 들어 지완이 집 초인종을 눌렀다.

네 번째 초인종을 누를 때 문이 열렸다. 위에는 아무것도 입지 않은 지완이, 아래쪽에 파자마 바지 하나만 걸친 채로 덜 마른 머리에서 물을 뚝뚝 흘리며 나를 보고 있었다. 파자마 바지도 군데군데 젖어 다리에 들러붙어 있는 꼴이, 그가 샤워하다가 그냥 나왔다는 걸 알려주고 있었다.

"어, 어…… 샤워 중이었어? 미안. 난……."

남자도 요염할 수 있다는 걸 절실하게 깨달았다. 고개를 옆으로 살짝 기울인 채 삐딱하게 서서 나를 보는 지완의 모습은 솔직히 눈을 깜박이기가 아까울 정도로 멋있었다.

말을 잇지 못하고 침을 꼴깍 삼키는 순간, 지완이 내 팔을 잡고 안으로 잡아당겼다. 마트에서 산 물건들이 담긴 종이봉투를 안고 있던 나는 얼떨결에 그 힘에 이끌려 안으로 들어섰고, 축축하면서도 탄탄한 지완의 가슴에 얼굴을 들이박다시피 하며 안기고 말았다.

"앗, 미안, 미안."

당황해서 몸을 빼다가 손에서 힘이 빠져 봉투가 바닥에 떨어졌다. 이런 바보! 당황해서 얼른 허리를 굽히는데 이번엔 지완이 내 팔을 잡고 위로 당겼다.

"너!"

짧게 말하며 위압적으로 나를 보는 지완의 표정에 얼굴이 화끈 달아올랐다. 그에게서 풍기는 습한 물 기운과 바디샤워의 냄새가 아찔할 정도로 유혹적이었다. 더구나 거기에 지완의 미모까지 더하니, 이건 선 채로 떡실신할 것만 같았다.

뭐라고 말을 하려던 지완이 시뻘겋게 익어가고 있는 내 얼굴을 유심히 보며 입술을 꾹 다물었다. 저 자식 얼굴에서 시선을 돌려야 하는데, 막상 돌리자니 어디로 돌려야 할지 알 수가 없었다. 거북이 등딱지처럼 잘 갈라진 복근? 강하고 곧게 뻗은 쇄골? 아니면 젖어가고 있는 아랫도리 파자마?

"이진향."

녀석의 부름에 찔끔했다. 내 이름이 이렇게 야하게 들릴 수도 있구나, 무릎에서 힘이 빠져나가고 있었다. 두근두근, 심장도 빨라지고, 열기가 혈관을 타고 신경에 불을 지르며 온몸으로 번졌다.

"너, 나 보면 설레지 않아? 지금도?"

설렙니다, 설렌다고요. 그러니까 얼굴 가까이 들이밀지 말라고요.

바싹 다가온 지완의 얼굴이 지나치게 아름다웠다. 젖은 머리칼에서 떨어지는 물방울이 내 콧등 위로 작은 흔적을 남겼다. 나는 목을 뒤로 빼며 녀석과 거리를 두기 위해 안간힘을 썼다.

"너도 나 좋아하지?"

그, 그건, 그러니까……

말이 안 나온다. 미칠 것 같다는 느낌 말고는 아무것도 떠오르지 않는다. 나는 내 팔을 단단히 잡고 놓아주지 않는 지완을 보며 뭐라고 대답하기 위해 입을 열었지만 결국 아무 말도 할 수가 없었다. 머리가 핑핑 돌아 평생 써온 한국말이 하나도 생각나지 않았다.

"애인 하는 거다?"

지그시 압박하는 시선에 눌리고 말았다. 나도 모르게 멋대로 고개가 끄덕끄덕 움직이고 있었다.

"눈 감아."

녀석의 눈빛에 어쩔 줄을 모르던 참이라 얼른 눈을 질끈 감았다. 하지만 내 눈은 다시 튀어나올 정도로 크게 떠져야 했다.

지완의 입술이 내 입술을 덮고 있었다. 그냥 덮는 게 아니라 혀로 핥고 이로 살짝 깨물기까지 했다. 멍하니 벌어진 내 입속으로 지완의 혀가 들어오는 순간, 무릎에서 힘이 쫙 빠지며 눈이 절로 감겼다. 그리고 모든 것이 깜깜해지며 정전이 되었다.

아니, 그전에 딱 하나 떠오르는 생각은 있었다.

이 자식, 날 심장마비로 죽이려는 거야. 분명해.

✳

내가 며칠 동안 혼자 고민하고 결론을 내는 동안, 진향이는 차를 샀다. 어쩌면 차조차도 꼭 저하고 어울리는 걸 샀는지, 하여간 보자마자 웃음이 나오려고 해서 곤란했다. 나를 보자마자 반가워하며 새로 산 중고차, 그것도 내가 보니 딱 호박마차 같은 그 차를 사랑하느라 며칠 전에 있었던 일은 안중에도 없는 듯했다. 저 단순함을 순진하다고 해야 할지, 둔하다고 해야 할지, 참 난감하다.

아무튼 최대한 노력을 하며 너무 갑작스레 몰아붙이지 않으려고 애썼는데, 일단 감정을 인정하고 나자 마음이 급해졌다. 나는 이미 애인 하기로 결심했는데 혼자서 도망갈 궁리를 하는 그녀가 귀엽기도 하고 야속했다. 물론 내가 애인 하겠다고 하니 놀랍고 당황하는 것은 이해가 가는데, 그렇다고 차까지 버리고 냅다 도망가는 꼴을 보니 기가 차기도 하고 은근히 자존심이 상하기도 했다. 분명히 진향이도 내게 마음이 있는 걸 알 수 있는데, 본인은 왜 그걸 인정하지 않고 엉뚱한 쪽에 눈 돌리며 사람 속을 뒤집는 건지 화가 났다.

그래, 그동안 내가 좀 심하게 괴롭히긴 했다. 하지만 나름대로 챙겨주기도 엄청 챙겨줬는데, 그건 다 잊어버리고 자기 괴롭힌 것만 기억한다는 게 못마땅하다.

그 작은 머리로 무슨 생각을 하는지 뻔히 보이는데, 자꾸 쓸데없이 도망갈 궁리만 하는 모습이 무지하게 얄밉다. 좋으면 좋다고 그냥 인정하면 될 것을, 뭘 이것저것 재고 따지고 하느냔 말이다.

어쨌든 나중에 내가 찾아갈 생각이었는데 날 먼저 찾아온 그녀를 보자 도저히 가만히 있을 수가 없었다. 당장이라도 그녀가 정신을 못 차릴 정도로 꽉 안아주면서 내 진심을 알아줄 때까지 키스하고 싶었다. 나를 보며 잔뜩 긴장한 진향의 모습이 그렇게 사랑스러울 수가 없었다.

'애인 하는 거다?'

반협박 식으로 밀어붙였다. 내가 어영부영 머뭇거리면 죽도 밥도 되지 않는다는 걸 잘 알고 있기 때문이다. 그런데 결과가 이 모양 이 꼴로 황당하기 짝이 없다.

내 키스 한 번에 기절한 이 여자를, 도대체 어떻게 해야 하는 거냐고요!

5. 투덕투덕, 두근두근, 술렁술렁

어라?

눈을 뜨며 나는 내가 언제 눈을 감았는지, 또 어디에 있는 건지 몰라서 몇 번이고 눈만 깜박거렸다. 무언가 푹신한 느낌이 등에서부터 전해져 오고, 내 눈에 보이는 천장은 꽤나 낯익은 것이었다.

고개를 돌려 주변을 좀 더 본 나는 피식 웃었다. 뭐야, 지완이 집이잖아? 그런데 왜 내가 지완이 침대에 누워 있는 거지?

거기까지 생각이 미치자 현관에서 축축하게 젖은 지완이가 내게 키스했던 일이 떠올랐다.

얼굴이 화끈거려 눈이 절로 감겼다. 손을 들어 얼굴을 가렸지만 손바닥으로 느껴지는 열기에 오히려 아까의 상황이 더 생생하게 되살아났다.

나쁜 자슥.

괜히 눈물이 날 것 같았다. 내 첫키스를 그런 식으로 도둑맞을 줄은 몰랐다.

억울하다. 맥케야한테도 하지 않고 아껴뒀던 키스인데, 배경으로 노을이 깔리거나 꽃잎이 날리지는 못하더라도, 그래도 무언가 낭만적이고 두근두근하는 것을 기대했는데, 나는 제대로 느껴보지도 못하고 기절 따위나 하다니…….

"일어났냐?"

가까이서 들리는 지완의 목소리에 움찔했지만 움직이지 않았다. 녀석을 보기 싫었다. 왜 나한테 이러는 건지 속상했다. 어떻게 이런 식으로 날 괴롭히나, 야속한 마음까지 들었다.

"일어난 거 알거든?"

한숨이 절로 나왔다. 서로를 너무 잘 아는 것도 이런 때는 불편하다. 나는 마지못해 손을 내리며 눈을 떴다. 침대 위에 올라와 옆에 털썩 주저앉는 지완이 때문에 내 몸이 위로 조금 솟구쳤다가 내려앉았다.

"왜 그렇게 노려봐?"

"나쁜 놈."

"뭐?"

"나쁜 놈이라고 했다, 왜? ……내 첫키스 물어내, 이 자식아. 내가 얼마나 고이고이 아껴둔 건데, 얼마나 기대했던 건데, 그런데 네가 그런 식으로 도둑질을 해가다니……."

말을 하다 보니 다시 목이 메어서 입술을 깨물었다.

"첫키스?"

"그래, 이놈아! 내가 얼마나 아꼈던 건데, 네가 멋대로, 멋대로……. 도대체 왜 이러는 건데? 갑자기 나한테 왜 이래? 미쳤어?"

말을 하다 보니 분했다. 벌떡 일어난 나는 녀석의 멱살이라도 쥘 생각이었지만, 지완의 멍한 표정에 아무것도 할 수가 없었다.

지완이 이상했다. 귀신이라도 본 것처럼 멍하더니 곧 얼굴이 조금 붉어지고, 그러더니 다시 머쓱하게 변했다가 종내는 한 손을 이마에 얹어 눈을 가린 채 웃고 있었다.

"웃음이 나와? 그게 그렇게 웃기는 거야? 내가 이 나이 되도록 키스 한 번 못해본 게, 그리 웃겨?"

또 놀림거리 하나 제공했구나. 스스로에게 화가 나서 따지려고 덤비는데, 지완이 날 보며 가만히 내 어깨에 손을 얹었다. 부드럽고 상냥한 그 시선에 심장이 쿵 하고 내려앉았다. 처음 보는 지완의 눈빛이었다. 대마왕도 아니고, 왕자님도 아니고, 뭐라 말로 할 수 없는 달콤한 시선이었다. 마치 장님이었던 환자가 수술 후 처음으로 빛을 바라보는 것처럼, 혹은 갓난아이가 처음으로 엄마를 바라보는 것처럼, 그 시선에 담긴 감정이 눈부셔서 보는 내가 어지러울 정도였다. 역시, 아무래도 지완이 정상은 아닌 것 같다.

"야, 너 왜 그래?"

슬그머니 녀석의 손에서 어깨를 뺐다. 순순히 나를 놓아준 지완이 몇 초 동안 뜸을 들이다가 입을 열었다.

"너 말이야, 여자가 어떻게 예뻐지는 줄 알아?"

"뭐?"

"여자는 말이야, 사랑을 먹고, 입고, 숨 쉬면서 예뻐지는 거야. 그러니까 내가 너를 세상에서 제일 예쁜 여자로 만들어줄게."

"무슨 헛소리……."

"난 진심이야. 농담 아니야. 네 애인, 제대로 할 거야. 네가 감당 못할 정도로 사랑해 주고 또 사랑해 줄 거야. 너 없는 내 인생, 솔직히 상상도 안 가."

양반다리를 하고 한쪽 허벅지에 팔꿈치를 올려 턱을 괸 자세로, 지완은 나를 보며 그렇게 말했다. 말하는 투는 오늘 저녁은 통닭이나 시켜 먹자, 뭐 그런 말투인데 내용은 나를 기함하게 만드는 소리였다. 아무래도 얘가 진짜로 한 며칠 어디 가서 정신이 좀 나간 것 같다. 그게 아니라면 갑자기 이럴 이유가 없다.

"너 정말 어디 아픈 거 아냐?"

"시끄러. 모처럼 마음먹고 진지하게 이야기하는 거야. 계속 농담으로 얼버무리려고 하지 마. 자꾸 그렇게 나오면 성질나니까."

미간을 찌푸리는 지완의 얼굴이 붉어지고 있었다. 나는 더는 장난처럼 받아들이지 못하고 지완이 앞에 무릎을 꿇고 앉았다. 그리고 녀석의 눈에 내 눈을 맞췄다.

"진심이라고?"

"그래."

"진짜, 진짜, 장난하는 거 아니고?"

"몇 번을 말해야 해? 장난 아니라니깐!"

"네가 뭐가 아쉬워서?"

그렇다. 지완이 아쉬울 게 뭐가 있다고 나랑 애인을 하나? 녀석이라면 나보다 훨씬 예쁘고, 훨씬 멋진 여자들을 얼마든지 구할 수 있다. 과거 전적을 살펴보더라도 지완에게 반해서 쫓아다니던 여자들은 부지기수였다. 아무리 내가 옆에 있은 지 오래되었고 또 친하게 지내는 사이라고는 해도, 그런 것만으로도 연인 관계가 가능한 건지 여전히 의심스럽다.

"아, 애인 한다는데 왜 자꾸 토를 달고 그래? 내가 꼭 아쉬워야만 네 애인 할 수 있는 거야? 도대체 왜 그렇게 스스로에게 자신이 없어? 내가 좋다고 하면 기뻐해야 하는 거 아냐? 넌 내가 싫어?"

"그건……."

잘 모르겠다. 싫은 건 아니다. 그저 이상하다. 마치 내가 이상한 나라의 앨리스가 된 기분이다.

"너도 나 좋아한 적 있었잖아. 아니야?"

지완의 말에 움찔했다. 그때 이 녀석도 눈치를 채고 있었던 건가? 뭐라 말을 못하는데 지완이 손을 뻗어 내 손을 잡았다.

"난 널 제대로 보고 있어. 한 번도 널 제대로 보지 않은 적 없어. 아직 뭐가 뭔지 정확하게 잘 모르겠다면 그냥 내가 내민 손 잡고 따라오기만 해. 네가 자각을 못해서 그러는데, 너도 나 좋아해. 당연하지, 싫은데 우리가 이렇게 오래 붙어 있었을 것 같아?"

강한 어조였고 진지한 눈동자였다. 지완의 이런 표정, 정말 오랜만이었다. 언제였더라, 모델 일을 본격적으로 열심히 할 거라고 말했을 때, 그때도 이런 얼굴이었다. 녀석은 진심이었고 정말로 그렇게 했다. 아무것에도 신경 쓰지 않는 척, 제멋대로 하는 것 같으면서도 막상 무언가 하기로 결심하면 무섭도록 앞만 보고 달려가는 놈이 지완이었다.

그런데 이번엔 그 대상이 나라고 한다. 틈만 나면 향단이라고 놀리고 괴롭히던 주제에, 이제 와서 자기 마음 정했다고 다른 건 아무것도 보지 않겠다는 거다. 내 마음조차도.

침묵이 우리 사이에 몇 초 동안 흘렀다. 지완이 진심이라는 것은 이제 믿을 수 있었다. 아직도 마음 한구석에선 저게 미쳤나, 하는 생각이 조금 남아 있었지만, 그래도 녀석이 나와 연인이 되겠다고 하는 걸 더 이상 농담으로만 치부할 수 없었다.

나는 눈싸움하듯 지완을 노려보다가 머릿속에 떠오르는 말들을 정리해서 천천히 말했다.

"나한테 며칠 시간 준다고 했으니까 그렇게 해줘. 솔직히 말해서 난 아직도 잘 모르겠고, 그냥 황당하고 멍한 기분이야. 아까 내가 애인 한다고 고개 끄덕인 건 정신이 없어서 그랬으니까 무효야. 알았어? 그리고 그사이에 나한테 키스하고 뭐 그런 짓하지 마. 네가 날 제대로 보고 있다면 내 기분, 감정, 존중해 줘야 하는 거잖아. 무조건 네 마음 가는 대로 밀어붙이는 거, 비겁해."

"……그래, 알았어."

고집부리지 않는 순순한 대답에 나는 고개를 끄덕이며 슬그머니 지완에게 잡힌 손을 뺐다. 그리고 침대에서 내려와 흩어진 물건들을 도로 주워 담아 현관문을 열고 나왔다. 다리가 후들거려서 그 짧은 거리를 걷는 게 버거웠다. 겨우 집 안으로 들어와 종이봉투를 내려놓고 한참을 식탁 의자에 앉아 있었다. 그러다가 냉장고 문을 열어 물을 꺼내 잔뜩 마셨다. 그리고 생각해 봤다.

김지완과 이진향이 연인이 된다?

……냉수를 좀 더 마셔야겠다.

어째서 시간은 가지 말라고 하면 이렇게 잘 가는 걸까?

토요일 오후, 마트에서 장을 보며 혼자 한숨을 푹푹 쉬었다. 지완과의 그 일 이후로 혼자 틈만 나면 이런 생각, 저런 생각, 질리도록 해댔지만 딱히 결론이 이거다, 하고 나오는 건 없었다. 싫은 것도 아니고, 좋은 것도 아니고, 어정쩡한 상태라 괜히 짜증만 치밀었다.

오늘쯤 답을 내달라고 하긴 했는데…….

우유를 카트에 담다가 다시 꺼내 날짜를 확인했다. 유통기한이 넉넉한 걸 보고 도로 카트에 넣은 후 한숨을 푹 쉬었다.

그래, 지완이 싫은 건 아니다. 한때 좋아했던 경험도 있고, 녀석이 매력을 풍길 때면 가슴이 두근거리기도 한다. 하지만 누군가를 좋아한다는 것, 그리고 사랑한다는 것은 좀 다른 게 아닐까?

잘 모르겠다. 제대로 연애란 걸 해보지 않았으니 아는 거라곤 책이나 영화, 드라마에서 본 게 전부다. 그렇지만 선뜻 내키지 않는 걸 보면 이게 아니기 때문이 아닐까?

카트를 들들 밀고 야채 파는 쪽으로 가며 골똘히 생각했다.

솔직히 지완이 정도면 과분하다. 아니, 과분한 정도가 아니라 완벽한 이상형이다. 키 크지, 인물 좋지, 몸매 착하지, 돈 잘 벌지, 집안도 잘살지, 살인미소에 떡실신 페로몬 분비까지, 그야말로 백점 만점도 모자라서 별 다섯 개 촤라라락 뿌려야 할 판이다.

상추를 고르며 나는 고개를 갸웃했다.

만약 내가 다른 남자를 사귄다면 지완이 어떻게 나올까?

안 봐도 비디오다. 여태까지의 행적을 보면 알 수 있는 문제다. 거기다 자기가 애인 하자고 했는데 내가 거부하고 다른 남자를 사귄다면 그야말로 작두를 대령하고 죽여달라고 석고대죄를 해야 할지도 모른다.

……기회를 줘봐?

상추를 담고 시금치도 담았다. 대파와 부추를 집으며 이리저리 흔들리는 마음을 다잡고 결심했다.

그래, 한번 해보는 거다. 단, 조건을 붙이자. 나한테 잘해줄 것, 쓸데없이 윽박지르지 말 것, 바람피우고 싶으면 나랑 먼저 깨끗이 정리할 것.

카트를 밀고 아이스크림을 사기 위해 냉동고 앞에 서서 나는 마음을 굳혔다.

나랑은 너무 멀다고만 생각해서, 또 한편으론 너무 잘 알고 가까워서 외면하고 있었던 거지, 지완이가 남자로서 매력이 없었던 것도 아니다. 까짓, 애인 못할 것도 없지 않은가?

아무튼 이제부터 나도 좀 꾸미고 살자. 명색이 잘나가는 패션모델이 애인인데, 언제까지 바쁘다는 핑계로 선머슴 꼴을 하고 있을 수는 없는 노릇이다.

지완이 좋아하는 바닐라에 아몬드가 든 아이스크림을 카트에 넣으며 내 속마음을 인정했다.

역시, 김지완 없는 내 인생은 나도 상상이 안 된다. 그것이 어떤 의미로든.

저녁 7시. 초인종이 울렸다. 나는 거울 앞에 서서 내 모습을 멀뚱히 보다가 심호흡을 크게 두어 번 했다. 그리고 현관으로 가서 문을 열었다.

"예쁜데?"

지완이 나를 보고 한 첫마디였다. 하지만 예쁜, 아니, 멋지고 아름다운 걸로 따지자면 지완이 쪽이 압권이었다.

몸에 딱 붙는 검은 티셔츠와 골반 근처에 걸리는 낡은 청바지, 그리고 쇠장식이 화려한 검정 벨트를 한 것뿐인데 마치 무슨 광고 포스터를 바라보고 있는 것처럼 숨이 막혔다. 약간 긴 듯한 머리는 아무렇게나 흐트러져 있는 것처럼 보였지만 오히려 그게 묘하게 섹시했다. 날카로운 눈매 속에 담긴 부드러운 눈동자, 우뚝하고 매끄러운 완벽한 콧날, 희미한 미소가 감돌고 있는 입술, 그리고 그 아래에 자리한 단단한 턱과 쭉 뻗은 목과……

두근두근, 내 심장의 박동이 갑자기 서너 배는 빨라지고 있었다.

나는 저도 모르게 뒤로 한 발짝 물러서며 어정쩡한 미소를 지어 보였다. 딴엔 신경 쓴다고 정장을 입었는데, 왠지 너무 신경 썼다고 강조하는 것 같았다. 저쪽은 편하고 멋진데, 나만 초긴장 상태다. 이래서야 혼자 선보러 가는 분위기다.

"잠깐 기다려. 옷 갈아입고 나올게."

"왜, 괜찮은데?"

"너랑 하나도 안 어울리잖아."

감색 정장은 언젠가 엄마가 사준 것으로, 물론 예쁘긴 하다. 유행을 타지 않는 심플한 디자인에, 입으면 내 허리가 날씬해 보이도록 해준다. 오늘 지완이 나를 좋은 곳으로 데려가 준다는 말에 너무 힘을 줬다. 그냥 나도 편하게 입는 건데.

"아냐, 예뻐. 바꾸지 마. 내가 맞출게."

지완이 잠깐 기다리라고 하고는 후딱 사라져 버렸다. 그리고 5분 후에 나타난 녀석은 아르마니 패션쇼에 참가하는 모습을 하고 있었다. 옷의 모양새나 분위기로는 둘이 어울리는데, 옷 안에 들어 있는 사람은 너무 심하게 차이가 났다. 나는 앞으로 우리가 뭘 입고 어떻게 다니든 그렇게 차이가 날 거라는 사실에 절망했다. 안 봐도 벌써부터 남들이 뭐라고 할지 알 수 있었다.

'뭐야, 저 안 어울리는 커플은? 남자가 너무 아깝잖아.'

'여자가 돈이 많은가 본데?'

'백억 정도 갖고 있나 보다. 와, 너무 안 어울린다.'

'동생 아냐? 아님 누나거나? 애인은 절대 아니다.'

'남자가 장님인가 본데?'

사람들의 웃음소리와 악의 섞인 농담이 환청으로 들려온다. 나는 진심으로 나의 평범한 외모를 저주하고 싶어졌다. 하다못해 키가 늘씬하게 커서 스타일만 좀 좋았어도……

"표정이 왜 그래? 예쁘다고 했잖아."

지완의 말에 망상에서 깨어났다. 나는 어설프게 웃고는 아무것도 아니라고 했다.

이제 와서 새삼스럽다. 지완의 외모 정도야 평생 봐왔지 않았던가. 갑자기 신경을 쓰는 내가 우습다. 이런 자격지심, 나답지 않다. 정신 차려야지.

"이렇게 차려입고 어디 가는데?"

내가 웃으며 묻자 지완도 덩달아 웃었다.

"이렇게 차려입었으니 스케줄을 조금 바꿔야겠다."

"내가 옷 갈아입는다고 했잖아."

"날 위해 차려입었는데, 그건 곤란하지."

지완이 호주머니에서 휴대전화를 꺼내 누군가와 이야기를 하는 동안, 나는 핸드백을 챙겼다. 향수 냄새가 너무 짙지 않을까, 슬쩍 걱정도 되었지만 원래 그리 독한 향수가 아니니 괜찮을 거였다.

밖으로 나가기 전, 나는 거울을 흘낏 보면서 스스로에게 말했다.

잊지 마. 지완이가 매달린 거야. 네가 매달린 게 아니야. 그러니까 기죽지 마.

밖으로 나와 현관문을 잠그고 돌아서자 지완이 팔을 내밀었다. 어쩌라고?

멀뚱하니 바라보자 지완이 기가 찬다는 듯 피식 웃더니 내 손을 잡아 자기 팔에 끼웠다. 옷의 매끄러운 감촉과 그 너머로 느껴지는 근육의 단단함이 왠지 이질적이면서도 남자구나, 하는 생각이 절로 들었다.

"향단이 너랑 연애하려면 여러모로 머리 아프겠다. 무슨 여자애가 이렇게 눈치가 없어서야……."

"아직 한다고 안 했거든?"

"죽을래?"

눈을 부릅뜬 녀석의 모습에 웃음이 터졌다. 아아, 그래, 아무리 겉이 멋져도 이놈은 이런 놈이었다. 왠지 안심이 되어 마음이 편안해졌다. 나는 등을 쭉 펴고 지완과 함께 우리의 예비 데이트에 나섰다.

지완이 나를 데리고 간 곳은 고급 프렌치 레스토랑이었다. 살다가 처음 와보는 고급 레스토랑이라 얼떨떨한데, 메뉴판에 적힌 건 또 모두 불어였다. 나로서는 발음이 불가능한, 마치 지렁이가 기어간 흔적 같은 그 글자들을 보고 있자니 속이 불편해졌다.

오늘의 메뉴를 읊어주는 웨이터의 말 중에서 알아들은 거라고는 요리 재료를 설명하는 송아지와 와인이라는 한국말이 전부였고, 뒤에 이어지는 설명마저 낯설게 느껴져서 머리가 핑핑 돌았다.

지완이 아무렇지도 않은 듯 주문을 하는 것을 보며 느낀 것은 약간의 거리감이었다. 세계를 돌아다니는 녀석에게는 이런 것쯤 아무것도 아니라는 사실에 좀 어색했다. 게다가 세련된 동작으로 주문을 하는 모습이 어딘지 도도하면서도 낯설었다. 내가 모르는 김지완은 저런 얼굴로 사람들을 대하는구나, 어쩐지 마음이 살짝 접혀지는 것처럼 불편했다.

"왜 그런 눈으로 봐?"

멍하니 보고 있으려니 지완이 미간을 살짝 찌푸리며 물었다. 괜히 움찔, 놀라고 말았다.

"내가 뭐?"

어색함을 감추려고 물을 마시는데 지완이 빤히 나를 바라보았다.

"낯선 사람 쳐다보는 것처럼 보고 있잖아. 말도 잘 안 하고. 좋아할 줄 알았는데, 싫어?"

"······솔직하게 말해?"

"그래."

"거리감 느껴져. 메뉴판도 제대로 못 읽겠고, 너도 좀 낯설어."

목소리를 낮춰 속삭이듯 말하자 지완의 얼굴이 좀 굳어졌다. 그래서 금방 한 말이 후회되었다. 지완이 딴에는 모처럼 신경 써서 이런 곳에 데리고 와주었는데, 괜히 분위기 망치는 말을 했다 싶어서 미안해졌다.

"그럼 익숙해질 때까지 자주 오자."

"뭐?"

"자꾸 오면 익숙해져. 별거 아냐. 포장을 멋지게 해서 그렇지, 기본적으로 여긴 밥집이야. 그것 때문에 나까지 낯설다고 하면 성질나."

시선을 내리고 뚱하게 말하는 모습이 왠지 귀엽게 보여 당황하고 말았다. 아주 가끔씩 지완이 어렸을 적의 표정을 보여주면 철없던 그때로 되돌아간 것 같아 웃음이 절로 나온다. 골탕도 많이 먹었지만 좋은 일도 꽤 많았다. 날 괴롭히는 낙으로 살던 주제에, 내가 분을 못 이겨 엉엉 소리 내어 울면 얼굴이 시뻘게져서 꼼짝도 않고 내가 울음을 그칠 때까지 옆에 있어주었다. 그러다가 슬그머니 "미안." 하고 말하며 손을 꼭 잡아주던 지완.

그래서 싫다고 툴툴거리면서도 옆에 계속 있었던 건지도 모른다. 근본적으로 지완이 날 아껴준다는 사실을 알고 있으니까.

"왜 또 실실 웃어?"

나도 모르게 웃고 있었나 보다. 지완이 툴툴거리는 특유의 말투로 물어왔다. 왠지 느긋한 기분이 되어 지완을 똑바로 쳐다보며 대꾸했다.

"네가 귀여워서."

"뭐야?"

"언제부터 내가 좋았던 거야?"

눈을 부릅뜨던 지완이 이어지는 내 질문에 얼굴을 붉히며 시선을 돌렸다. 와, 부끄러워하는구나. 이건 또 이것대로 신선하다.

"네 대답부터 듣고 나면 말해줄게."

역시 쉽게는 말을 안 해준다. 괜히 나도 골려주고 싶다.

"내 대답이라니, 무슨?"

"야, 네가 친절한 남자가 좋다고 해서 노력하는 중이긴 한데, 너무 설치지 마라. 지금도 속이 간지러워 죽을 판이니까."

슬쩍 바라보는 눈길이 사납다. 대마왕이 현신하시기 일보 직전이다. 나는 싱글거리던 표정을 거두고 진지하게 지완을 바라보았다.

"조건이 있어."

"조건?"

"나한테 잘해줘. 쓸데없이 막 소리 지르지 말아줘. 그리고 만약 다른 여자가 눈에 들어오면, 속이지 말고 확실하게 나한테 먼저 말해줘. 쉽게 말해 바람피우지 말라는 뜻이야. 그리고 싶은 마음이 들면 나랑 먼저 깨끗하게 헤어지고 나서 해."

숨도 쉬지 않고 단숨에 할 말을 했다. 그러자 지완이 어이없다는 얼굴로 나를 바라보았다.

"시작도 하기 전에 내가 바람피울 거란 생각부터 하는 거야?"

"그건……."

"어째서 내가 그럴 거라고 생각하는 건데?"

"네가 꼭 그런다는 게 아니라 만약을 대비해서……."

"그러니까 그 만약이란 게 왜 하필이면 내가 바람피운다는 쪽이냐고?"

화났다. 진짜로 화난 얼굴이다. 나는 뭐라 말을 해야 좋을지 몰라 시선을 탁자로 내리고 말았다.

"너……."

지완이 뭐라고 말을 하려는데 웨이터가 와인을 가지고 왔다. 지완은 아무 말도 하지 않은 채 시음한 와인이 마음에 든다는 손짓을 했고, 그 이후에 요리가 나올 때까지도 침묵을 지켰다. 나도 뭐라 말을 하지 못해 요리가 코로 들어가는지, 입으로 들어가는지 모른 채 간신히 식사를 마쳤고, 밖으로 나올 때 즈음엔 속이 거북했다.

뭐라고 말이라도 하면 좋겠는데.

지완의 분위기에 눌려 나까지 혀가 굳어버린 것이 답답했다. 모처럼 좋은 옷 입고, 좋은 곳에 갔는데 이런 식으로 되어버려서 눈물이 날 정도로 속상했다.

"그렇게 부담스러워?"

차에 올라 밤거리를 운전하던 지완이 신호등에 걸려 멈춘 틈을 타서 불쑥 말했다. 나는 단정한 지완의 옆모습을 물끄러미 보며 입술만 깨물었다. 아니라고 해야 하는데 거짓말이 나오지 않았다. 아니라고 해봤자 소용없다는 걸 알고 있기 때문이다.

"새삼스럽게 뭘 그래? 애인이라고 해도 여태껏 봐온 내가 다른 사람이 되는 건 아니잖아. 지금까지처럼 편하게 지내면 되지, 꼭 그렇게 의식하고 머리 굴려야겠냐?"

"그럴 거면 그냥 여태 지내왔던 대로 지내면 되지, 왜 애인 하자고 한 거야?"

"그래야 네가 다른 놈 보고 침 흘리지 않을 거니까 그렇지."

"뭐야? 그럼 단순히 내가 다른 남자한테 관심 갖는 게 싫어서 애인 하자고 한 거야?"

울컥해서 따지고 들자 지완이 나를 보며 눈을 부라렸다.

"그게 왜 단순해? 게다가, 여태 내가 한 말을 대체 어디로 들은 거야? 내가, 이 김지완이, 향단이 너, 이진향 좋아해! 여기서 뭐가 더 필요한 건데? 시내 전광판에다가 광고라도 할까?"

"또 소리 지른다! 네가 이러는데 내가 그걸 어떻게 믿어? 좋아하는 여자한테 뻑 하면 소리 지르는 남자가 어디 있어? 그리고 무슨 고백이 이러냐? 지금 나랑 싸움하자는 거야?"

"사람이 말을 해도 안 믿어주니까 그런 거잖아! 분위기 좀 잡을 만하면 초 치는 게 누군데? 내가 언제 너한테 거짓말한 적 있어?"

"읊어볼까?"

내가 목소리를 낮추며 묻자 지완이 어금니를 꾹 물었다. 당겨지는 녀석의 턱을 보며 나는 여태 이놈 거짓말에 속아서 골탕 먹었던 일들을 하나하나 머릿속으로 떠올렸다. 그러고 보니 참 많이도 속아 넘어가서 쪽도 많이 팔았다. 은근히 열이 오르기 시작한다.

"그런 거야 장난이었고, 내가 언제 이런 걸로 너한테 거짓말한 적 있었느냔 말이야."

막 따지려고 입을 여는데 지완이 먼저 선수를 쳤다. 한결 누그러진 목소리로 말하던 녀석은 뒤차가 빵빵거리자 얼른 신호를 보고 차를 출발시켰다. 차 안엔 다시 침묵이 감돌고, 나는 창 너머로 휙휙 지나가는 풍경들을 바라보았다.

녀석이 한 말이 자꾸 머릿속에 맴돌았다. 여태 봐온 김지완이니 애인이라고 해서 달라질 것도 없다는 말.

분명히 맞는 말이다. 지완의 외모나 배경은 세상 누구보다도 내가 잘 알고 있다고 말할 수도 있다. 같이 있으면서 어울리지 않는다는 말도 심심찮게 들어봤고, 지완과 내가 그저 단순한 소꿉친구라는 말에 그러면 그렇지, 라고 대부분이 반응했다. 솔직히 말해 내가 지완과 어릴 때부터 아는 사이가 아니었다면 우리가 이렇게 함께 있을 이유가 전혀 없었다. 이제 와서 새삼스레 지완과 나를 비교할 이유가 없는 게 맞았다. 그런 거라면 예전에 질리도록 했으니까.

……그래도 역시 다르다. 다를 수밖에 없다.

예전엔 남들의 시선이나 수군거림을 들어도 진짜 애인이 아니었으니까 그러려니, 하고 넘길 수 있었다. 때론 우리는 그런 사이가 아니고 단순한 친구라고 말하며 태연하게 대처할 수도 있었다. 하지만 정말 연인이라면 그럴 수 없다. 남들의 그런 시선과 말이 고스란히 상처가 되어 남는다. 지완에게 접근하는 여자들을 볼 때마다 몹시도 괴로워질 거다. 나는 이래봬도 꽤나 질투가 심하고 소유욕도 강하니까. 게다가 지완도 그런 말을 자꾸 들으면 생각이 바뀔 수도 있다. 더구나 다른 예쁜 여자들이 끈질기게 유혹한다면…….

마음이 싸하게 가라앉는다. 지완이 애인 하자고 한 게 당황스럽긴 해도 싫은 건 아니었는데, 이것저것 상상을 해보니 왠지 이건 아니라는 생각이 자꾸 든다. 그 모든 것을 다 감수하고서라도 내가 지완을 간절히 원하는지, 그런 확신도 없으니 더더욱 그랬다.

애인 하다가 헤어져 버리면 영영 그를 잃어버리는 게 아닐까? 그렇게 되면 어떡하나? 어떤 식으로든 지완이 없는 내 인생을 상상할 수 없다는 건 진심인데.

"쓸데없는 생각 하지 말라고 했지?"

낮은 지완의 목소리에 고개를 돌렸다. 앞을 보고 운전하고 있는 지완의 옆얼굴이 불빛에 어려 그림 같다.

"아무 생각 안 했어."

"너랑 나랑 하루 이틀 알고 지낸 사이야? 네가 무슨 생각하는지 훤히 다 보인다."

"말도 아닌 소리."

"참고로 말해두자면, 네가 하는 생각은 나도 많이 했던 생각이야. 그러니까 나쁜 머리 굴리지 마. 네가 머리 굴려서 제대로 된 적 한 번도 없거든?"

"아, 글쎄, 내가 무슨 생각을 한다고 그래?"

짜증스러워서 목소리가 커졌다. 지완은 차를 가까운 주유소 근처에 세우고 숨을 한 번 크게 쉬더니 나를 향해 몸을 돌리고 더없이 진지한 얼굴로 입을 열었다.

"남들이 우리를 어떻게 볼까? 뒤에서 이런저런 소리를 해대며 수군거리겠지. 혹시 우리가 헤어지면 어떻게 하나? 영영 서로의 얼굴을 보기 껄끄러워지면? 그럴 바에야 처음부터 시작하지 않는 게 낫지 않을까?"

줄줄 읊어대는 지완이 말에 나는 할 말을 잃었다. 지완의 눈동자가 희미하게 열기를 더하고 있었다.

"이런 생각 하는 거 아냐? 내 말이 맞지?"

"……."

"너, 한 번이라도 내 생각은 해보지 않았어? 난 어떨지, 생각해 봤어?"

"무슨……?"

"넌 내가 신의 실수로 뛰어난 외모를 받았다고 늘 입버릇처럼 말하지만 그 외모 때문에 내가 당하는 불이익 따위 생각해 봤어? 뭘 해도 저 녀석은 잘생겼으니까 이럴 거야, 저럴 거야, 내가 노력해서 이룬 일도 다들 외모 덕으로 이룬 거라고 생각해. 너만 해도 그렇잖아? 나 좋다고 멋대로 따라다니는 여자들이 모두 내 여자친구라고 여겼지? 다른 사람들도 마찬가지야. 외모가 이러니까, 가볍게 이리저리 여자나 데리고 노는 값싸고 엉덩이 가벼운 놈이라고 생각하지. 틈만 나면 나라는 인간은 상관없이 외모만 노리고 접근하는 사람들에게 둘러싸이는 내 기분이 어떨 거라고 생각해? 좋을 거 같아?"

입이 떨어지지 않았다. 솔직히 그런 건 생각해 보지 않았다. 그런 걸 내색한 적도 없었으니까 내가 알 리가 만무했다. 그저 사람들이 자꾸 쳐다보고 여자들이 접근하는 걸 이따금씩 귀찮아하고 있다는 것만 알고 있었다. 그래서 속으로 복에 겨운 놈이라는 생각도 많이 했다. 누구는 변변한 남자 하나도 없는데, 누구는 미녀들이 줄을 서서 덤빈다고 말이다.

"남들이 무슨 상관이야? 연애는 남자랑 여자랑 둘이 하는 거야. 물론 아주 신경이 전혀 안 쓰인다면 거짓말이겠지. 하지만 내가 이렇게 생겨먹은 건 내 잘못이 아니야. 내 외모가 뛰어나다고 해서 좋아하는 여자를 포기해야 한다는 건 말이 안 되잖아? 내가 좋아하는 여자는 너야. 설령 우리가 잘못되어 헤어진다 하더라도 난 너를 포기 안 할 거야. 네가 날 싫다고 하면 다시 반하게 만들 거야. 평생 나한테 반하게 만들어줄 테니까 쓸데없는 생각은 그만하고 날 따라와."

말끝에 씩 웃는 지완의 얼굴이 몹시도 사랑스럽게 보이는 건 왜일까?

지금 이 순간, 가슴이 술렁거려 지완을 똑바로 쳐다볼 수가 없었다. 두근두근, 심장이 두방망이질 치며 숨이 가빠졌다.

"이 세상에서 내가 나로 있어도 괜찮은 곳은 진향이, 네가 있는 곳이야. 세상 누구도 모르는 내 모습을 너는 알고 있다고. 그러니까 기죽지 마. 김지완이 한없이 약해지는 여자가 너니까."

지완의 얼굴이 다가왔다. 나는 눈을 감았고, 곧 입술에 부드럽고 따뜻한 감각이 전해져 왔다. 손끝부터 머리끝까지 자잘한 전류가 흐르는 것 같았다. 하지만 지완의 입술은 곧 떨어져 나가고, 나는 아쉬움에 작게 한숨을 쉬며 눈을 떴다.

"너 예뻐. 진심이야. 세상에서 이진향이 제일 예뻐."

지완의 얼굴이 다시 가까이 다가왔다. 나는 눈을 감고 그의 키스에 응했다. 세상이 저만치 물러가고, 이제 아무래도 좋았다. 마음 깊은 곳에 묻었던 예전의 감정들이 다시 싹을 틔우기 위해 꿈틀거렸다.

김지완. 어린 시절의 내 첫사랑이 다시 시작되고 있었다.

3월 14일. 화이트데이. 연인으로부터 사탕을 받는 날. 그리고 나의 연인이 되겠다고 버럭질을 한 지완이 가게로 찾아와 나를 기겁하게 만들고 있는 날.

점심시간이 지나고 간식거리로 도넛을 사러 온 손님 두어 명을 맞이하고 있는데 지완이 불쑥 들어왔다. 그것도 평소처럼 온 것이 아니라 여자 손님 두 명의 얼굴은 물론이요, 내 얼굴이 화끈 달아오를 정도로 멋진 모습으로 말이다.

시스루 소재의 검은 셔츠는 가슴팍에 달린 주머니가 아니라면 유두가 보일 정도여서, 명품 몸매를 아슬아슬하게 보여줄 듯 말 듯 유혹하고 있었고, 검정색 진과 검정색 앵클부츠로 쫙 빼 입은 녀석은 한 마리 흑표범 같았다. 거기다 목에 걸린 은빛 사슬 모양의 목걸이는 또 왜 그리 반짝반짝 빛이 나는지.

"해피 화이트데이."

손에 분홍빛 장미가 그득한 꽃다발을 든 지완이 손님은 아랑

곳하지도 않고 진열장 너머의 나를 보며 싱긋 웃었다. 아아, 살
인미소란 바로 저런 것을 두고 하는 말이지.

나는 초콜릿 이클레어를 집다 말고 입을 반쯤 벌린 채 지완을
보고 있었다. 뭔가 말을 해야 하는데 차마 입이 떨어지지 않았
다.

"오늘 가게 좀 일찍 닫으면 어때?"

멍한 나와 손님들의 모습은 눈에 들어오지도 않는 모양이다.
멋대로 진열대 뒤쪽으로 들어온 지완이 꽃다발과 작은 상자를
진열장 위에 얹어놓고 내 옆에 와서 섰다. 그리고는 황홀한 시
선을 보내고 있는 여자 손님들을 향해 망언을 던졌다.

"지금부터 내 애인한테 키스할 예정인데, 자리 좀 비켜주시겠
어요?"

내용은 질문인데 말투는 당장 꺼지라는 분위기다. 여자 손님
둘이 붉어진 얼굴로 황급히 가게를 빠져나가고, 나는 손에 힘이
들어가 집게로 이클레어를 뭉개고 말았다.

"너, 너……."

"이만 가게 문 닫지? 원래 오전 손님 보고 하는 거잖아?"

"당장 나가지 못해?"

"왜 그래?"

"몰라서 물어? 손님을 내쫓으면 어떡해? 나더러 가게를 말아
먹으라는 거야, 뭐야?"

"그깟 두 명이 사면 얼마나 산다고 그래? 내가 다 살 테니까

문 일찍 닫아."

나는 기가 막히는데 지완은 유들거리며 아무렇지도 않은 듯 쉽게 대꾸했다. 순간적으로 열이 확 올랐다. 이 자식이 보자 보자 하니까 정말 사람이 보자기로 보이나?

"그런 문제가 아니잖아! 여긴 내 가게야. 내가 일하는 곳이라고. 넌 네가 패션쇼에서 열라 걷고 있는데 내가 뛰어들어서 그만 걷고 나가자고 하면 좋겠어? 너한테는 푼돈일지 몰라도 나한테는 생명줄이 이 가게야. 이런 식으로 할 거면 가게 오지 마!"

"야, 넌 꽃다발과 사탕을 들고 찾아온 애인한테 그런 식으로밖에 말을 못해?"

"가게 끝나고 만나자고 했잖아? 왜 멋대로 찾아와서 이래?"

"낭만이 어쩌고 로맨스가 어쩌고 한 사람이 어디 사는 누구였더라? 늘 붙어 있어서 보통 연인들처럼 설레는 게 없느니, 어쩌니 해서 모처럼 깜짝 이벤트 하는 중인데, 꼭 이렇게 해야겠어? 네가 이런 식인데 낭만은 무슨 얼어죽을 낭만이야? 됐다, 그만둬!"

금세 발끈하는 지완을 보며 나도 화가 나서 대들었다.

"한두 살 먹은 어린애도 아니고, 일하는데 와서 그러면 내가 엎드려서 절이라도 할 줄 알았어? 어째서 넌 꼭 이렇게 핀트가 어긋나는 거야? 애인이랍시고 불쑥불쑥 찾아와서 일을 방해하면 그걸 어떻게 다 받아주냐고?"

"아, 그러니까 됐다고 그러잖아. 됐어. 관둬."

열이 난 얼굴로 나를 보던 지완이 휙 돌아서서 가게를 나가
버렸다. 허, 저 성질머리 보라지.

쫓아나갈까, 생각했지만 나도 화가 나 있는 상태라 그냥 참았
다. 하지만 꽃다발과 곱게 포장한 상자를 보고 있자니 차츰 화
가 가라앉고 대신 미안한 마음이 들기 시작했다.

확실히 딴에는 신경 쓴다고, 그리고 깜짝 놀라게 해줄 생각이
었다는 걸 알 수 있었다. 물론 놀라긴 했다. 당황스럽긴 했지만
화가 난 것도 아니었다. 하지만 녀석이 가게를 쉽게 이야기하는
데서 발끈하고 말았다. 남들 눈에야 어떻게 보일지 몰라도 나는
새벽잠 설쳐 가며 열심히 일해왔고, 그건 누구보다도 지완이 잘
알고 있는 사실이었다. 그런데 그런 식으로 말을 하니 그만 속
에서 울컥하고 만 것이다.

"역시, 내가 좀 심했나?"

분홍빛 장미꽃을 손에 들자 마음이 더욱 약해졌다. 꽃집에서
이걸 사며 어색해했을 지완의 모습이 떠오르자 피식, 웃음도 났
다.

그래, 그래. 착한 내가 참아야지, 어쩌겠니? 저 초등학생 발
끈 성질머리를 하루 이틀 알고 지내온 것도 아니고, 나 아니면
받아주고 달래줄 사람이 없긴 하다.

곱게 포장한 상자를 슬쩍 뜯어보니 여러 종류의 사탕과 함께
내가 좋아하는 고디바 다크 초콜릿과 화이트 초콜릿이 들어 있
었다. 한국에서 쉽게 살 수 없는 초콜릿이다. 즉, 혼자 나름대로

신경을 썼다는 이야기다. 이만하면 져줘야겠다. 지완이가 좋아하는 완자랑 잡채를 만들어주고 달래야지.

결국 싸워놓고 가게 문을 좀 일찍 닫아야겠다고 결심하고 말았다. 혼자 이것저것 정리하면서 문득 '부부 싸움은 칼로 물 베기'란 말이 불쑥 떠올라 실실 웃음이 나왔다. 물론 나와 지완은 부부가 아니지만 왠지 이런 것도 사랑싸움이다 싶으니 괜히 민망하기도 하고 즐겁기도 해서 웃음을 그칠 수가 없었다. 우리도 애인이구나, 하는 간지러운 느낌.

남은 도넛들을 정리하는데 문 열리는 방울 소리가 났다. 고개를 드니 송우가 보였다. 그때 이후 안 보여서 단골 하나 잃어버리는구나, 하고 생각했는데, 아마 저쪽도 쑥스러워서 마음 정리할 시간이 필요했었던가 보다.

"어머, 어서 오세요, 송우 씨. 오랜만이네요?"

반가운 마음에 활짝 웃으면서 반기자 송우의 얼굴이 발그레, 달아올랐다. 적면증이라던 그의 말이 떠올라, 나는 최대한 아무렇지도 않은 듯 앞치마에 손을 닦으며 카운터로 다가갔다. 아마도 그는 조금 긴장하고 쑥스러워하고 있는 것 같다.

"안녕하세요, 진향 씨?"

"네. 잘 지내셨어요?"

"아, 예. 그럭저럭."

부드러운 송우의 미소는 여전히 일품이다. 어딘지 수줍은 소년을 연상케 하는 미소, 그리고 선이 고운 남자라 저런 미소를 지으면 이쪽에서도 절로 미소가 지어진다.

"뭐 필요하세요?"

웃으면서 묻자 송우가 소시지 크루아상 3개와 시나몬 롤 2개를 골랐다. 덤으로 도넛 홀과 초콜릿 도넛도 끼우자, 송우가 고맙다고 인사를 해왔다.

"맛있게 드시면 제가 더 고맙죠."

계산을 마치고 거스름돈을 내어주자 송우가 잠시 머뭇거리다가 손에 들고 있던 작은 종이가방을 내게 내밀었다. 선뜻 받지 못하고 멀뚱히 바라보는데, 송우가 시뻘게진 얼굴로 입을 열었다.

"저, 사실 한동안 곰곰이 생각해 봤어요. 진향 씨는 오해했다고 했지만 제가 진향 씨를 멋진 분이라고 생각한 건 사실이에요. 그리고 진향 씨만 괜찮다면 좀 더 진향 씨에 대해 알고 싶습니다."

"네?"

"그러니까, 오해를 하시긴 했지만 아주 오해는 아니라는 뜻이에요."

어리둥절한 나는 송우의 말을 들으면서도 머릿속으로는 '사람 피부가 저렇게까지 붉어질 수도 있구나' 하고 엉뚱한 생각을 하고 있었다. 그도 그럴 것이, 송우는 이제 붉다 못해 자줏빛으로 변해가고 있었던 것이다.

"그럼, 수고하세요, 진향 씨. 내일 또 봬요."

그가 말한 의미를 제대로 생각해 보기도 전에 송우는 후다닥 가게를 나가 버렸고, 나는 그가 카운터에 놓고 간 종이가방을 가만히 바라보았다. 책 하나가 들어갈 정도의 크기였는데, 안에는 하얀 박하사탕과 카드가 들어 있었다.

멍한 기분으로 황금빛의 작은 카드를 펼치니, 또박또박한 글씨로 글이 적혀 있었다.

〈서로를 알아갈 수 있는 기회를 줄 수 있을까요? 다음 주 토요일 저녁에 제가 자주 가는 재즈 바에 함께 가주셨으면 합니다. 좋은 시간이 될 수 있을 거라고 생각해요. 송우.〉

카드를 접어 봉투에 넣고 나서 나는 혼란스러움에 빠졌다. 송우의 이런 행동을 어떻게 해석해야 할까? 저번처럼 멋대로 상상했다가 창피를 당하기는 싫다. 아니, 이번엔 창피가 아니라 곤란한 거다. 난 지완이와 사귀고 있으니까.

서로를 알아갈 수 있는 기회, 라니…… 도대체 그게 뭘까? 친구가 되고 싶다는 뜻일까? 아니면 애인 같은 거?

친구 하자고 하는 사람치곤 지나치게 수줍어했다. 말을 더듬지는 않았지만 그 말을 하기까지 그가 상당한 용기를 냈다는 것만은 알 수 있었다. 그렇다면 남녀 간의 관계, 즉 연애를 말하는 게 맞았다. 내가 처음에 오해했던 것을 생각해 본다면 더더욱 그랬다.

얼굴이 화끈 달아올랐다. 갑자기 남자 복이, 그것도 꽃미남

복이 터졌다. 살다 보면 어느 순간 특별한 이유 없이 이성을 끌어당길 때가 있다고 들은 적이 있는데, 아마도 나는 그게 지금인가 보다. 지완이와 송우 씨가 한꺼번에 구애를 해오다니…….

나는 카드를 종이가방에 넣고, 냉장고 유리문에 비친 내 모습을 바라보았다. 여태 없었던 페로몬이 갑자기 풀풀 풍기는 것도 아니고, 아무리 봐도 예전의 내 모습과 다른 점이 없어 보였다. 여전히 선머슴 같은 머리 모양새에, 그러나 절대 남자가 아님을 강조하는 가슴, 그리고 일하느라 편안함만을 절실히 추구한 옷차림. 새삼스레 미인이라고 불러줄 몰골은 도저히 아니었다.

그런데 왜 난데없이 남자 복이 터진 걸까? 여태 날 방치하던 연애의 신이 내 꼴이 불쌍해서 한꺼번에 남자를 보내주는 걸까?

일단은 기뻐할 만한 일이라고 생각했다. 호박이 넝쿨째, 아니, 뿌리째로 굴러들어 온 셈이다. 나도 여자로서의 매력이 아주 없는 건 아니구나, 흐뭇한 느낌마저 들었다. 하지만 다시 생각해 보니 마냥 좋아할 일도 아니었다. 김지완이 이 사실을 알았다간 무슨 사단이 어떻게 날지 모르는 일이었다. 송우 씨의 마음은 고맙지만 아무래도 그와 나는 인연이 아닌 모양이다. 서로 호감이 없었던 것도 아닌데 이렇게 어긋나고 있는 것을 보면 말이다.

나는 종이가방을 뒤쪽으로 가져가 재료들을 쌓아두는 작은 창고의 선반에 두었다. 버리기는 아깝고, 괜히 지완이에게 들켜봤자 좋은 꼴도 못 볼 거고, 여기 놔두고 조금씩 먹을 생각이었다.

내일 송우 씨가 오면 사귀는 사람이 있으니 마음은 고맙지만 안 된다고 거절해야지.

마음을 잡고 청소를 하기 시작했다. 오늘 도넛이 좀 많이 남았으니 상자에 담아 가까운 양로원에 갖다주어야겠다. 그날 만들어 그날 파는 도넛이라 남으면 쓰레기로 버려야 하는데, 그러기 아까울 정도로 양이 많으면 가끔 양로원이나 경로당으로 가져다주기도 했다.

커다란 종이 상자에 도넛들을 담으며, 나는 지완에게 전화를 해야겠다고 생각했다.

양로원에 들렀다가 마트로 가면서 지완에게 전화를 했다. 하지만 단단히 삐쳤는지 받지를 않았다. 쯧, 하여간 밴댕이 소갈머리하고는.

몇 번 더 걸었다가 문자를 보냈다. 미안하다고, 그리고 고맙다고. 저녁 거하게 해줄 테니까 집으로 오라는 말도 함께.

집에 와서 씻고 저녁 준비를 하기 위해 재료를 다듬는데 전화가 왔다. 지완이었다.

"어디야? 지금 뭐해?"

되도록 아무렇지도 않은 듯 가볍게 받았다. 지완은 밖에 있는 듯, 음악 소리가 쿵쿵거리며 배경에 깔리고 있었다.

—네가 죽고 못 사는 이현이랑 둘이 있다. 왜, 나오고 싶냐?

화이트데이라고 해서 둘이서 오붓하게 저녁이나 먹자고 했는데 갑자기 이현은 무슨?

"문자 못 받았어?"

아무리 내가 이현의 팬이라고 해도 이건 좀 아니다. 이미 쌀도 다 씻어 안치고 완자 만들 고기도 버무려 놨는데 밖으로 나오라니, 선뜻 내키지가 않았다. 거기다 우리 둘만 있자는 것도 아니고 이현이랑.

―받았어.

"받았는데 왜 거기 그러고 있는 거야?"

―가게에서 너 하는 거 보니까 우리 둘이 있는 걸 상당히 싫어하는 거 같아서 말이지.

목소리가 삐딱하다. 이놈, 아직도 삐쳐 있는 게 분명했다. 정말 나이는 어디로 먹은 건지 모르겠다.

"아직도 화난 거야?"

―…….

"미안해. 내가 말이 좀 심했어. 그땐 그냥 울컥했거든. 내가 그 가게 안 말아먹으려고 얼마나 애쓰는지 네가 더 잘 알고 있잖아. 그런데 가게가 별것 아니라는 식으로 말하는 것처럼 들려서 그런 거야. 화내지 마. 사탕이랑 초콜릿이랑 꽃이랑, 너무 예쁘고 마음에 들어서 기뻤어."

한껏 기죽은 목소리로 아양을 떨며 말했는데 전화기 너머는 조용했다. 하지만 나는 알 수 있었다. 지완이 애써 안 웃으려고 턱에 힘을 주고 있다는 것을 말이다. 어떻게 아느냐고 물으면

할 말은 없다. 그냥 알 수 있다. 전화기 너머의 침묵으로도 나는 얼마든지 지완의 기분을 알아챌 수 있으니까.

"화내지 말고 집으로 와. 응? 나 지금 완자랑 잡채 만들려고 준비 다 해놨단 말이야."

—……현이는 어쩌고?

"난 오늘 우리 둘만 있고 싶은데, 네가 꼭 현이 씨를 데려와야겠다면 어쩔 수 없지 뭐."

실망한 기색이 완연한 목소리로 말하자 다시 침묵이 이어졌다. 나는 지완이 내 대답에 만족하고 있다는 것을 알 수 있었다. 아마도 내가 아무렇지도 않게 현을 데려오라고 했으면 꽤나 성질을 부렸을 거다. 참, 이런 거 보면 남자는 백 살을 먹어도 애라는 말이 맞긴 맞는 것 같다.

—알았어. 좀 있다 봐.

한결 부드러워진 지완의 목소리가 음악 소리와 함께 사라졌다. 나는 혼자 피식거리다가 다시 저녁 만드는 일로 돌아갔다. 이거, 잘하면 연애가 아니라 애 하나 키우는 꼴이 될지도 모르겠다. 덩치는 큰 게 어쩌면 저렇게 유치한지…….

하지만 솔직히 말해 기분 나쁘지는 않다. 지완이 아무에게나 저러는 게 아니란 걸 알고 있기 때문이다. 남들 앞에선 상당히 거만하고 냉정한 이미지를 고수하고 있고, 실제로 지완을 대하기 어렵다는 사람들이 대부분이다. 매니저도 저 녀석 눈치를 꽤나 본다고 들었는데, 어쨌거나 내게만 부리는 어리광이라면 그다지 나쁠 것 없다. 나만 알고 있는 김지완이란 건 역시 매력적이다.

"흐흐, 진짜 애인 같잖아?"

야채를 듬뿍 넣은 완자를 조물거리며 혼자 중얼거렸다. 어쩐지 가슴이 술렁술렁, 뱃속이 좀 간질거리는 것도 같았다.

음식이 다 만들어지고 막 잡채를 접시에 옮겨 담고 있는데 벨이 울렸다. 비닐장갑을 벗고 종종걸음으로 나가니 모니터에 지완이 보였다. 문을 열자 여전히 섹시하기 짝이 없는 모습으로 지완이 들어섰다.

"어서 와."

문을 열고 웃으면서 맞이하자 지완도 내키지 않은 척하면서 뚱한 표정으로 나를 보았다. 하지만 녀석의 눈이 반짝거리는 것을 나는 놓치지 않았다. 좋으면 그냥 좋아할 것이지, 뭘 노리고 저러는 건지 모르겠다.

"나, 아직 화난 거 안 풀었거든?"

문을 닫고 들어온 지완이 주방 쪽을 흘끔 보면서 말했다. 정말 어린애가 따로 없다.

"어떻게 하면 풀어질 건데?"

"아까 가게에서 하려던 거 마저 하면."

"하려던 거?"

멀뚱해서 쳐다보자 지완이 팔을 뻗어 내 허리를 감아왔다. 깜짝 놀란 내가 움찔하며 물러서려고 했지만 지완의 팔이 생각보다 굳고 단단해서 그럴 수가 없었다.

"어, 야, 야……."

가까이 다가오는 지완의 얼굴을 보며 나는 기억해 냈다. 여자 손님 둘을 쫓아내며 지완이 했던 말, 지금부터 내 애인한테 키스할 거라고 했던 그 말을.

"야, 갑자기 이러면……."

"진향아."

내 이름을 부르는 소리에 거부하려던 말이 멈췄다. 가만히 날 바라보는 지완의 시선이 그윽했다. 무릎에서 힘이 빠져나가는 것을 느끼며 지완의 어깨를 붙잡고 매달렸다. 작정하고 유혹하는 지완의 매력 앞에서 나는 너무 약했다. 게다가 우린 연인이고, 그리고 이미 키스도 한 사이고 하니까, 뭐, 꼭 그렇게 키스를 하고 싶다면…….

스르르 눈을 감고 지완의 입술을 기다렸다. 화이트데이의 달콤한 키스야말로 내가 꿈꾸던 낭만 중의 하나였으니 이쯤에서 못 이기는 척 항복해 줘야 했다.

"진향아."

향단이라고 부르지 않고 정확한 내 이름을 불러주는 지완의 목소리가 섹시했다. 자식아, 닥치고 키스나 하지 그러니?

눈을 감은 채 희미한 미소를 지으며 뜨겁고도 부드러운 지완의 입술을 기다렸다. 그런데 아무 반응이 없다. 이건 또 무슨 플레이냐, 싶어서 눈을 뜨자 바로 코앞에 있는 지완의 모양새 좋은 입술이 움직였다.

"감동했다. 너도 허리라는 게 있긴 있구나."

뭣이라?

어디선가 낭만이 와장창 깨지고 있었다. 웃음을 참기 위해 입술을 깨물고 있는 지완의 모습이 그렇게 얄미울 수가 없었다. 나는 눈을 한껏 흘기며 입술을 비죽거렸다.

"이 나쁜 놈."

두 손으로 지완의 가슴팍을 밀쳤다. 하지만 큰 웃음을 터뜨리는 지완은 오히려 자신의 두 팔로 나를 꼭 끌어안으며 꼼짝하지 못하도록 옥죄었다.

지완의 향기가 그의 단단한 가슴에 짜부라지고 있는 내 콧속으로 밀려들어 왔다. 버둥거리려고 했지만 그럴수록 지완의 팔이 점점 더 세게 날 압박해서 그것도 여의치 않았다.

"야, 이어 안 푸어(야, 이거 안 풀어)?"

눌린 내 입에서 불만이 터졌지만 지완이 날 풀어준 건 내 코가 한껏 짜부라지고 난 후였다.

"우리 향단이, 그렇게 뽀뽀하고 싶었쪄요?"

아기한테 하는 말투로 나를 놀리는 지완의 얼굴이 싱글벙글이었다. 반대로 나는 녀석의 머리통을 한 대 갈겨주고 싶은 걸 참느라 씨근덕거려야 했다. 정말 얄미운 녀석이다.

"누가 하고 싶대? 하고 싶은 사람은 내가 아니라 너…… 읍."

아, 이번엔 제대로 말문이 막혔다. 나를 단단히 끌어안고 키스하는 지완의 뜨거운 입술에 눈이 절로 감겼다.

"계속 입 다물고 있을 거야?"

가만히 다물고 있는 내 입술 위를 배회하던 지완이 잠시 틈을 내어 말했다. 그리고 그 말에 입술을 열자마자 숨도 못 쉴 정도로 깊은 키스를 해왔다.

혀와 혀가 얽히고 숨결과 숨결이 뒤섞였다. 내가 어디 있는지, 뭘 하고 있었는지, 아무것도 생각이 나지 않았다. 세상이 저만치 뒤로 물러나고 열정과 전율만이 나를 휘감고 있었다.

"야, 숨도 안 쉬고, 이대로 또 기절하는 건 아니지?"

걱정스런 지완의 목소리에 아뜩해지던 정신이 돌아왔다. 녀석의 키스에 흐물흐물 녹아내려서 내 몸이 모두 젤리로 변한 것 같았다. 그러고 보니 숨 쉬는 것도 잊고 있었나 보다. 우와, 사람들이 왜 키스에 열광하는지 진심으로 알 것 같다.

"나, 몸에 힘이 하나도 없어."

내 목소리도 힘이라고는 하나도 없었다. 지완이 좀 웃는 것 같더니 나를 번쩍 안아 올렸다. 오옷, 이것은 말로만 듣고, 눈으로만 봤던 바로 그 공주님 안기!

감동의 물결이 출렁였다. 나를 아무렇지도 않게 가볍게 들어 올리는 지완의 괴력에 고마워졌다. 비리비리한 남자였다면 이렇게 달랑 안아 올리지 못했을 테니까.

"침대? 아니면 빈 백?"

"빈 백."

냉큼 대답하자 지완이 다시 웃었다. 이렇게 즐겁게 웃는 모습, 꽤 오랜만에 보는 것 같다. 내 앞에서 감정 표현이 지나칠 정도로 솔직한 녀석이긴 하지만, 근래 들어 말다툼만 잔뜩 한 것 같아서 그 웃음이 새롭고 반가웠다.

"그래도 처음처럼 기절은 안 하네?"

빈 백에 나를 내려놓으며 지완이 장난처럼 말했다. 나는 얄밉다는 듯 그를 흘겨보았고, 지완은 빈 백 옆에 앉아 내 어깨를 끌어안으며 계속 웃었다.

"지완이 너, 내가 그렇게 좋아?"

농담 반, 진담 반으로 물었다. 지완이 싱긋 웃으며 냉큼 대답했다.

"어, 좋아 죽겠다. 어떡하지?"

"죽지 마. 처음 생긴 애인인데 금방 죽으면 어쩌자는 거야?"

"인공호흡해 주면 오래오래 살 거 같은데 말이지."

아아, 정말 아이 같다. 그런데 난 또 왜 이렇게 좋은 건지 모르겠다.

나는 생애 처음으로 자발적인 입맞춤을 했다. 내 입술이 가까이 다가가자 눈을 감는 지완의 모습이 아름답다고 느껴졌다. 그리고 그의 입술이 내 입술과 맞닿자 온몸의 피가 입술로 몰려드는 것처럼 뜨거워졌다.

키스라는 거, 상당히 곤란한 걸지도 모르겠다. 밥 먹어야 하는데 밥 생각도 안 나잖아. 너무 좋아서 자꾸만 가슴이 술렁술렁, 두근두근, 빨라진다.

＊

사랑을 하면 사람은 유치해진다. 사랑을 하면 사람은 바보가 된다. 사랑을 하면 사람은 어린애가 되고, 아무것도 아닌 일에 화를 냈다가 또 아무것도 아닌 한마디에 풀어지고 만다.

나 자신이 이렇게 유치해질 줄은 나도 몰랐다. 진향이의 미소 하나, 말 한마디에 울고 웃는 바보가 되어버린 것 같다. 이상한 건 그런 게 하나도 불쾌하지 않다는 거다.

태어나서 처음으로 내가 사랑하고 또 나를 사랑해 주는 여자와 마음을 나누고 있다.

그녀가 내 마음을 받아주고 자신의 마음을 내게 주던 날, 세상이 변했다.

나는 지금 천국에서 천사의 입술을 맛보며 살고 있다.

"좋은 아침."

윤희가 들어오는 것을 보며 반갑게 인사를 건넸다. 아직 잠이
덜 깬 얼굴을 한 윤희는 내게 인사를 한 후 커피부터 챙겼다.

"좋은 일 있나 봐요, 언니?"

도넛에 글레이즈를 뿌리고 있으려니 윤희가 슬그머니 다가와
서 물었다. 어허, 그렇게 티가 나나?

나는 대답 대신 싱글싱글 웃었다. 지완과의 사이가 달달한 참
이라 나도 모르게 자꾸 웃음이 나는 것을 스스로도 감당할 수가
없었다.

"언니, 연애하죠?"

"응? 아니, 얘는 참 뜬금없이······."

"에이, 딱 티가 나는데요?"

"그, 그렇게 티가 나니?"

"어머, 진짜 연애하는 거예요? 누구랑? 다 털어놔요. 얼른."

눈을 반짝이며 달려드는 윤희의 모습에 나는 어물쩍 웃었다. 굳이 비밀로 할 것도 아니고, 윤희는 예전에도 나랑 지완이가 애인 사이 아니냐고 했던 사람이니 뭐, 알려줘도 크게 나쁠 것 같지 않았다. 게다가 솔직히 말해 은근히 자랑하고 싶은 마음도 있었다.

"어, 나 연애해. 지완이랑."

"어머! 와, 잘됐다. 그럴 줄 알았다니까요. 두 사람이 아닌 척할 때 알아봤어, 정말."

윤희가 너무 좋아해서 나는 한층 더 우쭐해졌다. 그래, 세계 무대를 누비는 패션모델 김지완이 내 남자친구다. 길거리 다니면 모두의 고개가 돌아가게 만드는 찬란한 남자가 내 애인이다. 으하하하하.

신이 나니 일하는 속도도 빨라졌다. 윤희가 대놓고 놀리는 말을 던져도 아무렇지도 않았다. 그래, 맘껏 놀려라. 그래도 나는 행복하다.

딸랑.

손님이 들어오는 것을 알리는 방울 소리가 울렸다. 아침부터 첫 손님이 도넛을 상자째로 가져간다. 재수까지 좋다. 역시, 연애는 위대하다. 일어나는 모든 사소한 것들이 그냥 넘어가지를 않는다. 일 마치는 시간에 지완이 마중 오겠다고 했는데, 오늘은 애인답게 손잡고 거리를 걸어봐야겠다. 아, 벌써부터 가슴이 벌렁거린다. 시간은 또 왜 이렇게 안 가는 거냐? 나 자신이 유치한 걸 아는데 도저히 이 유치함을 멈출 수가 없다. 으흐흐흐흐.

그리 바쁘지도, 그렇다고 느리지도 않은 평범한 하루였다. 나만 혼자서 실실 웃고, 즐거워하고, 보다 못한 윤희가 제발 표정 관리 좀 해달라고 할 정도로 나사가 두어 개 풀려서 지냈다. 그런 나를 보며 어이없다고 고개를 젓던 윤희도 결국 나중에는 포기하고 같이 웃고 말았다.

하지만 어쩌랴, 좋은 건 좋은 건데. 좀 바보 같아 보여도 할 수 없는 일이다.

윤희가 가고 나서 혼자 뒷정리를 하고 있자니 방울 소리와 함께 송우가 들어왔다. 미안한 이야기지만 송우를 까맣게 잊고 있었던 터라, 그를 보자 괜히 혼자 놀라고 말았다. 그제야 그가 주었던 사탕이며 카드가 떠올랐다.

"안녕하세요, 진향 씨."

"아, 어서 오세요, 송우 씨."

습관적으로 앞치마에 손을 닦으며 내가 카운터로 다가갔다. 엷은 푸른색 셔츠를 입은 송우는 언제나처럼 부드러운 미소를 얼굴에 띠고 있었다.

"좋은 일 있나 봐요? 즐거워 보이네요."

"예? 아, 예, 그냥 좀."

어색하게 웃으며 앞치마를 만지작거렸다. 모처럼, 이 아니라 호적에 잉크 마르고 처음으로 꽃미남이, 아니구나, 두 번째로 꽃미남이 애정 고백 비슷한 걸 해왔는데 그걸 거절해야 한다고 생각하니 좀 미안해졌다. 이 무슨 호강스러운 일인지, 쩝.

"좋은 일 있다니 저도 좋네요. 진향 씨는 웃는 게 참 예쁘거든요."

송우의 칭찬에 쑥스러워졌다. 그를 보니 스스로도 쑥스러운지 또 얼굴이 발그스름하게 붉어져 있었다. 나도 얼굴이 화끈거려 시선을 카운터 모서리로 돌렸다. 맹세코 송우에게 별다른 감정이 있는 것도 아닌데, 왜 얼굴이 달아오르는지 나도 모르겠다.

"고, 고마워요. 오늘은 뭘로 드릴까요, 송우 씨?"

"아, 크루아상 2개랑 애플 프리터 1개 주세요."

어설픈 맞선 상대처럼 우물쭈물하면서 봉지에 도넛을 담아 계산을 했다. 송우가 내 이마를 빤히 바라보는 게 느껴져서 어색하고 불편했다.

송우가 내민 돈을 받고 잔돈을 거슬러 주는데 기다란 송우의 손가락이 내 손가락을 가만히 감아왔다. 놀라서 고개를 번쩍 드니 잘 익은 홍시 같은 송우의 얼굴이 눈에 들어왔다.

"진향 씨, 그 재즈 바……."

송우가 채 말을 끝맺기도 전에 나는 황급히 손을 빼내며 한 발짝 뒤로 물러섰다.

안 된다, 난 이미 애인이 있는 몸이다. 다른 남정네와 바람 따
윌 피울 수는 없다. 지완이에게 들켜서 죽을지도 모른다는 생명
의 위협은 둘째 치고, 나 스스로가 그건 용서할 수 없다.

"저, 애인 있어요, 송우 씨."

불쑥 나온 말에 송우의 눈이 커졌다. 나는 그에게 잡혔던 손
을 다른 손으로 쥔 채 침을 한 번 꿀꺽 삼키고 나서 말을 이어갔
다.

"우리 애인 하기로 했어요. 그러니까, 그러니까 송우 씨 마음
은 감사하고 황송하지만, 안 돼요."

"우리…… 라면?"

"지완이하고 저요. 그러니까 전 바람피우면 안 돼요."

마음을 다잡고 비장하게 선언했다. 송우의 얼굴 위로 여러 가
지 표정이 스쳐 지나갔다. 그 변화를 물끄러미 보고 있자니 조
금 마음이 아팠다. 자존심에 상처를 준 건 아닐까, 딴에는 용기
내어서 말했는데 내가 너무 무신경하게 말을 했나, 그런 생각이
떠올랐지만 역시, 거절을 하면서 상대의 마음까지 배려해 줄 수
는 없었다.

"……그렇군요."

잠시의 침묵이 흐른 후 송우가 고개를 끄덕였다. 씁쓸한 그의
표정을 보고 있자니 괜히 마음이 점점 더 무거워져 기분이 우울
해졌다.

"알겠습니다. 그럼, 지완이란 분과 함께 오세요. 그냥 하는 말

이 아니라 꽤 좋은 시간 보낼 수 있을 겁니다."

뜻밖에도 송우는 미소를 지으며 바지 뒷주머니에서 무언가를 꺼내 카운터에 내려놓았다. 티켓이었다. 그리고 티켓에 프린트 되어 있는 이름은 김송우였다. 저녁 7시 공연이었다. 내가 그 티 켓과 송우를 번갈아 보자 송우가 씩 웃으며 어깨를 한 번 추썩 였다.

"무명 때부터 잘 아는 곳이라 지금도 가끔씩 거기서 연주하곤 해요. 애인은 안 되더라도 친구는 할 수 있잖아요. 진향 씨가 멋 진 분이라 좀 더 알고 싶다는 내 마음은 진심이니까, 오셔서 저 라는 놈도 봐주시면 좋겠어요."

"아……."

"부담은 안 가지셔도 되고요. 그럼, 나중에 또 봐요."

도넛이 든 봉지를 들고 송우가 나갔다. 나는 티켓 두 장을 보 며 울컥했다.

그는 억지로 웃고 있었다. 저런 웃음, 잘 알고 있다. 나도 많 이 웃어봤으니까. 그나마 최소한의 자존심을 지키려고, 내가 실 망하고 상처받은 모습을 보이면 상대에게도 부담이 될까 봐, 이 런저런 이유로 짓는 억지웃음.

송우에게는 어울리지 않는 웃음이었다. 저렇게 곱고 잘생긴 남자는 웃어서는 안 되는 웃음이었다. 그런데 나 때문에 웃고 있었다. 그리 잘난 것도 없고, 둔하기 짝이 없고 또 내세울 거라 고는 씩씩한 것밖에 없는 나 때문에.

미안하다고는 생각하지 않는다. 나도, 송우도, 서로에게 잘못한 것은 없다. 그런데도 왠지 조금 슬프다. 솔직한 심정이다.

나는 두 장의 티켓을 쉽사리 집어 들지 못한 채 한참 동안 멍하니 서 있었다.

3시가 좀 넘자 지완이 가게로 들어왔다. 청바지에 반팔 흰 티셔츠, 몸에 딱 들러붙어 있어 군침이 절로 도는 모습이었다.

송우 때문에 좀 울적했던 기분이 지완의 등장으로 한 방에 날아갔다. 거침없이 척척 다가온 지완은 씩 웃으며 내 머리를 한번 헝클어뜨리고, 그다음엔 볼에다 뽀뽀를 해주었다.

"열심히 일했어, 우리 향단이?"

"너, 내가 향단이면 넌 방자인 거 알고나 하는 소리야?"

"난 아무리 봐도 방자 타입이 아니지."

맞는 말이라 더 이상 대꾸할 수가 없었다. 나는 피식 웃으며 밀대 걸레가 담긴 바퀴 달린 통을 들들 밀어 뒤쪽으로 향했다. 나를 따라온 지완은 내가 통에 든 더러운 물을 버리려고 하자 뒤에서 허리를 끌어안아 방해했다.

"야, 빨리 정리하고 나가야지."

"됐어. 정리는 나중에 해."

은근한 목소리로 말하며 한껏 다정한 시선을 던진다. 아아, 또 무릎이 후들거린다. 자꾸 이러면 안 되는데, 습관되는데.

생각은 그런데 몸은 다가오는 지완의 입술을 기다리고 있었다. 부드럽고 뜨거운, 감미로운 키스. 지완의 혀가 마시멜로우처럼 폭신하고 달콤하게 느껴졌다. 나누는 숨결을 통해 감정이 전류가 되어 혈관을 달리고, 머릿속이 텅 비어가면서 몸이 허공으로 붕 뜨는 것 같다. 몇 번을 받아도 설레는 입맞춤, 아무리 나누어도 자꾸만 커져 가는 감정, 갈증, 그리고 가슴에 느껴지는…… 얼레? 가슴?

나는 눈을 번쩍 떴다. 착각이 아니었다. 지완의 손이 내 가슴을 어루만지고 있었다. 깜짝 놀란 내가 지완의 가슴팍을 두 손으로 확 떠밀며 몸을 뺐다. 심장이 벌렁벌렁, 얼굴로 열기가 후끈 밀려들었다.

"뭐, 뭐, 뭐하는 짓이야?"

어찌나 놀랐던지 말까지 더듬거려졌다. 밀려난 지완의 얼굴에서 나는 남자의 표정을 보았다. 그냥 남자가 아니라, 어딘지 본능적이고 공격적인, 그리고 낯선 표정이었다. 마치 야수 같았다.

"뭐하는 짓이라니, 몰라서 물어?"

지완이 붉어진 얼굴로 거친 숨을 내쉬며 말했다. 나는 거칠게 오르내리는 지완의 가슴을 보다가 슬그머니 시선을 내렸다. 물론, 정말로 몰라서 물은 건 아니다. 하지만 무서운 걸 어쩌라고.

"갑자기 그러니까 놀랐잖아!"

"놀랄 게 뭐가 있어? 서로 좋아하고 사랑하면 다 하는 건데."

"그래도 예고도 없이 이러는 게 어디 있어?"

"나더러 일일이 가슴 만져도 되냐고 물어보고 만지란 거야?"

지환이 어이없다는 듯이 물었다. 듣고 보니 그것도 그렇긴 했지만, 그래도 선뜻 내키지 않는 건 어쩔 수 없었다.

"아무튼 난 싫어."

"설마하니 나더러 너랑 연애하면서 키스만으로 만족하라는 이야긴 아니겠지?"

지환이 눈살을 찌푸렸다. 나는 머뭇거리다가 슬그머니 시선을 피했다. 지환의 눈빛이 아프도록 내 얼굴 위에 와서 꽂혔다.

"뭐야? 키스만 하고 말라고? 진짜로?"

"……."

"장난이지? 신체 건강한 남자더러 애인을 옆에 두고 고작 키스나 하고 말라고? 너, 날 고문할 생각이냐?"

"아니, 앞으로도 계속 그러라는 건 아니고, 내가 무서우니까 좀 시간을 달라는 이야기지."

일부러 기죽은 목소리로 말하며 흘끔 눈치를 봤다. 씩씩대던 지환의 표정이 누그러지고 있었다. 내가 무섭다고 하는 걸 이해한 모양이다. 다행이다.

"널 이해 못하는 건 아니야. 충분히 이해해."

차분한 지환의 표정과 목소리에 나는 반가운 표정을 지었다. 역시, 이러니저러니 해도 날 아껴주는 거다.

"그런데 네가 그건 좀 잘못 생각하고 있는 거야."

응?

"무섭다고 자꾸 피하면 앞으로도 계속 피하게 되거든."

진지함이 가미되는 지완의 목소리에 나는 혼란스러워지고 있었다. 대체 얘가 무슨 말을 하는 건지 모르겠다. 나를 이해한다면서?

"너, 완벽함이 어디서 나오는 건지 알아? 끝없는 노력과 반복되는 연습에서 탄생하는 거야. 그러니까 처음에 좀 두렵더라도 그걸 극복하고 계속 연습해야 하는 거지."

"……그래서?"

"그러니까 계속 연습한다, 이거야. 나한테 익숙해지도록."

에라이, 이 짐승아!

근엄한 얼굴로 결론을 내리고 다시 다가오는 지완의 턱을 손바닥으로 막았다. 남자는 머리보다 아랫도리가 먼저라고 하더니, 정말 그 말이 진리였던 거다.

"싫다고 했지? 기다리라고 했지? 어디서 그런 말도 안 되는 소릴 하는 거야?"

"야, 이러지 마라. 내가 여기서 널 당장 어쩌겠다는 것도 아니고, 스킨십 좀 하자는 것뿐인데 꼭 이래야겠어?"

"아, 저리 안 비켜?"

긴 팔로 나를 끌어안는 지완일 밀치며 버둥거렸다. 애인 한다고 하자마자 육탄공세부터 벌이는 게 싫었다. 난 좀 더 아기자기하고 달콤한 걸 바라는데, 어째서 이놈은 이렇게 짐승부터 되고 보자는 건지 모르겠다.

"진향아아."

애교를 부리는 지완의 목소리가 늘어졌지만 어림도 없었다. 가슴 만지는 걸 허락했다가는 단숨에 팬티까지 벗길 놈이다. 여기서 넘어가면 안 된다.

"이봐, 이진향 씨! 이런 건 자연스러운 거라니까."

"아, 글쎄, 싫다는데 얘가 왜 이래?"

실랑이를 벌이며 버둥거리는데 내 뒤에 있던 통에 담긴 밀대 걸레가 앞으로 기우뚱 넘어왔다. 지완이 얼른 몸을 뒤로 뺐고, 나도 옆으로 몸을 틀어 맞는 것을 피했지만 밀대가 넘어지면서 더러운 물이 튀는 것까지는 막지 못했다.

"이것 봐, 너 때문에 이렇게 됐잖아."

내가 짜증을 내자 지완도 짜증스러운 표정을 지었다. 표백제를 풀어놓은 물이라 청바지에 튄 건 얼룩이 질지도 모르겠다. 한숨을 쉬며 몸을 굽히고 기다란 막대를 집어 올리는 순간, 갑자기 지완이 짧게 숨을 멈추며 오그라들었다.

"끅."

기묘한 소리였다. 놀란 내가 지완의 얼굴을 보자 녀석의 얼굴이 삶은 가재처럼 시뻘겋게 변해 있었다. 아니, 얘는 또 갑자기 왜 이러는 거지?

"햐, 향단이 너어……."

지완이 두 손을 사타구니 쪽으로 가져갔고, 그제야 나는 내 실수를 깨달았다. 바닥에 쓰러진 밀대 걸레는 지완의 다리 사이에 쓰러져 있었고, 그걸 집어 올리면서 막대 끝부분이 그의 중요 부위를 쳐올린 것이다.

아이고머니나. 멀쩡한 애인을 고자로 만들 뻔했다.

금세 식은땀이 배어 나오는 지완의 얼굴을 보며 나는 얼른 막대를 놓고 그에게로 다가갔다.

"지완아, 괜찮아? 괜찮아? 어떡하니? 많이 아파? 병원 가야 해?"

내가 어깨를 감싸 안으며 물었지만 지완은 어금니를 문 채 인상만 잔뜩 찌푸리고 있었다. 얼마나 아픈지 상상도 가지 않았지만, 이야기 들은 거나 지완의 표정으로 봐선 엄청나게 아픈 것이 분명했다.

"건드리지 마."

내가 어깨를 잡고 흔들자 지완이 고개를 돌리며 숨을 크게 몰아쉬었다. 꼼짝도 못하는 지완에게 미안해서 나는 옆에 쪼그리고 앉아 눈치만 살폈다. 그리 세게 들어 올리지도 않았는데, 그래도 역시 아프긴 많이 아픈가 보다.

한참을 쪼그리고 있던 지완이 천천히 몸을 폈다. 나는 걱정스런 얼굴로 지완을 보았고, 지완은 주먹을 몇 번 쥐었다 펴며 느릿하게 몸을 일으켜 세웠다.

"향단이 너!"

"일부러 한 게 아니야. 미안해. 그럴 줄 나도 몰랐다고."

"어우, 정말 내가 너 땜에 미친다."

움찔하는 나를 보던 지완이 허공을 향해 한숨을 푹푹 내쉬었다. 그리고는 나를 한 번 쫙 째려보더니 빨리 정리하라고 툴툴거렸다.

아니, 그러게 누가 덤비라고 했나? 내 말대로 얌전히 있었으면 아무 일 없었을 거 아니냐고. 괜히 덤벼서 일을 만들고선 나한테 신경질이네.

물통을 비우고 밀대 걸레를 헹구어 거꾸로 세웠다. 크루아상을 담는 트레이를 씻는 동안, 지완은 카운터 쪽으로 나가 있더니 두어 개를 남겨놓고 있을 때 다시 뒤쪽으로 왔다.

"괜찮아?"

다시 묻자 지완이 콧등에 주름을 잡으며 고개를 끄덕였다. 그리고는 작은 창고 안으로 들어가 밀가루 포대를 쌓아둔 곳에 엉덩이를 붙이고 앉았다. 그러고 있으니 냉장고에 빈 음료수나 좀 챙겨 넣어달라고 말하려던 찰나, 선반 위에 송우에게서 받았던 사탕이 든 종이가방이 눈에 잡혔다. 가슴이 철렁 내려앉았다. 지완이 저걸 보기 전에 얼른 치워야 했다.

"뭐야? 뭘 보고 놀라는 거야?"

내 얼굴을 보던 지완이 내가 말리기도 전에 시선을 따라 선반을 보았다. 그리고는 일어나서 종이가방을 향해 다가갔다. 마음은 달려가서 **뺏어오고** 싶은데, 내 몸은 야속하게도 꼼짝도 하지 못한 채 얼어붙어 있었다.

"이게 뭐야?"

지완이 종이가방 안을 슬쩍 들여다보며 물었다. 순간적으로 거짓말을 하고 싶은 충동이 일었지만 나는 주먹을 꼭 쥐고 그 충동을 억눌렀다. 솔직히 거짓말할 이유가 없지 않은가? 준 사람 성의를 생각해서 받았을 뿐, 그 이상도, 그 이하도 없는데.

"송우 씨가 주더라. 화이트데이라고."

지완의 어깨가 조금 굳어졌다.

"그때 도망가더니 또 온 거야? 거기다 사탕까지 들고?"

"잠시 일이 있었거든. 송우 씨가 오해할 만한 짓을 했고, 나도 멋대로 오해하고, 그래서 미안했나 봐. 나쁜 사람 아니야. 그렇게 눈 부라릴 것까지 없다구."

"무슨 오해?"

"별거 아니었어. 다 지나간 일이고. 네 말마따나 내가 삽질 좀 했지."

"그것뿐이야?"

"나랑 좀 더 알고 지내고 싶다 하더라. 나더러 멋지대."

"그래서?"

"너랑 나랑 사귄다고, 애인 있다고 했더니 잘 알았대."

"끝이야?"

"응. 끝."

고개를 끄덕이자 지완이 가만히 나를 보았다. 멀뚱히 그 시선을 맞받아 보자 지완이 종이가방을 내게 쑥 내밀었다.

"버려."

"아깝잖아?"

"사탕만 빼고 버려, 그럼."

지완의 말에 피식 웃고 나서 사탕을 빼고 작은 카드가 든 종이가방을 쓰레기통에 버렸다.

"분명히 애인 있다고 했지?"

"응. 같이 공연 구경 오라고 하던데?"

"뭐야? 그런 소린 없었잖아?"

"안 갈 거니까 어차피 상관없잖아. 왜 목소리 높이고 그래?"

내가 얼굴을 찡그리자 지완이 미간에 주름을 잡은 채 무언가를 생각하더니 내 어깨에 팔을 두르며 물었다.

"무슨 공연이야?"

"재즈 바에서 피아노 치는 거 같던데? 피아니스트인가 봐. 하긴, 손가락이 길긴 하더라."

"그놈 손가락 긴 거까지 알아?"

"잔돈 줄 때 손을 보니까 그렇지. 너, 알고 보니 질투가 엄청나다? 여태 어떻게 참았니?"

어이가 없어서 웃음이 나오려고 했다. 늘 나더러 너한테 반할 남자가 어디 있겠냐고 구박이나 하고 약 올리더니, 이제 와선 세상 남자들이 모두 내 발밑에 몸을 던질 것처럼 군다. 연애를 하면 눈에 콩깍지가 씌어 바보가 된다더니, 딱 그 꼴이다.

"말이 나왔으니 말인데, 진향이 너, 그동안 내 속이 얼마나 썩었는지 알기나 알아? 이렇게 멋진 나를 옆에 두고 옛날부터 늘 쓸데없는 놈들한테 눈길 주고, 혼자 속상해하고, 아주 그걸 생각하면 내가 자다가도 몸서리가 쳐진다."

"어? 그럼 옛날부터 나 좋아했던 거야? 언제? 언제부터?"

귀가 솔깃했다. 그럼 예전에 내가 지완이 좋아하고 있을 때, 지완이도 나를 좋아했다는 건가? 그런데 왜 모른 척했지? 이놈, 눈치가 귀신이라서 내가 자길 좋아하는 것도 알고 있었으면서.

"아, 됐어. 뭘 묻고 그래?"

지완의 귓불이 붉어졌다. 나는 눈을 반짝이며 지완이 팔에 팔짱을 끼면서 졸랐다.

"언제부터 나 좋아했는데? 전에도 물었는데 대답 안 해줬지? 그때 내가 애인 해주면 대답한다고 했잖아. 언젠데? 좋아했으면서 왜 그렇게 못살게 굴었는데? 응?"

"얘가 진짜……."

지완의 얼굴이 더 붉어진다. 나는 그게 또 재미있고 좋아서 애교를 떨었다.

"왜, 말해봐. 애인 사인데 이제 와서 감추고 그럴 거 뭐 있어? 응?"

"내가 유치해서 좋아하면서도 못살게 굴었다, 왜? 네가 만날 다른 데 쳐다보고 있으니 열받아서. 그리고 너 좋아한 건 하도 오래되어서 기억도 안 난다. 됐냐?"

"우리 지완이, 그렇게나 내가 좋았으면 그냥 좋다고 말하지 그러셨쩌요?"

"까분다?"

"우리 지완이, 화나셨쎄여?"

"그만해라?"

눈을 부릅뜨면서도 입가가 웃고 있었다. 녀석이 귀여워서 내가 먼저 까르르 웃고 말았다. 지완이 그런 나를 보더니 같이 웃었다. 와, 우리 둘 다 너무 유치해서 죽겠다. 그런데 왜 또 이렇게 재미있는 건지 모르겠다.

"그 공연, 언제야?"

"응?"

한참 웃고 나서 가게 정리를 마저 하려고 하는데 갑자기 지완이 물었다. 잠시 뭔 소리인가, 멀뚱했다가 그게 송우를 가리키는 말인 걸 알고 고개를 갸웃했다.

"다음 주 토요일인데, 왜?"

"가자."

"뭐?"

"가자고. 둘이 같이 오라고 했다면서?"

"그야 그렇긴 하지만, 왜 가려고? 너 재즈 좋아해?"

지완이 물끄러미 나를 본다. 솔직히 가도, 안 가도 그만이지만 왜 가겠다고 하는 건지 모르겠다. 설마하니 가서 깽판치자는 건 아니겠지?

"진향이 널 보고 있으면 넌 참 세상을 편하게 사는구나, 하고 느껴진다. 단순한 사람은 좋겠다."

"그거 욕이야?"

"아니야. 부러워서 한 소리야. 됐다. 얼른 가게나 닫아."

지완이 다시 한숨을 쉰다. 저 자식, 은근히 날 욕한 거 같은데, 아닌가? 잘 모르겠다.

토요일, 오후 다섯 시.

기어코 지완이 가겠다고 해서 송우 씨의 연주를 보러 가게 되었다. 적면증까지 있는 사람인데 작아도 관객들 앞에서 연주를 하는 공연을 하다니, 대단하다는 생각이 든다.

나는 거울 앞에 서서 내 머리를 요모조모 뜯어보았다. 짧은 머리라 특별히 할 건 없고, 그래도 뭔가 변화를 주고 싶어서 미용실에 갔더니 핀컬을 권했다. 거의 생머리나 다름없고 끝이 약간 굽은 정도인데, 하고 보니 여성스럽고 귀여운 것 같아서 마음에 들었다. 지완이도 예쁘다고 했고.

지완을 떠올린 나는 혼자 실실 웃고 말았다. 그동안 괴롭힌 걸 보상이라도 하겠다는 건지, 근래 지완의 행동은 예전의 나라면 꿈도 못 꿀 정도로 달라져 있었다. 사람이 너무 달라져서 저러다 진짜 죽는 건 아닌가, 걱정이 될 정도였다.

가게 닫는 시간 맞춰 마중 오는 것은 기본이고, 한 번이지만, 자기 손으로 도시락까지 싸주는 기염을 토해서 정말 놀랐다. 길거리 지나다가 생각났다면서 꽃을 사오기도 하고, 피로를 풀어준다고 입욕제 소금까지 사다 주었다. 나한테 어울릴 거라며 향

수도 사오고, 맛있는 곳 발견했다고 외식시켜 주고, 정말이지 연인으로서의 지완은 나무랄 데가 없었다. 딱 한 가지만 빼고.

……그렇다. 접촉 문제다.

지완인 틈만 나면 스킨십을 원하는데, 나는 안거나 키스까지는 좋아도 여전히 그 이상은 꺼려졌다. 지완이 싫어서가 아니라 나도 모르게 움찔하게 되는 것이다.

처음이라 그렇다고 지완도 많이 참고 이해해 주려고 애를 쓰긴 하는데, 아무래도 스물네 살 먹은 젊은 남자는 불만일 수밖에 없다. 하지만 지완이가 가슴에 손을 대기만 해도 뻣뻣하게 얼어붙는데 그 이상의 것을 한다는 게 나로서는 상상이 잘 가지 않는다. 정말로 인터넷으로 야한 동영상이라도 보며 연구를 해야 하는 걸까? 다른 사람들은 처음에 다들 어떻게 했는지 궁금하다. 술 먹고 홧김에 저지르기엔 너무 아깝고, 맨 정신에 견디자니 무리일 것 같고, 하여간 고민이다.

거울을 보며 고개를 갸웃거리다가 걸치고 있던 목욕 가운을 벗어 던지고 내 몸을 이리저리 살펴보았다.

잡티 없는 매끄러운 피부와 C컵보다 조금 큰 가슴은 자랑할 만하다. 특히 가슴은 모양새도 예쁘고 유두도 벚꽃잎 색깔이라 내가 제일 마음에 들어 하고 자랑스러워하는 부분이다. 허리는 그리 가는 편이 아니지만 그렇다고 굵지도 않다(고 생각한다). 단지 조금 나온 아랫배가 불만이다. 흉측할 정도는 아닌데, 요즘처럼 빨래판이니 초콜릿 복근을 자랑하는 대세에 비추어보면 말랑말랑한 것이 시대와는 맞지 않다.

몸을 휙 돌려 엉덩이를 보았다. 크지도 작지도 않은 엉덩이, 처지지 않았고 모양새도 그리 나쁜 것 같지는 않다. 그리고 튼실한 허벅지와 밉지 않은 종아리, 발목이 가는 편이라 쭉 뻗은 기다란 다리가 아니라도 미련스러워 보이지 않는 것이 다행이다.

자, 그럼 나의 튼실하다 못해 무쇠 같은 팔뚝을 보자.

따로 운동을 하지 않아도 가게에서 일하느라 아주 탄탄하다. 맹세컨대 나의 악력과 팔뚝 힘은 웬만한 남자들을 능가할 것이다.

"이얍."

두 팔을 위로 올려 팔꿈치를 굽히고서 슈퍼맨 포즈를 잡아봤다. 힘을 주자 알통이 보인다. 오호라, 이걸 기뻐해야 하나, 슬퍼해야 하나? 노가다로 굳건해진 내 팔을 보고 있자니 마치 내가 남자처럼 느껴진다. 어깨도 좀 넓은 편이라 더하다. 가슴이 없었다면 정말 남자로 보였을 것 같다. 아름답고 탐스러운 가슴을 주신 어머니께 5초간의 감사 묵념 실시.

거울 앞에서 몸을 다 비춰본 후 바디샵에서 산 망고 크림을 몸에 처덕처덕 바르고 싹싹 문질렀다. 가슴도 싹싹, 말랑한 배도 싹싹, 허벅지랑 종아리도⋯⋯ 응?

신나게 문지르다 말고 숨과 동작이 한꺼번에 멈췄다. 슬쩍 본 거울 속의 내 모습 너머로 지완이 보였기 때문이다. 환상인가?

설마? 놀라서 휙 돌아보자 진짜로 지완의 탈을 쓴 야수가 서 있었다. 엄마야, 저 눈빛 좀 보라지. 젠장, 아까 들어올 때 문을 안 잠갔던 건가?

"진……."

"스톱!"

바닥에 떨어진 가운을 후딱 집어 올려 가슴을 가리며 한 팔을 앞으로 쭉 뻗었다. 그리고 지완이 멈칫하는 틈을 타서 욕실로 날렸다. 알몸을 보였다는 창피함보다 여기 이대로 있으면 저 자식에게 잡아먹힐지도 모른다는 두려움이 더 컸다.

"야, 이진향."

욕실로 들어와 문을 잠그자 지완의 부름이 들렸다. 아이고, 맙소사. 난 정말 왜 이렇게 부주의한 거냐? 정말 앞으로는 꼬박꼬박 문 잠그는 버릇 좀 하고 살아야겠다.

"넌 왜 멋대로 남의 집에 불쑥불쑥 들어오고 그래? 당장 못 나가?"

문을 사이에 두고 소리를 질렀다. 지완이가 내 집에 들어오는 일이야 비일비재한 일이었지만 이렇게 내 알몸을 고스란히 공개했다는 사실에 부끄럽기도 하고 화가 났다.

"그래서, 지금 거기서 안 나올 거야?"

침착한 지완의 목소리에 나는 가운을 챙겨 입고 단단히 허리끈을 조이며 입술을 깨물었다. 언제까지고 여기 이러고 있을 수 없다는 건 안다. 옷도 입어야 하고, 화장도 좀 해야 재즈 바를

갈 수 있을 테니까.

문제는 저 자식이 나가줘야 하는데, 쉽게 나갈지 그게 의문이다.

"나, 준비해야 하니까 너도 얼른 너네 집으로 가. 나중에 내가 다 준비하면 전화할 테니까."

"……."

"김지완, 내 말 듣고 있어?"

"그래. 알았으니까 늑장 부리지 마."

어쩐 일로 순순하다. 나는 문에 귀를 바짝 들이대고 지완이가 나가는 소리가 들리나, 안 들리나 신경을 모았다.

조용한 가운데 문이 닫히는 소리가 찰칵, 하고 들렸다. 그 소리를 듣고 나서도 산토끼 노래를 한 번 속으로 부르면서 기다렸다. 저 자식이 다시 벌컥 열고 쳐들어올까 봐서.

잠잠한 기색에 욕실 문을 살짝 열었다. 아무 소리도, 기척도 없었다. 조금 더 열고 고개를 내밀었다. 여전히 실내는 고요했다. 진짜 간 모양이네. 어휴, 가슴이야. 아, 그나저나 홀랑 벗은 꼴을 보여줬으니 어쩌지?

손으로 머리를 쥐어뜯었다. 얼굴에 불이 붙은 것처럼 화끈거리고, 온몸도 같이 화끈거렸다. 쪽팔려서 죽겠네.

하지만 창피한 건 둘째 문제였다. 이미 보여주고 난 후, 혼자 후회해 봤자 소용없는 일이다.

심호흡을 몇 번 해서 마음을 다잡은 나는, 후다닥 뛰어나가서 현관문부터 잠갔다. 진짜 이제부터는 꼬박꼬박 잠그는 버릇을 들여야겠다. 하마터면 큰일 날 뻔했다.

입고 갈 옷을 꺼내기 위해 옷장을 열고 무릎까지 오는 갈색 원피스를 골라 침대 위에 놓았다. 그리고 화장을 하려고 화장품이 든 케이스를 침대 밑에서 꺼내는데 뭔가가 내 시선 끝에 잡혔다. 고개를 돌리니 식탁 의자에 조각상처럼 가만히 앉아 있는 지완이 보였다. 너무 놀라서 비명도 나오지 못했다. 지완이 벌떡 일어섰다. 나를 향해 다가오는 지완을 보고 있으려니 목 안이 바싹 말라왔다.

"진향아."

부드럽고 은근한 목소리에 소름이 쭉 끼쳤다. 맛있는 생선을 바라보는 시커먼 고양이 한 마리가 거기 있었다. 목 안에서 가릉가릉 소리도 내고 있는 것 같다.

"너, 아, 안 갔었니?"

"우리 예쁜 진향이 두고 내가 가긴 어딜 가겠냐?"

"문 닫히는 소리 났는데?"

"아, 내가 열었다가 닫았어."

웃고 있는 지완의 눈에 사악함이 보인다. 아아, 이 자식의 잔꾀에 내가 속은 거다.

"간다고 했잖아! 내가 가라고 했잖아!"

앙탈을 부렸지만 지완이 덥석 끌어안는 바람에 길게 이어지진 못했다. 나는 나를 지그시 내려다보는 지완의 눈길에 입술을 앙다물었다. 얌전히 당해줄 수 없다는 오기가 치밀어 눈에 힘을 주고 녀석을 노려보았다.

"고양이가 생선 가게 앞을 그냥 지나갈 수야 없지. 먹지는 못해도 건드려는 봐야 할 거 아냐? 어쨌거나 예쁘다, 우리 진향이."

싱글거리던 녀석이 덜 마른 내 머리에 입을 맞췄다. 그리고는 이마에 드리워진 머리칼을 손가락으로 슬쩍 치우고선 거기도 가벼운 키스를 했다. 마치 깃털이 살짝 닿았다가 떨어지는, 그런 상냥한 키스였다.

"나, 준비해야 되거든?"

바르작거리며 내가 몸을 틀었다. 이 자식, 이런 가벼운 키스로 나를 방심하게 만들려는 거다. 거기 넘어가면 안 된다.

"응, 그래."

말로는 알았다고 하면서 놓아줄 생각을 않는다. 나는 내게 뜨거운 시선을 던지는 지완의 눈길을 피해 다시 반항하는 몸짓을 했다.

"야, 내가 지금 최대한 참고 있는 중인데 자꾸 그렇게 자극을 주면 어떻게 될지·나도 몰라. 그러니까 좀 가만히 있어."

지완의 목소리에 다급함이 배였다. 나는 더 이상 움직이지 않고 가만히 있었다. 쿵닥쿵닥, 지완의 심장 소리와 함께 내 심장 소리도 같이 공명하며 점점 커지고 있었다. 눈동자만 움직여 위쪽을 보니 지완이 어금니를 물고 있는 것이 보였다. 굳어진 턱과 붉어진 목덜미를 보고 있자니 그냥 해본 소리가 아니고 정말로 자신을 억누르고 있다는 것을 알 수 있었다.

그렇게나 나를 안고 싶은 걸까? 그걸 두려워하는 내가 이상한 걸까?

연인이 되면 그런 일을 치른다는 것쯤이야 알고 있고, 나도 은근히 상상하고 기대한 적이 있기도 했다. 그런데 막상 지완이 그러면 당황스러움부터 먼저 들었다. 지완과 함께 있으며 그를 만져 보고 싶다거나, 혹은 키스 이외의 것을 더 해보고 싶다는 간절함도 내겐 없었다.

내가 모자란 걸까? 뭔가 우리 사이에 빠진 게 있는 걸까? 아니면 서로 너무 오래 알고 지내와서? 그것도 아니면 애인으로 사귄 지 얼마 되지 않아서? 물론 그럴 수도 있지만, 지완이 이렇게 나를 간절히 원하는 것에 비해 내 욕구가 너무 밋밋한 것 같아서 슬쩍 걱정이 되었다. 혹시 나, 말로만 듣던 석녀인 건 아닐까?

에이, 설마 그럴 리가. 나도 키스당하면 가슴이 술렁술렁 정신이 없는데.

내가 혼자 생각에 빠져 있는 동안 지완이 스스로를 억제했는지 나를 슬그머니 놓아주었다. 고개를 들어 가만히 바라보자 여전히 열기가 가시지 않은 눈으로 나를 보던 지완이 싱긋 웃었다. 그의 숨이 조금 빨라져 있었지만, 표정은 많이 부드러워져 있었다.

"더 있으면 정말 사고 치겠다. 나, 우리 집에 가 있을 테니까 준비 다 하면 와서 초인종 눌러. 알았지?"

고개를 끄덕였다. 그리고 지완이 나가는 것을 보고 나서 한숨을 쉬었다.

뭐, 좀 난감한 상황들이 생기긴 했지만 솔직히 말해 아주 나쁜 기분만도 아니다. 적어도 지완은 나를 아껴주고 있고, 또 여자로 보고 안고 싶어서 안달복달하고 있다는 거니까. 즉, 나도 여자로서의 매력이 넘친다는 이야기다.

슬그머니 미소가 지어졌다. 짜식, 날 향단이라고 놀리더니, 꼬시다.

현관문을 잠그고 나서 화장을 시작했다. 오늘따라 나 자신이 매력적이고 예뻐 보이는 것은, 아마도 지완이 탓이리라.

지하에 있는 재즈 바는 제법 고급스럽고 널찍했다. 내가 상상했던 컴컴하고 왠지 낡았을 것 같은 분위기와는 달랐다. 우리가 도착한 것은 6시 40분 정도였는데 이미 손님들로 꽉 차 있었다. 입구에서 표를 보여주자 무표정한 얼굴의 마른 남자가 우리를 무대 바로 앞의 작은 테이블로 안내했다. 우리가 지나가자 사람들의 시선이 일제히 모였고, 물론 그건 지완이 때문이었다.

오늘 저녁의 지완은 평소보다도 훨씬 압도적이고 멋진 모습을 하고 있었다. 검은 새틴 셔츠와 흰색 바지, 늘 목에 걸고 다니는 사슬 모양의 플래티넘 목걸이, 목덜미를 살짝 덮는 머리칼은 약간 흐트러져 보이는 것이 남성다운 매력을 풍기고 있었다. 특히나 오늘 저녁은 무슨 생각인지 자신의 매력을 숨기지 않고 한껏 발산하고 있어, 바 안에 있는 모든 여자들의 시선은 머릿속에서 지완을 홀랑 벗기고 있음이 분명할 정도로 뜨거웠다.

"앉아."

지완이 의자를 빼주며 내 목덜미에 대고 말했다. 뜨겁고도 부드러운 숨결이 목에 와 닿자 왠지 뱃속이 근질거리는 것 같았다.

우리가 자리에 앉자 웨이터가 와서 주문을 받았다. 나는 칵테일을 주문하고 지완은 위스키를 주문했다. 택시 타고 온 이유가 이것 때문이었구나, 나는 무대를 보고 있는 지완을 보며 생각했다.

칵테일과 위스키를 한 모금씩 마시며 주변의 따가운 시선을 받아내고 있을 즈음, 조명이 어두워지며 무대에 있는 피아노만 덩그렇게 떠올랐다. 그리고 하얀 셔츠에 짙은 회색 바지를 입은 송우가 모습을 드러냈다. 편한 듯 보이면서도 격식을 차린 모습, 관객들을 향해 인사를 하는 송우의 얼굴이 붉어져 있었다. 사람들이 박수를 치고 나도 열심히 박수를 쳤지만 지완은 성의 없이 두어 번 치다가 말았다. 이런 곳에선 예의 좀 차리지 그러냐? 슬쩍 눈을 흘겼지만 곧 송우의 연주가 시작되어 신경은 그쪽으로 몰리고 말았다.

문화생활과는 거리가 먼 나였지만, 그리고 재즈나 블루스와도 거리가 먼 나였지만, 피아노를 다루는 송우의 모습이 섬세하고 아름답다는 건 알 수 있었다. 그의 손끝에서 피어나는 선율은 귀보다도 가슴으로 먼저 들어오는 것 같았다. 어딘지 애달프고 서글픈, 그러면서도 투명하고 아름다운 음색이었다. 두 눈을 지그시 감고 연주하는 모습, 눈을 뜨고 열정적으로 몰두하는 모습, 모든 것이 눈부셨다. 무언가에 열중하고 있는 사람의 모습은 아름답다는 것을 새삼 느꼈다.

45분의 연주 시간이 3분처럼 지나갔다. 잠깐 휴식 시간을 갖고 연주를 다시 시작한다고 해서, 그제야 나도 긴 숨을 내쉴 수 있었다. 저렇게 아름답게 피아노를 다루는 사람은 본 적이 없다는 생각이 절로 들었다.

"꽤 하네."

지완의 한마디에 나도 흥분해서 고개를 끄덕였다.

"그렇지? 와, 남자가 피아노 치는 모습이 저렇게 예쁘고 멋진 줄은 몰랐어. 감동이더라."

"그렇게 멋져?"

"응? 아, 뭐 너보단 못하지만 피아노 치는 모습이 멋지다, 이거지."

서늘한 지완의 시선에 얼른 비위를 맞춰주었다. 지완이 날 보며 피식, 웃음을 짓는다.

"눈치가 늘었네? 아부도 할 줄 알고."

"아부가 아니라 진실을 말하는 거야. 너보다 멋진 남자는 없지."

"잘하고 있어."

지완이 웃으며 내 머리를 쓱쓱 쓰다듬었다. 내가 헤실대고 웃자 지완의 웃음도 조금 더 짙어졌다. 다정한 시선을 보고 있자니 정말로 사랑받고 있다는 실감이 났다.

"와주셨군요, 진향 씨. 그리고 김지완 씨."

막 지완의 미소에 반해서 머리를 녀석의 어깨에 기대어보려고 하는데 옆에서 목소리가 들려왔다. 고개를 돌리니 송우가 서 있었다. 송우가 지완에게 고개를 조금 숙여 인사를 하자 지완도 거만하게 고개를 한 번 까딱, 움직였다.

"정식으로 인사는 처음인 것 같네요. 김지완입니다."

지완이 손을 내밀었다.

"김송우입니다."

송우와 악수를 나누는 지완의 몸에서 수컷의 기운이 풍기기 시작했다. 꽃미남 둘을 가까이서 보고 있으니 마냥 좋아야 정상인데, 나는 목이 말라 와서 칵테일을 두어 모금 마셔야 했다. 지완은 그렇다 치고, 지완을 마주하고 있는 송우에게서도 처음 보는 남자, 그러니까 수컷의 기운이 느껴져서 어색했다.

"오빠, 연주 멋있었어."

두 남자의 눈에 보이지 않는 기 싸움에 굳어 있던 나는 맑은 목소리가 들리는 쪽으로 고개를 돌렸다. 김유민, 아름답기 그지없는 그녀가 송우에게로 와서 가볍게 인사를 했다. 그리고 그녀의 시선이 내게 잠시 와서 머물고, 곧 냉기를 풍기고 있는 지완에게로 향했다.

커다란 그녀의 눈이 한층 더 커졌다. 유민은 망설임없이 지완 앞으로 몸을 굽히며 탁자를 두 손으로 짚었다.

"김지완 씨?"

지완의 싸늘한 시선이 유민을 향했다. 하지만 그녀는 얼굴 가득 환한 미소를 지으며 어머, 어머, 를 연발했다.

"모델 김지완 씨 맞죠? 전 김유민이라고 하는데요, 지완 씨 팬이에요. 와, 실물로 뵙게 되다니, 너무 기뻐요."

진심으로 기뻐하는 유민의 모습에 나는 슬그머니 웃음이 나오려고 했다. 마치 어린아이가 만화 속의 영웅을 실물로 만난 것처럼 그녀는 들떠 있었고, 그 대상이 바로 지완이란 사실에 조금 우쭐한 기분도 들었다.

"도넛 가게 하시는 분 맞죠? 어떻게 김지완 씨랑 아시는 거예요? 설마 오누이? 아니면 친구?"

유민이 내게도 관심을 돌리며 눈을 반짝였다. 첫인상의 차분한 느낌과는 다르게 마냥 흥분에 겨워 들떠 있는 모습이 귀여웠다. 그런데 오누이 아니면 친구, 라니, 애인이라는 생각은 안 드는 거니?

"애인이야."

내가 말을 하기도 전에 지완이 먼저 입을 열었다. 유민의 벌어진 입이 조금 더 벌어지고, 지완의 시선은 유민이 아닌 송우를 향해 있었다.

"애인? 농담이시죠?"

대놓고 아니라고 생각하며 피식 웃는 유민의 말에 기분이 나
빠졌지만 아주 이해 못하는 바도 아니라서 참았다. 그래, 그렇
게 생각할 수도 있지. 더구나 유민 입장에선 지완을 우상으로
떠받들고 있을 테니까. 괜찮다. 지완의 마음이 중요한 거지, 남
의 시선 따위는 중요한 게 아니니까……

억지로 자신을 위로하고 있는 찰나, 갑자기 지완의 목소리가
칼날처럼 날카롭게 울려 퍼졌다.

"너 머리 나빠? 말귀 못 알아들어? 애인이야. 내 여자라고."

헉, 싸가지 대마왕 강림하셨다.

느닷없는 지완의 무례한 말에 내가 더 놀랐다. 아니, 왜 다짜
고짜 그런 식으로 말을 하는 건데?

민망해진 내가 유민을 보자, 아니나 다를까, 유민의 얼굴이
새빨갛게 변해 있었다. 설마하니 유민도 적면증인 건 아니겠고,
어지간히 당황하고 창피하고 또 화가 난 것이 분명했다.

"넌 왜 같은 말을 해도 그렇게 하니? 네 팬이라고 하잖아. 좀
좋게 말하면 어디가 덧나?"

당황한 내가 지완을 향해 나무랐지만 지완은 유민과 송우를
빤히 보면서 내 어깨를 자신의 팔로 감쌌다.

"애인이라고 했는데 왜 한 번에 못 알아듣는 거냐고. 너한테
예의없이 군 건 저쪽이 먼저야. 그런데 내가 왜 일일이 예의를

차려줘야 해?"

말이야 맞는 말이다. 그래도 그렇게까지 심하게 말할 필요는 없는데.

"실례했어요."

울 것 같은 얼굴로 재빠르게 말한 유민이 도망치듯 그 자리를 떠났다. 그리고 송우는 담담하면서도 차가운 표정으로 지완을 물끄러미 바라보고 있었다.

문득 송우가 빙긋 웃었다. 도저히 웃을 만한 상황이 아니어서, 그 웃음은 상당히 기묘하게 느껴졌다.

"잘 알았습니다, 김지완 씨."

송우가 지완에게 말하고, 다시 나를 보았다. 그리고는 좋은 시간 되길 바란다는 인사를 남기고 자리를 떠났다.

나는 혼란스러워졌다. 지완이 유민에게 무례하게 군 건 분명히 알겠는데, 그전와 이후의 일을 잘 알 수가 없었다. 마치 두 남자가 자신들만이 아는 언어로 이야기를 한 것 같았다. 잘 알았다니, 송우는 뭘 잘 알았다는 걸까? 지완이 싸가지 대마왕이란 거? 그거야 맨 처음 대면했을 때부터 알았을 건데? 아니면 내가 지완이 애인이란 거? 그것도 내가 이미 말해준 건데?

"방금 뭐야, 그게 다?"

생각하다가 머리 터질 것 같아서 지완에게 물었다. 지완은 여전히 한 팔을 내 어깨에 걸친 채로 위스키를 비웠다. 그리고는 날 보며 빙그레 웃었다.

"너, 동물들 세계에서 수컷들끼리 암컷 차지하려고 싸우는 거 봤지?"

"그런데?"

"방금 있었던 게 그거야. 네가 내 여자라는 거, 우리가 연인이란 걸 확실하게 알려줬고, 저 남자는 그걸 알았다고 한 거고."

"내가 말했다고 했잖아. 우리가 애인이라고 분명히 말했는데?"

"너한테 듣는 거랑, 직접 보고 나한테서 듣는 거랑은 차이가 있지."

지완이 눈을 가늘게 뜨며 매력적인 미소를 지어 보였다. 그제야 나는 지완이 여길 오자고 한 이유를 알 수 있었다. 이 자식, 소유권 주장하려고 온 거다. 아, 정말 유치하다.

어이가 없어 피식 웃던 나는 재즈 바 구석에 서서 이쪽을 보고 있는 유민을 보며 다시 물었다.

"그럼 송우 씨 동생 유민이는?"

"걔야 덜떨어진 애고. 알게 뭐냐, 내가?"

"유민이를 두고 한 말이 결국 송우 씨를 향한 말이란 거야?"

"조금은 똑똑해졌네, 우리 진향이."

지완이 빙긋 웃으며 내 귀에 대고 속삭였다. 나는 잠시 생각하다가 손을 들어 지완의 머리를 쓱쓱 쓰다듬으며 말했다.

"수컷 싸움도 좋고, 영역 표시도 좋고, 다 좋은데, 다음부터는 남한테 그렇게 무례하게 굴지 마. 다음에도 내 의견 무시하고 막가파로 나가면 한 달 동안 키스 금지할 거니까. 알겠어요, 김지완 어린이?"

"뭐?"

"난 내 애인이 좀 잘났다고 남들한테 막 대하는 거 싫어. 나야 너를 잘 알고 있으니까 네가 날 괴롭히고 그래도 웃으면서 넘어갈 수 있지만, 남들이 너더러 못됐다느니, 싸가지없다느니, 뭐라고 할 거 아냐? 난 그거 싫어."

진지한 내 말에 지완은 아무 말도 하지 않았다. 그저 가만히 내 눈을 들여다본 다음 짧게 대꾸했다.

"알았어."

맘에 들지 않는다는 표정으로 대꾸한 지완이 무대로 시선을 돌렸다. 조명이 흐려지며 무대만 환하게 떠올라 다시 연주가 시작된다는 것을 알려주고 있었다.

나는 어둠 속에 떠오르는 지완의 옆모습을 보다가 충동적으로 그의 볼에 입을 맞췄다. 지완이 놀란 얼굴로 나를 보았다.

"내 거라고 침 바르는 중."

지완이 웃는다. 아아, 이 녀석, 정말 귀엽고 사랑스럽다.

송우의 연주는 처음과 마찬가지로 유려하고 아름다운, 그러면서도 심금을 울리는 선율로 계속 이어졌다. 지완은 처음부터 끝까지 내 손을 잡은 채 느긋한 표정으로 연주를 보았고, 나도 지완의 온기를 손끝으로 느끼면서 연주에 빠져들었다.

모든 것이 순조롭게 흘러갔다. 적어도 마지막 연주를 앞두고 선 말이다.

송우가 자신의 만든 곡이라고, 자신에게 용기를 불어넣어 준 사람에게 바치는 곡이라고 말한 것까지는 좋았다. 그런데 곡명을 말하며 나를 빤히 쳐다보는 것이 아닌가.

"……곡명은 향기로운 사람에게, 입니다."

누구도 느끼지 못했을 수도 있었다. 어쩌면 내가 오버하는 것일 수도 있었다. 하지만 송우는 분명히 나를 바라보았고, 내 손을 잡고 있는 지완의 손에 힘이 들어갔다. 그래서 알 수 있었다. 송우가 저 곡을 만든 것은 나를 위해서란 것을.

솔직히 말해 어리둥절하면서도 감동스러웠다. 살면서 누군가가 나를 위해 곡을 만들어준다는 건 상상도 해보지 못한 일이었다. 그런 건 영화나 소설, 드라마 속에서나 가능한 일이 아니던가 말이다. 더구나 그의 손가락이 연주해 내는 곡이 너무도 달콤해서 영혼이 스르륵 녹아내릴 것만 같았다.

하지만 그것도 잠시, 연주가 끝나자마자 벌떡 일어난 지완이 무서운 기세로 빠져나가는 바람에 손을 잡힌 나까지도 덩달아 질질 끌려 나가고 말았다. 나가는 도중에 웬 여자들이 지완에게 뭐라고 말을 하려고 했지만 그것도 소용없었다. 폭풍 같은 기세로 재즈 바를 나온 지완은 내 어깨를 단단히 끌어안고 성큼성큼 발을 옮기고 있었다.

"야, 지완아, 좀 살살 걸으면 안 돼? 나 안 신던 하이힐 신어서 발 아파."

지완의 기세에 눌려 발이 아픈 걸 참고 있다가 겨우 말했다. 정말로 발바닥 앞쪽이 아파서 빨리 걸을 수가 없었다.

"미안."

짧게 사과한 지완이 걸음을 멈추고 나를 물끄러미 내려다보았다. 나도 덩달아 말똥말똥 지완을 쳐다보았고, 한참을 날 보던 지완이 허공으로 시선을 돌리더니 입가에 미소를 지었다.

"그렇게 나오시겠다, 이거지?"

"응?"

무슨 말인지 몰라서 눈을 굴리자 지완이 커다란 손으로 내 머리를 만지며 말했다.

"너, 나랑 같이 뉴욕에 안 갈래?"

"에?"

"6월 달에 구찌 패션쇼가 뉴욕에서 있어. 난 4월 중순쯤 들어가야 하는데, 너도 가자."

"가게는 어쩌고?"

"두 달 쉬면 안 되냐?"

미간을 찌푸린 지완의 말에 이번엔 내가 웃었다.

"그걸 말이라고 해? 두 달이나 가게를 어떻게 쉬어? 2주도 아니고. 말도 아니다."

"그럼 나 먼저 가고 너 한 보름 가게 쉬고 뉴욕으로 와라. 패션쇼도 보고 나랑 같이 놀기도 하고."

지완은 진지했고 나는 얼이 빠졌다. 뉴욕 간다는 말도 안 하고 있다가 느닷없이 이게 무슨 소리인지?

"여름휴가 내면 되잖아. 미국 가는 김에 너네 어머니도 뵙고."

엄마라, 엄마는 보고 싶다. 1년 반 전에 엄마가 한국에 놀러왔을 때가 마지막이었다. 엄마는 여전히 지완이 부모님 집 뒤뜰 독채에 혼자 살면서 나는 이해할 수 없는 우정이랄까, 세월의 정이랄까, 뭐 그런 것을 지완의 어머니와 나누며 살고 있는 중이었다.

"생각은 해볼게. 지금 당장 뭐라 말할 수는 없고."

"그리고 내가 없는 동안, 저 송운지 송사리인지 하는 자식하고 친하게 지내지 마."

"원래 안 친하거든?"

"저 자식, 너한테 흑심 있어. 그러니까 조심하란 말이야. 친구하자, 어쩌고 하면서 접근하는데 홀랑 넘어가지 말고."

"흑심은 무슨……."

내가 웃자 지완이 화를 냈다.

"아까 그 연주곡 들으면서도 몰라? 너한테 바치는 곡이라고 하잖아! 게다가 넌 예쁘장한 놈들한테 약하잖아. 제발 좀 어리바리하게 굴지 마. 언제까지 내 속을 썩일 참이야? 이제 그만 다른 데 눈 돌리지 말고 나만 보란 말이야."

길거리에서 정말 이러고 싶으냐고 묻고 싶었지만 지완의 눈빛이 너무도 강해서 말이 나오지 않았다. 하긴, 과거 꽃미남들에게 눈이 팔렸던 내 전적을 떠올리자면 지완의 걱정도 아주 틀렸다고만은 못하겠다. 그러나 그건 어디까지나 지완이 없을 때 이야기고, 이제 지완이 내 애인인데 이보다 더 잘난 놈을 대체 어디서 만난단 말인가?

"너보다 잘난 놈이 있어야 내가 눈을 돌리지, 안 그래? 세상에서 제일 잘난 남자가 김지완 아니었나?"

발뒤꿈치를 한껏 들고, 팔을 뻗어 두 손으로 지완의 볼을 감싼 채 말했다. 천천히 지완의 눈에 웃음이 번지기 시작했다. 지나가던 누군가가 휘파람을 휙 불고, 또 누군가는 닭살 그만 떨라는 말까지 던졌다. 그러거나 말거나, 지완은 자신의 볼에 들러붙은 내 손을 그의 커다란 손으로 잡아 뒤집고선 거기에 뜨거운 입술을 밀어붙였다. 전류가 찌릿, 하고 손바닥을 거쳐 내 온몸을 관통했다.

"집에 가자."

지완의 말에 내가 고개를 끄덕였다. 우리는 서로의 손을 꼭 잡고 알록달록한 밤거리를 걸었다.

＊

사람이 사람을 좋아하면 만지고 싶고, 좀 더 가까이 가고 싶고, 그러는 게 자연스러운 일이 아닐까? 그런데 진향이는 가슴만 만져도 기겁을 하며 나를 밀어낸다. 물론 남자와 여자가 똑같을 수는 없겠지. 그건 나도 이해할 수 있는 일이다. 그래도 너무 저러니까 나만 이상한 놈이 되는 것 같다. 지금 당장 덮치겠다는 것도 아니고, 나도 충분히 진향이 의견을 존중해서 그녀를 함부로 다루고 싶은 마음은 전혀 없는데.

그나저나 저 기생오라비 같은 놈, 생각보다 질기다. 진향일 고른 것 보면 여자 보는 눈도 있는 것 같다.

생각 같아서는 지금 당장 혼인신고라도 하고 싶은 심정인데 그럴 수도 없고, 아, 미치겠다. 진향이가 뉴욕에 꼭 오면 좋겠다. 평생 잊지 못할 멋진 시간을 만들어줄 생각이다.

7. 너 땜에 내가 못살아

공연을 다녀오고 나서 며칠 동안 송우는 모습을 보이지 않았다. 특별히 내가 아쉬울 일은 아니었지만 도넛을 팔다 보면 문득 생각이 나긴 했다. 지완이에게 말은 안 했지만 공연 이후, 송우이름으로 검색을 해봤다. 피아노 뮤지션으로 독자적인 세계를 구축하고 있어 마니아적인 팬층이 형성되어 있다고 한다. 2년 전인가 꽤 히트쳤던 멜로 영화의 사운드 트랙은 거의가 그의 작품으로, 그걸 계기로 유명세가 더 높아졌다고 했다. 미디어 앞에 나서는 걸 병적으로 싫어해서 흔히 말하는 얼굴 없는 뮤지션이라나, 뭐라나.

알고 보니 대단한 남자다. 내 주변에 대단한 남자가 둘씩이나 있다니, 그것도 둘 다 나를 좋다고 하다니, 아무래도 내가 전생

에 유관순, 전전생에는 쟌다르크가 아니었을까, 싶다. 그렇지
않고서야 이럴 수가 있나?

어쨌거나 때 아닌 남자 복에 힘겹다. 지완이는 애인 하고 송
우 씨는 친구 하면 안 되나? 안 되겠지? 일단 지완이가 그런 꼴
을 곱게 볼 리가 없다.

지완이 생각을 하니 뉴욕에 가자고 하는 제안이 떠올라 한숨
이 나왔다.

가고 싶기는 한데 가게를 비워야 한다는 것이 마음에 걸렸다.
한여름이라면 매상이 그리 크지 않으니 또 모르겠는데, 6월이면
4월, 5월의 매상만큼은 못하더라도 그런대로 장사가 되는 달이
었다.

보름 정도 비우면 타격이 얼마나 되려나?

손님이 한적한 오후, 계산기를 꺼내 들고 대충 숫자를 뽑아보
려고 하는데 문이 열렸다. 고개를 드니 뜻밖에도 유민이 들어오
고 있었다. 지완이 무례하게 대했던 것이 떠올라 순간적으로 머
쓱했지만 곧 미소를 지었다. 손님이다, 손님. 스마일, 스마일.

"어서 오세요, 유민 씨."

"예, 안녕하세요?"

역시, 웃는 모습이 예쁜 아가씨다. 송우의 부드러운 미소를
연상시킨다. 남자고 여자고 예쁜 것들은 눈을 즐겁게 한다.

"오빠네 집에 가시는 길이에요? 어떤 도넛으로 드릴까요?"

"아, 오늘은 도넛 말고 제가 드릴 게 있어서요."

말과 함께 유민이 들고 있던 토트백에서 은박지로 포장한 무언가를 꺼냈다. 크기와 두께로 봐서 CD 같은데, 확신은 못하겠다.

"오빠가 진향 씨에게 전해달라고 했어요."

"이게 뭔데요?"

멀뚱한 눈으로 보며 받아들었다. CD가 맞는 것 같다.

"오빠가 만든 곡들이 들어 있어요. 진향 씨에게 주고 싶다고 하더군요."

"아, 예⋯⋯."

어물쩍 대답하면서 가만히 포장된 케이스를 바라보았다. 공연 때 일 때문에 날 보기가 껄끄러운가 보다. 그러니 동생을 보낸 거겠지.

"그날 저녁은 제가 실례했어요. 지나고 나서 생각해 보니 진향 씨 입장에선 불쾌했겠더라고요. 악의는 없었어요. 그저, 제가 김지완 씨 팬이라, 왜 그런 거 있잖아요, 무조건 우상화시킨다고나 할까⋯⋯."

"아, 괜찮아요, 그건. 지완이 정도 미모면 애인인 여자도 탤런트나 모델이 어울리는 건 사실이잖아요. 나같이 평범한 사람이 애인이라고 생각하긴 쉽지 않죠."

남매가 나란히 착하다. 나는 정말로 미안해하는 유민을 보며 손을 휘휘 내저었다. 내가 유민이 입장이었어도 날 애인이라고 선뜻 받아들이긴 힘들었을 테니까.

"진향 씨, 정말 착하고 너그러우시네요. 오빠가 반한 것도 이해가 가요. 공연 끝나고 오빠가 그러더라고요. 진향 씨가 참 좋은 분이라고요."

내가 너무 선선히 대답을 해준 걸까? 나를 보는 유민의 얼굴에 감동이 일고 있었다. 그렇게나 감동할 것도 아닌데, 쑥스럽다.

"사실은 오빠가 직접 전해줘야 하는데, 아파서 그럴 수가 없거든요. 그래서 제가 온 거예요."

어? 송우 씨가 아프다고?

"아파요? 어디가요?"

"모르겠어요. 공연 끝나고 나서 열이 나기 시작하더니 며칠째 계속 드러누워 있어요."

"저런, 병원에 안 가요?"

"병원에 가자고 해도 막무가내예요. 은근히 고집이 있거든요. 며칠 쉬면 낫는다고 그냥 있는데, 혼자 사는 사람이라 걱정이 많이 돼요. 제가 와서 들여다보긴 하지만 저도 일이 있으니 늘 그럴 수가 없고……."

"어머님이나 다른 분 안 계세요?"

불쑥 묻고 나니 너무 오지랖 넓었나, 하는 생각이 스쳤다. 내가 상관할 일이 아닌데.

"어머니는 제가 중학생일 때 돌아가셨어요. 아버지께서 재혼하셨는데, 새어머니와 오빠 사이가 좀 안 좋아요. 저도 그렇지만."

괜히 물었다. 오지랖이 맞았다. 나는 뭐라 말을 해야 될지 몰라서 당황했다. 하여간 요놈의 주둥이가 방정이다.

"제대로 먹지도 않고, 죽을 좀 끓여볼까, 하는데 제가 음식 솜씨가 젬병이라 먹고 더 탈이 날까 봐 걱정인 거 있죠?"

내가 당황해하는 모습을 본 유민이 말을 바꾸며 농담까지 던졌다. 배려해 주는 것을 알 수 있었다. 착한 동생이다. 인물도 예쁜데 맘씨까지 곱다. 송우가 어떡해서든 동생을 도와주고 싶어 하는 마음을 알 것 같았다.

"저, 제가 죽 끓이는 방법 가르쳐 드릴까요? 이거 쉬워요. 진짜."

"아? 그래도 되겠어요?"

"아유, 별것도 아닌데요 뭘. 잠깐만요."

메모지를 가져와서 후다닥 적어 내렸다. 저녁 때 먹일 거면 지금 가서 쌀을 불리면 될 거고, 만약 시간이 없으면 믹서에 쌀을 갈아서 하면 된다.

완성된 메모지를 유민에게 건네주었다. 마음 같아서는 내가 죽을 끓여다 주고 싶지만 아무래도 그건 좀 오버다. 이 정도라도 해줄 수 있으니 다행이다.

"고마워요, 진향 씨. 상세히 적으셔서 저라도 할 수 있을 것 같아요."

"별거 아니에요. 송우 씨한테 빨리 나으라고 전해주세요."

"네, 그럴게요."

문득 몸을 돌리던 유민이 걸음을 멈추고 나를 돌아보았다. 그리고는 부끄러운 듯 머뭇거리며 입을 열었다.

"혹시 몰라서 그러는데, 제가 실수할 수도 있으니까 진향 씨 전화번호 하나 주시면 안 될까요? 중간에 하다가 잘 모르는 거 있으면 물어볼 수 있게."

"예? 아, 그럼요."

어려울 거 없다. 나는 유민에게 적어준 메모지에 내 휴대전화 번호를 적어주었다.

"고마워요, 오빠에게 안부 전해 드릴게요."

"네, 조심해서 가세요."

유민을 보내고 나서 가게를 정리하고, 집으로 와서 CD를 들었다. 아름다운 곡들이 총 7개 담겨 있었다. 그중에는 나를 위해 만든 곡도 있었다. 이렇게 아름다운 음악을 만드는 송우 씨는 영혼이 아름다운 사람이겠지.

그를 알게 될 수 있는 기회가 없어진 것이 조금은 아쉽지만, 이렇게 음악을 알게 된 것만으로도 행운이라고 생각한다. 그가 빨리 나았으면 좋겠다. 그래서 손님으로 다시 가게를 찾아와 주기를.

저녁 때 지완과 이현이 함께 찾아왔다. 갈비 구워 먹자고 했더니 현도 같이 와도 되냐고 해서 물론 된다고 했다. 보아하니 두 사람이 아주 친한 것 같은데, 다른 남자들에게 촉각을 곤두세우는 지완도 현에게만은 너그러운 편이었다.

"안녕하세요, 진향 씨?"

"안녕하세요, 이현 씨? 또 뵙게 돼서 반가워요."

"네. 오늘 맛있는 거 해 먹는다고 해서 염치 불구하고 끼었어요."

현이 활짝 웃으며 소주병이 든 봉지를 들어 보였다. 두 남자가 마트 가서 미리 소주까지 준비해 온 것이다.

"냄새 좋은데?"

밥 익는 냄새에 지완이 코를 킁킁거리더니 내 목에 팔을 감고 자신 쪽으로 끌어당겼다. 시키는 대로 끌려갔더니 정수리에 뽀뽀를 해준다. 어머나 어쩌나, 오늘 머리 안 감았는데.

새벽에 늦잠을 자는 바람에 샤워를 생략하고 이 닦고 세수만 했다. 머리에서 기름에 찌든 냄새가 안 나나, 걱정이 되었지만 지완이 아무 말도 하지 않는 걸 보니 괜찮은가 보다.

지완이 산 갈비를 반은 양념, 반은 생갈비로 해서 구웠다. 내가 만든 쌈장이 맛있다고 두 꽃돌이께서 어쩌나 칭찬을 해주셨던지 황송할 정도였다. 솔직히 말해, 내가 만든 쌈장, 겁나게 맛나긴 하다. 비결은 육수와 양파 즙이다.

소주가 한 잔, 두 잔 돌아가고 우리는 슬슬 올라오는 취기와 포만감과 함께 늘어지기 시작했다. 현은 얼마 전에 찍었던 커피 광고에 함께 나왔던 여자 탤런트가 어쩌나 시건방지게 구는지

진상이었다고, 정말 두 번 다시 같이 일하고 싶지 않은 여자라며 툴툴댔고, 지완은 구찌 패션쇼를 담당하는 연출자가 땡볕에 녹은 버터처럼 느끼한데 그 자식 볼 거 생각하니 벌써부터 속이 느글거린다며 툴툴거렸다.

"참, 현아, 내가 미국 가 있는 동안 향단이 좀 네가 챙겨라."

소주잔을 비우는 지완의 말에 내가 멀뚱해져서 지완과 현을 번갈아 보았다. 챙기라고? 이현님께서 날? 헐, 이거 향단이가 갑자기 중전마마로 승격하는 거냐?

"진향이 좋다고 나한테 출사표 던진 놈이 있거든. 내가 없는 사이에 수 쓰려고 덤빌지 모르니까 바쁘더라도 현이 네가 좀 챙겨줘."

지완이 말끝에 나를 보았다. 송우를 떠올린 나는 머쓱해져서 어설프게 웃었다. 유민이 찾아왔던 일은 그냥 묻어둬야 할 것 같다. 괜히 긁어 부스럼 만들라.

"지완이 너, 날 그렇게 못 믿어?"

"진향이 널 못 믿는 게 아니라 그 자식을 못 믿어. 게다가 넌 사람 말을 곧이곧대로 믿는 애라, 저쪽에서 그냥 편하게 친구로 지내요, 어쩌고 하면 좋다고 넘어갈 거야."

"좋다고 넘어가긴 누가? 나 그날 이후 송우 씨 본 적 없다고."

속으로 조금 뜨끔했지만 사실은 사실이다. 본 적은 절대로 없다. 게다가 그쪽에서 내게 뭔가를 바라고 접촉을 해온 것도 아니고, CD 한 장 받은 게 전부다. 누군가 나를 위해 곡을 만들어

줬다면 그걸 갖고 싶은 건 당연한 일이다. 맹세코 사심이 있어서가 아니다.

"내가 뭘 할 수 있을지는 모르지만, 알았어."

나를 보던 현이 빙긋 웃으며 선선히 대답했다. 그러고 보니 그렇다. 챙겨주라지만 뭘 하나? 설마하니 공인인 이현이 도넛 가게 와서 내 일을 거들어줄 것도 아니고, 잘못해서 나랑 있다가 이상한 소문이라도 나면 어쩌라고? 거 참, 지완이 쟤도 똑똑한 척하더니 바보잖아?

고기를 한 점 집어먹고 소주를 비웠다. 지완이 화장실 간다고 일어서자 현이 나를 보며 담담한 미소를 지었다.

"왜요?"

날 보는 현의 눈에 담긴 웃음의 의미를 몰라서 묻자, 현이 작게 소리를 내어 웃었다.

"지완이가 말은 저렇게 해도 자기가 없는 동안 진향 씨가 심심할까 봐 나더러 가끔 놀아주라는 이야기예요."

"네?"

"지완이가 진향 씨를 얼마나 좋아하는지 모르죠? 지완이 표현이 모나서 그렇지, 마음은 안 그렇잖아요. 입으로야 뭐라고 하던 행동은 챙길 거 다 챙겨주고. 자기가 함께 있어주지 못해서 미안하고 섭섭한 마음을 그렇게 표현하는 거예요."

현의 설명에 내 얼굴이 달아올랐다. 듣고 보니 그런 거 같기도 한데, 지완이 녀석, 표현하는 법 좀 현이 씨에게서 배워야겠다. 같은 말인데 어째서 이렇게 의미가 달라지느냐 말이다. 개떡같이 이야기해도 찰떡처럼 알아들어야 하는 사이인데, 이건 뭐 찰떡의 의미를 담아도 개떡으로밖에 들리지 않으니, 참 큰일이다.

나더러 허구한 날 둔하니 맹하니 놀려대면서, 그런 걸 알면 지가 알아서 딱딱 말을 해줘야지, 저딴 식으로 말하는데 어떻게 알아듣느냐 말이다.

"야, 향단아. 고기 탄다. 현이 얼굴 그만 보고 제대로 못 뒤집어?"

언제 화장실에서 나왔는지 지완이 버럭 소리를 질렀다. 아, 정말 저 자식, 가던 정이 도로 짐 싸들고 피난 오려고 한다.

"안 타! 잘 뒤집고 있다고!"

불판에서 지글대는 고기를 분노의 젓가락질로 획획 뒤집었다. 지완이 내 옆에 와서 앉으며 빈 잔을 척 내밀었다. 젓가락 내려놓고 소주를 따라주자 지완이 빤히 쳐다본다. 갑자기 또 무드는 왜 잡나 모르겠다.

"나 없는 동안 엄한 짓 말고 잘 지내야 한다?"

"내일모레 가는 사람 같다? 아직 시간 남았잖아."

"어쨌든."

"내가 엄한 짓 할 시간이 어딨니? 가게 하는 것도 버거워 죽겠는데."

상추에 고기와 구운 마늘을 얹고, 쌈장을 살짝 곁들여 지완에게 건네주었다. 지완이 입으로 우물우물 받아먹으며 손을 들어 내 볼을 죽 잡아당겼다.

"아야! 왜 이래? 개도 먹이 주는 주인 손은 안 무는 법이야."

"네가 지금 간 크게도 날 개라고 하는 거냐?"

고기를 꿀꺽 삼킨 지완이 눈을 부라렸다. 여기서 후퇴.

"아니, 말이 그렇다는 거지, 뜻은 그런 게 아니고."

개보다야 고양이과 동물 쪽이다. 지완은 어딘지 모르게 재규어나 레오파드 같은 야생동물을 연상시킨다. 끝이 올라간 눈매 탓일 수도 있고, 아름다우면서 섹시한 분위기가 비슷하다. 그러고 보니 언젠가 돌체 앤 가바나 화보 모델 할 때, 지완이 검은 표범의 이미지로 나온 적이 있다. 도시의 빼곡한 건물들을 정글로 하고, 검은 옷을 입고 야성적인 눈빛을 번득이는 지완의 그림자가 표범이었다. 어쨌거나 위험하면서도 묘하게 색정적인 분위기였다.

"아무튼 내 말은, 고기 싸서 먹여주는데 왜 남의 볼을 꼬집느냐, 이거지."

그 화보를 떠올리자 어쩐지 뱃속이 좀 뜨거워지는 거 같아서 얼른 입을 놀렸다. 그리고는 앞에 놓인 소주를 단숨에 비웠다.

"귀여워서 꼬집어봤다, 왜? 현아, 우리 향단이 볼이 탱탱한 게 귀엽지 않냐?"

아니, 얘가 진짜 취했나? 얼마 마시지도 않고 웬 주정이람?

"응, 귀여워, 진향 씨."

현이 웃으면서 고개를 끄덕였다. 장단 맞춰주지 않아도 되는데, 솔직히 좀 고맙긴 하다.

"거봐. 귀엽다잖아."

참 나, 웃고 말아야지. 그래, 귀엽다니 어디 나도 해보자꾸나.

나는 피식피식 웃으면서 손을 뻗어 지완의 볼을 쭉 잡아 늘여보았다.

"그래, 너도 엄청 귀엽다. 나도 한번 해보자, 귀여우니까."

"얼씨구?"

지완이 내 볼을 두 손으로 잡아당겼다. 앗, 나는 한 손인데, 치사한 놈. 질 수 없다. 나도 양손으로 볼따구니를 잡아당겼다. 둘이서 서로의 양쪽 볼을 잡아당기고 있자니 슬슬 오기가 치민다. 이 자식, 자꾸 손가락에 힘을 주고 있다. 비겁하다. 나도 손가락에 힘을 주었다.

장난으로 시작한 일이 이젠 싸움으로 번지고 있었다. 서로 얼굴이 벌게져서 눈을 부라리고 노려보는데 현이 끼어들었다.

"자, 사랑싸움은 그만하고 술이나 한잔하죠? 그러다 서로 얼굴에 자국이라도 나면 손해니까."

"혀니 때무에 참는다."

지완이 어설픈 발음으로 말하며 내 볼을 놓았다. 나도 지완의 볼을 놓아주며 눈을 흘겼다.

"진짜 유치해서 죽겠다, 김지완."

"사돈 남 말 하고 있네."

"어쩌면 그렇게 애 같니? 남자가 남자다운 맛은 없고."

"뭐? 남자다운 거? 그런 걸 원해? 오냐, 몸으로 보여주마."

지완이 갑자기 입고 있던 셔츠 단추를 끌렀다. 설마? 하지만 세 번째 단추가 풀리자 더는 설마, 하고 있을 수가 없었다.

"미쳤어? 왜 이래?"

기겁을 한 내가 벌떡 일어나자 지완이 내 손목을 잡았다. 녀석의 눈빛이 뜨거웠다.

"어딜 가? 남자다운 거 보여준다고 하잖아?"

이 자식이 대놓고 들이민다. 이러다 정말 여기서 무슨 일을 낼 것 같은 표정이다.

"누가 너 짐승 되는 거 보여달래? 현이 씨도 있는데, 미쳤어, 정말?"

"전 상관 마시고 하던 거 계속하시죠."

여태 점잖게 있던 현의 한마디에 놀란 내 턱이 떨어졌다. 그러자 지완이 큰 소리로 웃기 시작하고, 현도 덩달아 소리 내어 웃었다. 이 남자들이 정말!

그제야 날 놀린 걸 알고 얼굴이 화끈 달아올랐다. 아주 날 놀려먹는 재미가 쏠쏠하신가 보다. 지완의 손을 털고 자리에 앉으며 젓가락을 집어 불판을 뒤적거렸다.

"아, 됐어! 고기나 먹어, 고기나!"

"왜 성질내고 그래? 뽀뽀 안 해서 섭섭해?"

"고기나 먹으라고 했다?"

지완이 능글거린다. 얄밉다. 그런데 귀엽기도 하다. 아, 진짜 난 지완이가 너무너무 좋은 것 같다. 얄미운 것도 귀엽게 보이다니, 콩깍지의 위력은 어디까지인지 심히 궁금해진다.

4월이 되자 세상은 봄의 기색이 완연해졌다. 아직도 날씨는 변덕을 부려대고 있었지만 그래도 자연의 흐름을 막을 수는 없는 모양이다. 당연한 말이지만.

지완은 미국으로 갈 준비를 하면서 틈만 나면 육탄공세를 벌이고, 송우는 내가 CD를 받은 지 며칠 지나지 않아 가게로 한번 찾아왔었다. 아름다운 곡들이라고, 정말 고맙다는 말과 함께 공연날 밤의 지완의 무례도 사과했다. 아팠던 탓일까, 어딘지 헬쑥한, 그래서 더 안개꽃처럼 아스라하게 느껴지는 송우는 내가 기뻐하니 그걸로 만족한다면서 다정하게 웃어주었다. 참 좋은 사람이다.

눈코 뜰 새 없이 바빴던 아침 시간이 지나고 나자 겨우 한숨 돌릴 수 있게 되었다. 윤희는 커피를 마시며 한숨 돌렸고, 나는 커피 대신 차가운 콜라 캔 하나를 마셨다. 유통기한이 다 되어가고 있는 캔이었다. 유통기한이 지나면 팔 수 없으니 그전에 나라도 마셔서 없애야 한다.

"오늘 저녁에 뭐하세요, 언니?"

커피를 마시던 윤희가 물었다. 은근히 뭔가를 기대하는 듯, 눈이 반짝거리고 있었다.

"뭐하다니, 뭘?"

"토요일이잖아요. 애인이랑 데이트 안 해요?"

"아, 그거?"

데이트라고 해도 거의가 내 집, 아니면 지완이 집에서 밥해 먹고 유치하게 노는 게 전부라 새삼스러웠다. 어릴 때부터 늘 붙어 지내서 그런가, 딱히 데이트라고 해서 어딜 나가고 그런 게 별로 없었다. 지완인 사람들이 자꾸 쳐다보는 걸 짜증스러워 했고, 나 역시도 남들의 시선에 담긴 호기심과 악의가 짜증스러워서 그냥 둘이 있는 게 좋았다.

"맛있는 거 사가서 저녁 해 먹겠지."

"그것뿐이에요?"

"그럼 뭘 하라고?"

"두 사람이 무슨 식신원정대도 아니고, 만날 먹을 거 사다가 집에서 해 먹고, 그게 뭐예요? 결혼한 지 10년 된 부부 같아, 정말. 데이트는 자고로 밖에 나가서 닭살 떨어대며 놀러 다니는 게 정석이에요. 방콕이 무슨 데이트예요?"

그런가? 듣고 보니 또 그것도 맞는 말 같다. 게다가 요즘 들어 짐승의 모습이 점점 더 짙어지고 있는 지완이니, 아무래도 밖이 나을 것 같기도 하고.

그래, 오늘은 밖에 나가자고 하자. 토요일만 되면 집구석에서 장판이나 뜯고 있는 내 모습을 저주하고 있었는데, 멋진 애인이 생기고서도 방콕 신세라는 건 말이 안 된다.

마음을 정하고 지완에게 전화를 했다. 오늘 밤은 신나고 좋은 데 가서 놀자고.

—알았어. 신나고 좋은 데 가고 싶다고? 데려가 줄게.

선선한 지완의 대답에 만족하고 콜라를 마저 마셨다. 그런데 옷이 입을 만한 게 있던가?

가게 문을 좀 일찍 닫고 옷을 사러 나가야겠다.

평소 즐겨가던 도매 쇼핑몰을 제쳐 두고 백화점으로 갔다. 나도 좀 좋은 거, 예쁜 거 입어서 호박에 줄이나 한번 그어볼까, 하고 말이다.

예쁜 거, 좋은 거, 엄청 많더라. 근데 웬 놈의 0이란 숫자가 이리도 많이 붙어 있을까?

청바지 하나에 이십만 원이라니, 도대체 왜? 그리고 셔츠 한 장에 십 몇만 원씩 하는 건 또 뭐지? 아무리 봐도 금단추를 박아 넣은 것 같지도 않은데?

도대체가 내 머리로는 이해가 가지 않아서 살 수가 없었다. 돈이 있고, 없고를 떠나서 좀 심하다 싶어서 말이다.

결국 상설 세일 매장에서 가슴이 좀 깊게 팬 검정색 셔츠를 하나 사는 걸로 만족했다. 스팽글이 달린 청바지가 예쁜 게 하나 있었지만 돈이 우습다는 걸 보여주는 청바지라 패스했다. 내가 패션과 너무 거리가 멀게 살아온 건지, 백화점이란 장소 자체가 이렇게 황당한 건지, 참 알 수가 없다.

집으로 돌아와 후다닥 샤워를 하고 화장을 한 후, 옷장을 뒤져 회색 바탕에 빨간색과 검정, 그리고 회색이 차례로 들어간 체크무늬 미니스커트를 발견했다. 검정 셔츠를 받쳐 보니 오호, 그런대로 괜찮다. 검정색 긴 양말과 같은 색 에나멜 구두를 받쳐 보니, 오오, 더욱 뽀대가 나신다.

왠지 좀 귀엽잖아?

거울에 비친 내 모습에 혼자 고개를 끄덕거렸다. 내가 섹시하거나 멋져 보이는 건 무리고, 귀여운 쪽이라면 그나마 좀 밀어붙일 수 있을 것 같다. 어딘지 학생 분위기가 나지만 뭐 어때. 내 얼굴에서 내세울 건 동안이라는 사실 하나인데.

그나저나 가슴이 좀 심하게 강조된 것 같다. 살 때는 몰랐는데, 입어보니 약간 스판 소재가 첨가된 듯, 가슴에 딱 붙으면서 깊게 팬 라인 사이로 가슴골이 드러난다. 어허, 젖소부인에 출연해도 되겠네, 가슴만 보면.

다른 셔츠를 찾아볼까? 너무 나가요, 분위기인가? 내가 지완일 유혹하는 거라고 생각하면 그것도 곤란하잖아. ……곤란한가? 애인인데, 유혹해도 되는 거 아닌가? 뒷감당 자신이 없긴 하다만.

한참 망설이다가 다른 셔츠들을 꺼내 하나씩 입어보았다. 하지만 오늘 산 그 셔츠가 제일 마음에 들었다. 에이, 놀러 나가는 건데, 그리고 지완이랑 함께 나가는데, 좀 나가요, 분위기면 어때?

마음을 굳히고 빨간색 가방을 찾아 소지품들을 옮겨 넣는데 초인종이 울렸다. 알몸 공개 사건 이후 절대 그냥 문 열고 들어오지 말라고 으름장을 놓았더니 꼬박꼬박 말을 잘 듣고 있었다. 물론 나도 문 잠그는 버릇을 들였지만.

"누구세요?"

뻔히 보이는 지완을 모니터로 보면서도 일부러 물었다.

—서방님이시다. 문 열어라.

키득키득 웃으며 문을 여니 멋진 지완이 서 있었다. 오늘도 변함없이 휘황찬란하신 미모의 광채를 뿌려대는 지완은, 나를 보자마자 놀란 표정을 지었다.

"들어와."

아무렇지도 않은 듯 말하자 지완이 현관문을 뒤로 닫으며 성큼성큼 다가와 내 어깨를 잡고 홱 돌려세웠다. 그리고는 머리끝에서 발끝까지 가만히 쭈욱 훑어보았다.

"왜? 어색해? 딴에는 신경 쓴다고 애썼는데, 안 어울려?"

좀 걱정이 돼서 물었더니 지완이 다시 나를 홱 돌려세우고 이제 뒷모습을 쭉 훑어보았다.

아, 자식아, 말을 해라, 말을. 안 어울리면 네가 코디 좀 해주던지. 넌 전문가잖아.

"너, 앞으로 춘향이 해라."

엥?

뜬금없는 소리에 눈을 휘둥그레 뜨니 지완이 한 손으로 턱을 쥐고서 고개를 끄덕끄덕했다.

"갑자기 뭔 소리야?"

"그 유명한 춘향전에 나오는 노래 몰라?"

"판소리?"

"그래. 거기 보면 그러잖아. 사랑, 사랑, 사랑 내 사랑이야, 어쩌고 하면서, 이리 오너라, 앞태를 보자, 뒤태를 보자, 막 그러잖아."

뜬금없는 소리에 내가 웃자 지완이 두 손으로 내 어깨를 잡고 말했다.

"앞태, 뒤태, 다 보니까 향단이는 좀 심하다. 춘향이 하자."

"승진했네, 나?"

"어. 그런데 그 셔츠는 나하고 있을 때만 입어. 알았지?"

"노출이 좀 심하지? 바꿔 입을까?"

"아냐. 나랑 있을 때는 괜찮아."

너무도 진지한 모습. 참, 웃어야 할지, 울어야 할지 모르겠다. 이렇게 겉만 멀쩡하고 속이 애 같은 놈도 드물지 싶다.

"그런데 오늘 나 데리고 어디 가는 거야?"

"좋은 데. 신나는 데."

그 말만 하고 지완이 웃었다. 그리고는 재빠르게 몸을 숙여 내 가슴과 쇄골 중간 부분에 입술을 갖다 댔다.

"억, 뭐하는 짓이야?"

놀란 내가 손으로 가슴을 가리며 물러서자 지완이 한숨을 푹 쉬었다.

"진향아, 이러다 내 몸에 사리 생기겠다. 아니, 벌써 생긴 거 같다. 언제쯤 나랑 아침까지 쭉 같이 있어줄래? 내가 싫어? 나 보면 만지고 싶고, 그런 거 없어?"

허, 참. 이런 야한 발언을 아무렇지도 않게 하다니, 얼굴이 화끈거려 죽겠네.

"그래도 이상하고 무서운데 어떡해?"

"내가 테크닉 부족인가? 어디 가서 배우고 와야 하나?"

"어디서 뭘 배워, 이 자식아!"

기가 막혀서 주먹으로 어깨를 냅다 후려갈겼다. 이게 진짜 죽을라고 작정을 했나…….

지완이 킬킬대고 웃더니 한숨을 쉬며 말했다.

"그러니까 서로서로 연습 좀 하면서 살자고. 날 연습용으로 맘껏 써도 좋다, 이 말이야."

두 팔로 나를 끌어안는 지완의 가슴팍에 얼굴을 묻으며 나는 마지못해 대꾸했다.

"알았어, 노력할게."

"정말?"

말이 끝나기가 무섭게 내 가슴을 움켜쥐는 김지완.

에라이, 화상아, 그냥 곱게 죽어라.

이진향, 태어나서 처음으로 김지완을 무차별 구타해 봤다.

지완이 나를 데리고 간 곳은 간판도 없는, 입구가 좀 의심스러워 보이는 곳이었다. 도대체 여기가 뭐하는 곳일까?

지하로 이어지는 계단을 돌아 내려가자 고급스러워 보이는 철제 문 앞에 선 남자가 지완과 나를 쳐다보고는 곧장 문을 열어주었다. 혼자 온갖 개폼을 다 잡으며 나름 살벌한 분위기를 풍기는 그 남자가 우스웠지만, 괜히 웃다가 시비 붙을까 봐 억지로 참았다.

열린 문 사이로 요란한 음악 소리가 튀어나와 깜짝 놀랐는데, 안으로 들어가니 겉모습과는 다르게 클럽이었다. 두어 번 가봤던 일반 클럽에 비해 규모는 작았지만 갖출 건 다 갖추고 있었다. 크지도, 작지도 않은 스테이지에선 사람들이 어우러져 춤을 추고 있었고, 현란한 불빛과 쿵쿵거리는 음악 소리에 머리가 어지러웠다. 그림자처럼 불빛과 어둠 속에서 움직이고 있는 사람들을 보고 있자니 눈까지 핑핑 도는 느낌이었다.

"이게 다 뭐야?"

지완의 옷깃을 붙잡고 목청 높여 물었다. 나이트클럽인 거 같은데, 간판도 안 달고 장사가 되나? 이해가 가지 않았다.

"회원제 클럽이야. 일반 클럽에 놀러가기 좀 껄끄러운 애들이 모여서 노는 곳. 긴장하지 않아도 돼. 그냥 나랑 같이 재미있게 놀다 가면 되니까. 아, 저기 현이 있다."

낯설고 어색해서 눈알만 데룩데룩 굴리는 내게 웃어 보인 지완이 바 쪽을 가리켰다. 현란한 조명 속에서도 자체발광 미모를 잃지 않고 있는 현이 어떤 여자와 이야기를 하고 있었다. 그런데 여자가 눈에 익다. 설마, 했지만 암만 봐도 아이돌 가수인 뮤즈와 닮았다.

지완의 손에 잡혀 가까이 다가갈수록 그 설마, 는 현실이 되어 나타났다. 진짜 뮤즈였다. 1년 전에 혜성처럼 나타난 신예 가수, 직접 작사, 작곡까지 한다는 그녀는 빼어난 외모와 재능으로 현재 가요계를 주름잡고 있는 가수였다. 나도 그녀를 좋아하는데 이렇게 직접 실물을 보게 되다니, 심장이 쿵쾅쿵쾅, 내 속에서 요동을 치기 시작했다.

"우리 왔다, 현아."

지완이 현의 어깨를 툭 치고는 고개를 돌려 뮤즈를 보았다. 그리고는 차가운 얼굴로 한번 쓱 보고는 인사조차 건네지 않는 싸가지를 보여주는 것이 아닌가. 하여간 이놈, 이래서 안 된다.

"오셨어요, 진향 씨? 이렇게 밖에서 보니까 또 새롭네요. 오늘 아주 예쁘세요."

매너가 넘치다 못해 쓰나미가 되시는 현은 오늘도 사탕발림 발언을 아낌없이 뿌려준다. 하지만 상대의 기분을 좋게 해주는 말이니 내 입술은 절로 귀를 향해 실실 올라가고 있었다.

"예, 안녕하세요? 그냥 지완이가 좋은 데 데리고 와준대서 왔는데, 아직은 얼떨떨하네요."

배시시 웃으며 뮤즈를 흘끔 보았다. 무표정한 그녀의 시선과 마주치자 왠지 속이 뜨끔해졌다. 연예인의 카리스마라는 건가,

아니면 왜 너 따위가 여기 온 거냐고 눈치 주는 건가? 어쨌거나 결코 호의적인 시선은 아니었다. 사인 좀 해달라고 하면 욕먹을 것 같다. 그냥 참자.

눈치를 슬그머니 보고 있는데 지완이 뭐 마실 거냐고 물었다. 아무거나 맛있는 칵테일로 해달라고 했더니 알았다고 했다.

지완이 바텐더에게 주문을 하는 동안 현과 나, 그리고 뮤즈는 어색한 침묵을 안고 멀거니 있었다. 아마도 그녀와 현이 뭔가 중요한 이야기를 하는 도중에 우리가 끼어든 거 같아서 괜히 미안해졌다. 칵테일 나오면 자리를 비켜줘야 할 것 같은 분위기다.

나는 두 사람에게서 시선을 돌려 실내를 둘러보았다. 특별히 화려하다기보다는 세련되었다는 느낌이 강했다. 전체적인 색감은 실버 메탈릭, 간간이 포인트로 검정색을 섞어 지루함을 피했고, 벽에 공간을 두어 그림이나 작은 조각 같은 소품을 넣어두고 있었다. 하지만 이 장소가 특별한 것은 장식이나 공간이 아니라 그 안을 채우고 있는 사람들이었다.

제법 많은 사람들이 내 눈에 익은, 그러니까 얼굴이 대중에게 알려진 연예계 쪽 사람이었고 모르는 사람들도 하나같이 이런 분위기가 익숙한, 또 어울리는 사람들이었다. 쉽게 말해 꽃밭이었다. 가끔 꽃밭과는 전혀 어울리지 않은 바퀴벌레들이 보이기도 했지만 꽃들에게 둘러싸인 것으로 봐서 부자 바퀴벌레이거나, 힘이 있는 바퀴벌레지 싶었다.

살다 보니 이런 데도 다 와보는구나.

딱 내 심정이 그랬다. 너무 드러내 놓고 보면 촌스럽다고 할까 봐 슬금슬금 곁눈질을 하는데 코앞에 초록빛 액체가 담긴 잔이 불쑥 내밀어졌다.

"마셔. 준벽, 이라는 칵테일이야. 꽤 맛있어."

지완은 손에 맥주를 들고 있었다. 장담하는 그 말에 한 모금 마셔보니, 과연, 맛있었다. 시원하면서도 어딘지 새콤하고, 달콤하고, 또 알코올 특유의 톡 쏘는 맛이 뒤를 받쳐 줘서 좋았다. 이거라면 밤새도록 마실 수도 있을 것 같다.

"오랜만에 보네, 오빠?"

지완에게 잠시 자리를 다른 데로 옮기지 않겠느냐고 물으려는데 나보다도 어떤 여자가 먼저 다가와서 지완에게 인사를 건넸다. 웬만한 남자들 기죽이는 큰 키에 늘씬하다 못해 좀 심하게 마른, 그러나 엄청나게 예쁜 여자였다. 척 보기만 해도 모델이라는 걸 쉽게 알 수 있었다.

"아, 그래."

지완은 그 여자를 향해 귀찮다는 표정으로 짧게 말했고, 여자는 나를 향해 딱 1초의 시선을 던진 후 완전히 신경을 꺼주었다. 그래, 이년아, 너 잘났다, 라는 생각이 번개처럼 떠올랐지만 물론 말로 하지는 않았다. 모델들이야 자기가 세상에서 제일 잘났다는 종족들이고, 또 그런 태도가 일에 필요한 것이란 것쯤 잘 알고 있으니까.

"하도 안 보여서 무슨 일이 있나, 궁금했었어."

여자가 교묘하게 나와 지완의 사이에 자리를 잡으며 말했다. 순간적으로 피해줘야 하나, 했지만 그건 아니었다. 지완의 여자 친구는 엄연히 나, 이진향이니까. 게다가 이런 뼈다귀가 민다고 해서 쉽게 밀릴 내 살도 아니다.

"좀 비켜줄래?"

은근히 밀다가 내가 안 밀리자 대놓고 묻는다. 그런데 말이 반 토막이다. 언제 날 봤다고 대뜸 말하는 꼴이 저 모양인지 기가 막혔다.

"내가 왜요?"

지완이 뭐라고 하기 전에 내 입술이 먼저 움직였다. 은근히 속에서 부아가 일었다.

"말하는데 방해되잖아."

여자가 얼굴을 찡그렸다.

"거기 서서도 입으로 말하는 건 무리가 없지 싶은데, 아니면 시쳇말로 몸으로 말하자는 건가요? 미안하지만 몸으로 말하는 건 지완이 애인인 내가 할 일이니까 그쪽이야말로 그만 밀어요. 그리고 어디다 대고 초면에 반말이에요? 학교 안 다녔어요? 도덕 시간에 배운 가장 기본적인 것도 기억 못할 정도로 머리 나빠요?"

지완이 타인에게 하는 싸늘하고 공격적인 말투가 내 입을 통해서 고스란히 그 여자에게로 향했다. 여자의 얼굴이 분노로 물

드는 것과는 반대로, 나는 내가 너무 자랑스러워서 가슴이 뿌듯
해졌다. 이렇게 대놓고 통쾌하게 상대방 말을 받아치는 일은 굉
장히 오랜만이었다. 와, 속이 다 시원하다.

"뭐가 어쩌고 어째?"

여자가 화를 내는 순간, 지완이 발을 들어 그 여자를 발끝으
로 툭 밀었다. 옆으로 비딱하게 밀려난 여자가 지완을 바라보
자, 지완이 내 어깨를 감싸며 말했다.

"들었지? 내 애인이 몸으로 말하는 건 자기 몫이라잖아. 그러
니까 그만 가라."

"지완 오빠!"

"너 같은 동생 둔 적 없다. 그만 치근덕거려."

지완의 눈빛이 차가워졌다. 저런 모습의 지완은 그냥 옆에서
구경하는 사람까지 소름 끼치게 만든다. 여자는 입술을 달싹거
리다가 결국 돌아서서 반대쪽으로 가버렸고, 나는 목이 타서 준
벅을 벌컥벌컥 들이켰다.

"잘했다, 우리 진향이."

지완이 씩 웃었고, 나는 한숨을 쉬었다.

"저 여잔 누구야?"

"같은 에이전시에 소속된 신인인데, 보다시피 애가 저 모양
저 꼴이라 다들 싫어한다."

"널 좋아하는 거 같은데?"

"내가 아니라, 나를 통해서 무언가를 얻게 될까, 그런 걸 기대

하는 거야. 올해 이 에이전시하고 계약이 끝나고 나면 외국에 있는 에이전시로 옮겨갈 계획이거든."

외국에 있는 에이전시란 말에 가슴이 철렁했다. 애, 다시 외국으로 나가서 살게 되는 건가?

"그런 얼굴 할 필요 없어. 에이전시만 바뀌는 거지, 내 주거지는 여기야. 지금하고 크게 달라질 건 없고, 인지도가 좀 더 올라가겠지. 일이 바빠질 수도 있고, 아무튼 진즉에 바꿨어야 하는데 여기 에이전시 사장님이 예전에 내게 도움을 많이 주던 형이라 좀 더 있었던 것뿐이야."

"왜 미리 말 안 했어?"

"지금 하잖아."

"그래도 그렇지. 언제 가기로 결심한 건데?"

왠지 속상하다. 그런 일을 나랑 의논한다고 해서 뭐가 크게 달라지는 건 아니겠지만, 그래도 이런 식으로 듣고 싶진 않았다.

"말했듯이 크게 변할 건 없어. 미국에 있는 탑 에이전시는 예전에 내가 데뷔했던 곳이기도 하고, 세계적으로 유명한 모델들을 보유하고 있어서 이래저래 이점도 많고. 그리고 현재 에이전시와의 계약이 끝나려면 가을까지 시간도 남아 있어."

"그래도 미리 말해줬으면 좋겠어. 이런 일, 모르고 있다가 우연히 듣는 건 싫단 말이야."

나는 지완을 똑바로 쳐다보며 말했다. 지완도 그런 나를 똑바로 마주 보더니, 빙긋 웃으면서 손을 들어 내 이마에 내려와 있는 머리칼을 손끝으로 만지작거렸다.

"알았어. 미안해. 다음부터는 사소한 거라도 먼저 이야기할게."

"그래, 그럼 됐어."

"그리고 걱정하지 마. 진짜로 크게 달라지는 건 없으니까."

편하게 웃으며 말하는 지완의 모습에 조금 안심이 되었지만 그래도 완전히 편하지는 않았다. 지완이 좀 더 유명해지고 좀 더 자신의 커리어를 빛나게 만드는 건 좋았지만, 그만큼 나랑 멀어지게 될까 봐 온전히 좋아해 줄 수만은 없었다.

내가 이렇게 이기적인 여자구나, 그런 생각이 들자 왠지 미안한 마음도 슬그머니 들었다.

"춤출까?"

지완이 내 손에 든 칵테일 잔을 뺏어 바 테이블 위에 놓았다. 내가 마지막으로 춤을 춘 적이 언제였더라? 기억도 안 날 정도로 가물가물이다. 하여간 춤을 추자고 하니 선뜻 내키지가 않았다.

"나 잘 못 추는데."

"손뼉만 쳐도 돼."

지완의 손에 끌려 스테이지로 나간 나는 어설프지만 최소한의 몸부림으로 춤을 대신했고, 뜻밖에도 내가 그걸 아주 즐겁게 받아들였다는 사실에 좀 놀랐다. 처음에 어색해서 그렇지, 막상 음악에 맞춰 발을 옆으로 왔다갔다, 하면서 팔을 흔드는 것이 꽤나 신났다. 유연한 몸놀림으로 춤을 추는 지완은 말로 할 것도 없이 멋졌고, 그런 지완이 나만 뚫어져라 보면서 함께 춤을 추는 게 무척 기뻤다.

"신나?"

지완이 소리를 지르듯이 하며 물었다. 요란한 음악에 맞춰 두 발로 콩콩 뛰며 내가 고개를 끄덕였다.

"어, 신나 죽겠다!"

지완이 손을 뻗어, 둘이 맞잡고 뛰었다. 너무너무 즐거워서 웃음이 멈추지가 않았다.

스테이지에서 땀흘려가며 미친 듯이 춤도 추고, 현을 비롯한 여러 사람들과 어울려 룸으로 옮긴 후, 칵테일과 맥주를 마시며 술도 알딸딸하게 취했다. 기분은 최고조였고, 평소 꿈에서나 볼 법한 연예인들과 인사도 나눴다. 자꾸 깔깔대고 웃음이 나와 스스로가 실없다는 생각도 들었지만 지완이 옆에 있으니 좀 취한들 뭐 어떠냐, 싶었다.

"어디 가?"

아담하게 꾸며진 룸에서 현과 뮤즈를 비롯한 다른 사람들 서너 명과 어울려 있다가 화장실 가려고 일어서는데 지완이 팔을 잡고 물었다.

"화장실."

몸을 굽혀 지완의 귀에 대고 속삭였다.

"혼자 갈 수 있어?"

"응, 걱정 마. 조금 취했지만 정신이 없을 정도는 아니거든."

말끝에 또 헤실헤실 웃음이 나왔다. 지완이 피식 웃더니 금방 다녀오라며 내 손을 놓아주었다.

화장실에서 나도 깜짝 놀랄 정도로 긴 소변을 보고 나와 손을 씻고 밖으로 나왔다. 얼굴이 달아올라 이제 술은 그만 마셔야겠다는 생각이 들었다. 더 마셨다간 진짜 뻗을지도 모르겠다.

룸으로 돌아가려고 막 몸을 트는데, 갑자기 누군가 뒤에서 내 손목을 잡았다. 놀라서 돌아보니 꽃밭 속의 바퀴벌레 중 하나이자 룸에 있던 남자가 보였다. 특징 없는 평범한 얼굴에 금테 안경, 키가 작지만 몸은 잘 가꾸는지 딱 붙는 티셔츠 아래로 드러난 근육은 멋있었다. 조금 전까지 룸에서 나는 잘 모르는 신인 배우란 여자와 찰떡처럼 붙어 있었던 남자, 그런데 왜 여기서 내 팔을 잡고 있는 걸까?

"뭐예요?"

내가 눈을 껌벅이며 팔을 떨쳐 내려고 하자 그가 내 팔을 쥔 손아귀에 힘을 더해왔다. 얼굴이 절로 찌푸려졌다. 이건 또 뭐 하자는 이야기?

"김지완이 여자라고?"

이 잡것들은 모두 혓바닥이 반 토막인가, 어째 말꼬리가 다들 이 모양이냐?

나는 기분 나쁜 기색을 감추지도 않고 드러내며 다시 한 번 손을 빼내려고 했다. 남자의 손아귀 힘이 더해지고 있어 이제 진짜로 화가 나기 시작했다.

"그거, 진짜야?"

막 내가 그 손을 떼어내려고 내 손을 가져가는 순간, 그가 뜬금없는 질문을 던졌다. 멍해져서 그를 보자 안경 너머 그의 눈이 음침하게 번쩍이고 있었다.

"무슨 헛소리예요?"

짜증스럽게 대꾸하자 남자가 내 손목을 잡고 있는 손을 잡아당기며 다른 손으로는 내 가슴을 정확하게 찔러왔다.

"이거 말이야."

툭, 무언가가 끊기는 느낌이 났다. 그리고 이성이 순식간에 안드로메다로 날아가 버렸다.

뻑, 하는 기묘한 소리가 난 후 내가 정신을 차렸을 때, 그 남자는 이미 쌍코피를 흘리며 바닥에 주저앉아 있었다. 불이 붙은 것처럼 화끈하고 얼얼한 통증이 내 이마에 느껴졌지만 그보다는 분노가 더 활활 타올라 아픔도 느껴지지 않았다.

"야, 이 쌍늠아! 너는 네 에미, 애비가 그렇게 살라고 가르치던? 어디다 손을 대고 지랄이야, 지랄이! 죽어볼래?"

지완이도 맘대로 못 만지게 하는 가슴이다. 그런데 이 미친개 같은 놈이 만졌다. 분해서 눈물이 나올 것만 같았다.

"이 씨발 년이, 내가 누군지 알고……."

남자가 코를 움켜쥐고 벌떡 일어났다. 코가 부러졌는지, 가리고 있는 그의 손은 피범벅이었다. 피를 보자 겁이 더럭 났지만 나는 물러서지 않았다. 맹세코 내가 잘못한 건 하나도 없었다.

"너, 죽을 줄 알아, 씨발 년아."

음산한 남자의 목소리에 움찔하는데, 갑자기 뒤에서 말이 들려왔다.

"누구 마음대로?"

익숙하면서도 차가운 목소리에 고개를 돌리자 지완이 보였다. 그리고 그 옆에는 다른 남자가 함께 서 있었다. 역시 룸에 같이 있던 남자로, 키가 크고 마른 몸에 웃는 눈매가 고운, 뭐하는 사람인지 모르지만 지완과 현과 꽤 친하게 보였던 남자였다. 이름이 박, 뭐였는데, 기억이 나진 않았다.

"이경한, 무슨 짓을 한 거냐?"

금세라도 튀어 오를 것 같은 지완을 가로막으며 앞으로 나선 그 남자가 물었다. 그러자 이경한이란 놈이 억울하다는 듯 소리쳤다.

"박성진, 너…… 이 꼴을 보고도 그런 소리가 나와? 내가 하기는 무슨 짓을 했다고 그래? 이 미친년이 갑자기 박치기를 해 왔단 말이야! 코뼈가 부러진 거 같은데, 이대로 내가 넘어갈 줄 알아?"

미친개가 짖었다. 그리고 내가 억울해서 소리쳤다.

"네가 먼저 내 손목 움켜쥐고 가슴 건드렸잖아, 이 자식아! 어디다 대고 거짓말이야, 거짓말이?"

"시끄러, 이년아. 내가 경찰 불러 고소할 거야, 그냥 둘 줄 알아?"

"5분 후에 전화기 누를 손가락이 남아 있으면 어디 불러봐."

지완의 목소리가 기묘할 정도로 차분하게 울렸다. 나는 지완의 싸늘한 기운에 깜짝 놀라 얼른 그의 허리부터 두 팔로 감고 매달렸다. 지완이 폭발 직전이었다.

"안 돼, 지완아. 그러지 마."

과거의 기억이 불쑥 떠올랐다. 예전에 제이콥을 반 죽여놓았던 지완이다. 여기서 이성을 잃고 저놈을 잡는다면 뒷감당을 어찌해야 될지 생각하기도 싫었다.

"지완아, 내가 쌍코피 터뜨렸어. 그러니까 넌 건드리지 마. 난 괜찮으니까 넌 하지 마!"

필사적으로 외쳤지만 지완의 다리는 이미 한 걸음 앞으로 나가고 있었다.

"진향이 넌 비켜, 다친다."

지완이 무서웠다. 정말로 살인이라도 할 것 같은 기세였다. 나는 나를 떼어내리려고 하는 지완의 허리에 힘껏 매달렸다. 이대로 지완이 저 자식을 흠씬 두들겨 패서 경찰서라도 끌려가거나 하면 내가 미칠 거였다. 아니, 저런 놈 때문에 지완이 난처한 꼴을 당해야 한다는 게 너무 싫었다.

"김지완 너, 네가 좀 잘났다고 눈에 뵈는 게 없나 본데, 그래, 어디 한번 쳐봐라. 뒷감당할 자신 있으면 해봐!"

미친개가 월월거린다. 누가 저 새끼 주둥이 좀 닥치게 해줬으면 좋겠다. 팽팽하게 당겨지는 지완의 근육은 마치 스프링처럼 앞으로 튀어나가기 위해 한껏 그 힘을 모으고 있었다.

"성진이 너, 진향이 데리고 가라."

내가 매달리는 것도 아랑곳없이 지완은 내 팔을 풀어 옆으로 밀쳤다. 돌처럼 딱딱하게 굳은 지완의 표정을 본 미친개, 경한이 겁을 먹고 주춤했다.

농담이 아니었다. 지완은 지금 눈에 보이는 게 없었다. 성진이 내 팔을 잡으며 나를 감싸듯 자신의 몸으로 시야를 가리려 했다. 하지만 보았다. 무서운 기세로 나간 지완의 주먹이 경한의 배에 꽂히는 것을.

"지완아!"

성진을 밀치며 내가 외쳤다. 이미 늦었지만 여기서 더 일이 커지기 전에 지완을 말려야 했다.

지완의 주먹에 가격당한 경한의 몸이 앞으로 푹 고꾸라지며 숨을 쉬지 못하고 끅끅거렸다.

"어금니 꽉 무는 게 좋을 거다."

낮은 지완의 경고와 함께 다시 주먹이 날아 경한의 턱을 가격했다. 그리고 그 주먹은 경한의 의식도 깨끗이 날려 버렸다. 내가 작게 비명을 질렀다. 비명을 지른다는 생각도 없이 나온 소리였다. 힘없이 푹 쓰러져 움직이지 않는 경한을 내려다본 지완이 멍하니 서 있는 나와 성진을 돌아보았다.

"진향이 데리고 나가라고 했지?"

폭력의 흥분이 남아 있는 지완의 눈빛이 무서웠다. 성진이 그런 지완을 보다가 쌍코피 터진 채로 늘어져 있는 경한을 보며 한숨을 쉬었다.

"네 애인이잖아. 네가 데려가. 난 경한이 봐야겠다. 하여간 성질머리하고는……."

중얼거리듯 뒷말을 흐린 성진이 경한을 어깨에 걸치는 동안, 나는 떨리는 몸을 가누지 못해 두 손을 꼭 모아 쥔 채 입술을 깨물고 서 있었다.

"가자."

낮게 말한 지완이 내 어깨를 안고 억지로 몸을 돌렸다. 순간, 온몸에서 힘이 쫙 빠져나갔다. 무릎이 후들거려 축 늘어지는데, 지완이 잽싸게 나를 부축했다.

"괜찮아, 진향아?"

좀 전과는 다르게 잔뜩 걱정한 모습이다. 나는 눈물이 왈칵 치솟아서 지완의 가슴에 머리를 기댔다.

"나, 난 괜찮아, 지완아. 그러니까 앞으로 싸우지 마. 제발 그러지 마."

턱이 덜덜 떨려서 그 말을 제대로 하는데 힘이 들었다.

"……알았어. 다 끝났으니까 무서워하지 않아도 돼."

지완이 나를 힘껏 껴안아주며 달래듯 말했다. 듬직한 그의 팔이 주는 안도감에 흐느낌이 멈추지 않고 터져 나왔다.

"지완아, 나 집에 갈래. 집에 데려다 줘. 응?"

여기서 벗어나고 싶었다. 폭력과 피 냄새가 남아 있는 공간이
싫었다.

밖으로 나온 지완은 나를 감싼 채로 택시를 잡았다. 타고 왔
던 지완의 차는 나중에 현이 집으로 가져다준다고 했다.

택시 안에서 지완은 한마디도 하지 않았고, 나 역시 입을 다
물고 있었다. 서로 감정이 너무 격해져 있어서 입을 열 수가 없
었다. 말을 하면 감정들이 모두 눈물이 되어 쏟아질 것만 같았
다.

차가 오피스텔에서 멈추고 지완이 계산을 하고 내렸다. 엘리
베이터를 타고 5층에서 내려 집 현관문을 열쇠로 열고 들어오자
한숨이 절로 나왔다.

"괜찮아? 좀 진정이 돼?"

지완의 말에 고개를 끄덕이며 가방을 내려놓았다. 아직도 심
장이 거세게 뛰고 있었지만 아까처럼 마냥 무섭고 격해 있지는
않았다.

나는 나를 부축하려는 지완의 손을 가볍게 거절한 후 주방으
로 가서 인스턴트 커피를 끓이기 위해 불을 켰다. 충격이 남아
있는 듯, 내 손이 가늘게 떨리고 있었다. 아까 정말로 지완이 그
남자를 죽이는 줄만 알았다. 물론 사람을 죽인다는 게 그리 말
처럼 쉬운 일은 아니겠지만, 어쨌든 지완의 기세가 너무도 무서

웠던 것만은 사실이었다.

"내가 할까?"

지완이 옆에 다가와서 물었다. 나는 고개를 끄덕이고 냉장고에서 물을 꺼내 마셨다. 차가운 물이 목을 타고 가슴까지 시원하게 쓸어내려 주었다.

즐겁게 놀고 있었는데 어쩌다 이렇게 되어버린 건지, 속이 상했다.

"마셔."

식탁 의자에 앉아 한숨을 쉬고 있자니 지완이 컵을 내밀었다. 자신도 컵을 들고 맞은편에 앉은 지완은, 침착한 표정으로 나를 가만히 바라보았다.

"많이 무서웠어?"

지완이 물어, 고개를 끄덕였다. 아니라고 해봤자 거짓말인 거 뻔히 알 텐데, 어설프게 아니라고 할 수 없었다.

"오해하지 마, 지완아. 물론 네가 화난 모습도 무섭긴 했지만, 이 일로 너한테 무슨 일이 생기면 어쩌나, 그게 더 무서웠어."

지완이 오해할까 봐 황급히 설명을 덧붙였다. 굳어져 있던 지완의 표정이 조금 풀렸다. 그리고 그가 팔을 뻗어 잔을 쥐고 있는 내 손을 살며시 감쌌다.

"너무 걱정하지 않아도 돼."

"어떻게 안 하니? 신고하면 어떻게 해? 아까도 변호사 어쩌고 막 그랬잖아."

말을 하다 보니 더 걱정이 되었다. 그 쥐방울만 한 놈이 이걸 빌미로 지완을 괴롭힐 것 같아서 속이 상했다. 나만 욱하지 않았어도 그냥 넘어갈 수 있었던 문제였는데.

"말이 그렇지, 실제로 그렇게 못해. 이경한 그놈, 여자 문제로 문제 일으켰던 적이 한두 번이 아니야. 한 번만 더 사고 치면 집에서 내쫓는다고 그 자식 아버지가 펄펄 뛴 이야기는 누구나 다 알 정도야. 좀 잘나가는 반도체 회사 사장 아들인데 새로운 여자만 봤다, 하면 눈이 돌아가서 문제를 일으켰거든. 아무튼 성진이도 그 자리에 있었으니까 거짓말할 수도 없을 거고, 제 입으로 나서서 떠벌릴 배짱도 없어. 그러니까 넌 아무 걱정 하지 마."

"정말이야? 나 안심시키려고 그냥 하는 소리 아니야?"

"아니야. 한심한 녀석인 거 척 보면 몰라?"

지완이 가벼운 목소리로 말하며 내 손을 쓰다듬었다.

"어쨌든 진향이 너한테 미안하게 됐다. 그 녀석, 네가 내 여자라니까 괜히 집적거린 거야. 예전에 그놈이 좋아했던 여자가 거절하면서 날 좋아한다고 한 적이 있었거든. 그것 때문에 앙심을 품고 있었나 봐."

"아냐, 네가 왜 미안해? 정신 나간 그 자식이 미친 거지. 나한테 미안해하지 마. 그럴 필요 없어. 오늘 밤, 정말로 신나고 즐거웠는걸."

내가 고개를 저었다. 마지막 그 사건만 빼고는 진짜 즐거웠으니까.

지완이 빙긋 웃었다. 녀석의 눈을 보니 아까의 그 소름 끼치는 살벌한 기운이 사라지고 없었다. 그 모습에 나도 겨우 미소를 지을 수 있었다. 지완이 내 손을 토닥이고는 자신의 커피 잔을 들어 입으로 가져갔다. 나도 내 커피를 한 모금 마시며 지완을 물끄러미 보았다.

이러쿵저러쿵 말도 많고, 탈도 많지만 그래도 지완인 나라면 불속이든, 물속이든 가리지 않고 뛰어들어 갈 인간이었다. 세상에 그런 남자가 어디 그리 흔할까? 아무리 작은 상처라도 내게 흠이 되는 것을 두고 보지 못하는 지완이 소중하게 느껴졌다. 나와 관련된 일이면 이성보다 감정이 앞서는 지완. 물론 난처할 수도 있는 일이지만 그건 또 그만큼 내가 그에게 소중한 존재라는 반증이 아닐까?

나는 자리에서 일어나 지완에게로 갔다. 지완이 컵을 내려놓으며 멀뚱히 날 바라보았고, 나는 지완의 팔을 젖히고 무릎에 냉큼 올라앉았다.

"뭐, 뭐야, 너?"

지완의 놀라는 표정이 우습고도 사랑스러웠다. 내가 두 팔로 지완의 머리를 끌어안자 지완의 몸이 굳어졌다.

"넌 나를 위해서라면 기름을 지고 불속으로 뛰어들 인간이야. 그게 얼마나 내 속을 끓이는 일인지 모르지?"

"내 여자니까 내가 지켜주는 건 당연한 거잖아."

지완이 중얼거리자 뜨거운 입김이 가슴 근처에 느껴졌다. 나는 지완의 머리를 풀어주며 두 손으로 녀석의 볼을 감쌌다.

"내가 정식으로 말한 적이 있던가?"

"뭘?"

"널 사랑해."

지완의 얼굴이 확 달아올랐다. 그런 지완이 너무 사랑스러워서 가슴이 터질 것만 같았다.

내가 지완의 입술에 키스를 하자 지완의 팔이 나를 감싸왔다. 듬직한 그 팔이 나를 감싸는 느낌이 너무 좋았다. 이렇게 사랑받고 아낌을 받고 있다는 사실에 정신이 아득해질 정도로 흥분했다.

"야, 더 이상 가면 내가 못 참아."

서로의 입술을 탐하다가 잠시 떨어진 사이, 지완이 내 다리를 어루만지며 힘겹게 말했다. 그리고 처음으로, 나도 그냥 키스나 포옹만으로는 무언가 부족하다는 느낌이 들었다. 좀 더 강한 자극과 열정이 필요했다. 내가 그의 것이라는 것, 그리고 지완이 내 것이라는 것을 서로에게 각인시키고 싶었다.

"안 참아도 돼."

작게 속삭이자 지완의 눈이 커졌다.

"정말이야?"

대답 대신 고개를 끄덕였다. 여전히 못 믿겠다는 눈으로 나를 보는 지완을 향해, 나는 그의 손을 내 손으로 잡아 가슴에 갖다 대었다. 부끄러웠지만 지완의 시선을 피하지는 않았다.

"너 말고 아무도 만지지 못하게 할 거야. 진짜로 네 여자 할 거니까, 너도 내 남자 해."

그 순간, 지완의 얼굴 위로 퍼지는 미소를 뭐라고 표현해야 할까? 너무도 따스하고 아름다워서 눈물이 나올 정도였다. 그에게 저런 표정을 짓게 할 수 있다는 것 자체만으로도 행복했다. 이대로 그와 영원히 함께하고 싶었다.

"연습, 많이 해야겠지?"

말을 하면서도 어쩔 수 없는 수줍음으로 얼굴이 달아올랐다. 지완이 나를 안은 채로 벌떡 일어나며 대답했다.

"죽도록 해보자!"

어찌나 진지한 외침인지 웃음이 절로 나왔다.

지완이 나를 안고 침대로 가서 조심스레 눕혔다. 가슴이 쿵쿵거리고 온몸이 간질거리는 것 같았다. 뱃속이 꼬이는 것도 같고, 속에서 불이 확확 달아오르는 것도 같고, 하여간 정신을 차릴 수가 없었다.

문득 옷을 벗는 지완의 모습을 보던 나는 뭔가 이상한 느낌에 몸을 일으켰다. 설마?

"왜 그래?"

지완이 나를 보며 물었다. 이미 나체가 된 지완의 상체는 언제 봐도 침이 절로 넘어가는 황홀한 예술품이었다.

"아, 아냐. 잠시만."

내가 침대에서 내려오자 지완이 바지 단추를 풀다 말고 미간을 찌푸렸다.

"설마하니 날 이렇게 만들어놓고 도망가는 거야?"

"아냐. 나도, 나도 오늘은 하고 싶단 말이야."

헉, 말이 너무 적나라했나? 지완의 눈빛이 순식간에 야수로 탈바꿈하고 있었다.

"하여간 잠시만 기다려. 알았어?"

화장실로 들어가며 재빨리 말하고 문을 닫은 후, 얼른 치마를 올리고 팬티를 벗었다. 그리고 눈을 질끈 감았다. 지완이한테 죽을지도 모르겠다.

한숨을 푹 쉰 나는 문을 열고 고개만 내밀어 지완을 불렀다.

"지완아."

"왜?"

"저, 나 말이야, 한 달에 한 번씩 오는 빨간 모자 쓴 손님이 찾아왔는데, 어쩌지?"

말이 끝나기가 무섭게 지완이 한달음에 욕실 앞에 섰다. 벌렁대는 녀석의 가슴을 보고 있자니 어쩐지 침이 입안에 고였다.

"뭐가 어쨌다고?"

녀석의 눈길이 험악하다. 나는 문고리를 안에서 잡은 채로 미안한 표정을 지었다.

"나도 어쩔 수 없는 일인데…… 어떡하지?"

"야, 이진향!"

"미안해."

"내가 진짜 너 땜에 못살아!"

지완이라는 이름의 야수가 포효했다. 그리고 나는 문을 닫았다.

미안하다, 어쩌겠니. 하늘이 우리를 반대하나 봐.

한숨이 나온다. 모처럼 결심했는데, 나도 속이 상한다. 하아, 오늘 여러모로 피 보는구나.

✳

여러 가지 일이 많아서 피곤한 하루였다. 진향이를 데리고 놀러가서 즐겁게 시간을 보낼 생각이었는데 엉뚱한 일이 터지고 말았다.

이렇게 열받은 거, 오랜만이다. 주먹을 휘두른 것도 마찬가지다. 진향일 겁줄 생각은 아니었는데, 겁에 질린 모습을 보니 마음이 좋지 않다. 하지만 후회는 하지 않는다. 그놈의 자식, 손목을 확 부러뜨렸어야 했는데······.

그나저나 나와 진향이의 러브 모드는 언제까지 방해받아야만 하는 걸까? 이러다 영영 못하는 건 아닐까? 사람을 이렇게 달구어놓고 안 된다니, 대체 나더러 어쩌라고? 저 계집애, 은근히 여우인 거 아닐까?

아, 오늘 밤도 잠은 다 잔 것 같다.

지완이 떠나는 날이 왔다. 그날 하루 가게 문을 닫고 지완을 배웅하러 공항까지 나갔다. 짐을 먼저 넣고 나서 티켓을 받아 든 지완이 손목에 차고 있는 시계를 흘끔 보았다. 하지만 보지 않아도 시간은 알고 있었다. 두어 시간 정도 여유가 남아 있었다.

"커피라도 마시자."

지완의 말에 고개를 끄덕이고 기내에 실을 수 있는 작은 가방을 끌고 커피숍으로 갔다.

둘이 차가운 커피를 마주하고 앉아 있으려니 괜히 마음이 싱숭생숭, 기분이 이상했다. 안 돌아올 것도 아니고, 겨우 두어 달 정도인데 왜 코끝이 시큰한 건지, 참 유치하구나, 싶었다.

"6월 초에 들어오는 거지?"

지완이 다짐하듯 되풀이해서 물었다. 가기 전에 거사를 치르겠다고, 저번에 하다가 실패한 거 마저 연장전 가자는 걸 겨우 어르고 달래서 막았다. 처음인데 근사한 데서 멋진 밤을 보내는 게 좋겠다고, 그게 뉴욕의 밤이라면 더 말할 것도 없지 않느냐고 제안했고, 잠시 생각해 보던 지완은 그 말에 동의해 주었다.

내가 지완을 막은 이유는 간단했다. 지완을 덜 사랑해서가 아니다. 생리가 끝났다는 걸 알자마자 시시때때로 날 덮치려는 지완이 얄미워서였다.

물론 지완이 날 사랑한다는 것은 알고 있다. 나도 지완을 사랑한다. 하지만 좀 눈치가 있어야지, 이건 뭐 눈만 마주치고 둘만 있었다 하면 대놓고 덮치려고 하니 내가 움츠러들 수밖에 없는 것이다. 아니, 무드 잡는 법도 모르나? 왜 이렇게 성급하지?

좀 천천히 하자고 해도 막무가내, 그러다 혼자 성질내고 토라지고, 도대체 내가 맞출 수가 없었다. 그래서 차선책으로 생각해 낸 것이 뉴욕이었다. 낯선 도시에서 오랜만에 만난다면 서로 감정이 벅차오를 것 같고, 우리의 첫날밤으로는 더없이 잘 어울릴 것 같았다.

"올 때 예쁜 속옷 사가지고 와라. 응?"

"넌 머릿속에 그 생각밖에 없어?"

"좋아하는 여자 안고 싶은 건 당연한 거거든? 그리고 한창 나이의 남자가 이렇게 귀엽고 예쁜 애인을 옆에 두고 그런 생각을 안 한다면 그야말로 이상한 거지."

정말 말은 청산유수다. 내가 웃고 말아야지, 도무지 이길 수
가 없다.

"알았어. 대신에 호텔, 근사한 데 방 잡아야 해. 알았지?"

"염려 붙들어 매서. 나만 믿으라고."

씩 웃는 지완의 얼굴이 눈부시다. 이 얼굴을 당분간 못 본다
는 생각을 하니 벌써부터 가슴이 아프다.

"먹을 거 잘 챙겨 먹고."

내 말에 지완이 고개를 끄덕이며 웃었다.

"도착하면 무사히 도착했다고 전화도 하고."

"응."

"자기 전에도 전화하고."

"응."

녀석이 자꾸 싱글싱글 웃는다. 나는 섭섭하고 아쉽고 막 그런
데, 이놈은 아무렇지도 않은가 보다. 괜히 심술이 나려고 한다.

"뭐가 그렇게 좋아서 계속 웃어? 나는 섭섭한데."

"네가 막 챙겨주는 게 좋잖아."

"별게 다 좋네. 언제는 안 챙겨줬나, 내가?"

"그때랑 지금이랑은 다르지."

은근한 시선을 보내며 지완이 탁자 위로 손을 내밀었다. 내가
그 손을 잡자 지완의 기다랗고 힘찬 손가락이 내 손가락을 얽어
맸다. 손에서 전해지는 열기에 가슴이 두근거렸다. 지완의 시선
이 닿은 곳도 뜨거웠다. 내 얼굴이 달아오르는 것을 느낄 수 있

었다.

"잠시 떨어져 있는 동안 내 생각 열심히 해라. 알았지?"

지완의 손가락이 내 손가락을 어루만지고 쓸어본다. 단순한 동작인데 갑자기 몸 전체가 화끈거려서 놀랐다. 심장이 두근두근, 뱃속도 이상하다. 무언가 묵직해지는 기분, 그러면서도 간질거리는 것 같은……

"알았어. 너도 내 생각 많이 하고."

슬그머니 손을 빼내며 시선을 돌렸다. 뚫어져라 나를 보고 있는 지완이 다른 곳을 좀 쳐다봐 줬으면 좋겠다. 쑥스러워 죽겠다.

"부끄럽냐, 진향아?"

"오냐, 부끄럽다. 어쩔래?"

"너무 귀엽게 그런 표정 짓지 마. 안고 싶어지니까."

"언제는 안 안고 싶었니? 괜히 핑계는."

눈을 흘기자 지완이 하하, 하고 소리 내어 웃었다. 내 애인이지만 정말 잘생겼다. 진짜로 헤어져 있는 동안 많이 보고 싶고 또 힘들 거 같다.

"보고 싶을 거야."

커피숍을 나서며 지완의 손을 꼭 잡고 내가 말했다.

"응."

짧지만 지완의 마음이 충분히 담겨 있는 말이었다. 그렇게 나의 왕자님은 아쉬운 눈빛과 눈부신 미소를 내게 남기고 미국으로 날아갔다.

지완이 가고 나서의 내 생활은 글자 그대로 평화로웠다. 가게
는 바빴고, 지완은 매일 전화를 해서 불판 위의 오징어처럼 나
를 오그라들게 만드는 말들을 내뱉었다. 정말이지 잘도 저런 말
을 해대는구나, 하고 놀랄 정도였다.

현은 딱 한 번 가게 문을 닫을 때쯤 초밥을 들고 나를 찾아와
서, 가게에서 함께 먹으며 내 외로움과 허전함을 위로해 주었
다. 그날 클럽에서 보았던 뮤즈에 대해 슬쩍 물으니 좀 곤란해
하는 눈치를 보여 더 묻지는 않았다. 그래도 뮤즈란 이름을 말
하며 웃는 모습을 보니, 적어도 그가 그녀에게 호감이나 그 이
상의 감정은 갖고 있는 것 같았다. 능력있고 매력있는 두 사람
이니 앞으로 잘됐으면 좋겠다고 생각했다.

송우는 이제 가게를 찾아오는 것이 드문드문해졌고, 또 찾아
오더라도 지완이 염려한 것처럼 내게 무언가 접근하는 기색은
보이지 않았다. 괜히 긴장하고 있던 내가 우스울 정도로, 그는
상냥하고 정중한 손님의 위치에서 나를 대했다. 오히려 송우보
다 그의 동생인 유민이 자주 찾아와서 귀여움을 떠는 바람에 친
해지고 있는 중이었다.

아름답고 상냥한 유민은 알게 될수록 귀엽고 싹싹해서 정이
절로 가는 타입이었다.

솔직히 처음엔 내가 지완에게 부탁해서 그녀를 모델 에이전

시에 넣어줄 수 있을 거라고 기대하는 건가, 아니면 우상이라는 지완에게 접근하려고 이러는 건가, 그런 생각도 했었다. 하지만 아직까지 그런 말을 한 적도, 기색을 내비친 적도 없고, 또 지완에 대해서는 공연 때의 까칠한 모습에 질린 모양이었다. 지나가는 말로 슬쩍 지완의 이야길 꺼내니, 자기는 자기를 무조건적으로 위해주는 상냥한 남자가 좋다며, 우상은 역시 멀리서 봐야 하는 거라고 말했다. 하긴, 그날 지완이 못된 놈 노릇 톡톡히 하긴 했다.

"언니, 저 먼저 들어갈게요."

봄빛이 눈부신 5월의 토요일 오후, 손을 씻고 나온 윤희가 인사를 했다. 멍하니 지완을 생각하고 있던 나는 건성으로 내일 보자는 말을 했고, 윤희는 상사병에 걸린 거 같다며, 나를 놀리는 말을 잊지 않고 덧붙였다.

윤희가 가고 나서 손님이 잠시 반짝 몰렸다가 다시 한산해졌다. 바빠서 먹지 못했던 참치 주먹밥을 조금씩 떼어 먹다가 반만 먹고 남겼다. 김치 없이 먹으려니 그것도 그렇고, 마음이 허전해서 그런가, 입맛도 좀 없는 것 같았다.

이참에 살이라도 뺄까? 문득 든 생각에 피식 웃다가 농담이 아니라 요가나, 팔라테인가 뭔가, 아니면 하다못해 줄넘기라도 좀 해야겠다는 생각이 들었다. 전에 윤희가 메이크업 학원에 한 달에 마스터하는 자기 메이크업 코스가 있다고 했는데, 그것도 좀 더 자세히 알아봐야겠다.

물론 내가 뭘 하든 외모상으로 지완과 천생연분으로 어울리거나, 혹은 그를 능가할 정도가 못 된다는 것쯤은 알고 있다. 뱁새가 황새 쫓아가는 격이다. 하지만 노력해서 내가 예뻐질 수 있는 최대한의 모습이 되는 게 나쁠 리는 없다. 나 스스로 자신감을 좀 더 가질 수 있다면 그것도 좋은 거고.

마음을 정하고 가게 정리를 하는데 전화가 왔다. 유민이었다. 그때 준 전화번호로 가끔 전화해도 되느냐고 해서 그러라고 했더니, 2, 3일에 한 번 꼴로 전화가 온다. 별다른 이야기는 없고 그냥 유민의 수다를 내가 들어주는 정도다. 귀찮을 정도는 아니고, 이야기도 조분조분 재미있게 잘하는 편이라 전화 오는 것이 그리 싫지 않았다. 내가 좋다고 따르는 유민이 여동생 같아서 좋기도 했다.

"유민이니?"

—뭐하세요, 언니?

"가게 정리하는 중이야."

—언니, 오늘 저녁에 시간 있으세요?

"있는데. 왜?"

—그럼, 저랑 만날 수 있어요?

"만날 수는 있는데…… 무슨 일 있어?"

—오늘 제 생일이거든요. 저녁이나 같이 먹자고요.

유민의 대답에 좀 놀랐다. 생일이 5월이라고 한 말을 얼핏 들었던 것도 같은데, 정확한 날짜는 모르고 있었다. 하긴, 별자리

이야기하다가 잠시 나왔던 말이니, 내가 기억 못하는 것도 당연하다면 당연한 거다. 게다가 서로 사사로운 것까지 다 알고 지낼 정도로 친하게 지낸 것도 아니니까……. 그래도 좀 미안하다는 느낌이 불쑥 들었다.

"생일이야? 난 몰랐네. 생일 축하해, 유민아. 뭐 갖고 싶은 거 있어?"

─아뇨. 그냥 언니랑 밥이나 같이 먹었으면, 해서요.

"밥? 그런 걸로 되니? 아무거나 말해봐. 비싼 건 못해줘도 작은 거면 해줄 능력 되니까."

─아뇨, 아뇨. 정말 괜찮아요, 언니.

극구 사양하는 유민의 목소리는 그냥 하는 소리가 아니라 정말로 내게서 선물받는 걸 부담스러워하는 것 같았다. 좀 더 권할까, 하다가 문득 생각나는 게 있어서 조심스럽게 물어보았다.

"미역국은 먹었니?"

내가 묻자 전화기 저쪽이 조용해졌다. 그럴 줄 알았다. 새어머니란 사람과 사이가 좋지 않아 한 집에서 사는 것도 아버지 때문에 어쩔 수 없이 있는 거라고, 그냥 잠만 자는 곳이 집이라고 했던 적이 있었다. 쯧쯧, 명색이 생일인데 어찌 미역국도 못 얻어먹누.

가슴이 짠해지더니 다음 순간 내 입술이 멋대로 움직이고 있었다.

"그러지 말고 저녁 때 우리 집으로 올래? 생일인데 미역국은 먹어야지."

말해놓고 내가 놀랐다. 유민도 놀랐는지 전화기 저쪽의 침묵
이 좀 더 깊어진 것도 같았다.

―정말 그래도 돼요, 언니?

내가 부담스러우면 거절해도 괜찮다고 말하려는 찰나, 조심
스러운 듯, 그러나 기뻐하는 기색이 역력한 유민의 목소리가 내
귀로 흘러들어 왔다. 별것도 아닌 것에 감동하는 건가, 그동안
집에서 얼마나 많이 힘들었을까, 그런 생각이 겹치더니 진심으
로 맛있는 저녁을 해주고 싶어졌다.

"조개 넣은 게 좋아, 소고기 넣은 게 좋아?"

―홍합이오.

대뜸 들려오는 대답에 웃고 말았다. 저녁 7시쯤에 찾아오라
고, 오피스텔 이름과 호수를 가르쳐 주고 나서 전화를 끊었다.

"가만. 그런데 쟤는 생일 축하해 줄 친구들이 없나?"

고개를 갸웃했지만 생각은 오래가지 않았다. 친구들이랑 이
미 치렀을 수도 있고, 아니면 치를 생각인지도 모른다. 아니면
친구가 없을 수도 있고.

마트에 들러서 홍합이랑 굴을 좀 사서 넣고 끓여야겠다. 미역
도 사야겠고. 그나저나 모델을 꿈꾸는 앤데, 뭘 해주나? 지완이
야 소식가이긴 해도 워낙 먹는 걸 좋아해서 운동량으로 칼로리
를 소비하기 때문에 아무거나 가리지는 않는데, 유민은 모르겠
다. 에이, 하루 정도 잘 먹는 거야 뭐 어떨라고.

메모지를 꺼내 장 볼 것을 적고 가게를 정리했다. 내가 만든 음식을 유민이가 좋아했으면 좋겠다.

홍합과 굴을 넣고 달달 볶아서 끓인 미역국, 얇게 썰어 양념 한 소고기를 넣은 잡채와 해물을 넣은 부추전, 그리고 불고기가 완성되었다. 밑반찬이야 늘 구비되어 있으니 따로 할 필요는 없 지만, 나물이 시금치밖에 없어서 무나물을 따로 했다. 그저께 볶아놓은 풋고추를 넣은 지리멸치도 꽤 맛있으니 이 정도면 생 일상으로 무리는 없지, 싶다.

시계를 보니 거의 7시가 다 되었다. 손을 씻고 다시 한 번 상 을 보는데 뭔가가 좀 허전했다. 뭘 빼먹었나? 혼자 갸웃거리며 상을 몇 초 동안 보다가 비로소 깨달았다.

케이크! 케이크 사는 것을 잊고 있었던 것이다. 생일인데 작 은 케이크라도 하나 있어야지, 없으면 서운하다. 근처 제과점에 가서 얼른 하나 사와야겠다.

막 지갑을 들고 나가려고 하는데 벨이 울렸다. 누군지 굳이 확인할 필요도 없었다. 작게 한숨을 쉬며 문을 여니 눈부시게 아름다운 유민이 얼굴 가득 웃음을 지으며 서 있었다. 그리고 유민 옆에는 며칠 만에 보는 송우가 조금 어색한 미소를 띠고 서 있었다.

"어서 와, 유민아. 아, 오랜만이에요, 송우 씨."

유민을 초대하면서 송우가 같이 올 거라는 생각은 못했다. 오라비가 그렇게 아끼는 여동생 생일을 그냥 보낼 리가 없는데, 왜 그건 생각 못했을까? 하여간 나도 참 정신머리가 없다.

당황함을 감추며 인사를 하고 안으로 들어오라고 했다. 집이 아담하고 예쁘다며 좋아하는 유민과 머쓱해서 들어오는 송우의 모습이 대조적이었다.

"이건 케이크인데요."

송우가 상자를 내밀었다. 오오, 구세주! 어쩜 이리도 필요한 걸 딱 알고 사오셨을까?

어색함이 순식간에 날아갔다. 기쁜 마음으로 케이크를 받은 나는 식탁에 차려진 음식들을 보고 가만히 서 있는 유민에게로 다가갔다. 고개를 조금 숙이고 있는데, 설마하니 먹기 전에 기도를 하는 건 아니겠지?

"유민아?"

슬쩍 불렀더니 유민이 나를 보는데, 억, 애가 눈물이 글썽글썽이다. 뭐야, 겨우 생일상 하나 차려줬다고 우는 거야?

당황해서 어쩔 줄을 모르는데 갑자기 유민이 팔을 벌려 나를 덥석 끌어안았다.

"고마워요, 언니. 고마워요, 고마워요, 정말, 정말 고마워요."

울먹거리는 유민의 품에서 나는 케이크 상자를 떨어뜨릴까 봐 마주 안지도 못하고 뻣뻣하게 서서 눈알만 데룩데룩 굴렸다. 당황스러웠지만 한편으론 기쁘고, 한편으론 마음이 짠했다. 별 것도 아닌 이런 일에 이렇게 기뻐하고 좋아할 만큼 정에 굶주린

애였구나, 괜히 여러 가지 감정들이 섞이며 가슴이 먹먹해졌다.

"다이어트한다고 안 먹고 그러면 안 된다? 오늘은 실컷 먹어야 해, 알았지?"

나를 놓아준 유민에게 말하자 촉촉하게 젖은 눈으로 유민이 고개를 끄덕이며 활짝 웃었다. 케이크 상자를 놓고 송우를 바라보니 송우의 표정이 꽤나 묘했다. 울고 싶은 것 같기도 하고, 웃고 싶은 것 같기도 하고. 동생 때문에 저 남자도 감성적이 되었나 보다. 하여간 남매 아니랄까 봐서 둘이 똑같다.

"송우 씨도 어서 와서 앉아요. 음식은 많으니까 사양 말고 많이 드세요."

웃으면서 권하자 송우가 식탁으로 와서 유민 옆에 앉았다. 밥을 퍼서 놓고, 미역국을 담아 수저와 함께 내자 유민이 다시 나를 보며 말했다.

"이렇게 멋진 생일, 얼마 만인지 모르겠어요. 고마워요, 언니."

"고마우면 꾹꾹 눌린 밥 다 먹어. 남기면 화낼 거니까."

"예."

유민이 나를 보고 예쁘게 웃곤 송우를 향해 또 웃었다. 이렇게 착하고 예쁜 남매인데, 새어머니란 여자는 어째서 이들을 남보다도 더 쌀쌀맞게 대하는 건지 모르겠다. 물론 나는 그 사람을 본 적도 없고, 집안의 상세한 사정 같은 것은 모른다. 정직하게 말해 굳이 알고 싶은 마음도 없다. 하지만 하나는 알 수 있다. 이들 남매가 이유 없이 사람을 미워하고 멀리하지는 않을 거라는 사실이다.

이것저것 먹으며 맛있다고 연신 칭찬해 대는 유민과 송우를 보며, 나도 언젠가 지완과 가정을 꾸리면 이들 남매처럼 예쁘고 착한 아이들을 갖고 싶다는 생각을 했다.

지완이가 있었고, 내가 이런 생각 하는 줄 알면 대번에 홀랑 벗고 덤벼들었겠지.

어쨌거나 나로 인해 이렇게 즐거워하는 사람이 있다는 사실이 좋다. 누군가를 기쁘게 만드는 것은 나 자신도 무척이나 기쁜 일이란 사실을 새삼 깨닫는다.

저녁을 양껏 먹고 케이크도 맛있게 먹었다. 생일 축하 노래를 불러주는 송우의 목소리가 어찌나 부드러운지, 듣고 있다가 그대로 귀가 사르륵 녹는 줄 알았다. 어우, 정말 지완이만 없었다면 아주 내가 침을 좔좔 흘리며 넘어갔을 남자다. 물론 지금이야 아니지만.

"우리, 나가서 한잔해요. 이런 날 술이 없는 것도 말이 안 되잖아요."

배부르다고, 내일 이거 다 몸에서 빼내려면 헬스클럽에서 하루 종일 뛰어야 한다고, 하지만 정말 좋다면서 헤실거리던 유민이 갑자기 말을 꺼냈다. 냉장고에 맥주 있으니 그거 마시라고 하자, 자기가 잘 아는 아담한 일본식 술집에 가자고 졸랐다.

"우리 오빠가 한턱낸대요."

앙큼하게 송우에게 떠넘기는 유민의 모습에 나도, 송우도 웃다가 그럼 그러자고 우르르 나가서 택시를 잡았다.

유민이 말한 아담한 일식 술집은 말 그대로 아담했다. 손님 다섯이 앉으면 꽉 차는 스시 바, 그리고 테이블 세 개가 전부인 작은 공간이었지만 꽤나 아기자기하고 사랑스러웠다.

구석에 있는 테이블에 자리를 잡은 후, 일본 술 사케를 시키고 모둠 안주를 시켰다. 모든 것이 다 맛있었지만, 특히 익힌 듯 만 듯 얇게 저민 소고기에 새콤달콤한 소스를 뿌린 것이 상당히 맛있었다. 이미 배가 부른 상태라 안주는 별생각이 없었건만, 일식 특유의 적은 양과 깔끔한 맛에 반해 손이 자꾸 나갔다.

이런저런 이야기가 오고 갔다. 술잔이 오고 가고, 취기가 오르고, 쓸데없이 낄낄거리고, 그러다 유민이 울었다. 패션모델이 너무너무 하고 싶은데, 찾아가는 에이전시마다 그녀에게 패션모델은 무리고, 광고나 연예계 쪽 데뷔가 어떠냐고 한다는 것이다.

"그냥 예쁘장해서는 안 된대요. 카리스마가 부족하대요. 키도 작아서 안 된대요. 제가 170센티인데요, 솔직히 나도 알아요, 내가 모델이 되기에 작다는 거요. 하지만 세계적인 모델 케이트 모스는 나보다도 더 작거든요. 알아요?"

모른다. 케이트 모스가 오래전에 있던 꽤 유명한 영국 출신 모델이라는 정도만 안다.

"그런데요, 무대에서 모자란 카리스마가 텔레비전 광고라고 해서 별반 다르겠어요? 결국 난 예쁘긴 하지만 개성이 없다는 소리잖아요. 그저 예쁘기만 한 거, 다 소용없다고요."

남들이 들으면 호강에 겨워서 요강에 똥 싸는 소리라고 할 만하다. 취한 머리지만 그 정도는 알겠다. 하지만 동시에 그녀의 좌절도 알 것 같다. 평생 남들이 예쁘다고, 모델 같다고, 인형 같다고 하며 떠받들어서 본인도 그렇게 믿고 있었을 것이다. 그런데 막상 하고 싶은 일을 하려고 하니 어중간하다고 하는 거다. 포기하기도 그렇고, 성공하자니 길이 너무 첩첩산중이고, 그러니 속이 상한 거, 충분히 이해한다. 그래도 평범하고 개성도 그리 뛰어나지 못한 나 같은 인간이 듣고 있자니 속이 조금 꼬이는 건 어쩔 수 없다.

"예쁜 게 착한 거라잖아. 예쁜 게 힘이라고 하잖아. 그렇게 예쁘면서 불평하면 안 되지. 죽어도 모델이 하고 싶으면 몇 번 거절당했다고 좌절하지 마. 타고난 재능이 모자라면 노력해서 그 차이를 메워. 올 시간에 좀 더 자신을 다듬으라고."

술을 따라주며 말하던 나는 갑자기 우스워서 피식 웃었다. 와, 내가 뭐라고 이런 말까지 하나? 술 취하면 설교하는 타입인 건가, 나?

"그러니까, 내 말은, 충분히 예쁘고 매력적이니까 힘내라, 파이팅, 이런 거."

물끄러미 나를 보는 유민의 눈이 붉었다. 우리 둘 다 취한 걸 알고 있었다. 그만 마셔야지, 하는 생각은 드는데 오늘따라 술이 또 달아서 쉽게 넘어간다. 유민과 나는 작은 잔을 살짝 부딪치고 나서 단숨에 잔을 비웠다. 아까부터 옆에 조용히 있는 송우는 술도 별로 마시지 않고, 마치 꿔다 놓은 보릿자루처럼 자리만 지키고 있었다.

"송우 씨도 한잔해요."

"전 됐습니다. 적당해요."

"에이, 같이 취해야지, 혼자만 멀쩡하면 불공평해요."

내가 억지로 술을 따라주려고 하자 송우가 내 손을 잡았다.

"저라도 멀쩡해야 두 숙녀분을 제대로 집까지 모시고 가죠. 안 그래요?"

"어머, 숙녀래, 숙녀."

내가 깔깔대고 웃었다. 살다 보니 이진향, 숙녀 소리도 듣고, 숙녀 대접도 받아본다.

"알았어요, 그럼 송우 씨 믿고 우린 취할래요. 유민아, 한 잔 더 해라. 생일 축하해."

다시 술병이 비고, 차고, 또 잔이 차고 빈다. 우리가 술을 마시고, 술이 우리를 마시고, 그리고 세상도 마신다. 아아, 어지럽다. 빙빙 돈다.

나는 테이블 위에 팔을 얹고 거기에 머리를 묻었다. 가물거리는 정신을 붙잡아야 하나, 놓아야 하나, 고민스러운데 말소리가 자꾸 들려온다.

"언니, 언니가 내 새언니 하면 안 돼요? 난 언니가 우리 오빠랑 결혼해서 새언니 했으면 좋겠어요."

지완이에게 여동생이 있었나? 나더러 새언니 해달라니, 이건 또 뭔 소리냐?

멍해지는 머리로 억지로 고개를 들어 앞을 보았지만 모든 게 흐릿했다. 아, 내 생일도 아닌데 너무 마셨다. 그런데 누구 생일이었지? 되게 예쁜 애 생일이었는데.

"나, 언니가 좋아요. 우리 엄마 같아."

누가 또 나더러 성모 마리아가 되라고 한다. 임을 봐도 뽕을 딴 적이 없는데, 하늘을 봐도 별을 딴 적이 없는데, 엄마라니?

"진향 씨, 괜찮아요? 이제 그만 마셔요."

낮고 부드러운, 걱정에 찬 목소리다. 내가 취했다는 걸 새삼스레 깨닫는다. 어쩐지, 제대로 보이지도, 들리지도 않더라니, 내가 취했구나. 키득키득. 바보처럼 웃음이 나오는데 뭐가 웃긴지는 모르겠다.

"지완아······."

보고 싶다고 말하려는데 정신이 아득해졌다. 졸려 죽을 것 같다.

"언니? 언니, 일어날 수 있어요?"

머리가 아프고 무거워서 죽을 것 같은데 누가 자꾸 옆에서 깨웠다. 귀찮다고 손을 내저었지만 목소리는 계속 "언니."라고 불러대며 몸까지 흔들어댔다. 가뜩이나 뇌하고 두개골하고 따로 놀고 있는데 몸까지 흔들어대니 아주 죽을 맛이다. 찝찝하고 기분 나쁜 두통, 그리고 나른하면서도 무거운 몸뚱어리.

"벌써 한낮이에요. 꿀물 좀 마셔요, 언니."

안 떠지는 눈꺼풀을 억지로 떼자 앞이 흐릿했다. 손으로 눈을 비비고 나서야 겨우 사물이 좀 형체를 갖추고 시야로 들어왔다.

"……유민이?"

목소리가 어찌나 쉬었는지 말하고선 내가 놀랐다. 목 안이 마치 누가 모래라도 갖다 퍼부은 것처럼 깔깔했다.

"어제 많이 취했어요."

유민의 목소리를 듣는 둥 마는 둥 하면서 꿀물부터 마셨다. 차가운 꿀물을 벌컥벌컥 들이켜고 나자 겨우 살 것 같다는 느낌이 들었다.

"여기, 두통약도 드실래요?"

유민이 내민 약 두 알을 입에 넣고 마저 남은 꿀물을 비웠다. 에고, 속도 쓰리다.

"아우, 머리야."

침대에서 내려오려다가 바닥이 흔들거려 포기했다. 일본 술, 꽤나 뒤끝이 독하구나. 눈알도 뻐근하다.

"괜찮아요?"

"아니, 머리가 깨질 거 같아. 그런데 넌 멀쩡하다?"

드문드문 기억나는 술집에서의 일을 떠올리며 게슴츠레한 눈으로 유민을 쳐다보았다. 같이 술 마시고 취했는데 저쪽은 해맑고 싱싱해 보인다. 시들시들 풀죽은 배추 이파리 같은 내 몰골과는 비교도 안 된다.

"전 숙취라는 게 없거든요. 아무리 많이 취해도 자고 나면 멀쩡해요."

외모뿐 아니라 몸속 내용물까지 우월인자로군. 부럽다.

"용케 집까지 찾아왔네, 그래도."

얼굴을 찡그리며 여기가 내 집이란 걸 확인하고 다시 침대에 누웠다.

"오빠가 데리고 왔으니까요."

"그래? 오빠도 여기 있는 거야?"

깜짝 놀라 눈을 뜨고 묻자, 유민이 웃으면서 고개를 설레설레 저었다.

"아뇨. 데려다 주고 갔어요. 내가 여기 있겠다고 우겨서 전 남겨뒀대요."

유민이 웃음 섞인 목소리로 말했다. 나는 송우가 여기서 묵은 게 아니라는데 안도하며 긴 한숨을 내쉬었다.

"아무튼 언니 집인데 마음대로 수납장 열어서 약도 찾고 그랬어요."

미안해하는 목소리에 손을 저었다. 별걸 가지고 다 미안해한다.

"아냐. 오히려 내가 고맙다고 해야지."

"좀 더 주무실래요? 뭐라도 먹고 주무셔야 하지 않겠어요?"

"조금만 더 잘래. 미안하다."

눈을 감고 대꾸했다. 아무래도 지금은 제대로 생각을 하는 것도, 뭔가를 하는 것도 무리였다. 조금 더 자고 나면 최소한 이 빌어먹을 두통만은 사라져 있기를 빌며, 나는 까무룩 잠속으로 빠져들어 갔다.

두런두런 말소리가 멀리서 들려오고 있는 것 같았다. 뿌연 잠속에서 떠오르듯 깨어난 나는 눈을 비비고 몸을 일으켰다. 아직도 멍한 상태지만 최소한 두통은 많이 나아져 있었고, 정신도 어느 정도 돌아와 있었다.

"일어났어요, 진향 씨?"

부드러운 목소리에 눈을 뜨자 송우가 보였다. 헐, 아직도 꿈을 꾸나? 왜 송우 씨가 보이는 거야? 손으로 다시 눈을 비볐다. 그런데 여전히 송우 씨가 보인다. 그리고 그 뒤로 유민도 보였다. 아, 그랬었지. 어젯밤에 이 남매랑 술이 떡이 되도록 마셨었다.

"언니, 오빠가 걱정되어서 왔대요. 술 깨는 데 도움된다는 약도 사왔네요. 먹을래요?"

내가 침대에서 비실대며 내려오자 유민이 다가와서 물었다. 고개를 끄덕이고 약을 먹고 나자 내 몰골이 어떨지 심히 염려스러워졌다.

"잠시, 화장실 좀……."

송우의 얼굴을 제대로 보지 못하고 화장실로 들어가 거울을 봤다. 그리고 내 눈을 의심했다. 대체 넌 누구십니까? 저 팅팅 부은 거대 만두가 정녕 내 얼굴이란 말입니까? 이렇게 푸석거리는 피부가? 까치가 보면 홈 스위트 홈을 부르며 이사 올 것 같은 이 머리가?

아무래도 이 거울, 특수 강화 거울인가 보다. 이런 몰골을 비추면서 어찌 안 깨지고 있는지 신통방통하다.

너무도 흉측한 몰골에 부끄럽다는 생각조차 들지 않았다. 샤워 생각이 절로 떠올랐지만 밖에 있을 유민과 송우를 생각하니 차마 그것까지는 못하겠고, 일단 찬물에 얼굴 담그기와 삐친 머리 눌러주기로 스스로를 달랬다. 얼른 쫓아 보내고 샤워해야지.

이를 닦고 머리를 물 묻은 손으로 꾹꾹 누르고 나서 밖으로 나갔다. 송우가 식탁 위에 무언가를 차리고 있었다. 그냥 둘 다 가졌으면 좋겠는데, 대체 뭘 하고 있는 건지 모르겠다.

"만들 줄 알면 좋겠는데 그런 재주는 없고, 오면서 죽 전문점에서 죽을 사왔어요. 유민이랑 함께 드세요."

빙그레 웃으며 말하는 송우의 등 너머에서 풍기는 고소한 죽냄새에 허기가 졌다. 냄새를 맡아보니 잣죽이다. 내가 전복죽 다음으로 좋아하는 죽이다.

"전 이만 가볼게요. 잘 먹고 푹 쉬셔야 내일 또 일하실 거잖아요."

"어, 송우 씨도 같이 먹어요."

죽하고 약만 갖다주고 그냥 나가려는 송우에게 미안해서 붙잡았지만, 송우는 기어코 나가고 말았다. 왠지 좀 미안해진다. 나는 머리를 긁적이다가 냉장고를 열어 김치와 물을 꺼냈다. 식기수납장에서 그릇과 접시를 꺼낸 유민이 수저를 내어오며 불쑥 입을 열었다.

"여자 혼자 사는 집에 아무리 나하고 둘이라고는 해도, 오래 머물거나 불쑥불쑥 드나드는 거, 예의가 아니래요. 하여간 무슨 이조시대 선비도 아니고……."

유민이 죽을 덜어주며 입술을 비죽였다. 하지만 그런 송우의 마음 씀씀이가 고마웠기에, 나는 아무 말도 하지 않았다.

"맛있네."

죽을 한입 떠먹으며 말하자 유민도 고개를 끄덕였다.

"그래도 오빠는 내가 언니한테 받았던 죽 레시피로 만들어준 죽이 더 맛있다고 할걸요? 그때 사실 죽을 살까, 했었는데 아무래도 직접 하는 게 좋을 거 같아서 한 거거든요."

어딘지 은근한 미소와 눈빛에 나는 죽을 떠먹다 말고 유민을 물끄러미 바라보았다. 얘가 지금 무슨 말을 하고 싶은 걸까?

"한 3년 전에요, 오빠가 좋아해서 사귀던 여자가 있었어요. 그 여자도 처음에 우리 오빠 외모와 능력에 반했는지 얼씨구나, 하고 좋아했죠. 처음 봤을 땐 나도 좋은 여자인 줄 알았어요. 예쁘기도 하고, 애교도 많고, 또 오빠한테 잘해서요."

뜬금없는 이야기였다. 하지만 나는 별말하지 않고 죽을 먹으며 유민이 이야기하도록 내버려 두었다.

"그때만 해도 오빠가 유명세 타기 전이었고, 또 여자를 좋아해서 사귄 건 처음이었어요. 어쨌든 잘되어가는 거 같았죠. 그 여잔 오빠의 부드럽고 섬세한 면이 좋다면서 오빠랑 착 들러붙어 지냈고, 오빠한테도 잘했어요. 그런데 몇 달 지나고 나자 오빠더러 여자 같다느니, 사내답지 못하다느니, 어디 나가서 말도 제대로 못하고 얼굴이나 시뻘게진다고 온갖 투정과 험담을 하지 뭐예요? 자기는 남자다운 남자가 좋대나, 뭐래나……. 그리고선 그대로 오빨 배신하고 다른 남자한테 가버렸어요. 오빠가 노력해서 고쳐 보겠다고 해도 코웃음만 치면서 말이죠."

유민이 화가 난다는 듯 수저를 꽉 움켜쥐었다. 나는 뭐라 말을 해야 좋을지 몰라 그저 유민을 쳐다보기만 했다. 그 일로 송우 씨가 얼마나 마음에 상처를 크게 받았을까, 하고 생각하니 가슴 한구석이 짠했다.

"그 후로 오빠가 관심을 보이는 여자가 없었어요. 그런데 언니가 나타난 거예요."

유민의 눈이 반짝였다. 나는 숟가락을 내려놓으며 조금 긴장했다. 유민의 입에서 이어질 다음 말이 어쩐지 반갑지 않았다.

"처음엔 그냥 친절하고 잘 웃는 가게 여주인이라고만 생각했대요. 그러다 언니가 남은 도넛을 양로원이나 노인정에 가져다주는 걸 알고 참 착한 사람이구나, 싶었고요. 가게를 자주 들락

거리면서도 언닐 좋아하는 자신의 마음을 제대로 눈치채지도 못하고 있었던 거예요. 과거 일 때문에 자신을 남자로 봐주고 좋아해 줄 여자가 있을 거라고 생각하지 못하고 있었으니까요. 답답한 사람이죠."

"……."

"그러다가 언니가 오빠한테 이성으로 호감을 갖고 있었다는 걸 알고는 깨달았대요. 자기도 언니를 좋아하고 있었다는 걸요. 물론 김지완 씨가 언니 애인이 되고 난 후라서 완전 뒷북이 되고 말았지만요."

유민이 물컵의 물을 한 모금 마시고 나서 진지한 표정으로 나를 보았다.

"언니, 우리 오빠는 영 안 되는 거예요? 언니도 우리 오빠를 싫어하는 건 아니죠? 내 오빠라서가 아니라 정말 좋은 사람이에요. 언니에게 애인이 있다고 하는데도 자기가 언닐 좋아하는 마음은 자기 것이니까 그냥 갖고 가겠다고 해요. 내가 언니에게 이런 말 하는 걸 알면 오빠가 무척 화를 내겠지만, 난 오빠가 겨우 다시 용기를 가지고 누군가를 좋아하게 되었는데, 이대로 아파하며 묻어야 한다는 게 슬프고 아쉬워요."

유민의 커다란 눈을 보며 나는 당혹감에 빠졌다. 그녀의 마음은 이해할 수 있지만 내 입장이란 것을 전혀 고려하고 있지 않는 질문과 말에 난처했다.

송우도 그렇고, 유민도 그렇고, 이 남매는 서로를 생각하고 위해주는 마음이 참 깊은 데 반해 상대에 대한 배려가 놀라울 정도로 없었다.

악의가 있다는 것은 아니다. 하지만 상대방을 불편하게 한다는 것을 모른다. 아니, 설령 알고 있다고 해도 자신들의 뜻이 먼저다. 어쩌면 저런 태도가 그들 남매를 세상으로부터 조금 멀어지게 하고 있는 게 아닐까, 하는 생각이 든다. 그래서 더욱 둘을 탄탄하게 뭉쳐 있도록 만드는 것일 수도 있고.

"유민아."

나는 말을 고르기 위해 잠시 입을 다물었다가 다시 말을 이었다.

"송우 씨가 좋은 사람인 거, 나도 알아. 인간적으로 나도 송우 씨를 좋아해. 하지만 너나 송우 씨가 말하는 이성적인 감정은 아니야. 오빠를 생각하는 네 맘은 알겠지만, 이런 게 날 상당히 불편하게 만들고 있다는 걸 모르겠니? 내가 싱글도 아니고, 엄연히 애인이 있다는 걸 알면서도 이러는 건 예의가 아니잖아. 게다가 송우 씨 본인이 이미 납득하고 있는 일인데, 네가 나서서 이러면 곤란해."

유민의 얼굴이 붉어졌다. 시선을 내리며 불만스런 표정을 짓는 유민을 보며, 나는 그녀가 상당한 어리광쟁이라는 것을 깨달았다. 하긴, 저렇게 예쁘고 사랑스러우니 주변에서 오냐오냐하며 모든 걸 다 받아주었다고 해도 무리는 아니다.

"마음은 고마워. 솔직히 송우 씨 정도면 나한테 과분한 사람이라고 생각해. 하지만 사람 마음이란 게 그래. 이미 누군가 들어와 있으면 다른 사람에게 나눠줄 자리 같은 건 없어. 적어도 난 그래. 게다가 내 애인은 김지완이야. 네가 팬일 정도로 멋진 남자잖아? 나라면 물불 안 가리고 아껴주는 사람이야. 지완이 이외의 다른 남자, 내 눈에 안 보여."

나는 최대한 친절하게, 그러나 다부진 태도로 말했고, 부디 유민이 나의 진심을 받아들여 주길 바랐다. 오빠를 도와주려는 동생의 입장과 마음은 충분히 이해할 수 있지만, 그렇다고 해서 내가 송우에게 마음을 줄 수는 없는 노릇이었다. 세상엔 아무리 떼를 써도 안 되는 일이란 게 있는 법이다. 설령 그 떼를 쓰는 사람이 천하제일의 미녀라고 해도 말이다.

"……알았어요. 언니가 그렇다면 할 수 없죠. 너무 나쁘게 생각하진 말아주세요. 그저 우리 오빠가 너무 안타까워서, 그리고 나도 언니가 참 좋고……."

아직도 완전히 수긍하는 눈치는 아니지만 미안해하는 기색은 보였다. 나는 빙그레 웃으면서 고개를 가로저었다.

"화내는 거 아니야. 네가 하는 말이 무슨 뜻인지도 알아. 그저 내 입장도 네가 생각해 줬으면 해서 하는 말이야. 네가 자꾸만 송우 씨와 날 억지로 이어주려고 한다면, 나도 널 계속 볼 수는 없으니까."

유민의 얼굴이 보기 안쓰러울 정도로 딱딱하게 굳어졌다. 내 말이 좀 모질게 들렸을 수도 있었겠다. 하지만 솔직한 심정이었고, 더 골치 아프기 전에 여기서 매듭을 지어야 했다. 유민에게 어떤 식으로든 송우와의 미래가 가능하다는 식의 틈을 보여주고 싶진 않았다. 지금 내겐 지완 이외의 다른 남자는 신경 쓸 여유도, 이유도 없었다.

"알았어요, 그러니까 날 안 본다는 그런 말은 하지 마세요."

유민이 얼굴을 찡그리며 황급히 말하고는 숟가락을 내려놓고 일어났다. 먹던 건 마저 먹고 가라고 하고 싶었지만 굳이 말리지는 않았다. 사실, 나도 피곤해서 혼자 있고 싶었다.

"언니."

현관 앞에 서서 배웅하는데 유민이 문을 열다 말고 고개를 돌렸다.

"응?"

"저…… 미안해요."

"아냐, 괜찮아. 네가 알아줬으니까 그걸로 됐어."

머뭇거리며 사과하는 유민을 보내고 문을 닫고 나자 맥이 탁 풀렸다. 어제, 오늘, 숙취도 숙취지만 감정적인 소모가 너무 심했다는 생각이 들었다. 당분간은 유민이고, 송우고, 부딪히고 싶지 않았다.

주방으로 돌아와 식탁을 정리하려다가 문득 지완이 전화를 했을 거라는 생각이 들었다. 내가 전화를 받지 않아서 열이 머리 꼭대기까지 올랐을지도 모르겠다. 정말 어쩌자고 어제 그렇게 퍼마셨는지 모르겠다.

휴대전화를 찾아 이리저리 뒤적거린 끝에 베개 아래쪽에서 찾았다. 그리 정신없는 와중에도 전화 받을 거라고 저기 두고 잤나 보다.

전화기를 열던 나는 껌껌한 액정을 보고는 당황했다. 전화기가 꺼져 있는 상태였다. 지완이 전화를 했을까 봐 황급히 전원을 켜고 메시지가 남아 있는 것이 있나 확인했지만, 다행인지 불행인지, 아무 메시지도 없었다. 아마 지완도 바빴던 모양이다.

시계를 본 나는 뉴욕이 새벽일 거라는 사실에 망설였다. 지금 전화를 하고 싶지만, 잘 자고 있는 애를 깨우고 싶지는 않았다. 두어 시간 있으면 그나마 아침이니 괜찮지 않을까? 지금은 새벽이라고 봐야 하는데.

망설이다가 찜질방이나 가자고 결론을 내렸다. 일단 땀을 쭉 빼고 와서, 상쾌한 기분으로 지완에게 전화를 하는 거다.

후다닥 청소를 하고 곧장 찜질방으로 향했다. 오후의 햇살이 지나치다 싶을 정도로 뜨거운 날이었다.

찜질방에서 나왔을 때 해는 이미 완전히 저물어 있었다. 이유는 간단했다. 잠시 누워 있어야지, 해놓고선 아주 늘어지게 잤기 때문이다. 그나마 일어난 것도 옆에 있던 아주머니가 물병을 밀쳐서 차가운 물병이 팔에 와 닿았기 때문이지, 그게 아니었다면 내일 아침까지 잤을지도 모를 일이었다. 아이고, 맙소사.

집으로 오면서 휴대전화로 전화를 했지만 지완의 휴대전화는 자동으로 음성메시지로 넘어갔다. 운동을 하고 있는 걸까, 아니면 일이 바쁜 걸까?

에이전시를 바꾼다고 했으니 겸사겸사 그 일과 패션쇼 일을 한꺼번에 본다고 했는데, 잘 모르겠다. 에이전시를 바꾸면 매니저도 함께 바꿔야 할지 모르는 상황이라고, 그러나 지금 매니저에게 불만이 없는 지완은 매니저를 그대로 두고 싶다고 했다. 어찌 될지는 모르지만 그 문제가 좀 골치 아플 것처럼 보였는데, 잘 해결되었으면 좋겠다.

집으로 돌아와서 내일 가지고 갈 점심으로 김밥을 만들고 있는데 초인종이 울렸다. 찾아올 사람이 없는데 누군지 모르겠다.

일회용 비닐장갑을 낀 채로 현관으로 가서 모니터를 보곤 깜짝 놀랐다.

현이었다. 연락도 없이 이 시간에 웬일일까? 혹시 지완에게 무슨 일이라도? 좀 굳은 듯한 이현의 모습에 안 좋은 생각부터 불쑥 들었다.

비닐장갑을 벗고 문을 열자 현이 나를 잠시 보더니 한숨을 쉬었다. 안도하는 그 모습에 나는 어리둥절해졌다.

"이현 씨?"

"잠시 들어가도 될까요?"

"예? 아, 예."

몸을 비키자 이현이 들어왔다. 무슨 향수를 쓰는지 몰라도 향이 참 좋다. 인물만 좋은 게 아니라 향기롭기까지 하다. 하긴, 지완도 무척 향기롭지만.

"아무 일 없는 거죠, 진향 씨?"

"무슨 일요?"

"지완이 녀석이 하도 난리를 쳐서 말이죠."

"지완이한테 무슨 일 있어요?"

"아뇨, 지완이는 괜찮아요. 아마도……."

뒷말이 하도 작아서 제대로 알아듣기가 힘들었지만 아무튼 지완에게 무슨 일이 심각하게 생긴 건 아니라는 소리였다. 다행이다.

"지완이가 괜찮다니 다행이네요. 아, 참. 뭐 드실래요? 아니면 마실 거라도?"

"냉커피 있으면 한 잔 주세요."

"설탕 넣으세요?"

"전 단 거 아주 좋아합니다. 물론 많이 먹으면 곤란하지만요."

"그럼, 맛있게 만들어 드릴게요."

냉장고 문을 열고 연유와 우유, 그리고 인스턴트 커피 한 통을 통째로 졸여 만든 액을 꺼냈다. 커다란 컵에 커피 액을 넣고, 연유와 우유를 넣어 잘 섞은 후 얼음을 듬뿍 넣어 내놓았다. 엄마가 예전부터 즐겨해 먹던 커피로, 부드럽고 달착지근해서 나도 무척 좋아한다.

"와, 커피 전문점 것보다 맛있는데요?"

한 모금 마신 현이 눈을 크게 뜨며 감탄했다.

"그렇죠? 우유를 많이 써서 부드럽고 맛있어요. 그나저나 지완이가 난리를 친다는 게 무슨 뜻이에요?"

현의 맞은편에 앉으며 묻자 커피를 마시던 현이 어이없다는 듯 한숨을 한 번 크게 내쉬었다.

"지완이가 별난 거죠."

"네?"

"전화를 했는데 안 받는다고, 뭔가 일이 생긴 것 같다고 버럭질 메시지를 남겨놨지 뭡니까. 저더러 집으로 찾아가서 무사하다는 걸 확인하라고 아주 난리도 아니었어요. 저도 어젯밤은 자고 있어서 미처 전화를 받지 못했는데, 오늘 확인해 보니까 남겨져 있더라고요. 나도 일이 있어서 곧장 오지는 못했고, 일 끝나자마자 지금 온 거예요."

현이 고개를 설레설레 저었다. 나는 현에게 미안해져서 얼굴이 달아올랐다. 하여간 그놈도 성질머리 한번 대단하다. 내가 전화 하루 못 받았다고 이현을 족치다니, 어이가 없다. 하지만 부재중 전화는 없었는데? 어째서 현에게는 메시지를 남기고 나한테는 안 남긴 거지?

"어제 아는 동생 생일이라 어울려서 술을 마시고 자느라 전화를 못 받아서 그랬나 봐요. 죄송해요, 괜히 이현 씨만 헛걸음하셨네요. 저한테 전화를 하셔도 되는데."

내가 사과를 하자 현이 머쓱한 표정을 지었다.

"아, 제가 진향 씨 전화번호를 모르거든요."

아차, 그렇지. 내가 가르쳐 준 적이 없다.

"그나저나 이상하네요, 제 전화엔 메시지도 없었고 부재중 전화도 없었는데……."

내가 고개를 갸웃거리자 이현도 미간을 찌푸렸다. 이해가 가지 않는 일이었다. 하지만 우리 둘이 얼굴을 바라본다고 해도 뭔가 달라질 것도 없었다. 어쨌거나 내가 무사해서 다행이라고 말한 현은 커피를 다 마시고 나서 일어났다. 현관에서 헛걸음시켜 미안하다고 다시 말하자 현은 고개를 저으며 웃었다.

"덕분에 정말 맛있는 커피 얻어 마셨잖아요. 괜찮아요."

가슴 떨리게 하는 미소를 남긴 현이 사라진 후, 나는 다시 지완에게 전화를 했다. 하지만 여전히 부재중으로 바로 넘어가고 있어 속이 탔다. 아무래도 전화기를 꺼놓고 있는 것 같다. 일 초라도 좋으니까 빨리 통화하고 싶은데, 도대체 얘는 뭘 하고 있나 모르겠다.

쿵쿵쿵쿵.

멀리서 들려오는 소리에 눈을 떴다. 몸이 뻐근하니 아팠다. 캄캄한 주변을 둘러보다가 그제야 내가 게임을 하다가 빈 백에서 그냥 잠이 들었다는 것을 깨달았다. 지완에게 아무리 전화를 해도 연락이 되지 않아 혼자 게임이나 하자며 앉았다가 그대로 잠이 들었던 모양이다.

쿵쿵쿵.

문을 두드리는 둔탁한 소리에 나는 자리에서 벌떡 일어났다. 멀쩡한 초인종 놔두고 오밤중에 어떤 잡것이…… 헉!

모니터를 보던 나는 눈을 비볐다. 내가 꿈을 꾸고 있는 걸까? 하지만 분명히 보이는 건 지완이었다. 하지만 어떻게? 왜?

"지완아?"

얼른 문을 열자 작은 여행용 가방을 든 지완이 가방을 놓고 나를 덥석 끌어안았다. 놀라서 멍하니 있는 나를 안고 안으로 들어선 지완은 문을 잠그고 나서 실내를 휙 둘러보았다.

"지, 지완아, 너 여기서 뭐하는 거야? 아니, 어떻게 여기 있는 거야?"

"그 자식 여기 있어?"

"뭐?"

"여기 있는 거냐고?"

흥분해서 사방을 두리번거리는 지완을 보며 나는 얼이 빠졌다. 누가 여기 있다는 것 자체가 말이 안 된다는 생각과 함께 도대체 무슨 소릴 하는 건지 하나도 알 수가 없었다.

"누가 어디 있어? 여기 내 집이야. 나 말고 누가 있다는 거야?"

기가 막혀 물었더니 지완이 몸을 휙 돌려 나를 노려보았다. 아까 반가워서 끌어안을 때는 언제고, 이젠 또 뭐하자는 건지 모르겠다.

"대체 무슨 일이야? 어떻게 온 거야? 여기 오느라고 전화도 못 받은 거야?"

내가 놀란 가슴을 진정시키지 못한 채 다가서서 묻자 지완은 대답 대신 오히려 화를 냈다.

"너야말로 어떻게 된 거야? 대체 내가 잠시 없는 사이에 송우인지, 송사린지, 그놈하고 무슨 짓을 하고 다니는 거냐고!"

"무슨 짓이라니? 내가 뭘 어쨌다고?"

"그 자식이랑 술 마시고 집까지 데려왔다면서? 대체 뭐하자는 거야, 엉? 내가 미치는 꼴을 봐야겠다는 거야, 뭐야?"

지완의 목소리가 커지고, 나는 놀라서 입을 벌렸다. 아니, 지완이가 그걸 어떻게 아는 거지? 굳이 감추려고 한 것은 아니지만, 어제 있었던 일을 지완이 알고 있다는 자체가 너무 놀라워서 말이 나오지 않았다.

"사실이야? 그 자식, 여기도 오고 같이 술 마시고 그랬던 거야? 정신을 못 차릴 정도로 마실 만큼, 그 자식을 믿고 의지하는 거야? 그래?"

따지는 지완의 목소리에 나는 기가 막혔다. 정말로 콧구멍이 두 개가 아니라 하나였다면 숨이 막혀 죽었을지도 몰랐다.

"지완이 너, 왜 그래? 도대체 무슨 생각을 하는 거야? 겨우 그까짓 걸 알기 위해 미국에서 날아왔다는 거야?"

"그까짓 거라니? 그까짓 거라니! 너 같으면 네가 오밤중에 나한테 전화했는데, 어떤 여자가 냉큼 받아서, 지금 지완 씨는 전화받을 상황이 아니에요. 우리 언니랑 같이 있거든요. 지완 씨가 많이 취해서 언니가 부축해서 집까지 가는 중이니, 내일 다시 전화하세요. 요러고 탁 끊어버리면, 그리고 전화가 불통이면, 어떤 생각이 들 거 같아? 아, 그렇구나, 이러고 말래? 그래?"

분노로 번들거리는 지완의 눈빛이 매서웠다. 나는 지완의 말에 멍해졌다가, 곧 화가 났다. 물론 지완이 아니라 유민에 대해.

내가 취해 있는 틈을 타서 유민이 지완의 전화를 중간에서 가로챈 거다. 그것도 내 휴대전화의 내역까지 홀랑 다 지워 버리면서.

휴대전화를 끈 것도 틀림없이 유민이겠지. 세상에, 기가 막혀 쓰러질 것 같다. 내가 그렇게 잘 대해줬는데, 그 대가가 겨우 이런 것이라니.

"도대체 무슨 일이 있었던 거야? 그 자식, 어디 살아? 전화번호가 뭐야? 당장 여기로 오라고 해!"

멍하니 있는 내가 답답했는지 지완이 소리를 치며 바닥을 한번 발로 쾅 굴렀다. 나는 흥분한 지완에게 다가가 팔을 붙잡고 그의 턱 바로 아래에서 똑바로 올려다보았다.

"날 봐, 김지완."

여기서 나까지 흥분할 수는 없었다. 지금은 펄펄 끓고 있는 지완의 화부터 가라앉히고 봐야 했다. 유민이는 두 번째였다.

지완과 내 시선이 마주쳤다. 나는 지완의 검은 눈동자를 찌를 듯이 들여다보며 또박또박한 목소리로 말했다.

"정황상으로 보자면 네 말이 맞아. 하지만 그게 진실은 아니야. 나, 송우 씨랑 아무 관계도 없었고, 앞으로도 없을 거야. 그건 하늘에 대고 맹세할 수 있어. 아무 일도 없었어. 정말로, 진짜로!"

"……."

"나, 너한테 거짓말 안 해. 아니, 못해. 해도 네가 다 아니까. 송우 씨 동생 유민이가 얼마 전부터 나랑 좀 친하게 지냈는데, 어제가 생일이라서 내가 생일상 차려줬어. 엄마가 새엄마라서 그리 사이가 좋지 않다 하더라고. 생일인데 미역국 하나 변변히 못 얻어먹는 거 같아서 초대했고, 송우 씨가 함께 와서 저녁 같이 먹었어. 그리고 유민이가 술 한잔하자고 졸라서, 셋이서 늦게까지 술 마셨고, 그래, 내가 취했어. 송우 씨가 집까지 데려다준 것도 사실이야. 하지만 여기서 잠을 자진 않았어. 잔 건 나랑 유민이, 둘뿐이야. 유민인 자기 오빠가 날 좋아한다고 하니까 앞뒤 못 재고 무조건 나랑 연결시켜 주려고 그런 짓을 한 모양인데, 내가 그거 알고 따끔하게 말했어. 그러니까 너 혼자 멋대로 앞서 가서 상상하지 마."

정신없이 사실대로 다 주절거리긴 했는데 말이 제대로 다 전해졌는지는 자신이 없었다. 아무 말도 하지 않고 아직 열기가 남아 있는 눈으로 나만 뚫어져라 보고 있는 지완의 표정은 여전히 무서웠다.

　잠시의 침묵이 있었다. 마치 눈싸움하는 사람처럼 서로를 뚫어지게 쳐다보던 중, 어느 순간 지완의 표정이 조금씩 풀리기 시작했다. 동시에 지옥에서 뛰쳐나온 짐승처럼 흥분해 있던 지완의 기운도 서서히 누그러졌다. 나는 꽉 잡고 있던 지완의 팔에서 내 손을 풀고, 대신 지완의 겨드랑이에 팔을 밀어 넣어 녀석을 꼭 끌어안았다.

　그 전화 때문에 앞뒤 못 가리고 여기까지 날아올 만큼 나에 대한 마음이 깊어서 고마웠고, 그러면서도 나를 믿지 못해서 왔다는 것에 화가 났다.

　"나를 그렇게 못 믿어?"

　나를 마주 안는 지완의 가슴을 밀어내며 물었다. 지완이 얼굴을 찡그리며 나를 보았다.

　"무슨 소리야?"

　"겨우 그런 도발에 홀딱 넘어가서 이렇게 화를 내고 쫓아올 정도로 날 못 믿는 거냐고 물었어."

　"네가 내 입장이라면 아, 거짓말이군, 날 도발하는 거야, 하하, 이러고 넘어갔을 거 같아?"

　지완의 눈빛이 깊어졌다. 그리고 그 말이 옳았다. 아마 나였더라도 불안하고 화도 나고 답답해서 미쳤을 것이다.

　"그래도 날 믿어줬어야지."

　"널 못 믿어서가 아니라 그 자식을 못 믿어. 그리고 내가 네 곁에 있어주지 못하니까 솔직히 불안해. 네가 쓸쓸할 때, 심심할 때, 곁에 못 있어주니까 마음이 조급해진다고. 혹시라도 네 마음이 약해져 있을 때 누가 틈새 치고 들어올까, 짜증난다고. 그게 네 취향으로 생긴 그 자식이라면 말할 것도 없잖아."

"나는 뭐 안 그런 줄 아니? 네가 세계의 유명한 미인 모델들한테 둘러싸여 있는 거 뻔히 알면서, 나는 불안하지 않은 줄 알아?"

서로 불퉁해져서 속에 있던 불안감을 쏟아놓고 말았다. 그러다 웬지 바보 같다는 생각이 들었다. 지완이가 그렇게 질투하는지 몰랐다. 아니, 질투가 심하다는 것은 알고 있었지만 나처럼 똑같이 불안해하고 있는 줄은 몰랐다. 그도 그럴 것이, 이 자식은 김지완이 아닌가 말이다. 괜히 피식, 웃음이 나왔다.

"뭐가 우스워? 난 아직도 화가 안 가라앉는데."

"그냥, 너도 나처럼 불안해한다는 게 좀 신기하기도 하고, 좋기도 하고, 우리 천생연분이다, 이런 생각도 들고……."

"뭐?"

"너도 무늬만 왕자님이지, 속은 방자야. 향단이 짝지, 방자."

"까분다?"

"내가 네 앞에서 까불어야지, 뉘 앞에서 까불까?"

내가 눈을 동그랗게 뜨고 생글거리자 지완도 피식 웃고 말았다. 불같은 녀석이지만 그래도 내가 거짓말을 하는지, 진실을 말하는지, 귀신처럼 안다. 그리고 금세 풀어지기도 한다. 녀석

의 단점이자 장점, 그리고 매력이다. 이러니 미워할래야 미워할
수가 없다.

"그런데, 어떻게 이렇게 빨리 왔어? 비행기 표가 그리 시간에
맞춰 있었어?"

내가 다시 지완의 허리를 껴안으며 묻자 지완이 내 어깨를 안
고 이마에 입을 맞추고 나서 대답했다.

"그럴 리가 있겠냐? 전용기 타고 왔다."

"전용기라니? 너, 비행기도 있어?"

"없어. 앞으로 생기면 몰라도. 미친 척하고 탑 에이전시 사장
전용기 빌렸다. 계약 기간, 조건, 다 그쪽 원하는 대로 해주겠다
고 하고서. 딱 하나, 매니저 형 그대로 두는 것만 빼고. 내일 다
시 타고 돌아가야 해. 얼마나 급했던지 전화기도 뉴욕에 그냥
놔두고 왔다. 술 취한 너한테 무슨 일이 생길까 봐……. 그래서
전화 연락이 안 됐던 거고."

한숨을 쉬며 중얼거리던 지완이 나를 꼭 껴안고는 말했다.

"내일, 나랑 같이 갈래?"

"……가게는 어쩌고?"

"내가 지금 가서 확 불 질러 버릴까?"

"야, 김지완!"

"말이 그렇다는 거야. 답답해서."

지완의 마음을 알 것 같아서 아무 말 않고 녀석을 꼭 껴안아
주었다. 문득 지완이 나를 조금 떼어놓으며 길게 하품을 했다.

무척 피곤해 보였다. 그럴 만도 하지, 그 먼 데서 여기까지 날아왔으니.

"졸려?"

내가 묻자 지완이 고개를 저었다. 이미 피곤이 잔뜩 들러붙어 있는 얼굴인데.

"잠시 누워."

침대로 지완을 끌고 가서 눕혔다. 순순히 따라와 베개에 머리를 기댄 지완이 슬그머니 내 허리를 감아 당겼다. 내가 반항없이 따라가서 옆에 눕자 지완이 귀에 대고 속삭였다.

"오늘은 **빨간 모자 쓴 손님** 없지?"

은근한 목소리에 얼굴이 달아올랐다. 내가 고개를 젓자 지완이 게슴츠레한 눈으로 부드럽게 웃더니 내 입술에 키스를 했다. 떨어져 있는 동안 내가 지완이를 이렇게 그리워하고 있었구나. 가슴이 저려올 정도로 행복해서, 나는 팔을 지완의 목에 두르고 그의 키스를 아낌없이 받고 또 되돌려주었다. 몸 구석구석에서 전류가 파직파직 피어오르는 것 같았다.

"진향아……."

한참을 키스하던 지완의 입술이 떨어져 나가더니, 곧 목소리가 나른하게 늘어졌다. 나는 지완의 가슴을 깊이 파고들며 "응." 하고 대답했다.

"사랑해. 다른 데 보지 마. 너 없으면 난 안 돼……."

지완의 손이 내 볼을 어루만지다가 스러지는 말꼬리를 따라 멈추었다. 그리고 곧 고른 숨소리가 내 머리 위로 느껴졌다. 녀석이 잠든 것이다.

지완이 깰까 봐 살그머니 몸을 빼내며 잠든 그의 얼굴을 바라보았다. 얼마나 지치고 피곤했으면 긴장이 풀리자마자 쓰러질까? 아기처럼 잠든 모습을 보니 가슴에 강물이 넘치는 것처럼 감정이 벅차올랐다. 너무너무 사랑스러워서 눈물이 날 것 같았다.

"나도 너 없으면 안 돼."

지완의 입술을 살짝 훔치며 속삭였다. 그리고 지완의 손을 마주잡은 채로 나도 잠에 빠져들어 갔다.

삐삐삐삐.

알람 소리에 눈이 떠졌다. 일하러 나가야 하는 시간이다. 나는 아직도 자고 있는 지완을 보다가 몸을 굴려 침대에서 내려왔다. 욕실로 가서 샤워를 하고 점심을 챙겼다. 그리고 지완에게 남기는 메모를 적는데, 갑자기 부스스한 모습으로 지완이 벌떡 일어났다. 깜짝 놀라서 쳐다보니, 지완도 멍한 눈으로 나를 바라보고 있었다.

"지금 몇 시야?"

지완이 물어 시계를 보았다.

"새벽 3시 조금 못 되었는데?"

"나, 잔 거야?"

"응. 피곤했나 봐."

지완이 머리를 긁적이다 생각이 난 것처럼 물었다.

"우리, 어제 혹시……?"

"혹시?"

"했나?"

단도직입적인 질문에 얼굴이 화끈거렸다. 나는 고개를 저었고, 지완은 안도의 한숨을 내쉬었다.

"난 또 내가 기억을 못하는 줄 알고 당황했네. 너랑 잔 거 같았는데."

"자긴 같이 잤어. 손만 잡고."

"손만 잡고?"

"응. 건전하게. 손잡고 사이좋게 잤어."

지완이 한숨을 푹 쉬었다.

"뉴욕에서 멋지게 보내라고 그러는 거야. 실망하지 마."

내가 달래자 지완이 불퉁한 얼굴로 뭐라 작게 중얼거렸다. 욕 같기도 하고, 투정 같기도 하고, 하여간 귀엽다.

"진향아."

"응?"

"나 만나러 올 때까지 다른 데 보면 안 돼. 알았지?"

"노래에 있지?"

"뭐?"

"I only have eyes for you……."

유명한 재즈 한 부분을 부르자 지완이 빙그레 웃었다. 오직 당신밖에 보이지 않는 눈을 가졌다는 달콤하고 사랑스러운 노래다.

"눈에서 멀어진다고 마음까지 멀어지지 마."

지완이 내게 다가와서 손을 잡으며 말했다. 나는 다가오는 지완의 입술을 기다리며 속삭였다.

"그럴 틈이 어딨니? 이렇게 태평양을 날아오는 슈퍼맨이 있는데."

정말이다. 지완과 내 사이는 마음은 고사하고, 눈도 멀어질 틈이 없다. 이미 서로를 향해 눈이 멀어서 아무것도 보이는 게 없으니까.

뉴욕이 진심으로 기다려진다.

나는 이진향에게 미쳐도 단단히 미쳤다. 설마하니 나도 내가 이런 미친 짓을 할 줄 몰랐다. 그래도 가만히 있을 수는 없었다. 설마, 하면서도 온갖 상상이 멋대로 머릿속에서 펼쳐지는데, 고문이 따로 없었다.

이진향, 향단이, 이노무 지지배. 내가 그렇게 이르고 일렀는데 내 말을 동네 강아지 짖는 소리로 들었던 거냐? 게다가 대체 그 우리 오빠 어쩌고 하는 망할 계집애는 또 뭔가 말이다.

에이전시 사장의 전용기를 빌려 타고 날아오는 내내 속이 부글부글 끓어서 죽는 줄 알았다. 물론 도착해서 별일이 없었다는 걸 확인하고 나니 한숨 놓이긴 했는데, 아무래도 이거 확실히 도장을 찍지 않으면 안 되겠다.

뉴욕에서 보자, 이진향. 내 여자라는 거, 뼛속까지 새겨줄 테니까.

　가게와 집으로부터 15분 정도 떨어진 곳에 있는 메이크업 학원에 등록했다. 한 달 코스인데, 일주일에 두 번, 저녁 7시부터 8시 30분까지 수업을 받는다. 목적은 물론 내 얼굴에 그림 그리기.

　운동은 따로 시간을 뽑아 등록하기가 무리라, 지완이 집에 있는 녀석의 트레이닝 기구를 사용하기로 했다. 어차피 가끔 청소해 주러 들어가니까.

　하지만 아직까지 사용한 적은 딱 한 번, 러닝머신에서 40분 정도 달린 것이 전부다. 생각은 있는데 역시 몸이 안 간다. 이러니 살이 빠질 리가 있나.

　지완이 질투와 걱정에 못 이겨 태평양을 횡단해서 날아왔다

가 다시 날아간 이틀 후, 나는 유민에게 전화를 해서 만나자고
했다. 전화기 너머에서부터 풀이 죽어 있던 유민은, 커피숍에서
나를 보자마자 눈에 눈물부터 그렁그렁, 묻지도 않은 말을 줄줄
이 쏟아내며 연방 죄송하다는 말만 되풀이했다.

나는 유민의 눈물 바람을 묵묵히 지켜보고 또 들어주었다. 그
녀 말마따나 악의가 있었다고는 생각지 않았다(아니, 조금은 있었
겠지만). 오빠를 도와주고 싶었다는 말도 믿었다. 나를 정말로
좋아한다는 그 말도 믿을 수 있었다. 그러나 누군가를 좋아한다
고 해서 그녀가 한 짓이 모두 옳은 일이 될 수는 없었다. 그녀는
유치하고 치사한, 그러나 치명적이 될 수도 있는 일을 저질렀
다. 자신의 욕심을 위해서, 다른 사람의 가슴에 상처가 될지 어
떨지 염두에 두지 않은 것이다.

"언니, 왜 아무 말이 없어요?"

30분 가까이 혼자 울고 변명을 하던 유민이 조심스레 내 눈
치를 살폈다. 그리고 나는 유민의 행동과 말, 표정을 유심히 보
다가 내 생각이 맞았다는 것을 재확인했다.

그녀는 정말 지독한 어리광쟁이다. 첫인상에서 느꼈던 차분
하고 착한 이미지는 이제 사라지고 없다. 지금도 입으로는 미안
하다고 하는데 눈치를 보는 모양새가 자신이 울면 그걸로 다 용
서받을 수 있다고 믿는 것 같았다. 하긴, 저렇게 예쁜 얼굴로 울
면서 사과하면 화를 낼 수 있는 사람이 그리 많을 것 같진 않다.

생일인데도 친구가 없는 이유를 알 것 같았다. 가뜩이나 너무

예뻐서 함께 다니면 주눅이 들 판국인데, 거기다 성격마저 애매모호하다. 아예 못되어먹었다면 이쪽에서도 그에 걸맞게 대해 주겠는데, 꼭 그런 것만도 아니니 찝찝해지는 것이다. 문득 어디선가 읽었던 문구 하나가 떠오른다. '애매모호한 친구보다 명확한 적이 낫다'.

유민이가 내 적이라고는 생각하지 않지만 예쁜 여동생 같다는 생각은 이제 안 든다. 나를 송우와 엮어주려는 것도 정말로 송우를 위해서인지, 아니면 유민 자신이 원해서인지 잘 모르겠다.

"유민아."

"네, 언니."

"너, 네가 그냥 미안하다고 울기만 하면 뭐든지 용서받을 수 있다고 생각하는 거니?"

"네?"

"예쁘니까, 무조건 네가 무슨 짓을 해도 울면서 용서를 빌면 다 된다고 믿어?"

"언니……?"

멍한 표정과 흔들리는 눈빛이 애처로워 보였다. 하지만 나는 마음을 독하게 다잡았다. 정확히 다는 몰라도 집에서 오냐오냐, 무조건 예쁨만 받으며 자랐을 것이다. 어머니가 돌아가시고 나서는 아버지와 오빠로부터 더욱 맹목적인 보호와 사랑을 받았겠지. 새어머니가 들어와서는 그 정도가 심해졌을 게 뻔했다.

아버지는 죄책감에, 송우는 동질감과 보호해 줘야 한다는 책임 감에, 그래서 유민은 이제 손을 대볼 수 없을 정도의 응석받이 가 되어버린 것이다. 그렇지 않고서야 이렇게 철없이 굴 수는 없다. 아무리 나이가 어리다고 해도 스물이면 마냥 어리다고만 할 수도 없는 나이지 않은가.

"네가 나한테 한 짓은 운다고 그냥 넘어갈 일이 아니었어. 넌 내가 애인이 있다는 걸 뻔히 알면서도 송우 씨와 날 이어주고 싶다는 네 욕심에, 내 입장 같은 건 염두에 두지도 않았어. 비겁 하게 내가 널 아낀다는 걸 이용했어. 내 애인에게서 온 전화를 중간에서 낚아챈 것도 모자라서 통화 내역도 다 지우고, 전화기 까지 꺼놓았잖아. 내가 그걸 어떻게 받아들여야 하겠니? 네가 잘못했다면서 우니까 그냥 괜찮다고 해야 해?"

목소리가 좀 커졌다. 나는 숨을 잠시 멈추고 마음을 가라앉혔 다. 여기서 버럭버럭 소리를 지르고 싶은 마음은 없었다.

"앞으로 나 찾아오거나 전화하지 마라. 여기서 널 더 미워하 고 싶지 않으니까."

"어, 언니⋯⋯."

"네가 정말로 네 오빠를 아끼고 위해주고 싶다면 앞으로 이런 치사한 짓은 하지 않는 게 좋을 거야. 네가 굳이 이러지 않아도 네 오빠, 객관적인 눈으로 봐도 착하고 멋진 남자야. 분명히 제 대로 볼 줄 알고 사랑해 줄 여자가 나타날 거야. 네가 이런 식으 로 한다면 너는 물론이고, 네 오빠에게도 해가 된다는 것만 알아둬."

일그러지는 유민의 얼굴을 뒤로하고 커피숍에서 나왔다. 마음 한구석이 아프지 않은 것은 아니었지만 그렇다고 응석을 받아줄 마음은 없었다. 그저 예쁜 동생 생겼다고 무조건 기뻐했던 내 마음이 아쉽고 슬펐다. 정말로 나는 유민과 사이좋게, 즐겁게 지내고 싶었다.

"진짜, 사람 쉽게 믿고 정 주는 것 좀 고쳐야지, 이게 무슨 꼴인지 모르겠네."

짧은 시간이었지만 정말로 유민을 좋아했었기에, 속상한 건 어쩔 수 없었다. 눈물이 날 것 같아 헛기침을 한 번 크게 하고 차에 올랐다. 지완이가 너무 보고 싶었다.

집으로 돌아와서 마음이 편치 않아 미친 듯이 청소를 했다. 내 집을 마친 것도 모자라서 지완의 집까지 가서 폭풍 청소를 마쳤다. 얼마나 정신없이 했던지, 마치고 나자 온몸이 노곤하고 머리까지 어지러울 정도였다.

아이고, 죽겠다.

집으로 돌아와 물을 마시고 욕실로 들어갔다. 휴대전화를 덮어놓은 변기 뚜껑 위에 얹어놓고, 옆에 타월도 놓은 후 뜨거운 물에 몸을 담갔다. 어찌나 좋은지 만족스런 신음 소리가 절로 나왔다. 욕조가 조금만 더 깊고 컸으면 좋았을 텐데.

문득 지완의 욕실이 생각났다. 녀석의 욕실은 샤워실 따로,

욕조 따로, 거기다 욕조도 깊고 큰, 아주 호화판이었다. 아까 그
냥 지완이 집에서 목욕할 걸 그랬나 보다. 다음엔 그쪽 욕조를
좀 이용해 드려야겠다.

한참 물속에서 늙은이처럼 어허, 좋다, 를 연발하고 있는데
전화벨이 울렸다. 욕조 커튼을 걷고 수건에 손을 팡팡 두드려서
물기를 닦은 후 전화를 귀에서 조금 떼고 받았다. 예상했던 대
로 지완의 전화였다.

―뭐하고 있어?

다짜고짜 묻는 지완의 말에 짧게 대꾸했다.

"목욕 중."

―혼자?

"아니, 그럼 혼자 하지, 누구랑 해?"

어이가 없어서 묻자 지완이 웃었다. 낭랑한 그 웃음소리가 좋
아서 나도 같이 웃었다.

―다 벗고 있는 거야?

은근한 지완의 목소리에 다시 어이가 없어졌다. 이 자식, 진
짜 왜 이러나 모르겠다.

"넌 옷 입고 목욕하니?"

―그러니까 홀랑 벗고 있다, 이거지?

"오냐. 벗고 있다. 왜?"

―상상하니까 흥분된다.

"어머머?"

―잠시만 기다려.

전화기 너머로 문 열리는 소리가 나고, 곧 물이 쏟아지는 소리가 들렸다. 얘가 정말 뭐하자는 거지?

―야, 나도 다 벗고 욕조에 들어와 있다.

"뭐야?"

―상상해 봐. 우리 둘이 같이 목욕한다고.

얼굴이 화끈 달아올랐다. 지완의 조각 같은 몸매가 절로 떠올랐다. 그 몸이 물에 젖어 촉촉하게 빛나는 것도, 물과 함께 피어나는 지완의 시원하면서도 미묘하게 달콤한 향기도.

몸이 이상했다. 갑자기 뜨거워지면서 뱃속이 뒤틀렸다. 이게 다 저놈이 이상한 소리를 했기 때문이다.

"그런 걸 왜 상상해!"

―보고 싶고 만지고 싶으니까.

태연한 지완의 대답에 할 말이 없어졌다. 나도 지완이 보고 싶고, 키스하고 싶고, 만지고 싶었다.

―진향아.

낮고 축축한, 몹시도 섹시한 지완의 부름에 숨이 잠시 멈췄다.

"왜 불러, 또?"

―우리, 폰섹스하자.

"뭐야?"

―그냥 말로만 하는 건데, 뭐 어때? 예비 연습이라고 생각해.

난 널 상상하면서 벌써 흥분했다고.

"하지 마, 인마!"

저도 모르게 소리를 버럭 질렀다. 얼굴이 화끈거려 죽을 것만
같았다.

─야, 한 걸 하지 말라고 하면 어쩌냐? 이게 뭐 하지 말라고
안 하고, 그런 거냐?

"아 글쎄, 하지 마. 하지 말란 말이야."

─난 널 상상하고 있어. 보드랍고 말랑하고 따스한 가슴이랑,
네 젖꼭지에 입 맞추는 거랑, 네 목을 빨면 네가 어떤 표정으로
나를 부를까, 나직하게 한숨을 토하며 내게 매달리면 널 더 깊
이 껴안아줄 거야. 그리고 매끈한 허벅지를 벌려…….

전화를 끊었다. 이 변태 자식, 아주 날 부끄러워 죽게 만들려
고 작정을 한 모양이다. 젠장, 내 몸인데 왜 내가 만지기가 쑥스
럽게 만드냐고! 비누칠도 못하게 생겼잖아, 썩을 놈.

혼자 벌게져서 씩씩거리는데 전화벨이 다시 울렸다. 부끄럽
고, 당황스럽고, 또 화가 나서 폴더를 열자마자 소리쳤다.

"아, 글쎄, 너 혼자 해결하라니까!"

버럭 소리를 지르자 전화기 저쪽이 조용했다. 그리고 한참 만
에 조심스런 목소리가 나왔다.

─저, 이거 이진향 씨 휴대전화 아닌가요?

헉, 지완이가 아니다. 윤희다. 이런 젠장.

"윤희니?"

얼른 목소리를 가다듬고 묻자 그제야 윤희의 목소리가 정상으로 돌아왔다.

─아니, 무슨 전화를 그렇게 받아요, 언니? 깜짝 놀랐네.

"어, 미안하다. 좀 그럴 일이 있어서……. 그런데 웬일이니?"

─내일 제가 못 나갈 것 같아서요. 시골에서 아버지가 올라오신대요. 전화라도 좀 일찍 해주시면 좋은데, 지금 전화가 왔어요. 내일 아침 첫 기차 타고 오신다고 하네요.

"그래? 괜찮아, 아버님 잘 모셔. 내일 하루만 쉬면 되니?"

─네. 며칠 지내다가 가신다고 하는데, 아침에 알바 뛰는 거 아시거든요.

"그래, 그렇게 해. 푹 쉬고, 모레 보자."

─네, 언니도 푹 쉬세요.

전화를 끊고 한숨을 푹 쉬었다. 하여간 지완이 이놈 때문에 돌겠다.

한 며칠 조용히 지나갔다. 폰섹스 타령을 하던 지완은 그 일로 날 놀리다가 내가 뉴욕에 안 간다고 협박하자 금세 기가 죽었다. 앞으로 내 허락 없이 그런 소리 안 한다는 다짐을 단단히 받고서야 나는 지완을 용서해 주는 척했다. 사실 그때 당황했지만 화가 난 건 아니었으니까. 다음에 내가 좀 더 뻔뻔해지면 시도해 봐야지.

금요일치고는 유달리 한가한 날이었다. 아침에 잠시 반짝했다가 한가해지더니 계속 손님이 없었다. 어제 무진장 바쁘더니 오늘 한가하려고 그랬나 보다. 일찍 문 닫고 메이크업 학원에서 배웠던 거나 연습해 볼까, 아니면 화장품을 사러 가볼까, 고민을 하던 중에 문이 열렸다.

"어서 오세요."

웃으면서 앞을 보니 송우가 보였다. 유민에게서 정말로 연락이 끊겨서 이 남매를 잠시 잊고 있었는데, 이렇게 송우가 나타난 걸 보니 괜히 마음이 무거워졌다.

"안녕하세요, 진향 씨."

"네. 잘 지냈어요? 오랜만이네요."

유민이 한 행동은 미웠지만, 그리고 철없는 유민은 원망스러웠지만, 송우에게는 화난 것이 없었다. 그는 예의 바르고 사려 깊게 행동했고 또 친절했다. 단지 나를 좋아한다는 점이 조금 부담스러울 뿐, 내가 송우에게 화를 낼 이유는 어디에도 없었다.

"오늘 정식으로 사과드리러 왔습니다."

송우의 말에 나는 좀 멍한 얼굴로 그를 바라보았다. 한바탕 앓고 난 사람처럼 안색이 그리 좋아 보이지는 않았지만 눈빛만은 맑고 깨끗했다. 나는 손에 쥐던 집게를 내려놓고 가만히 그의 다음 말을 기다렸다.

"유민이가 실례한 거, 어제 알았습니다. 정말 죄송하게 됐어요. 어려서부터 예쁘다고 무조건 오냐오냐 키운 탓에 앞뒤 생각

없이 제멋대로인 점이 있다는 건 알고 있었지만, 설마 진향 씨에게 그런 짓을 할 줄은 몰랐습니다. 김지완 씨에게도 정중히 사과하고 싶지만 현재 여기 계신 게 아니라고 하니 나중에 기회가 닿으면 따로 사과하겠습니다."

"이미 유민이가 사과했고, 송우 씨가 잘못한 것은 없으니 굳이 이러지 않으셔도 돼요."

"아뇨. 제 잘못도 있어요. 유민이에게 진향 씨 이야기를 하면서 제 속마음을 털어놓지 않았더라면, 그 녀석도 그런 못된 짓을 하지 않았을 테니까요. 변명이겠지만 유민이 말로는 충동적인 행동이었다고 하더군요. 앞뒤 생각 못하고, 술도 좀 된 상태에서 그랬다고 했어요. 물론 그렇다고 해서 유민이가 한 짓이 정당화될 수 없다는 건 압니다. 그저 진향 씨에게 그 애가 나쁜 의도를 가지고 일부러 계획적으로 한 짓이 아니란 걸 말씀드리고 싶었어요."

송우의 얼굴이 붉어지고 있었다. 나는 진심을 담아 사과하고 설명하는 송우를 보며 고개를 끄덕였다. 일부러 계획적으로 한 짓이라고는 나도 생각하지 않았다. 정말로 계획적이었다면 그렇게 쉽게 들킬 바보짓을 하지는 않았을 것이다. 그렇게 머리가 나쁜 아이라고는 생각하지 않으니까. 하지만 숨기려고 한 것, 먼저 솔직히 말해주지 않았던 것은 실망스러웠다. 전화를 받아서 그런 식으로 이야기를 했다면 얄팍하게 도망을 칠 게 아니라 차라리 내게 먼저 말해줬어야 했다. 그랬다면 이렇게까지 나도 화가 나지는 않았을 것이다.

"내가 진향 씨에 대한 감정을 제대로 정리하지 못해서 일어난 일이에요. 누군가를 다시 좋아하게 될지 몰랐다가 진향 씨를 마음에 담았어요. 엇갈려서 이미 늦어버렸지만 이 감정을 쉽게 접을 수가 없더군요. 아니, 접기가 싫었어요. 그저 진향 씨를 좋아하는 마음을 가지는 것 정도는 괜찮지 않느냐고 생각했거든요. 진향 씨에게 애인이 있다고 하더라도 말이죠."

"송우 씨……."

"알아요. 지금 당장 내 마음이 정리되지는 않겠지만 앞으로 정리할 거예요. 진향 씨가 얼마나 김지완 씨를 좋아하는지 잘 아니까요. 엉망으로 취해서도 계속 지완 씨만 찾았어요. 공연 때 진향 씨를 보던 김지완 씨 시선에서도 얼마나 그 사람이 진향 씨를 아끼는지 알 수 있었고요. 진향 씨에게 곡을 드린 건 내 마음을 전하고 정리하기 위해서였어요. 누군가를 다시 좋아할 수 있게 되어서 정말로 다행이라고, 그리고 그 상대가 진향 씨라서 무척 고마웠어요."

송우가 빙그레 웃었다. 내 가슴을 설레게 했던, 부드럽고 상냥한 그 미소였다.

"영광이에요, 송우 씨. 받아들일 수 없어서 미안하지만, 그 마음만은 고맙게 생각할게요."

"아닙니다. 저야말로 고맙죠. 애인이 있다는 걸 알면서도 내가 가진 이 마음을 포기하지 말고 소중하게 간직하자, 라고 느낀 건 처음이었어요. 앞으로 좋은 사람 만나면 망설이지 않고 좋아한다고 말하고 아껴줄 겁니다."

또렷한 목소리로 말하는 송우의 모습이 눈부시게 느껴졌다. 저런 사람이 나를 좋아해 준 것에 진심으로 기뻤다.

"꼭 좋으신 분 만나서 예쁜 사랑 하실 거예요. 송우 씨 같은 분을 연인으로 삼는다면 대박 로또예요."

내가 활짝 웃자 송우도 같이 웃었다.

"앞으로 가게엔 손님으로 자주 들르겠습니다."

"저도 서비스 잘해 드릴게요."

"그리고 진향 씨."

"네?"

"지금 당장은 어려우시겠지만, 나중에라도 유민일 용서해 주실 수 있었으면 합니다. 정에 많이 굶주린 아이라 진향 씨를 보면서 언니처럼, 엄마처럼 느꼈었나 봐요. 정말로 반성 많이 하고 있고, 저도 따끔하게 나무랐으니 저도 생각하는 바가 있겠죠. 근본이 나쁜 아이는 아니니, 너무 미워하진 말아주세요."

"……네. 생각해 볼게요."

"감사합니다."

정중하게 고개를 숙인 송우가 홀가분해 보이는 모습으로 가게를 나갔다. 바람에 흩날리는 그의 머리칼과 걸어가고 있는 뒷모습을 보자니 왠지 좀 서운해졌다. 여자의 이기심이란 건 이런 걸까? 막상 송우가 깨끗이 마음을 접겠다고 하니 조금, 아주 조금 아쉽다.

"에이, 아니지, 아니지. 지완이 알면 또 눈 뒤집어진다. 이진향, 뭔 놈의 욕심이 이리 많아졌냐? 건방 떨지 말고 왕자님이나 잘 챙겨."

내 손으로 머리를 쿡 쥐어박고 나서 가게 정리를 시작했다. 6월에 보름 동안 가게를 닫는다는 안내문도 써 붙여야겠다.

뉴욕으로 가는 비행기 안에서 지겹도록 잤다. 일부러 한 이틀 제대로 안 자고 버렸더니 밥 먹을 때 빼고는 계속 잠으로 때웠다. 옆에 앉은 아저씨가 연속적으로 껴대는 살인 방귀 냄새에도 불구하고.

지루하게 기다려서 공항 검색을 지나 수하물에서 짐을 찾고 하품을 연신 해가며 밖으로 나오니 사방에서 쏟아지는 영어에 미국이구나, 하는 실감이 났다. 얼마 만에 와보는 뉴욕인지 모르겠다. 여기서 지완이 패션쇼 할 때까지 있다가, 끝나면 둘이 같이 캘리포니아에 있는 부모님들을 보러 가기로 약속했다. 그나저나 지완이가 어디 있지?

두리번거리는데 날 부르는 목소리가 들려왔다.

"진향아!"

사람들 사이에서도 유달리 빛나시는 나의 애인님이 함박웃음을 지으며 손을 흔들었다. 아우, 저렇게나 좋을까? 하긴 나도 좋다.

실실 웃으면서 다가가자 지완이 덥석 끌어안고 이마에 소리
가 나도록 센 뽀뽀를 해왔다.

"피곤하지? 비행은 어땠어? 괜찮았어?"

"내도록 잤어. 옆에 앉은 아저씨가 방귀를 붕붕 껴대는 바람
에 기절한 건지도 모르지만."

지완이 소리 내어 웃으며 내 짐을 받아 끌었다. 상쾌한 지완
의 모습과 웃음소리를 듣자, 피곤이 모두 사라지는 것 같아 발
걸음이 가벼워졌다.

공항 밖으로 나와 택시를 탔다. 뉴욕의 살인적인 택시비를 알
고 있는 내가 버스를 타자고 했지만 어림도 없었다. 택시 정도
야 얼마든지 타고 다녀도 되는 능력자라는데, 참, 할 말이 없었
다. 오냐, 그래, 네가 능력자다.

몇 년 만에 보는 뉴욕은 달라진 게 없었다. 여전히 많은 사람
들과 넘쳐 나는 차량의 물결, 도도하고 타인에게 무관심한 사람
들의 표정.

택시를 타고 호텔로 갈 줄 알았는데 도착한 곳은 록펠러 센
터였다. 스케이트 링크와 그 앞의 황금 상(像)으로 명물인 곳이
다.

"여긴 록펠러 센터잖아?"

"응."

"여기 머물고 있어?"

"응. 앞으로 옮겨갈 에이전시에 소속된 곳이야. 아직 완전히 그쪽 소속은 아니지만 이번 패션쇼 끝날 때까지 여길 쓰라고 하더라고. 다른 두 명이랑 같이 머무는데, 너 온다고 하니까 둘이 다른 곳으로 갔어. 굳이 그럴 필요는 없다고 했는데."

"그렇구나……."

내가 고개를 끄덕이자 지완이 빙긋 웃었다.

"걱정 마. 오늘 밤은 여기 말고 따로 호텔 스위트룸 잡아놨으니까."

은근한 목소리와 함께 지완의 숨결이 목덜미에 닿았다. 슬그머니 녀석의 손도 허리를 감으며 위로 올라오고 있었다.

"야, 사람들 보면 어쩌려고, 왜 이래?"

지완의 손등을 꼬집으며 얼른 주변을 훑었다. 때마침 엘리베이터 문이 열리고, 지완이 얼른 나를 이끌고 안으로 들어섰다.

안으로 들어서기가 무섭게 Close 버튼을 누른 지완이 날 힘껏 껴안았다. 아이고, 예고 좀 하고 안아라, 심장 떨어지겠네.

"오늘 밤까지 어떻게 기다리지? 미칠 것 같다."

내 귀로 들어오는 지완의 숨결이 뜨거웠다. 그 숨결을 따라 내 가슴도 떨리고, 무릎도 떨리고, 무엇보다도 심장이 떨려서 미칠 거 같았다.

지완의 뜨거운 입술을 그대로 받으면서, 나는 왠지 도망가고 싶다, 와 이대로 좀 더 깊이 안기고 싶다는 마음 사이에서 갈등하고 있었다.

뉴욕의 밤은 여느 도시들의 밤처럼 화려하고 아름답고 또 눈부시다. 지완과 함께 브로드웨이에서 뮤지컬 〈오페라 유령〉을 보고 나와 커피숍에서 커피를 한 잔씩 사서 천천히 돌아다녔다. 예전에 내가 뉴욕에 왔을 때에도 지완이 여기 있었다. 녀석이 군대 간다고 한국 들어가기 직전이었다. 그때만 해도 소꿉친구, 향단이 신세를 벗어나지 못했는데 이렇게 다시 이곳을 녀석과 애인이 되어 거닐고 있자니 기분이 묘했다.

"커피 맛있냐?"

센트럴 파크 쪽으로 방향을 잡으며 지완이 물었다.

"응."

"어디, 줘봐."

내 커피 컵에 꽂힌 빨대를 지완이 얼른 입으로 빨아 당겼다. 지완의 입술이 선명하게 내 눈으로 들어와 가슴이 두근두근 뛰었다.

"내 것도 먹어봐. 이거 맛있어."

지완이 자기 것을 불쑥 내밀어, 나도 입을 대고 쪼오옥 빨아 먹었다. 무지방 아이스라떼. 내 입에는 별로다. 내 카라멜 마끼아또가 훨씬 맛있다.

"내 거가 훨씬 더 맛있다 뭐."

지완의 컵에서 입을 뗀 내가 내 컵의 커피를 빨아 마시고 나서 자랑하듯 말하자 지완이 얼른 내 입술을 훔쳤다. 아니, 길거리에서 얘가 정말!

아무리 미국이고 뉴욕이라지만 당황스러웠다. 지나가는 사람들이 봤을까 봐 눈을 굴렸지만 물론, 사람들은 신경도 쓰지 않고 있었다.

"응, 네 거, 진짜 맛있다."

말과 함께 휘어지는 지완의 눈매가 부드럽게 풀리며 상냥한 미소를 그려냈다. 다정한 시선에 가슴이 콩닥콩닥, 아까보다 훨씬 빠르게 뛰어 정신이 하나도 없어진다. 아, 내가 왜 이러지? 갑자기 지완을 똑바로 쳐다볼 수가 없다.

"방으로 돌아갈까?"

은근하고 유혹적인 목소리가 열기를 띠고 있었다. 순간적으로 조금 더 걷자고 하고 싶었지만 마음을 다잡았다. 어차피 친구 사이의 마침표를 찍기 위해, 그리고 우리가 서로의 것이라는 것을 확인하기 위해 여기까지 온 거였다. 더는 미적거리고 싶지 않았다. 나도 지완에게 안기고 싶었다.

"가자."

지완의 손을 꼭 마주잡고 고개를 끄덕였다. 환한 지완의 미소에 맨하탄의 모든 불빛들이 순식간에 빛을 잃어버리는 것 같았다.

달칵.

아주 미세한 그 소리에 내 심장이 크게 뛰었다. 호텔 방문이 닫히는 소리, 그리고 가까이 다가오는 지완의 열기가 내 몸에 불을 붙이는 것 같았다.

"먼저 씻을래? 아니면 같이? 아니면 생략해도 되고."

방 안에 들어서서 목각인형이 되어버린 내 어깨를 부드럽게 감싸며 지완이 물었다. 쿵쿵쿵쿵, 갑자기 박동이 빨라졌다. 잘 하면 이러다 심장 튀어나올 것 같다.

"머, 먼저 좀 씻을래."

토트 백을 들고 욕실로 들어갔다. 거울을 보고 싶었지만 내 얼굴 보기가 부끄러워 대충 보는 둥, 마는 둥, 화장을 지웠다. 그리고 백 안에 고이 모셔온 승부 속옷을 꺼내 펼쳤다.

분홍빛의 레이스 속옷. 정말 거금을 투자해서 산 속옷이었다. 생전 처음 사보는 팬티는 또 일명 똥꼬빤쥬라고 불리는 T팬티 였다. 양쪽에 맞물린 끈을 풀면 그대로 벗겨지는 팬티, 그나마 궁둥이는 훤히 다 보여주시는 똥꼬빤쥬.

이걸 진짜 입을 수 있나? 아니, 안 입으면 어쩔 건데? 돈이 아 까워서라도 입어야 한다. 암, 입어야지, 입어야 하고말고.

팬티를 고이 접어 옆에 놓고 브래지어를 들었다.

레이스로만 이루어진 화사한 브래지어는 훅이 앞에 있는 디 자인, 입으면 가슴이 아주 확실하게 업되면서 아름답게 감싸준 다. 미국 오기 전에 집에서 한 번 입어봤는데, 마음에 들었다. 다만 저 팬티는 입어보지 않았다. 어쩐지 입어보면 다시는 안 입을 것 같아서.

"훅, 훅, 힘내라, 이진향. 파이팅이다."

속옷을 앞에 놓고 깊고 짧게 숨을 훅훅 내쉰 후 샤워를 했다. 꼼꼼히 몸을 씻고 밖으로 나와 타월로 몸을 잘 닦고, 드라이어로 머리를 말린 후 숨을 멈추고서 속옷을 후다닥 입었다.

아니, 그런데 이놈의 팬티가 왜 이렇게 끼는 거야? 레이스라서 단순한 끈보다는 편할 거라던 판매원의 말이 순 구라였던 건가? 아니면 처음 입어봐서 어색한 건가?

자꾸 손이 엉덩이로 가서 끈을 잡아 뺐지만 뺀다고 별수 있는 게 아니었다. 다시 제자리로 돌아가는 레이스 끈 부분과 실랑이를 벌이다가 결국 포기했다. 까짓, 얼마 동안이나 입고 있을 거라고, 좀 참으면 되겠지.

맨 얼굴에 화장수를 조금 바른 후 입술에만 립글로스를 살짝 발랐다. 거울 속의 내 얼굴이 발갛게 상기되어 있는데, 그게 샤워 탓인지, 흥분 탓인지, 그건 나도 알 수 없었다.

하얀 목욕가운을 입고 조심스레 밖으로 나오자, 상반신을 드러내고 창가에 서 있는 지완의 뒷모습이 눈에 들어왔다. 야경을 내려다보고 있는 지완의 등이 아름다웠다. 곧고 넓은 어깨에서부터 힘차고 유려하게 흘러내리는 선이 허리 부분에서 조여들며 입고 있는 바지 사이로 사라지고 있었다. 그냥 저대로 사진을 찍어도 광고가 될 것 같았다. 매끄럽고 탄력있는 지완의 등을 보자 손으로 쓸어보고 싶다는 생각이 절로 들었다.

"저…… 나, 다 씻었는데……."

지완이 몸을 돌려 나를 보자 얼굴이 다시 화끈거렸다. 고개를 숙이자 내 발톱이 눈에 들어왔다. 그리고 곧 내 발톱 앞에 서는 지완의 발도 보였다. 와, 발이 엄청 크구나.

엉뚱하게도 그런 생각이 먼저 들었다.

"고개 들어, 진향아."

지완이 손가락으로 내 턱을 받쳐 들었다. 물끄러미 지완을 보자 부드럽게 미소 짓는 아름다운 얼굴이 내 마음을 조금 안심시켜 주었다.

"사랑해. 늘 사랑했어. 앞으로도 사랑할 거고. 그리고 행복하게 해줄게."

흔들림없는 까만 지완의 눈동자가 가까이 다가왔다. 눈을 감자 곧 지완의 입술이 내 입술을 가져갔다. 약간의 커피 맛이 나는 지완의 입술은 뜨겁고, 부드럽고, 또 상냥했다. 조심스러운 키스가 좀 더 깊어지고 열기를 더해가자 나도 모르게 목 안쪽에서 신음이 새어 나왔다.

지완의 팔이 나를 옥죄어 자신의 가슴 쪽으로 힘껏 끌어당겼다.

허리가 절로 휘어졌다. 숨이 가빠지고 내 심장인지, 지완의 심장인지 모를 소리가 쿵쿵, 계속 거세게 귓전을 울렸다. 온몸의 신경이 지완에게로 향하고, 나는 뭐가 뭔지 알 수 없는 상황에 이르러 그저 그에게 매달리는 것 말고는 아무것도 할 수가 없었다.

"진향아, 미치겠다."

목에 쏟아지는 뜨거움에 눈을 떴다. 언제 벗겼는지 목욕가운이 내 몸에서 떨어져 나가고 없었다. 지완이 내 손을 잡고 침대로 이끌었다. 조용히 침대에 걸터앉는 지완의 눈에서 불꽃이 일렁이고 있었다. 그 앞에 서서 어쩔 줄 모르는 나와는 아랑곳없이, 지완은 두 손으로 내 몸 하나하나를 꽃잎 건드리듯 조심스럽게 쓸고 만져 보았다.

"예뻐, 가리지 마."

손을 어디에 둘지 몰라 가슴이며 아래쪽을 가리려 하자 지완이 말렸다. 거짓없이 감탄과 숭배하는 빛을 띠고 있는 지완의 눈동자가 내게 용기를 주었다. 가슴이 벅차오르며 스스로가 아름답게 느껴졌다.

내 어깨에 있는 브래지어 끈을 따라 내려온 지완의 손이 부드럽게 가슴을 감쌌다. 커다란 지완의 손이 가슴을 덮자 숨이 턱 막혀왔다. 레이스 선을 쓸어내리던 손가락이 앞부분의 훅을 열자 갇혀 있던 가슴이 그대로 퉁기듯 튀어나왔다. 나는 내 심장도 같이 퉁겨 나오는 줄 알았다. 숨을 쉬어야 하는데 자꾸만 숨이 가빠진다.

"아……."

지완의 손이 내 허리를 감아 당기자 그의 머리가 가슴을 덮었다. 기다렸다는 듯이 지완의 입술이 가슴을 삼켰다. 너무 자극적인 느낌에 발가락이 오그라들었다. 저도 모르게 지완의 어깨를 잡고 밀어내려 했지만, 지완은 더 깊게 내 가슴을 빨아들이며 숨을 토해냈다.

"진향아, 진향아……."

내 이름을 부르는 잠긴 그의 목소리가 사랑스러우면서도 섹시했다. 나는 밀어내려고 애쓰는 대신, 내 배에 입을 맞추는 지완의 머리를 끌어안으며 겨우 아까부터 하고 싶던 말을 내뱉었다.

"저기, 불 좀 끄자. 부끄러워 죽겠어."

"안 돼. 난 다 볼 거야."

"부탁이야. 다음에 불 켜고, 지금은 제발……."

애원이 통했을까? 지완이 몸을 일으켜 실내의 불을 껐다. 그리고 협탁 옆 전등을 끄기 전에 나를 똑바로 침대에 눕힌 후 팬티 끈을 이로 물어서 풀었다. 씨익 웃는 지완의 미소에 나는 두 손으로 얼굴을 가렸다. 나머지 끈 하나가 지완의 손에 의해 풀려 나가며 마지막 남아 있던 불이 꺼졌다. 그리고 어둠 속에서 본격적으로 내 몸을 탐하는 지완의 손길과 입술에 정신이 몽롱해지고 말았다. 결정적인 그 순간이 오기 전까지는 말이다.

"악!"

"……아파?"

"아파, 아파. 지완아, 그만해."

"진향아……."

"아프단 말이야. 빼!"

"……차라리 날 죽여라. 지금 어떻게 빼? 진향아, 조금만 참아, 이제 반 정도 남았……."

"반이나 남아?"

"도망가지 마. 엇, 움직이지 마. 자극이 너무 심하단 말이야. 진향아, 힘 좀 빼, 제발."

"아프단 말이야, 이 자식아, 흑."

"울지 마, 처음엔 원래 아프대. 미안해, 아프게 해서. 그런데 너무 좋아, 미칠 것 같아. 나만 좋아서 미안한데, 제발 그만 움직여. 나도 안 움직일 테니까……."

"……."

"내가 가만히 있으니까 좀 나아?"

"으응. 키스해 주고 안아주니까 좀 나은 것 같기도, 아……."

"진향아."

"악, 또 아파. 그만, 그만!"

"우, 움직이지 마. 제발, 내가 못 참는, 흡!"

"……."

"……."

"……지완아?"

"……."

"벌써 끝난 거야?"

"……."

"지……."

"아무 말 하지 마. 다시 할 수 있으니까."

"어? 어? 야, 이상해. 뭐가 딱딱해지고 커져. 지완아, 이게 뭐…….."

"안 되겠다, 계속 키스해야지. 제발 그만 좀 말하라고, 이 지지배야."

……그렇게 우리의 밤은 처절하게 깊어가고 있었다.

무언가 따스하고 부드러운 것이 나를 감싸고 또 어루만지고 있었다. 묵직한 통증과 나른한 느낌이 몸을 누르고 있어 꼼짝도 하기가 싫었다. 이대로 좀 더 자고 싶었다. 하지만 나를 만지는 그 손길은 멈출 생각을 않고 끈질기게 들러붙어 있었다.

"으응……."

몸을 뒤척이며 떨어지려 했지만 팔이 나를 붙잡고 놓아주지 않았다. 동시에 내 허벅지를 쿡쿡 찔러대는 딱딱하고 뜨거운 것의 느낌에 잠이 확 달아났다.

"깼니?"

더운 숨결이 귀와 목을 동시에 간질였다. 나는 몸을 바짝 갖다 붙이는 지완에게서 엉거주춤 멀어지기 위해 애쓰며 "아니." 하고 작게 대답했다. 지완이 웃는지 녀석의 몸이 자잘하게 떨렸다.

"안 깼으면 대답을 하지 말아야지."

"네가 깨워놓고 묻는 건 또 뭐야?"

"얼굴 좀 보자. 몸 돌려봐, 버티지 말고."

"부끄럽단 말이야. 이도 아직 안 닦았고."

꿍얼대며 내 몸을 뒤집으려는 녀석의 손을 피해 요리조리 꼼지락거렸다. 이불 속에서 둘 다 나체라는 사실이 낯 뜨거웠다. 어젯밤, 아프다고 하는데도 기어코 두 번째까지 갔던 탓에 몸도 욱신거리고, 아직도 뭔가가 다리 사이 깊은 곳에 있는 것 같아 기분이 묘했다. 절대로 지금 지완의 요구를 받아줄 상태가 아니었다.

"진향아."

은근한 부름과 함께 지완이 손이 겨드랑이 사이로 들어와 가슴을 움켜쥐었다. 젖꼭지를 만지작거리는 손가락에 몸이 움찔, 오그라들었다.

"하, 하지 마."

내 목소리가 잠겨 있었다. 당황한 내가 억지로 손을 뿌리치고 황급히 침대를 내려갔지만 무릎이 풀려 앞으로 푹 고꾸라지고 말았다. 처음은 몇 초도 견디지 못했던 녀석이, 내 안에 있는 상태 그대로 두 번째 관계를 시작하고선 아주 진을 뽑은 탓이었다.

정말이지 난 죽는 줄 알았다. 아프기도 하고, 뭔가 얄궂게 간질거리기도 하고, 뜨거운가 하면 높이 솟구쳤다 떨어지는 것처럼 소름이 돋기도 하고, 하여간 이상한 경험이었다. 아프긴 아픈데 또 좋기도 하고, 좀 황홀하기도 하고.

"진향아, 괜찮아?"

넘어진 내 모습에 놀란 지완이 허겁지겁 다가와서 날 일으켜 주었다. 녀석이 손에 이끌려 일어나던 나는 내 코앞에서 위용을 자랑하고 있는 지완의 분신을 보곤 기겁을 했다.

"흐억."

기묘한 비명 아닌 비명과 함께 벌떡 일어나 시선을 돌린 나는 화장실로 향했다. 지완을 볼 수가 없었다. 예전에 포르노를 두어 번 본 적은 있었지만 이토록 적나라하게 남자 중심을 보고 나자 눈앞이 하얗게 변하는 것 같았다. 어째서 피부 색깔이랑 이렇게 다른 거냐고! 그리고 왜 저렇게 커!

"진향아?"

나체로 있는 게 너무나 자연스러운 지완과는 달리 나는 당황해서 어쩔 줄을 몰랐다. 비척대고 욕실로 간 내가 문을 닫으려고 했지만 지완이 먼저 와서 몸을 밀어 넣었다.

"왜 그래?"

멀뚱한 녀석의 질문에 어이가 없어졌다.

"왜 그러냐니? 좀 가려라, 응? 부끄러워 죽겠는데 왜 자꾸 따라다니면서 그러냐?"

"부끄러워?"

"그럼 안 부끄러워?"

"난 막 밖에 나가서 자랑하고 싶은데?"

내가 말을 말아야지. 하여간 못 말리는 자식이다.

"물 받아줄까?"

타월을 들고 몸을 가리기 바쁜 날 보던 지완이 물었다. 고개를 끄덕이자 뜨거운 물을 욕조 가득 받아주며 지완이 한숨을 쉬었다.

"……무리겠지?"

"응?"

"너랑 하고 싶은데, 무리겠지?"

"절대 무리야. 참아, 나 힘없어서 자빠지는 거 봤지? 그리고 제발 그거 좀 가려, 응? 민망해 죽겠단 말이야."

옆에 있던 수건을 집어 던지자 지완이 뻔뻔하게 대꾸했다.

"자꾸 봐야 익숙해지지. 끊임없는 연습이 완벽을 낳는다고 말했잖아?"

그리고선 빳빳하게 서 있는 분신 위에 수건을 척 걸쳤다.

"어때? 수건걸이다."

앓느니 죽고 말지. 혼자 키득대는 녀석을 내버려 두고 욕조로 들어가 샤워커튼을 쳤다. 지완이 커튼 너머에서 물었다.

"나도 들어가도 돼?"

"나가, 이 자식아."

휘파람 소리와 함께 문 닫히는 소리가 들렸다. 뜨거운 물속에 몸을 담그며 한숨을 쉬다가 피식 웃었다.

이진향, 진짜로 김지완과 한 몸이 되었다. 부끄럽기도 하지만 지완의 말대로 좀 자랑하고 싶기도 하다. 우리는 몸도, 마음도,

정말로 연인이 된 것이다.

　호텔에서 나와 근처 가게에서 맛있는 샌드위치와 주스를 아침으로 먹었다. 지완은 곧 모레 열리는 패션쇼장으로 가봐야 한다며 같이 가자고 했지만, 나는 몸이 무겁고 피곤해서 도저히 거기까지 가서 볼 기분이 아니었다. 게다가 화려한 모델들을 보면서 기죽고 싶은 마음도 없었다. 지금은 푹 자고 싶은 게 전부였다.

　"근데, 지완아. 뭐 하나 물어봐도 돼?"

　노천 테이블에 앉아 샌드위치의 마지막 한입을 주스와 함께 꿀꺽 삼키고 나서 지완을 보았다. 녀석은 샌드위치는 생략하고 주스만 마시고 있는 중이었다.

　"뭔데? 물어봐."

　"너, 나 말고 몇 명하고 자봤어?"

　"풉, 쿨럭, 쿨럭."

　지완이 미친 듯이 기침을 해댔다. 놀란 내가 벌떡 일어나 다가가서 등을 쓸어주자 지완이 냅킨으로 입을 닦으며 어이없다는 듯이 나를 쳐다보았다.

　"왜 그딴 걸 묻고 그래?"

　붉어진 지완의 얼굴이 기침 탓인지, 당황한 탓인지 모르겠다. 나는 진지한 표정으로 지완을 보며 그의 대답을 기다렸다. 알고 싶었다. 나는 지완이 생애 첫 남자이자 마지막 남자가 되어주길 바라고 있는데, 그에게 있어 나는 몇 번째의 여자로서 마지막 여자가 될 것인지.

물론 안다고 뭐가 달라지는 것은 아니다. 이것이 단순한 호기심일 수도 있고, 아니면 긁어 부스럼 만드는 경우가 될 수도 있다. 하지만 궁금한 건 궁금한 거다. 화려한 지완의 외모나 모델 생활만큼이나 그의 사생활도 화려했는지 알고 싶다. 혹시라도 내가 그의 과거의 여자를 불쑥 만나게 될지도 모르는 일이고.

"……처음이야."

잠시 딴생각을 하다가 잘못 들은 줄 알았다. 홍당무가 된 지완의 얼굴을 보며 내가 놀라서 다시 물었다.

"뭐라고?"

"나도 네가 처음이라고."

"정말?"

"그래. 내가 처음으로 안는 여자는 너라고 늘 생각했었으니까."

부끄러워하면서도 지완은 나를 똑바로 쳐다보며 말했다. 나는 뭐라 말을 해야 좋을지 몰라서 멍해졌다. 설마하니 지완도 처음일 줄은 몰랐다. 그동안 지완을 쫓아다닌 미녀들이 얼마나 많은가, 아니, 모델 세계 자체가 화려하고 성적으로 자유분방하지 않은가. 그런데 김지완이 숫총각이었다고? 이 나르시스트가? 자존심 하나로 세상을 발아래로 보고 사는 녀석이?

"뭘 그렇게 놀래?"

내 표정이 어지간히 놀란 모습인가 보다. 지완이 피식 웃으며 내 이마를 손가락으로 살짝 튕겼다. 나는 이마를 문지르며 망설이다 말했다.

"넌 자존심 하나로 사는 놈이잖아. 남자들은 예쁜 여자랑 자는 거, 막 자랑하고 그러지 않아? 너, 그렇게 예쁜 애들이랑 있으면서 유혹받으면 맘이 혹하거나 그러지 않았어?"

"자존심 하나로 사니까 그런 거야. 원하지도 않는 여자에게 왜 내 몸을 줘야 해? 자존심 상해서 절대 못해. 그리고 나 스스로 오래전에 맹세했어. 내 첫 여자와 마지막 여자는 이진향이라고. 그러니까 남자답게 스스로에게 한 약속을 지킨 거야."

어머머, 어쩜 좋아? 이 자식, 진짜 멋지잖아?

가슴이 벌렁벌렁 함박웃음이 절로 입가에 지어졌다. 내가 인물 반지르르한 남자들 보고 침 흘리며 정신없을 동안, 지완은 이런 마음으로 내 옆에서 날 구박하고 있었던 거다. 진즉에 말을 하지, 말을! 그랬더라면 일찌감치 애인 되어서 알콩달콩했을 거잖아.

너무 기쁘고 좋아서 나도 모르게 지완을 와락 끌어안았다. 아마도 조상님들 중에 나를 끔찍이도 어여삐 여기는 분이 계셨던가 보다. 이런 남자를 짝으로 점지해 주시다니.

"그렇게 좋으냐?"

지완이 웃으면서 내 허리를 팔로 감아왔다. 내가 고개를 끄덕거리자 지완이 내 가슴에 얼굴을 묻으며 중얼거렸다.

"나도 좋아 죽겠다."

좀 억눌린 소리긴 했지만 알아들을 수는 있었다. 문득, 지완이 나를 조금 떼어내더니 날 올려다보며 헛기침을 두어 번 했다.

"진향아."

목소리에 담긴 진지함에 조금 긴장이 된다. 무슨 말을 하려고 이러는 걸까?

"고백할 게 있는데……."

"뭔데?"

"나, 어젯밤에 콘돔 안 썼거든."

"뭐?"

아니, 잠깐만. 이건 또 무슨 자다가 요강 들고 배구하는 소리? 분명히 어제 거사일이라고 자기가 알아서 준비한다고 했었는데, 이제 와서 피임을 안 했다고?

"너도 나도 처음인데, 콘돔 쓰기 싫었어."

"야!"

내가 버럭 소리를 질렀다. 지금 내 머릿속을 지나가는 것은 '임신'이란 두 글자. 그리고 배불뚝이가 된 몸으로 우리 엄마에게 호되게 깨지고 있는 모습이었다.

이 자식이 정말! 아까 멋지다고 했던 거 모두 취소다, 취소!

"흥분하지 말고 사람 말을 끝까지 좀 들어."

"내가 지금 흥분 안 하게 생겼어? 네가 다 알아서 한다고 해서 난 믿고 있었단 말이야."

"아, 글쎄, 그러니까 내가 다 알아서 한다니까?"

"알아서 한 게 이거야? 내가 임신이라도 하면 어쩔 건데?"

소리를 지르다가 임신, 이란 단어에서 급 속삭임으로 전환했다. 아무리 미국이라지만, 그리고 내가 한국말로 소리 지르고 있다지만, 그 단어를 길바닥에서 크게 외칠 수는 없는 노릇이었다.

"이진향, 진정하고 입 다물고, 날 똑바로 봐."

지완이 내 손을 자기 손으로 꽉 쥐며 단호한 목소리로 명령했다. 아직까지 없애지 못한 나의 향단이 기질은 그 명령을 듣자마자 곧장 부동자세로 들어갔다. 분명히 머리는 화가 나서 열이 나는데, 몸은 그 한마디에 꼼짝도 못하고 있으니 스스로에게 기가 찼다.

"내가 아까 한 말 제대로 들었어? 내가 안는 여자는 네가 처음이자 마지막이라는 거."

입을 다물고 고개를 끄덕였다. 그거야 나도 지완이가 처음이자 마지막 남자라고 생각하고 있으니까.

"그러니까 내 마누라 해."

그래, 마누라…… 엥? 뭐? 뭐라고?

심장이 발치로 쑥 가라앉았다가 둥실 떠올랐다. 아니, 지금 내가 무슨 소리를 들은 거야? 마누라? 진짜로 김지완이 나더러 마누라 하라고 한 거야?

"어이, 김지완······."

"이번에 캘리포니아 가서 어머니께 말씀드리고 약혼식부터 하자. 결혼은 준비되는 대로 하고."

"야, 갑자기 이러면······."

"갑자기라니? 뭐가 갑자기야? 우리가 알고 지낸 시간이 얼만데 갑자기야?"

"아니, 그래도 실제로 연인이 된 건 얼마 안 되고······."

"너, 나 말고 다른 놈한테 시집갈 생각이야?"

지완의 눈빛이 변했다. 모처럼 보는 대마왕 포스 눈빛이었다. 깨갱, 어디선가 이진향이 찌그러지는 소리가 들려온다. 한동안 헤실대는 지완의 모습 때문에 저 대마왕을 잊고 있었다.

싸늘해지는 지완의 시선에 나는 황급히 변명했다.

"그게 아니라 너무 갑작스러워서 그러는 거야. 놀랐잖아."

"그럼 나한테 시집오는 거지?"

"······."

"뭐야? 왜 대답이 없어? 싫어?"

"좀 더 낭만적으로 하면 안 돼? 샌드위치 먹다 말고, 피임 이야기 하다 말고, 그래야겠어?"

"무릎 꿇고 반지 바치고, 뭐 그런 거?"

지완이 슬며시 웃으며 내 허리를 두 팔로 꼭 끌어안고 날 올려다보았다. 환한 녀석의 얼굴을 보고 있자니 나도 화가 났던 것이 스르르 풀려 버렸다. 저렇게 눈부시게 웃는 얼굴을 보고,

더구나 내가 처음이자 마지막 여자라고 선언한 애인에게 어떻게 더 화를 낼 수 있을까?

나는 덩달아 웃으면서 고개를 끄덕였다.

"그래. 유치하지만 명색이 프러포즈인데 이렇게 홀랑 넘어가는 건 억울해. 좀 멋있게 해달라고."

"알았어. 아주 눈물나게 해줄게. 됐지? 대신 대답이 엉뚱한 거면 죽는다?"

"넌 프러포즈도 협박처럼 해야겠니?"

"싫어?"

"아니, 너답다."

내 말과 함께 지완이 내 허리를 잡고 아래로 당겼다. 수많은 사람들이 오가는데, 햇살이 너무도 눈부신데, 그런데도 내 눈에는 지완이밖에 보이지가 않았다. 나는 벅찬 가슴을 안고 지완의 입술에 내 입술을 맞췄다. 세상에서 가장 달콤하고 행복한 키스, 지완이 가르쳐 준 키스였고 지완밖에 모르는 키스였다.

단 하나뿐이란 거, 그리고 처음이란 거, 너무너무 멋지고 황홀해서 온몸이 녹아버리는 것 같다.

"근데 키스는 내가 처음 아니지?"

입술을 떼고 물었다. 아무리 생각해 봐도 첫키스가 나였다기엔 녀석이 너무 능숙했다.

"향단이 너, 진짜 이런 상황에서 그런 말이 하고 싶니?"

"대답해 봐. 내가 첫키스 아니지?"

"첫키스야."

"구라치면 맞는다?"

"기억 안 나? 우리 어렸을 때 정원에서 놀다가 내가 넘어져서 무릎 깨졌잖아. 피가 나서 우니까 네가 울지 말라면서 나한테 뽀뽀해 줬었어. 그게 내 첫키스였지. 너한테도 그랬겠지만."

지완이 키득대고 웃었다. 그러고 보니 그랬던 것 같기도 하다.

"야, 내가 하는 말은 그게 아니잖아!"

"아, 뭘 꼭 그렇게 알려고 해? 십대 때 호기심에 해본 적도 있고, 당한 적도 있다. 됐니?"

"나한테 할 때처럼 좋았어?"

"아니. 너하고 키스하는 건 심장마비 걸릴 거 각오하고 하는 거야."

"말은 잘하지."

얄미워서 눈을 흘기자 지완이 다시 웃었다.

"그냥 하는 말이 아니야. 이진향, 세상에서 네가 제일 좋아. 제일 사랑해. 그걸로 모자라?"

모자라기는 뭐가 모자라냐? 아주 그냥 차고 넘쳐서 탈이다.

"나도 김지완이 세상에서 제일 좋고 사랑해. 그러니까 퉁 치자."

"그래. 퉁 치자."

지완이 크게 소리 내어 웃었다. 나는 진심으로 지완이가 평생 나로 인해 저렇게 즐겁게 웃으면서 지내면 좋겠다고 생각했다.

　호사스러운 록펠러 센터의 집 침대에 뻗어 오후 내내 잤다. 꿈도 꾸지 않고, 한 번도 중간에 깨지도 않고, 그렇게 달게 잤다.

　"잘 잤어?"

　잠이 깬 것은 지완의 목소리 때문이었다. 이미 날이 저물었는지 실내는 컴컴했고, 작은 조명등이 던지는 불빛에 비친 지완의 얼굴은 사랑스럽고 믿음직스러웠다.

　"몇 시야? 언제 온 거야?"

　눈을 비비며 묻자 지완이 빙그레 웃으며 무언가를 내밀었다. 새빨간 장미꽃 한 송이였다. 잠결에 눈곱 떼면서 받기엔 황송할 정도로 예쁜 장미였다.

　"저녁 시간 한참 지났어. 나도 리허설 끝나고 오는 길이야. 내일 총 리허설 끝나면 바로 쇼하고, 그러고 나면 숨 좀 돌리겠지."

　지완이 내 볼에 깃털처럼 가벼운 키스를 하며 옆에 털썩 누웠다.

　"많이 피곤해?"

　불빛 탓이 아니라 지완은 많이 피곤해 보였다. 자신도 아니라고 말하기는 뭣한지, 희미하게 웃으며 고개만 두어 번 끄덕였다.

"배 안고파? 뭐 좀 먹어가면서 한 거야?"

"진향이 넌 배고프겠다. 아까 와서 계속 잔 거야?"

둘 다 서로 배고프냐고 물으면서 대답은 안 하고 있다. 내가 웃자 지완도 같이 웃었다.

"여기 배달되지? 우리 중국집에 배달시켜서 먹자. 나가긴 귀찮아."

내가 말하자 지완이 몸을 굴려 침대에서 내려갔다. 그리고는 주방의 커다란 냉장고 옆에서 무언가를 뒤지더니, 곧 주문했다. 내가 뭘 좋아하는지 뻔히 꿰고 있는 녀석이라, 내 의견은 묻지도 않았다.

"음식 올 때까지 난 좀 씻고 올게. 조명 아래서 땀을 많이 흘렸다."

말과 함께 지완이 일어나서 욕실로 향했고, 나는 장미를 보며 혼자 실실 웃었다. 아무리 생각해도 난 전생에 우주를 구했던 것 같다.

지완이 욕실에서 나온 후, 내가 들어가서 이를 닦고 세수를 하고 나오자 이미 음식이 와 있었다. 두꺼운 유리로 만들어진 식탁에 서너 가지 음식을 늘어놓은 지완이 접시와 포크, 숟가락을 꺼내왔다. 젓가락은 배달 온 일회용 나무젓가락을 그대로 사용했다.

찐 야채와 소고기, 데친 그린 빈, 닭튀김에 참깨 소스를 뿌린 것, 야채가 제법 많이 들어간 볶음밥과 간장으로 버무린 국수,

그리고 새우튀김에 마늘 소스를 뿌린 것이 메뉴였다. 둘이 먹기
엔 너무 많았다. 특히나 소식가인 지완을 생각하면 더 그랬다.

"사양 말고 많이 먹어."

지완이 커다란 스푼으로 볶음밥을 내 접시에 덜어주며 말했
다.

"언제는 내가 먹는 거 사양하던?"

"그건 그러네."

국수며 고기, 야채들이 차례로 접시로 옮겨오고, 나는 기꺼이
음식들을 비어 있는 내 위장으로 밀어 넣었다. 중국음식 특유의
느끼함이 많이 느껴지지 않아서 맛있었다. 아마도 꽤 잘하는 중
국집인 모양이다.

"맛있어?"

정신없이 먹고 있자니 지완이 물었다.

"응. 맛있어. 넌 야채만 먹어?"

"너무 많이 먹으면 곤란해. 기름진 거 많이 먹으면 피부 트러
블 일어나거든. 내일모레 쇼가 있는데 조심해야지. 난 야채로
됐어."

"난 외모가 된다고 해도 모델은 절대 못했을 것 같아. 먹는 걸
너무 좋아해서 말이야."

지완이 그럴 거 같다며 웃었다. 한바탕 웃고 나서 부지런히
먹어치웠지만 역시나 음식이 많이 남게 되었다. 버리기엔 아까
워서 잘 싸서 냉장고에 넣었다. 내일 일어나면 다시 먹어야지.

지완이 커피를 만들고, 우리는 커다란 창이 있는 쪽으로 가서 맨하탄의 야경을 내려다보며 뜨겁고도 향기로운 커피를 마셨다. 반짝반짝 빛나는 도시를 굽어보고 있으려니 기분이 묘해졌다. 이렇게 많고 많은 사람들 중에서 나와 지완이 만나 사랑하고 함께 있다는 게 어쩐지 굉장한 것 같았다.

"굉장하지?"

내가 중얼대듯 말하자 지완이 "뭐가?" 하고 물었다.

"이렇게 많은 사람 중에서 우리가 서로 발견하고, 사랑하고, 또 함께 있다는 거 말이야."

창 아래 야경을 보며 말하자 지완이 한쪽 팔을 뻗어 어깨를 안아주었다. 그리고는 가만히 입술을 내려와 내 입술에 맞대었다. 가슴이 두근거리더니 저도 모르게 탄식이 흘러나왔다.

"진향아, 사랑해."

지완이 속삭이고 다시 깊은 키스를 해왔다. 온몸이 떨릴 정도로 황홀했다. 무릎에서 힘이 쑥 빠져나가면서 마치 내가 이대로 솜사탕이 된 것처럼 몸이 가벼워졌다.

"아, 지완아……."

번져 나가는 열기와 몽롱함을 이기지 못해 좀 더 지완의 품으로 파고드는 순간, 내 손에 있던 컵이 기울며 반쯤 남은 커피가 지완을 덮쳤다.

"앗, 뜨거!"

깜짝 놀란 지완이 비명과 함께 물러나고, 나는 당황해서 지완의 바지 앞섶을 바라보았다. 하필이면 고르고 골라서 지완의 바지 허리 부분에 커피를 쏟아부은 것이다. 덕분에 지완의 손에 있던 컵도 바닥으로 굴렀지만, 이미 지완의 컵은 빈 컵이었다. 나도 빨리 마실 걸, 왜 홀짝거리고 있었는지 모르겠다.

"괜, 괜찮니? 괜찮아?"

욕실로 뛰어들어 가는 지완의 뒤를 쫓아가며 물었지만 지완은 대답할 여유도 없는 것 같았다. 욕실에서 홀러덩 바지를 벗은 지완이 얼른 작은 수건에 찬물을 묻혀 몸에 대었고, 나는 수납장에 소독약이 있는지 뒤졌다.

"됐어. 물집이 생길 정도는 아니야. 좀 있으면 괜찮을 거 같아. 쇼하는 데 지장있을까 봐 놀랐다."

살짝 수건을 뗀 지완의 배꼽 아래쪽 피부가 조금 붉었다. 화상이라고 할 것까지는 아닌 것 같아 다행인데 그래도 속상했다. 문득 자신의 중심부를 수건으로 누르고 있던 지완이 울상이 된 나를 보며 한숨을 푹 내쉬었다.

"어떻게 너하고는 한 번을 제대로 하기가 힘드냐? 응?"

"미안해."

"내가 고자 되면 너는 좋을 거 같아? 하나도 안 좋거든? 그러니까 그만 좀 괴롭혀."

"일부러 그런 거 아냐."

"알아. 심하게 다친 거 아니니까 울지 마."

나도 모르게 눈물이 글썽거렸나 보다. 지완이 손을 뻗어 내 손을 가만히 쥐었다.

"어쨌든 너랑 있으면 심심할 일은 없겠다. 목숨 내놓아야 할 일은 있을지 몰라도."

"미안해, 지완아. 흑."

"아, 잠깐. 지금 안기면 안 돼. 진정하고 나서 안아줄게. 아직 조금 화끈거리거든? 욕조에 찬물이나 받아줘."

시키는 대로 고분고분 물을 받으며 나 스스로 맹세했다. 앞으로 지완이랑 있을 때 뜨거운 물 종류는 절대 마시지 말자고.

✳

사람과 사람이 맺어진다는 것, 사랑하는 이를 품는다는 것, 분명 이것은 신이 내려주신 크나큰 축복이 아닐 수 없다.

처음이라 좀 서툴렀지만, 너무 행복해서 무서울 정도로 좋았다.

사랑해, 이진향.

내 인생의 처음이자 마지막 공주님. 앞으로 너만을 애지중지하며 행복하게 해줄게.

10. 장미꽃을 든 왕자님

눈부신 조명 아래 오가는 모델들은 관객들을 단숨에 환상 속으로 끌어당겼다. 사방에서 터지는 플래시가 던지는 빛의 파편 속에서, 그들은 잘 정제된 최고급 다이아몬드처럼 아름다웠다. 신비롭게 흐르는 음악, 무표정하면서도 날카로운 모델들의 눈빛, 그들의 완벽한 몸에 걸쳐진 옷들이 생생하게 살아 움직이는 모습은 보는 이들의 입에서 탄성이 절로 나오게 만들었다. 아아, 얼마나 화려하고 아름다운, 살아 있는 예술품들인가!

그중에서도 지완은 어느 누구보다 돋보이는 검은 다이아몬드였다. 모든 시선을 한순간에 흡수하고 또 찬란한 광채를 뿜어내는 모습이 숨 막힐 정도로 멋있었다. 압도적이란 말이 절로 떠오르는 모습, 내가 미처 알지 못했던 지완이 빛 속에서 아름답게 움직이고 있었다.

화보를 본 적은 있지만 실제로 지완이 쇼에 서는 모습을 보는 것은 처음이었다. 등장하는 순간부터 순식간에 좌중을 압도하는 지완은 정말 최고였다. 저 위치에 서기 위해 얼마나 많은 노력을 해왔을까, 하고 생각하니 자랑스러움에 가슴마저 뻐근해졌다.

이번 쇼는 과거와 미래의 만남이 테마라고 하는데, 솔직히 말해 내 눈에는 옷들이 좀 기묘하게 보일 뿐, 어디가 과거고 어디가 미래인지 알 수 없었다. 저런 걸 돈 주고 사서 언제, 어디 나갈 때 입을 수 있을까, 싶은 것들이 대부분이었다. 하지만 사람들은 박수를 치며 진지한 얼굴로 감동하고 있었고, 나는 옷이 아니라 지완에게 감동해서 열심히 박수를 쳤다. 어째서 그가 세계를 누비는 모델 중의 한 사람인지 피부에 와 닿았다. 그는 아름답고, 야성적이고, 또 육감적이었다. 옷이 어떻게 하면 가장 돋보이는지 알고 있었다. 그의 몸에 걸쳐진 것은 설사 넝마 조각이라고 해도 눈부실 것 같았다. 게다가 저 동작들을 좀 보라지. 과장되지 않은 절제된 포즈이면서도 눈이 저절로 빨려 들어가고 있다. 김지완, 진짜 왕자님도 명함을 못 내밀 정도로 근사하고 멋졌다.

몸에 딱 붙는 검정 수트를 입은 지완이 캣워크 끝부분에서 포즈를 잡고 돌아서며 슬쩍 나에게로 시선을 던졌다. 짧은 순간의 시선이었지만 심장이 덜컥, 멈추는 줄 알았다. 괜히 눈물이 날 것 같아 혼자 주먹을 꼭 쥐고 당당한 지완의 뒷모습만 뚫어져라 바라보았다. 그가 에스코트하고 있는 여자 모델은 아예 눈에 들어오지도 않았다.

이 자식, 왜 이렇게 멋진지 모르겠다. 내 애인이라서 하는 말이 아니라 진짜 너무 근사하다.

마지막 작품을 입고 나온 지완이 대미를 장식한 후 사라지고, 곧 디자이너와 모델 모두가 나와서 인사를 했다. 우레와 같이 쏟아지는 박수와 정신이 아득해질 정도로 번쩍이는 카메라의 플래시, 그리고 "브라보!"를 외치는 사람들의 목소리들 속에서 나도 일어나서 있는 힘껏 박수를 쳤다.

정말로 자랑스럽고 감동적이었다. 내 왕자님은 세상에서 제일가는 남자였다.

눈물이 멈추지 않아 앞이 흐릿해진다. 김지완, 이 자식, 자꾸 나를 울린다.

"뒤풀이 안 가도 돼?"

아까부터 안절부절못하던 내가 조심스레 묻자 지완이 고개를 저었다.

"괜찮아. 중요한 일이 있다고 했어."

"중요한 일?"

"너 말이야."

"그래도 인맥 관리 같은 거 해야 하지 않아?"

"괜찮아. 이래봬도 나, 꽤 몸값이 비싸다고. 인맥 관리 해가면서 일거리 찾으려고 애쓰지 않아도 돼. 그건 매니저랑 에이전시 몫이야."

지완이 웃으며 내 어깨를 끌어안았다. 시원하면서도 유혹적인 향기가 지완에게서 물씬 풍겼다. 나는 좋으면서도 머쓱해서 혼자 어설프게 웃었다.

쇼가 끝나자마자 잠시 다른 사람들과 짧게 인사를 나눈 지완은 내 손을 잡고 곧장 록펠러 센터로 돌아와서 샤워를 했다. 무대 화장도 제대로 지우지 않고 달아나듯 그곳에서 나온 이유가 나 때문이라니, 좋으면서도 쑥스러웠다.

"그나저나 내 애인 오늘 엄청 예쁘다."

지완이 내 두 손을 양쪽으로 쫙 펼치며 머리끝에서 발끝까지 쳐다보았다. 나는 패션쇼에 입고 오라고 지완이 사람을 통해 오전에 보내준 옷을 입고 있었다. 분홍빛의 시폰 원피스는 가슴에서 허리까지는 붙고, 허리 부분부터 마치 튤립 꽃을 거꾸로 매달아놓은 것처럼 우아하게 펼쳐진 스커트였다. 무릎 바로 위에까지 오는 하늘하늘한 겹겹의 분홍빛 물결, 걸을 때마다 나 자신이 요정이 된 것처럼 느껴지는 옷이라 너무 마음에 들었다. 지완이 미리 예약해 둔 미용실에서 머리도 다듬고 화장도 받은 터라, 솔직히 오늘의 나는 내가 봐도 귀엽고 예뻤다. 미용실에서 화장과 머리를 끝내고 거울을 봤을 때, 난 내가 이렇게 예뻐질 수도 있다는 사실에 마구 흥분했었다. 물론, 패션쇼에서 본 모델들에게 금방 기가 죽어야 하긴 했지만.

"나가자."

지완의 말에 조금 놀랐다. 피곤해서 그냥 쉬자고 할 줄 알았는데.

"안 피곤해?"

"괜찮아. 너 이렇게 예쁘게 단장했는데 그냥 있기엔 아깝잖아."

"그래도……."

"글쎄, 나가자니까."

지완이 손을 잡고 이끌었다. 못 이기는 척 따라가는 나를 보고 웃는 지완이 너무 눈부셔서, 나는 또 가슴이 꼭 죄어오는 느낌을 맛봐야 했다.

낮과 밤의 경계가 흐려지는 맨하탄의 거리를 지완의 손을 잡고 걸어다녔다. 수많은 사람들 사이에서도 마치 우리 둘만 존재하는 것 같은 느낌은 생전 처음 느껴보는 생경함, 그러나 더할 나위 없이 만족스러운 감정이었다.

지나가는 사람들이 우리를 쳐다보는 것도, 누군가 휘파람을 휘익, 부는 것도 아랑곳하지 않고 지완은 틈틈이 날 안고 자잘한 키스를 이마와 머리, 볼에 흩뿌렸다. 그가 나를 너무도 소중하게 아끼고 있다는 것이 느껴져 가슴이 두근두근, 금세라도 내 몸이 풍선이 되어 하늘로 둥실둥실 날아갈 것만 같았다.

"근데 우리 어딜 가고 있는 거야?"

정신없이 걷다 보니 우리가 어디 있는지도 몰랐다. 커다란 쇼핑몰 앞에서 내가 묻자 지완이 시계를 흘끔 보았다.

"왜, 다리 아파?"

익숙하지 않은 힐을 신고 있었지만 그리 굽이 높은 편은 아니라 다리가 아픈 건 아니었다. 그래도 조금 지친다는 느낌은 있어, 고개를 한 번 끄덕였다.

"아픈 건 아니고 그냥 좀 피곤한 정도?"

"잠시 어디 들어가서 차라도 마실까?"

"아, 응."

제일 가까운 곳에 있는 곳이 〈티지아이 프라이데이(T.G.I Friday)〉였다. 지완은 다른 분위기 있는 곳을 찾아보자고 했지만, 내가 가고 싶다고 하자 별말 없이 그쪽으로 방향을 잡았다.

한국에 있는 가게와 어딘지 다른 것 같으면서도 같은 느낌, 이층에 자리를 잡은 우리는 차가운 맥주를 마시며 느긋해졌다.

"너, 정말 멋지더라."

얼음처럼 차가운 맥주에 만족스런 한숨을 내쉬며 내가 말하자 지완이 한쪽 눈썹을 슬쩍 치켜 올렸다.

"내가 멋진 거 이제 안 거야?"

"아니, 쇼에서 보니까 또 다른 느낌이었어. 진짜 멋지더라. 막

감동스러워서 눈물이 나오는 거 있지?"

"눈물씩이나?"

"응. 나도 놀랐다니까."

지완이 말없이 싱긋 웃었다. 그 표정에 그가 상당히 만족하면서도 조금 쑥스러워하는 것을 알 수 있었다.

언제부터였을까? 말로 하지 않아도 서로의 감정을 읽을 수 있게 되었던 것은.

"손 줘봐."

지완이 탁자 위로 손을 내밀며 말했다. 얼른 내 손을 그의 손바닥에 얹자, 지완의 기다란 손가락이 내 손을 꼭 감싸왔다.

"참 멀리 돌아왔다."

"그러게."

지완의 말에 내가 고개를 끄덕였다. 서로의 인생에 가장 오래, 또 가까이 있었으면서도 막상 이렇게 되기까지 참 멀리도 돌아왔구나, 하는 생각이 절로 들었다.

"왜 이렇게 멀리 돌아와야 했을까? 늘 곁에 있었는데."

내가 중얼거리자 지완이 나를 향해 입술을 비죽였다.

"너 때문이지."

"왜 나 때문이야? 네가 그렇게 날 갈구고 괴롭히지만 않았어도 좀 더 일찍 네 마음을 알아차릴 수 있었는데."

"네가 늘 다른 쪽만 쳐다보고 있으니까 그랬지. 그리고 지금은 나도 어느 정도 내 스케줄을 조정할 수 있지만, 그전까지는 늘 해외로 돌아다니느라 네 곁에 있어줄 수가 없었잖아. 옆에 있어주지도 못하는데 무조건 좋아한다고 고백부터 할 수는 없었어. 서투르게 굴다가 우리 사이가 이상해져서 영영 얼굴 보기 껄끄러워질까 봐 그것도 마음에 걸렸고."

퉁한 얼굴로 말한 지완이 나를 보며 작은 한숨을 쉬었다.

"진향이 넌 몰라. 네가 다른 놈들 쳐다볼 때마다 내가 얼마나 속을 부글부글 끓였는지. 도대체 이 나를 옆에 두고 다른 데로 눈을 돌린다는 게 말이나 되냔 말이야."

"못 올라갈 나무는 쳐다보지도 말라면서? 게다가 네 주변에 늘 예쁜 여자애들 득시글거리지, 넌 나만 보면 괴롭히지, 그러니 별수 있겠냐고."

"그래, 그래. 내가 너무 잘난 탓이다. 지금이라도 네가 정신 차려서 이렇게 함께 있으니 다행이라고 생각해야지 뭐."

하여간 또 금세 잘난 척으로 돌아가신다. 어이가 없어 눈을 흘기다 웃고 말았다. 사실, 잘나긴 잘난 놈이다.

"음, 시간 됐다. 나가자."

아까부터 간간이 시계를 들여다보던 지완이 다시 손목시계를 보고는 자리에서 일어났다. 어딜 가는 거냐고 물었지만 대답 대신 택시를 불러 5번가로 가자고 했다. 조금만 걸으면 되는 거린데 웬 택시냐고 했지만 귓등으로도 들은 척하지 않고 내 손만 꼭 잡고 있었다. 어딘지 긴장하고 있는 것 같기도 하고, 들떠 있는 것 같기도 한데, 말을 하지 않으니 나로서는 답답한 노릇이다.

"대체 어딜 가는 건데?"

내가 참지 못하고 다시 물을 때 택시가 멈췄다. 지완이 계산을 하고 내리는 동안, 나는 오가는 사람들 사이에 서서 주변을 두리번거렸다. 도대체 어딜 가려고 이러는 건지 알 수가 없었다.

"이리 와."

지완이 내 손을 잡고서 세련되고 고급스러운 가게로 이끌었다. 내 심장이 갑자기 빨라졌다. 눈으로 보면서도, 발로 걸어가면서도, 나는 내 눈을 믿을 수 없었다. 그가 나를 이끄는 곳은 바로 〈티파니(Tiffany)〉였다. 세계적으로 이름 높은 보석 상점, 오드리 헵번이 나왔던 영화 〈티파니에서 아침을〉로 더욱 유명한 바로 그 티파니였다.

"지완아?"

입구 앞에 서서도 내 눈과 머릿속에 떠오르는 '설마' 란 단어 때문에 침을 꿀꺽 삼키며 지완을 불렀다. 내가 상상하고 있는 것이 맞는 건지, 지완이 지금 장난을 하는 건지, 가슴이 콩닥콩닥, 머리가 어찔어찔, 갈피를 잡을 수가 없었다.

[티파니에 오신 것을 환영합니다. 어서 오십시오.]

영화에 나오는 귀족 저택에서나 볼 법한 집사 같은 중년인이 또렷한 영어로 정중하게 우리를 맞아주었다. 반백의 머리에 단정하면서도 부드러운 미소를 띠고 있는 그 사람은, 나와 지완을 보고는 허리를 조금 굽혔다.

　[김지완이라고 합니다. 매니저와 예약이 되어 있습니다.]

　지완이 말하자 그는 매니저가 기다리고 있다고 대답하며 안쪽으로 우리를 안내했다.

　사방에서 아름다운 자태를 자랑하는 보석들이 저마다 자신을 봐달라는 듯이 빛을 뿜어대는 걸 보며 나는 마른 침을 꼴깍, 삼켰다. 내가 아무래도 꿈을 꾸고 있는 것만 같아서 지금이라도 내 **뺨**을 한번 쳐보고 싶은 심정이었다.

　[제 이름은 제라드라고 합니다. 미스터 김. 이곳에서 매니저를 하고 있지요. 이렇게 만나뵙게 되어 반갑습니다.]

　[김지완입니다. 주문한 물건은 완성되었겠지요?]

　[물론입니다. 보여 드리지요.]

　우리가 안내되어 간 곳에서 만난 검은 머리의 중년 남자가 지완에게 악수를 청하며 자신을 소개하고는 잠시 자리를 떴다.

　나는 사방에서 찬란함을 자랑하는 보석들을 보느라 정신이 없었다. 심장이 두근두근 멋대로 **빨리** 뛰기 시작했다. 왜 여기로 날 데려왔는지 부지런히 머리를 굴리면서도, 그 상상이 너무 멀리 가지 않도록 스스로를 진정시키려고 애썼다. 하지만 손바닥에 땀이 고이기 시작하는데 도저히 가만히 있을 수가 없어 지완에게 몸을 기울이며 작은 목소리로 물었다.

　"저기, 우리 여기서 정확하게 뭐하는 거야?"

　"기다리면 알게 돼."

지완이 느긋하게 말하며 빙긋 웃었다. 나는 그린 듯한 미소를
띠고 있는 종업원들을 흘끗 보고 나서 몸을 조금 더 기울이며
목소리를 낮췄다.

"여기 티파니거든?"

"알아."

"엄청 비싼 데잖아?"

"흔한 보석 가게는 아니지."

지완이 빙글빙글 계속 웃으며 대꾸했다.

"저기, 그러니까 내가 상상하는 게……."

"쉿. 저기 온다. 가만히 있어."

지완이 황급히 내 입술을 손바닥으로 가리며 말했다. 나는 고
개를 끄덕이며 제라드란 남자가 고급스러워 보이는 상자를 들
고 오는 것을 지켜보았다.

[주문하셨던 물건입니다.]

말과 함께 상냥한 미소를 지은 제라드가 내게로 상자를 내밀
었다. 그리고 내가 선뜻 손을 대지 못하고 눈만 멀뚱거리자 제
라드가 미소 지으며 직접 상자를 열어 내게 보여주었다.

검푸른 벨벳 위에 자리한 것은 백금으로 만들어진 장미였다.
엄지손톱 크기의 장미는 꽃잎이 활짝 펼쳐져 있었고, 그 한 가
운데에 커다란 다이아몬드가 이슬처럼 박혀 있었다. 숨이 절로
막혔다. 너무 아름다운 반지에 말도 나오지 않았다.

"마음에 들어?"

지완이 귀에 대고 속삭였다. 나는 침을 꿀꺽 삼키며 고개를 몇 번이나 끄덕였다. 세상 어떤 여자가 이 반지를 보고 마음에 들지 않는다고 할 수 있을까? 너무너무 예뻐서 건드리기도 무서울 정도였다.

"껴봐야지."

말과 함께 지완이 반지를 쏙 뽑아 들었다. 그리고는 수전증 환자처럼 달달 떨리고 있는 내 왼손을 잡고 약지에 반지를 밀어 넣었다.

"우리가 결혼하면 일 주년마다 다이아몬드를 하나씩 꽃잎에 넣을 거야. 이 장미가 다이아몬드로 다 완성될 때까지, 너도 내 곁에서 우리 인생을 함께 완성시켜 가자."

"……."

"김지완이 이진향에게 정식으로 청혼한다. 향단아, 마님처럼 모시고 살게. 나랑 평생 사랑하면서 살자."

반지를 완전히 끼운 지완이 내 눈을 깊이 들여다보며 미소와 함께 말했다. 가슴에서 뭔가가 울컥 치솟아오르더니 눈물이 절로 솟구쳤다. 대답을 해야 하는데 앞도 흐릿하고, 정신도 흐릿해서 뭘 어째야 좋을지 알 수가 없었다.

"대답은?"

말이 나오지 않는데 녀석이 대답을 재촉했다. 입술이 떨리고, 몸이 떨리고, 내 영혼마저 떨렸다. 감정이 북받쳐 올라 엉엉 울고 싶은 걸 참는 게 고작이었다. 이 상태에서 입을 열면 진짜로 대성통곡을 할 것만 같았다.

"이진향, 대답은?"

대답 대신 지완의 목을 끌어안고 잡아당겼다. 그리고 녀석의 입술에 내 입술을 가져갔다. 어디선가 박수 소리가 들려왔다. 감탄의 소리도 들려왔다. 하지만 웃으면서 나를 껴안는 지완의 작은 떨림이 내겐 전부였다.

"사랑해, 이진향."

"나도 사랑해, 김지완."

세상에서 가장 아름다운 프러포즈, 그리고 이진향이 세상에서 가장 행복한 여자가 되는 순간이었다.

캘리포니아로 가는 비행기 안에서 나는 계속 내 손가락을 만지작거렸다. 지완이 청혼하며 끼워준 장미 반지가 너무 예뻐서 아무리 봐도 질리지가 않았다.

"그렇게 좋아?"

지완이 어이없다는 얼굴로 물었다. 나는 함박웃음을 지으며 고개를 끄덕였다.

"뭐, 싫다는 것보다야 낫기는 하다만."

지완이 내 약지에 끼워진 반지를 흘끗 보고는 빙그레 웃었다. 말과는 다르게 만족감이 잔뜩 피어나는 표정에 나도 기뻤다.

"어머님께 뭐라고 했어?"

아침에 지완이 자신의 엄마에게 전화통화하는 걸 설핏 들었다. 나와 함께 찾아가는 중이라고 말한 거 같은데, 찾아가서 다짜고짜 결혼하겠다고 하면 뭐라고 하실까, 반대하지는 않으실까, 슬슬 걱정이 되기 시작했다.

"아, 오늘 너랑 내가 같이 간다고 했고, 또 내가 너랑 결혼할 거니까 엄마도 그렇게 알라고 했지. 알았다고 하시더라."

태평한 지완의 말에 내가 깜짝 놀랐다.

"아니, 그런 이야기를 전화로 했단 말이야?"

"전화로 하면 안 돼?"

"직접 얼굴 보고 말씀드려야지, 전화로 하면 어떻게 해? 아주머니 놀라시잖아!"

"안 놀라던데?"

당황해서 따지던 내가 지완의 말에 멈칫했다. 안 놀라셨다고? 하나밖에 없는 금쪽같은, 아니, 다이아몬드 같은 아들이 가정부 딸하고 결혼하겠다고 했는데 안 놀라셨다고?

"어떻게 안 놀라셔?"

"뭐, 알고 계셨으니까 그런 거 아닐까? 옛날부터 널 내 색시할 거라고 내가 그랬거든. 드디어 네 맘 잡은 거냐고 장하다고 하더라. 우리 엄마가 옛날부터 널 딸처럼 예뻐하셨잖아."

"그, 그거야 그렇지만, 그래도……."

"뭐야, 그 반응은? 우리 엄마가 반대하길 바랐던 거야?"

"아냐. 당연히 아니지. 그래도 좀 너무 선선히 승낙하신 거 같아서 놀랐어. 아버님은 뭐라고 하실까?"

지완의 아버지는 나도 자주 본 적은 없었다. 늘 일로 바쁜 분이었고, 가끔 얼굴을 보면 선하게 웃어주며 머리를 툭툭 만져주곤 하셨다. 하지만 그뿐, 지완이 어머니에 비해서 아버지에 관한 기억은 신기할 정도로 적었다.

지완의 부모님은 중매로 결혼했다는데, 부부라기보다는 친구 같은 느낌이 더 강한 사람들이었다. 두 사람이 같이 있는 걸 보는 경우는 손가락으로 꼽을 수 있을 정도였고, 함께 있으면서도 접촉하는 경우는 드물었다. 그럼에도 불구하고 같이 있는 걸 보면 미묘하게 감도는 부드러움과 따스한 애정이 있어, 왠지 두근거리게 만드는 구석이 있었다. 내가 알고 있는 어떤 부부들과도 다른 부부가 바로 지완의 부모님이었다.

"우리 아버지야 엄마가 좋다고 하면 그만인 사람이니까 걱정 안 해도 돼. 게다가 아버지도 너라면 좋다고 하실 거야. 사실 이번에 엄마보다 아버지한테 먼저 전화해서 슬쩍 운을 띄웠거든. 그러니까 너랑 나랑 둘이서 행복하다면 다 좋은 거 아니냐고 하시더라. 원래 자기 일 말고는 크게 관심이 없는 사람이니까 당연한 반응이라면 당연한 거지만."

심드렁하게 대꾸하는 지완의 말에 나는 더는 뭐라 말을 못하고 입을 다물었다. 설마하니 두 분 다 이렇게 쉽게 허락할 거라고는 생각하지 못했었다. 날 개인적으로 예뻐하는 건 예뻐하는 거고, 결혼은 또 다른 거니까 말이다.

"그러는 넌, 너네 엄마는 뭐라고 할 것 같아?"

지완의 말에 나는 잠시 생각에 잠겼다. 엄마는 손끝 야무지고 속정은 깊지만 잔정을 이리저리 표현하는 사람은 아니었다. 어찌 보면 건조하다거나 무뚝뚝하다고 할 정도였다. 하지만 어려서부터 지완을 봐온 사람이었다. 지완이 어떤 놈인지 잘 알고 계신 분이니 크게 반대할 거라고는 생각되지 않았다.

"우리 엄마도 크게 반대할 것 같지는 않은데?"

"죽어도 안 된다고 반대하면?"

"결혼해서 애 하나 낳아서 들이밀지 뭐."

"뭐?"

의외의 대답이었나 보다. 지완이 큰 소리로 웃기 시작했다. 나도 같이 웃다가 문득 떠오른 생각에 지완을 보았다.

"그나저나 너 에이전시 바꾸는 거 말이야."

"그게 뭐?"

"혹시 노예 계약 뭐 이렇게 되는 거 아냐? 전용기 한 번 빌리고 덜미 잡히는 거 아니냐고. 그쪽에서 해달라는 대로 다 해주기로 했다면서?"

"아니야. 말이 그렇지, 실제로 그럴 리가 있겠어? 거기서도 나랑 계약하고 싶어서 안달인데. 그리고 앞으로 모델 일은 한 3년 하다가 그만둘 생각이야."

뜻밖의 말이었다. 꽤 좋아하는 일인데, 3년 정도만 하고 그만둔다고? 아직 한창인데?

내가 눈을 굴리자 지완이 진지한 표정으로 말을 이었다.

"엄마한테서 사진을 배우려고 해. 물론 학교도 따로 가겠지만. 찍히는 것도 좋은데, 찍는 것도 상당히 매력적이더라고. 말이 나왔으니까 말인데, 너 프랑스에서 본격적으로 빵 만드는 거 배울 생각은 없어? 지금 당장은 아니고, 한 3년 후에. 내가 모델 일 그만둘 때쯤."

"빵? 파티셰 되라고?"

"언제까지 도넛만 만들기엔 아깝잖아. 음식도 잘하고 만드는 것도 좋아하는데, 이왕이면 정식으로 배워서 파티셰 되면 좋지. 안 그래? 나랑 같이 프랑스 가서 나는 사진 배우고, 너는 빵 만드는 거 배우고, 네가 만든 빵들은 내가 찍어서 잡지에 실어줄게."

떡 줄 사람은 생각도 안 하는데 혼자서 이미 미래 계획을 다 세웠다. 하지만 나쁜 계획이 아니었다. 아니, 멋진 계획이었다. 프랑스까지 간다고는 생각지 않았지만, 가끔 나도 어느 정도 돈이 더 모이면 정식으로 제빵 기술을 배워볼까, 생각하고 있었으니까.

"알았어. 생각해 볼게."

"그래. 너라면 세상에서 제일 근사하고 맛있는 케이크 만들 수 있을 거야."

말과 함께 지완이 내 손을 잡고 손등에 입을 맞추며 은근한 시선을 던졌다. 고양이가 기름이 좔좔 흐르는 생선을 바라보는 듯한 눈빛이었다.

"왜, 또?"

그의 시선에 얼굴이 붉어지기 시작했다. 어젯밤도 저런 눈으로 나를 바라보다가 지쳐서 쓰러질 정도로 나를 안고 사랑해 주었다. 그동안 머릿속에 집어넣기만 한 섹스에 관한 지식을 실전과 연습을 통해 완벽하게 승화시키겠다는 지완의 선언에, 죽어나는 것은 내 몸이었다. 받아주는 것도 한계가 있다고, 지치지도 않고 나를 탐하고 또 탐하는 지완이 덕분에 아주 죽을 맛이었다. 단지 이상한 것은, 그렇게 지친 내 몸이 지완의 손길과 애무에 되살아나고 또 되살아난다는 것, 할 때마다 조금 더 알지 못했던 황홀경에 가까이 다가간다는 사실이었다.

"이봐, 진향 마님."

마님, 이란 말에 내가 키득거렸다. 청혼하면서 마님으로 모시고 살겠다고 하더니, 진짜 나를 마님이라고 부르고 있다.

"내가 화장실 갈 테니까, 5초 후에 따라와."

"에?"

"우리, 비행기 안에서 역사를 한번 만들어보자."

"미쳤어? 사람들 다 있는 데서!"

지레 놀란 내가 주변을 두리번거리며 목소리를 낮췄다. 그리고 덧붙였다.

"화장실 급하게 쓸 사람 있으면 어쩌고?"

화끈 달아오른 얼굴로 내가 말하자 지완이 태연히 대꾸했다.

"이 비행기에 화장실이 하나뿐이냐? 길게 안 할게. 흥분될 거 같지 않아? 공중에서 하는 거라고."

이 자식이 어디서 눈을 반짝거리고 있나? 아주 잘하면 눈에서 레이저라도 발사할 기세다.

나는 기대가 그득한 지완의 눈을 슬쩍 피하며 중얼거렸다.

"그게 문제가 아니라 비행기 안이잖아. 그런 짓 하면 안 된다고."

"그러니까 더 흥분되는 거지."

냉큼 덧붙인 지완이 내 약지에 있는 반지에 입을 맞췄다.

"먼저 간다."

정말로 벌떡 일어나서 화장실로 가는 지완의 뒷모습을 보며 나는 안절부절, 당황스러움에 손톱을 깨물었다. 이걸 따라가야 하나, 말아야 하나? 아니, 갑자기 비행기 안에서 무슨……

기어코 화장실 문을 열고 사라지는 지완의 모습에 나는 얼른 주변을 살폈다. 일단 그리 급하게 배탈이 난 사람이 있는 것처럼 보이지는 않았다. 대부분이 널찍한 일등석 좌석에 편히 앉아 잡지를 보거나 잠을 청하고 있었다.

아, 정말 사람 곤란하게 만드는 데 뭐 있다, 김지완. 도대체 어디서 뭘 보고 이런 생각을 하게 된 거냐고!

머뭇거리던 나는 화장실 쪽을 보다가 지완이 문을 살짝 열고 날 향해 눈을 부라리는 것을 보았다. 마님 좋아하시네, 딱 향단이 부르는 눈빛이구만.

속으로 한숨을 쉰 나는 슬그머니 일어나서 후다닥 화장실 쪽으로 향했다. 승무원이 등을 돌린 틈을 타서 잽싸게 화장실로 들어가자 지완이 기다렸다는 듯이 나를 덥석 끌어안았다.

"오, 우리 마님, 용감하신데? 진짜로 왔네."

"놀리면 나간다?"

"아냐, 아냐. 놀리긴. 감동해서 그러지."

지완의 입술이 내려왔다. 내 손가락과 지완의 손가락이 얽히고, 지완의 손가락이 내 반지를 슬쩍 쓰다듬었다.

"이진향, 넌 세상에서 딱 하나뿐인 내 장미꽃이야."

아아, 오글오글, 또 몸이 오그라든다. 그런데도 싫지 않은 건 말하는 사람이 김지완이기 때문이겠지.

지완의 손길에 몸이 흐물흐물 녹기 시작했다. 그리고 나는 세상에 하나뿐인 내 왕자님이자 방자인 지완을 힘껏 껴안았다. 그가 너무 사랑스러워서 미칠 것만 같았다.

"사랑해, 진향아."

"응, 나도."

숨이 가빠졌다. 세상이 멀어지고 내가 어디있는지도 알 수 없어졌다.

김지완, 나를 공주로 만들어주는 세상에 하나뿐인 나만의 왕자님.

우리는 서로의 품속에서 더할 나위 없이 행복했다.

P·S ─화장실 사용을 위해 문밖에서 기다리셨던 할아버지, 그리고 우리가 나오자 휘파람을 불며 엄지를 들어주신 젊은 오빠, 복 받으실 겁니다. 대략 즐삶하시기를.

에필로그

쏴아아아아.

열려진 창 너머로 불어오는 바람이 실어온 파도 소리가 정겨
웠다. 중세 귀족의 드레스처럼 봉긋하게 부풀어 오른 하얀 커튼
이 허공에 반원을 그리고는 다시 제자리로 돌아갔다. 그 모습이
마치 우아하게 춤을 추는 댄서 같아서 시선을 뗄 수가 없었다.

"무슨 생각해?"

옆에서 뻗어온 탄탄한 팔이 내 허리를 감아왔고, 동시에 지완
의 숨결이 귓전에 닿았다. 나른한 느낌에 푹 젖은 내가 몸을 돌
리자, 세상에서 가장 아름답고 눈부신 얼굴이 나를 기다리고 있
었다.

"여기까지 어떻게 왔는지 모르겠다는 생각."

내가 말하자 지완이 낮게 웃었다. 그리고는 내 귓불을 살짝 깨물며 중얼거렸다.

"난 너네 어머니 손에 죽는 거 아닌가, 했지."

"그러길래 거기서 냉큼 네, 라고 대답하면 어떡하느냔 말이야. 정말 기가 막혀서."

그날을 떠올리며 내가 한숨을 쉬자 지완이 좀 더 크게 킥킥거렸다. 정말로 그때 나는 엄마가 지완일 한 대 칠 줄 알았다.

뉴욕에서 비행기를 타고 캘리포니아에 도착한 다음날, 지완과 나는 각자의 어머니들을 앞에 두고 우리의 현재와 미래에 대해 이야기를 꺼냈다. 주로 이야기를 한 사람은 지완이였고, 엄마와 아주머니는 별말 없이 이야기를 듣고만 있었다.

지완의 어머니는 웃는 모습으로 우리의 뜻을 환영한다고 밝혀왔는데, 우리 엄마가 문제였다. 도무지 표정에 변화가 없어서 무슨 생각을 하고 있는 건지 알 수가 없었던 것이다.

한참을 말없이 이야기에 귀 기울이던 엄마는 거두절미하고 딱 한 가지만 질문했다.

'너네들 사고 쳤니?'

내 숨이 멎는 줄 알았다. 저 사고가 우리가 친 사고를 말하는 건지, 아니면 우리가 친 사고로 발생할 수 있는 어떤 결과를 묻는 건지 알 수가 없었다. 어쨌거나 사실대로 말할 수 없다는 것만은 분명했는데, 내가 나서기도 전에 지완의 입이 얄밉게 움직였다.

'네, 쳤습니다.'

그 대답에 멎는 줄 알았던 내 숨이 완전히 멈췄다는 것은 말할 필요도 없는 일이다. 나는 엄마의 시선 아래 그대로 먼지가 되어 부스스 사라지고 있었으니까.

그러나 지완의 진심이 담긴 말과 태도에 엄마의 살기를 담은 소리없는 분노는 조금씩 가라앉았고, 나도 지완에 대한 내 마음을 있는 그대로 고백하며 우리가 결코 한순간의 감정이나 장난이 아니라는 것을 열심히 피력했다. 그래서 마침내 결혼 승낙을 얻어낼 수 있게 된 것이다.

하지만 실제로 우리가 결혼하기까지는 2년이라는 약혼 기간을 거쳐야 했다. 지완의 일 때문이었다. 탑 에이전시로 소속을 옮기자마자 일복이 줄줄이 터진 지완은, 노예 계약이 아닌가 의심스러울 정도로 일에 파묻혀서 세계를 날아다녔다. 덕분에 나는 한국에서 도넛 가게를 하며 틈틈이 불어 공부도 하고, 프랑스에 있는 학교를 알아보느라 편했지만, 지완을 자주 보지 못하는 것은 내게도 큰 고통이자 시련이었다.

"예쁜 결혼식이었지?"

지난 일을 떠올리는 내 이마에 대고 지완이 속삭였다. 따스한 숨결을 이마에 느끼며 나는 지완의 품으로 파고들었다. 지완의 말대로 멋진 결혼식이었다. 가까운 사람만 초대해서 단출하게 지내는 결혼식이라고 했지만 실제로는 제법 규모가 컸다. 지완이 쪽 하객들이 대부분이었는데, 그 사람들의 숫자만 해도 만만찮았다.

지완의 어머님이 다니는 크고 웅장한 교회에서 결혼식을, 그리고 피로연은 지완의 집 뒤뜰에서 했는데, 지완의 부모님과 엄마가 고용한 웨딩플래너가 얼마나 화려하고 아름답게 꾸몄던지 정말 꿈꾸는 기분으로 황홀한 결혼식과 피로연을 치렀다.

특히 지완이 밴드가 연주하는 음악에 맞춰 부르는 〈Truly, Madly, Deeply〉를 들을 때는 눈물이 절로 나왔다. 내가 원하는 모든 것이 되어주겠다는 아름다운 맹세의 노래였다.

그리고 지금, 우리는 아무도 없는 작은 무인도에서 신혼여행의 즐거움을 만끽하고 있었다. 지완이 수배한 이 아담한 섬은, 작은 배를 타고 30분 정도 가면 푸에르토리코의 본섬에 도착할 수 있는 거리에 있는데, 부드럽고 하얀 모래와 에메랄드빛 바다가 아름답기 짝이 없는 천국이었다. 오직 지완과 나만을 위한 파라다이스.

나는 만족스러운 한숨을 쉬며 지완의 겨드랑이 사이로 팔을 밀어 넣었다.

"우리 진짜 부부 되었네?"

지완의 탄탄하고 매끄러운 등을 어루만지며 중얼거렸다. 지완이 낮게 웃자 자잘한 근육의 떨림이 내 몸으로 고스란히 전해졌다. 조금 전에 신혼 첫날밤을 격렬히 치른 탓에, 우리 둘 다 알몸 상태였다.

"응, 진향 마님. 우리 진짜 신랑각시 됐어."

말과 함께 지완의 손이 슬그머니 가슴으로 올라왔다. 아직 아까 나눈 사랑의 여운이 다 가시지도 않았는데, 지완은 벌써 두 번째를 준비하고 있었다.

"또?"

피부에 느껴지는 딱딱하고 뜨거운 지완의 분신에 움찔하며 내가 묻자 반짝거리는 눈으로 지완이 내 코에 살짝 키스했다.

"또, 가 아니지. 그동안 못했던 거 다 풀려면 아직 한참 남았어. 일 때문에 너랑 떨어져 있느라 내가 얼마나 고생이었는지 알아?"

"내가 못살아, 정말. 내 몸이 못 따라간단 말이야."

"살살할게."

"말만 그렇지, 언제 살살한 적 있어?"

"신혼여행이잖아. 못 걸어다닐 정도로 해야 정상이라고."

"누가 그래?"

"내가."

능청스런 대답에 웃고 말았다. 지완이 말마따나 나도 지완일 자주 보지 못하고 느끼지 못해서 괴롭긴 매한가지였다. 단지 지완이 말하는 육체적인 관계가 아니라 함께 있고 싶다는 그리움과 간절함이 먼저였지만 말이다.

"반년 후에 프랑스로 옮기면 첫날은 에펠탑이 보이는 호텔에서 사랑해 줄 거야. 맛있는 와인이랑 치즈와 함께."

지완이 내 목덜미를 부드럽게 빨아 당기며 말했다. 그의 손가락이 내 젖꼭지를 어루만지며 가슴을 움켜쥐자, 등골이 오싹해질 정도로 황홀한 느낌이 전류가 되어 온몸에 흘렀다.

"침대를 장미 꽃잎으로 장식하고, 머리끝에서 발끝까지 키스할 거야. 지금처럼."

지완의 입술이 이마와 눈썹, 코, 볼, 귀, 할 것 없이 자잘한 소나기 키스를 퍼부었다. 간질거리는 가벼운 키스만으로는 부족한 내가 그의 입술을 찾았지만, 지완은 교묘히 나를 피해 목을 지나 가슴으로 입술을 내려갔다.

"나랑 함께하는 모든 하루가 천국처럼 느껴지게 만들 거야."

"으응……."

가볍고도 축축한 키스가 가슴에 잠시 머물렀다 배로 내려갔다. 배에 원을 그리는 지완의 혀가 뜨겁고도 강렬했다. 허리가 절로 뒤틀리며 좀 더 강한 자극을 원했다. 하지만 지완은 내 손가락과 팔에 키스를 하며 내가 원하는 것을 무시했다. 그의 입술이 다시 위로 천천히 날 애태우며 올라왔다.

"지완아."

욕망으로 꽉 잠긴 내 목소리가 지완을 불렀다. 내 어깨에 작은 키스를 하던 지완이 고개를 들어 나를 보았다. 가슴이 벅차올랐다. 누가 알았을까, 내 곁에 있던 대마왕이 사실은 세상에서 하나뿐인 나만의 왕자님이었다는 것을.

아름다운 지완의 얼굴을 두 손으로 붙잡고 내가 말했다.

"Shut up and kiss me."

지완이 웃었다. 그리고 눈부시게 멋진 왕자님이 내 명령에 따랐다.

"알았어. 닥치고 키스나 할게."

입술과 입술이 만나고 몸과 몸이 맞닿았다. 우리는 세상에서 가장 황홀한 천국에서 가장 아름다운 언어로 사랑을 나누기 시작했다.

부드럽고 촉촉한 바람이 우리의 밤을 감싸고, 일정하게 들려오는 파도 소리는 음악처럼 우리의 몸을 그 소리에 맞춰 움직이도록 했다.

밤은 아직도 깊고, 달도 별도 여전히 높았다. 하지만 우리는 알지 못했다. 알아야 할 것은 이미 서로의 품에 다 있었으므로.

the End

 작가 후기

어느 햇살 좋은 오후, 뒤뜰에서 태평스레 널브러져 자고 있는 고양이를 보면서 차를 마시다가 문득 생각했습니다.

여태 쓰고 또 출간한 책들이 무거운 느낌의 것들이 많았구나, 이제 뭔가 가볍고 유쾌한 글을 한번 써보고 싶다, 라고 말입니다.

독자들의 심금을 울리고 눈물을 뽑아내는 글도 좋지만(안타깝게도 제 글솜씨는 아직 그 정도의 경지에 이르지 못했습니다만), 읽으면서 웃을 수 있는 글, 다 읽고 나서 아아, 나도 이런 연애 해보고 싶다, 혹은 입가에 미소가 슬그머니 지어지는 글도 상당히 매력적이라고 생각하니까요.

연재 당시에 읽으시는 독자들이 이 글의 주인공들을 보면서 '내가 연애할 때도 저렇게 좋았었지' 혹은 '이런 연애 해보고 싶다' 라고 생각해 주길 바라면서 열심히 썼습니다.

누군가를 좋아하고 그 상대로 인해 설레고 두근거리는, 스스로도 주체하지 못할 만큼 상대에게 흠뻑 빠져서 작은 일에도 웃고, 우는 그때의 감정을 얼마만큼 전달할 수 있을까, 고민도 많이 했고요.

코믹한 글을 쓴다는 것이 얼마나 힘든 일인지도 이번에 뼈저리게 실감했습니다. 가볍게 보이지만 그 뒤의 감정선을 살려서 전개해 나 간다는 것이 무척이나 힘들더군요.

그럼에도 불구하고 이 글을 쓰는 동안 참으로 신나고 즐거웠습니다.

많은 분들이 이 두 주인공을 아껴주시고 함께 웃고 즐거워하셔서 더욱 기뻤고요.

이제 이 글을 세상에 내보일 수 있게 된다고 생각하니 가슴이 두 근거리고 설렙니다. 많지도, 적지도 않은 책을 냈지만 새로이 책을 세상에 낼 때마다 떨림은 더해가기만 합니다.

연재 때 응원해 주시고 함께 해주신 모든 독자분에게 감사의 말 을 전합니다. 몸담고 있는 홈피 〈시나브로〉의 가족들께도 무한한 애 정과 감사를 보냅니다.

부족한 글을 세상에 내보일 수 있도록 기회를 준 청어람 관계자 님, 수고 많으셨습니다.

그리고 언제나 제 곁에서 연애할 때의 설렘을 잊지 않도록 해주 는 저의 남편에게도 더할 수 없는 애정과 감사를 전합니다. 글 쓸 때

마다 뒷전이 되는 남편, 그래도 제가 좋아하는 일을 열심히 하라고
응원해 주는 세상 제일의 팬이자 아군입니다.

With your support, trust and love, I can fly high.
"You're the wind beneath my wings, Robert."
I love you very much.

   끝으로 이 글을 읽으신 독자분 모두가 조금이라도 즐거우셨기를
바라며 저는 이만 물러갑니다.
   차가운 겨울, 충만한 사랑으로 포근하게 보내시고 늘 행복만 하
시길 기도합니다. 감사합니다.